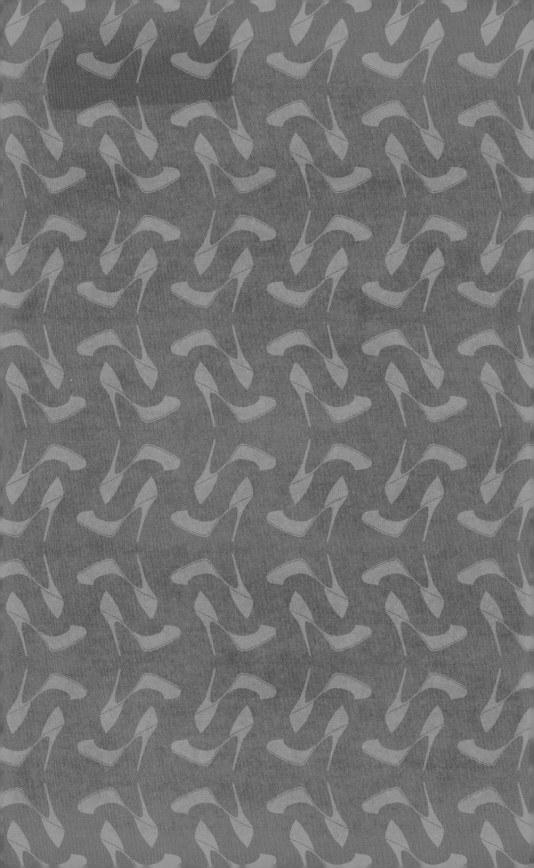

命运有无限种可能

国贸三十八层

永城 / 著

作家出版社

目录

自序

北京国贸一期的大厦是 1990 年竣工的。那年我读高一，和北京上千名中学生一起参加了北京亚运会开幕式的背景操。我们占据了近三分之一的观众席，每人举一张巨大的彩色板子，组成一面巨型的"大屏幕"。那年头还没有液晶屏幕，电视还用显像管，不少还是黑白的。全国只有一条地铁线，也并不到国贸。那附近原本只有工厂和田地，几乎都算不上北京城的一部分。

90 年代的国贸是当年唯一的高级涉外写字楼，如今依然算得上北京乃至全国租金最贵的。不只是全国，按照 2016 年某跨国商业地产公司发布的调查报告，北京国贸在全球十大最贵写字楼中排名第四。如此"首富之地"，自然只配给全球最顶尖的公司栖身。从惠普、丰田、福特、三菱、壳牌，到美银、瑞银、美林、高盛……简直就是国际商业巨头的聚会。入住国贸的是公司里的贵族，在国贸上班的也自然是打工族里的贵族。当年清华教授月薪才不过几百元，中国惠普的普通员工就已经月薪过万了。十六年后，我也有幸到国贸上班，为一家跨国商务咨询公司工作。虽然已到美国"洋插队"了多年，还在硅谷研发过好几年机器人，但第一次西服革履地走进国贸大厦，内心难免感到几分神圣。看看四周那些精致冷傲的精英面孔，不禁自惭形秽，深感硅谷其实就是个大农村。十年前辛辛苦苦地往美国跑，原来是去做"田舍郎"，十年后回到北京，这才算登上工薪族的"天子堂"。

之后在国贸上班的日子，让我渐渐熟悉了这"天子堂"，也着实发现了一些藏在国际大公司和职场精英们背后的秘密。当然这"发现"不只是因为每天出入高级写字楼，更需归功于雇用我的公司——一家跨国商业调查和投资风险管理公司。原来，看上去高大上的国际巨贾，背地里也藏着不少蝇营狗苟。我虽然写过不少有关商业犯罪和调查的小说，但小说有时候未必就比现实更精彩。

记得曾有这样一桩公司内部调查项目：某巨型跨国公司在东亚的某分公司，业务合同虽然不少，却依然连年亏损严重。该跨国公司总部遂秘密雇用了调查公司，调查分公司出了什么问题。调查公司进行了半年的外围调查，毫无所获。后来不得不派一名美女调查师进入该分公司做"卧底"。职位并不高，只是初级行政助理，工作内容无非端茶倒水、收发快递、订订机票。为了避免分公司的怀疑，"卧底"不能由总公司委派，只能自己去分公司应聘，所以得不到更像样的职位。

然而就是这位在全公司"垫底"的行政助理，却挖掘出了重大的秘密——该分公司的总经理、财务总监、人事总监、IT 总监共同勾结，制造假客户、假合同、假报表，暗度陈仓地把公司的资产转进自己腰包。她是怎么做到的呢？

这位新来的"小助理"性格乖巧，工作认真细致，对职责以外的工作也毫不计较，颇得公司领导的赏识，因此常有机会接近大领导们。"小助理"善于察言观色，渐渐察觉有妻室的总经理和独身的女财务总监关系微妙。"小助理"于是有意无意地接近财务总监，渐渐成了"地下闺蜜"——不让其他同事知道的那种。两人下班常常一起厮混，吃个宵夜再喝点儿小酒，一来二去地，财务总监就把苦水都倒出来——给总经理做了多年情人，名不正言不顺。财务总监自然不会提及那些营私舞弊的勾当。但"小助理"为大领导鞍前马后地跑腿，收发快递、转接电话、订订机票，渐渐又发现，总经理在外面竟然还有情人。"小助理"掌握了证据，巧妙地把证据"泄露"给财务总监。财务总监由爱生恨，愤然向总公司揭发了分公司总经理见不得人的勾当。其过程自然不如我这几句这么简单，还有诸多辗转戏码，都被"小助理"——应付了。若是如实地写出来，跟小说一样精彩。

当然，上述的事件并没发生在北京国贸，但确实发生在东亚某个CBD 的某座摩天写字楼里。而且我相信，在中华乃至全世界的许许多多高大上的办公楼里，也上演过许许多多类似的精彩故事，只是没多少人知道罢了。

于是就有了这部《国贸三十八层》。国贸 A 座本无三十八层，自然也没有书中那几家公司，以及公司里那些形形色色的人物。但国贸是有的，在中华第一街^①的延长线上屹立了三十年，也见证了中国天翻地覆的三十年。每当经过那座大厦，我都会想起 1990 年的秋天，坐在北京亚运会开幕式的会场，手里举着重重的牌子，透过牌子上开的一扇寸宽的小窗，看巨大的熊猫盼盼^②在工体中央站起来，和电视机前的全国人民一起，准备着迎接中华新时代的到来。

2017 年 11 月 6 日于北京

---

① 长安街。
② 1990 年北京亚运会的吉祥物。

上部

PROLOGUE

楔　子

夜很深了，金融街附近的小饭馆已经打烊，支行大厅里的日光灯却都还亮着，嗞嗞地发着白光，也想争个劳模似的。

偌大的支行里，其实一共就两个人：辉姐和老李。别的同事好几个小时前就都下班回家了。辉姐也下过班回过家，可她又从家里跑回来了。

老李刚刚升了支行行长，连轴熬夜加班，脸上不但没有喜色，反倒整天愁眉苦脸的。辉姐是特意来给老李送夜宵的，拿着热烘烘的饭盒，手指缝里湿答答的，说不清是汗水还是蒸汽。

老李正在打电话，用宽大的脊背对着辉姐。头发横七竖八，不像是上了一天的班，倒像是刚从床上爬起来的。还好身上的西服严丝合缝，黑色后领上露着衬衫的白边儿。那衬衫是辉姐买的。还有背心儿、短裤、黑袜子，不必见人的那些，差不多都是辉姐买的。

辉姐听见老李对着话筒没好气地说："你爸爱要那是他的事！我一分也不要！"

辉姐知道老李在跟老婆打电话，胸口有点发堵。本想跟老李显摆一下，今晚她自己把车开来了。老李教了她半年，驾照终于到手了。可现在，她没心情了。

辉姐把饭盒往桌子上一摔。老李吓了一跳，猛转过身，脖子给电话线缠了大半圈儿，像是要上吊似的。老李的一双小细眼睛瞪成了两颗围棋子儿："早晚有一天，我得让你们害死！"

辉姐也不知老李是在骂他老婆，还是在骂她，又或者一块儿都骂上了。辉姐一阵委屈，又把饭盒从桌子上拿起来，想扔进垃圾桶里，又想着扔完了还得自己收拾，总不能让明早上班的同事瞅见。而且她也有点儿舍不得。

老李狠狠撂了电话，对着辉姐咆哮："这才刚当了两天支行行长，就让我批一笔贷款！根本不符合规定！她爸拿了人家二十万！"

辉姐心惊肉跳，可又暗暗窃喜，有点儿幸灾乐祸。老李的岳父是总行的副行长，有望升行长。老李的支行行长是靠着岳父到手的，可并不白给。他得做岳父的手，一只越来越洗不干净的脏手。辉姐把食指立在嘴上，用力"嘘"了老李一下子。银行里倒是还没装监控，但走廊里说不准有没有人。夜里保安要巡逻的。

辉姐说："这种事儿，以后少不了！"

老李说："迟早得完蛋！"

"那就辞了呗！"辉姐心不在焉地摩挲饭盒盖子。心里想着：那就离了呗。可她没敢说出来。

老李却似乎已经听见了。他借着怒气，一把夺过饭盒扔在桌子上。辉姐吃了一惊，没来得及发作，已被老李拽进怀里。辉姐本想推开老李，可又一想，银行马上就要装监控了，下周就要去香港培训这个。深夜以加班为名在单位里小甜蜜的日子一去不返了。

老李的怀里烫得像着火，下巴上的胡楂子就是火苗子，在辉姐脖子上燎掉一层皮。

救火车真的就来了。尖锐刺耳的警笛声由远及近，眼看就要到跟前了。

老李浑身一激灵，猛地推开辉姐："是来抓我的！"

"不是！"辉姐喊。可警笛太响，连她自己都听不见自己的声音。老李转身往外跑，辉姐一把没扯住。她想追，腿却好像不是自己的，死活迈不开步子。她狠命一挣，一下子醒过来，一脊背的冷汗。

电话正在耳边催命似的叫。床头的电子钟显示 23：48，还不到午夜。辉姐今天睡得早，九点半就上床了。

原来是个梦，跟真的似的。本来也曾是真的，除了警笛的部分。只不过，十几年前的事儿了。

"警笛"是床头的电话座机，催命似的叫着。现如今，没几个人会打辉姐的座机了。辉姐挣扎着摘下听筒，脑袋没离开枕头。枕巾上好像还残留着一点儿梦的余韵。

老妈带着哭腔，在电话里歇斯底里地尖叫："辉子！钱没了！我在你银行里存的钱，都让人给骗走了！"

CHAPTER ONE

CBD 里的幽灵

1

辉姐是开了十几年车的老司机，可她居然追尾了。

一大早，在三环主路，她的黑色桑塔纳追了前面的 Mini Cooper，就像个色眯眯的老男人硬是把身体贴在某个小女子的后背上。小女子并没发出神经质的尖叫，就只有一声钝响。辉姐顿时回过神儿来，暗骂了一句：妈的，撞了！

辉姐不记得刚才有没有踩着刹车，就算踩着了，也肯定踩晚了。这会儿脚倒是正在刹车板上，可并没在高跟鞋里。不记得是慌乱中掉的，还是更早就脱掉了。她都不记得自己刚才在想什么。也许什么都没想，在做白日梦。今早凌晨出门，陪着老妈去派出所报案、笔录，折腾了大半宿，回到家快三点了，又在电话里挨了两个钟头的埋怨。老妈被人骗走了五万块，起码有一半儿赖在辉姐头上："还不是因为你！要不干吗存进你们银行？"可遇上电话诈骗，存哪家银行都差不多。再说辉姐半年前就辞职了，她现在是个外企前台，在国贸 A 座里上班，她和那家银行已经没关系了。

辉姐并没急着下车，她紧抱着方向盘，狠狠盯着前面的 Mini Cooper，见机行事。如果下来个女的，她就准备吵架。如果是个男的，她也许可以换一种策略：像小女生那样撒撒娇，再把责任推到有点儿暧昧的东西上，比如高跟鞋。

该死的高跟鞋。二十几岁都没怎么穿过，四十多了倒是天天穿。才几个月，脚上已经磨掉了几层皮。其实外企并没规定必须穿高跟鞋，但辉姐不能不穿。作为全球知名外企——费肯国际会计师事务所的前台，她在各个方面都已经不够格：英语不够好，脸蛋不够美，个头不够高，皮肤不够白，体重有点儿超——59.8 公斤。为了不超 60，坚持精确到小数点后一位。最要命的是年龄——整个国贸大概再也找不出第二个七〇后的女前台了。所以在高跟鞋上，她绝不能再认输。

从 Mini Cooper 上下来个长发小女子，二十五六岁，瘦瘦小小，文文弱弱。辉姐立刻失望了：既不是男人，也不像是能用吵架对付的女人。小女子下了车就往前走，头都不回。就像 Mini Cooper 的屁股后面并没紧贴着桑塔纳，明摆着不把辉姐放在眼里。

辉姐彻底忽略了高跟鞋，顺手把丝袜也脱了——上面有个窟窿，不能让小女子笑话。辉姐索性光着脚跳下车。女人对女人，就看谁豁得出去。辉姐在胡同里长大，知道斗争比道理更重要。

辉姐冲着小女子的后背高喊："嘿嘿嘿！你怎么开车呢？三环主路，说停就停？当你家呢？"

辉姐话音未落，前面又下来个男的，看上去四十上下，黑风衣粉领带，起码也是个外企高管。辉姐立刻后悔了，不该光着脚的。男人都喜欢看女人穿高跟鞋和丝袜。辉姐连忙挺了挺胸，这点儿资本她还是有的。

辉姐往前走了几步，发现那男的并不是从 Mini Cooper 上下来的，前面还有一辆敞篷车，小得跟玩具似的，Mini Cooper 也正紧贴着小敞篷的屁股，三辆车穿了糖葫芦。

小女子和风衣男同时转过头来。辉姐看到风衣男的正脸，心中猛然一惊！这不是 Max 王？费肯的执行董事，上礼拜新上任的中国区一把手？这么说不大精确——费肯中国还有另一位"一把手"——金发碧眼的 J，头衔是中国区 CEO。CEO 和执行董事哪个大？没人弄得清楚。名义上 Max 王负责业务，J 负责运营。但"业务"和"运营"本来就界限不清。遇上交集，两人谁也不听谁的。来了个新领导，却并没增加一个新助理，两人共用一个。明眼人都看得出，总有一个待不长了。辉姐心里希望 J 能留下，虽说是老外，但是很和气，对谁都彬彬有礼，让手下取个干洗的衣服，也客客气气地说声谢谢，让全楼道都能听见。当然不是对辉姐说的，而是对总裁助理 Miss 黄说的。干洗的衣服却是辉姐开着桑塔纳去取，Miss 黄才懒得跑。

尽管辉姐心里支持 J，可并不打算得罪 Max 王。三辆车追尾，她是最后一辆，责任本来也在她。而且桑塔纳的后备厢里藏着 J 的干洗的衣服，J 可是 Max 王的死对头。小敞篷修修得多少钱？辉姐倒吸一口凉气，脸上瞬间转怒为喜，像是 7 月里盛开的月季。可一声"王总"还没叫出口呢，Max 王已经两步超过了小女子，急赤白脸地用带着点儿洋味儿的国语骂过来了：

"你这个死三八！为什么不讲道理？明明是你撞了我们两个！"

辉姐吓了一跳，心想就算 Max 王不如 J 尊重普通员工，也不该这么不给面子。再一想，Max 王大概根本没认出自己。他每次经过前台都是个大写的"BOSS"——直进直出，目不斜视，一对眼珠子就像是摆设。就算辉姐是头大象，他也照样看不见。这点 J 就比他强，每次经过都绅士般微笑着点头，有时候还南腔北调地来一句：你好！吃了吗？

辉姐心里稍微定了定，可还是拿不定主意，到底是让 Max 王知道自己是他同事，还是干脆躲回车里去假装不认识。既然以前目中无她，以后大概也还一样。还是假装不认识好，省得大家尴尬。Max 王心狠手辣，空降北京的第三天就炒了个孕妇。孕妇都敢炒，想怀没怀上的辉姐就更不在话下。辉姐打定主意要钻回车里，Max 王偏偏不给她机会，不依不饶地瞪着她："死三八！你知道我的车多少钱买的？两百万！你赔得起吗？"

辉姐顿觉腿软，想躲回车里，又怕愤怒的 Max 王会把自己再揪出来。

"对不起！是我的责任！"小女子却突然开口了。她把双手绞在一起，微微低着头，对 Max 王满怀歉意地说："对不起！是我先撞的您，这位大姐才撞的我。而且，她撞得不厉害！我撞您的那一下，更厉害。"

辉姐死里逃生地钻回车里。Max 王不再注意她，全心应付小女子。辉姐松了口气，这才细看小女子，竟是个美人儿，小圆脸，细眉细眼，小而挺的鼻子，小而翘的嘴唇，到处都小，小得恰到好处。辉姐恍然大悟：Max 王冲自己发脾气，那是在跟小女子献殷勤呢！这就更不能认了！老板寻花问柳，被员工瞅见，员工还不就成了老板的眼中钉、肉中刺？

辉姐戴上墨镜，打死不再下车。小女子跑前跑后，记电话，填单子，小女子主动承担全责，不用等交警，快速处理。国贸桥上本来就堵得水泄不通，也说不好是不是都因为他们。一辆一辆急着不知要去哪儿的车，按着喇叭从他们身边绕，绕出更多的喇叭声。小女子脸上并没笑容，没有多余的人情味儿。井水不犯河水。可辉姐总觉着有点儿歉意。但是两百万的敞篷车实在吓人，即便只是撞掉点儿油漆，她砸锅卖铁也赔不起。既然小女子大包大揽地认下来，她还是沉默为妙。看小女子的牛仔裤很普通，小皮衣像人造革，脖子上的丝巾像淘宝货。不过既然能开 Mini Cooper，也穷不到哪里去的。

辉姐硬着头皮回到公司，一上午不敢抬头，生怕 Max 王突然出现，一眼认出她来。她犹豫着要不要趁着午休，去发廊剪成个假小子，想来想去还是舍不得。老李喜欢女人头发又长又密，最好带点儿廉价洗发水的香气。别看老李风光无限，骨子里还是个农民。20 世纪 90 年代流行的力士和海飞丝,对他最有杀伤力。老李从来不说,但辉姐了如指掌。但又能如何呢?如今不管她穿什么、抹什么,已经伤不着老李一根汗毛。

辉姐越是怕见 Max 王,Max 王就越是赖在脑子里不肯走。Max 王当然比老李帅,更比他洋气,头发梳得油光,西服一丝不苟,皮鞋锃光瓦亮,如果不发脾气,也算极品小白脸。辉姐这辈子见过很多年轻的小白脸,到了中年就变成地摊上的大白萝卜,总带着点儿洗不净的干泥。Max 王显然不是萝卜,而是人参,也因此更派头十足,用眼神都能踩死人。辉姐就被他踩了,就在国贸桥的主路上,踩得又准又狠。辉姐能从那双狠狠瞪着她的眼睛里,闻见刺鼻的鞋油味儿。

午休时间眼看要到了,Miss 黄跑来向辉姐发号施令:"你能不能中午叫个外卖,就在这儿吃?王总出门忘了带门卡。一会儿他回来,前台要是没人,他就得自己按门铃,肯定又要发脾气。"

辉姐拔腿就逃:"中午约了人了!亲!Sorry 啦!"

辉姐冲 Miss 黄挤眉弄眼,学着公司里的小姑娘撒娇。小姑娘们常向男同事撒娇,辉姐则常向小姑娘们撒娇。小姑娘们为了少起鸡皮疙瘩,也就常常让辉姐称了心。

Miss 黄比小姑娘老一些,可坚持拥有小姑娘的脾气。她一屁股坐进前台的椅子里,满头满脸都是官司。Miss 黄喜欢民国范儿,头发烫成国军女秘书的大波浪。因此大家不叫她 Cindy,而叫她 Miss 黄。自从来了 Max 王,Miss 黄变成了怨妇,常抱怨自己是保姆,给两位老爷使唤。其实两位老爷也并没耽误她一天去七八回厕所,顺便逛逛街。只是需要更频繁地使唤辉姐,多少有点儿麻烦。

2

和辉姐"约会"的是 Judy。Judy 是 Samuel & Partners L.L.P.(SP 律师事务所)北京办事处的前台,也在国贸 A 座的 38 层,隔着六部电梯和辉姐遥遥相望。

其实 Judy 根本不用约,每天中午都坐在员工食堂的老地方。Judy 穿了件绿色的外套,和一盘子的青菜交相辉映。她把脊背挺得笔直,在拥挤嘈杂的食堂里,仿佛一株绿色植物,优雅地进行着光合作用。

Judy 是八〇后,比辉姐年轻,苗条、优雅,还会讲中国味儿的英语和台湾味儿的国语。还好脸长得一般——辉姐以此聊以自慰。33 岁的

脸，再化妆也小不过 28。而且白得没有血色。少女的白叫冰肌玉肤；33
的白，叫高级化妆品。而且一个公司前台，用得起多高级的化妆品？辉
姐其实并不太喜欢 Judy，总是端着架子，无聊得像棵树。可在这高大上
的 CBD 里，能和辉姐做朋友的人并不多。

CBD 到底有多高？国贸对面的中国尊有 108 层；CBD 有多大？没人
搞得清楚。房地产广告上不是写着：紧邻 CBD，距国贸 10000 米。那可
是十公里呢，往西能到公主坟，往东都到通州了。不论北京的 CBD 有
多大，国贸肯定是中心。国贸的第一座楼建成快三十年了，到现在还是
北京最高档的写字楼，入驻的都是全球顶尖的大公司、大银行、大咨询
公司、大事务所，大得让人不敢直视。就像辉姐上班的费肯会计师事务
所，全球上千间分公司，十几万名员工。

Judy 上班的 SP 律师事务所虽说规模比费肯小，服务的却都是顶尖
的大公司，动不动就打几十亿美元的官司。如果说费肯是国贸 38 层的
"巨无霸"，SP 就是德高望重的"精品"，意大利大理石地板是地板里
的精品，黑色皮革包裹的门把手是门把手里的精品，就连笔筒里印着
烫金 Logo 的铅笔都是铅笔里的精品，Judy 自然也是前台小姐里的精品。
即便坐在弥漫着大锅饭气味的员工食堂里，也能优雅得好像头等舱里的
贵妇。饭只舀半勺，稳稳妥妥地放进嘴里，不仔细看都看不出嘴在动。

辉姐却是另一副样子，吃得地动山摇，勺子盘子撞成一片，嘴里嚼
出一大团汁水，随时要顺着嘴角溢出来。可她偏偏还要边吃边说，令人
心惊胆战，还好拥有傲人的胸部。即便嘴里真有东西掉出来，也绝不会
掉到地上。

"那啥，Max 王，就我们公司新来的香港人，到你们公司去了，看
见没？"辉姐用胳膊肘碰碰 Judy，像是要故意破坏她的优雅，让好端端
的"绿植"摇一摇。

"看见了。一早就来了，找 Frank 开会。"Judy 回答得很优雅，脖子
身子都保持一条直线。Frank 是 SP 律师事务所的中国区合伙人，费肯公
司是 SP 中国区最大的客户，有些高层的来往很正常。Judy 却突然清了清
嗓子，幽幽地看了辉姐一眼。辉姐立刻就明白，哪里确有些不正常的。

"我去给他们送咖啡，所以听了一耳朵，知道你们王总为什么要找
Frank。"Judy 把一颗花生米放进嘴里，细细咀嚼了半天。辉姐急得要
死，可又不敢催。Judy 妥妥地把自制的花生酱咽下肚子，这才继续说，
"Monica 把你们公司告了。"

"Monica？被 Max 王炒掉的孕妇？能告赢吗？"

辉姐多少有点幸灾乐祸，尽管她并不同情孕妇 Monica。Monica 怀孕五个月，每天迟到早退，游手好闲。项目经理拿她没办法，总监拿她也没办法。外企拿怀孕的女员工没办法，罚不得，炒不得，只能干瞪着眼看她生孩子前在公司晃几个月，生孩子后产假再休几个月，前前后后做大半年的废人，工资一分不少拿。Max 王偏偏不信邪，把 Monica 臭骂了一顿，Monica 又哭又闹又捂肚子，挎起皮包要去医院，又被 Max 王拦住，逼着她当众打开皮包，包里有三罐可乐、两盒面巾纸，还有一盒没开封的签字笔。Max 王指控 Monica 偷窃公物，当场宣布要开除她。J 这时候站出来，说 Monica 拿点儿可乐和签字笔够不上被开除，更何况她还在怀孕。J 不拦还好，J 一拦，Max 王倒是更坚决，让 Monica 立刻走人，不许回工作台收拾东西，一分钱补偿金也不给。J 强忍住愤怒，并没当众发作，但从此拒绝和 Max 王打招呼，拒绝一起开会，拒绝出现在同一间办公室里。据说两人都向美国总部打了小报告。有人猜测总公司会向着 J：一来 J 是洋人，外企不可能不向着洋人；二来美国大公司都很在意形象，生怕做出不够尊重人权的事情。Monica 一个身子就占了两个人权。也有人猜总公司会向着 Max 王，据说王的父亲是费肯的大股东，就连全球 CEO 都要给他面子，而且费肯中国这两年业绩不佳，本来已经有要裁人的传闻，甩掉个没用的孕妇，对公司总是有利的。可孕妇偏偏不是好惹的，拿着劳动合同把费肯告了。

Judy 微微清了清嗓子，好像外交部发言人似的："这可不好说。按说 Monica 有违规之处，但中国的法律，是很向着员工的。"

"那你说，要是费肯输了，得赔好多钱吧？姓王的是不是就得引咎辞职？"辉姐兴致高昂，Judy 却并不配合，正儿八经地回答："那哪儿能乱猜！我又没看过 file（文件资料），不了解情况！再说，还有人为主观因素呢！"

辉姐撇撇嘴，心想还 file 呢，你也能看得到 file？真把自己当律师了。只不过是个前台，所以才在地下二层的员工食堂里吃午饭。都说人分高低贵贱，国贸的午餐时间，这种区分变得非常形象——地面上有中国大饭店西餐厅粤菜馆，人均消费少说两三百，那是公司老板和高管们吃的；地下一层是人均消费六七十的一茶一坐和荷花泰菜，那是供总监和经理们吃的；再下一层才是员工食堂，大锅饭每份 12 块，那是辉姐和 Judy 吃的。

辉姐用目光检阅打饭的队伍。打饭的队伍事先约好了似的，一水儿的黑西服——物业公司的人成群结伙地来了。其中却夹了个白色的，格外地显眼。是个长发女孩，穿着白色套装，好像日剧里的女职员突然跑进了国贸员工食堂，多少有点儿不和谐。女孩突然把脸转过来，辉姐吃了一惊！不就是早上开 Mini Cooper 的小女子？啥时候换了靓丽的行头？辉姐忙朝着女孩谄媚地笑，女孩却没搭理她，立刻把脸转开了。辉姐心里一阵别扭，像是一口吃进了一只苍蝇。

"你们王总还跟 Frank 说，他特意到 SP 来谈，你们公司里谈不方便。"Judy 冷不丁地又放出一句，然后继续优雅地吃饭，就像那句话并不是她说的。

"那是！不能让'钩儿'知道！两人是死对头！肯定得走一个！"

"钩儿"是辉姐给 J 取的外号，很受同事们拥护。J 对英语发音很挑剔，曾经对着辉姐使劲咧出两排大白牙：不是 G，是 J！辉姐诚惶诚恐地点头，心里却暗想着：我说的跟你说的有什么区别？

辉姐又往打饭的队伍里踅摸。小女子已经不见了。人家就是了不起，连 Max 王都要巴结。可既然那么了不起，不该去中国大饭店里吃牛排？干吗也来挤员工食堂？难道，她也是国贸的员工？

辉姐正想着，只觉身边一阵疾风。有人不由分说地紧挨着她坐下来。本来没多大的空儿，一下子挤得水泄不通。辉姐正要发作，眼前出现一张甜美的小脸——正是开 Mini Cooper 的小女子。

小女子局促不安地说："大姐！对不起！给您添麻烦了！"

辉姐顿时没脾气了。这么一张可人疼的小脸，谁能说不呢？再说本来就欠着人家人情呢。不就是个座位吗？何苦这么紧张兮兮的——小女子脸色发白，就像活见了鬼，声音也有点儿打颤。

"姐！有变态盯着我！我刚来国贸上班没几天，不认识别人……"

辉姐顺着小女子的目光抬眼一看，心里跟着一哆嗦——食堂门口站着个瘦高的男人，蓬松的长发遮住半张脸，剩下的半张苍白得像死人，露出一只布满血丝的眼睛，让人浑身起鸡皮疙瘩。这人是精神病？辉姐最怕精神病，小时候被胡同里的疯子打过。可她不想在小女子和 Judy 面前表现出恐惧来。她英雄似的挺了挺胸脯，用肩膀抵住小女子的："别怕！有姐呢！没人敢招你！"

不知是辉姐的英雄气概起了作用，还是喧闹的员工食堂阳气太重，反正等辉姐再往大门口看时，那幽灵般的男人竟然消失了。

又过了几分钟，小女子才渐渐放松下来。话仍是不多，用目光对辉姐千恩万谢。辉姐顿时和小女子更亲近了。小女子主动介绍自己："我姓郝，郝依依，我在快阔投资集团北京分公司工作。"

快阔投资！国贸 38 层一共就三家公司。费肯会计师事务所、SP 律师所、香港快阔投资公司。快阔投资是总部在香港的投资银行，虽比不上费肯和 SP 那么有名，却也有上百号员工，只不过位置比较偏僻。辉姐兴奋道："咱们同一层的！那可是很牛的公司！"

Judy 也在一边附和："香港寇氏家族控制的投资公司！"

郝依依自嘲道："我就是个前台。"

辉姐这下子更兴奋了，恨不得立刻拉着 Judy 和郝依依磕头拜把子："我们都是前台！我是费肯的，Judy 是 SP 的！以后都是自家姐们儿！谁也甭想再欺负你！"

辉姐指的是刚才那个"幽灵男"，期待着郝依依能多说几句。Judy 也竖着耳朵等着。可郝依依并没提那件事，就只含羞地微微垂着头："谢谢姚姐！"

"谢什么？见外！"辉姐微微地皱了皱眉，"你怎么知道我姓姚？"

"早上您不是给我看过驾照？"

"对啊！早上！哈哈！"辉姐豪爽地笑了几声，突然意识到左右两个小女人都在装淑女，只有自己不拘小节，这才赶忙收了笑容，用含着溺爱的口吻命令道，"以后叫辉姐！别叫姚姐，多难听！"

辉姐的父亲是退伍军人，所以给女儿起名叫姚军辉。在辉姐出生的 1971 年，这名字不但时髦而且令人骄傲。可到了辉姐上中学的年代，这名字就过时了。

郝依依顿时明白过来："哎呀，我太不会说话了！"

"Yao——"Judy 伸直了脖子，发出一声婉转怪异的叫声，一个树一样安分的女子，声音却像春夜里不安分的猫。辉姐立刻抬手佯装要打。她知道 Judy 在模仿 J，而且模仿得惟妙惟肖。对 J 而言，"Yao"比"Hui"容易说。J 对于自认为能够掌控的中文发音总是特别自信，声音嘹亮绵长，半个楼道都能听见那个加长的"妖"。不是小妖，是黑山老妖，让辉姐心惊肉跳。辉姐中学的外号就叫"小妖"，所以她总是刻意和"妖"保持距离，不穿太花哨的衣服，走路也绝不风摆杨柳。不节食，坦然地让腰粗起来。可胸偏偏长得更猛，这曾经让她非常难为情，到后来倒成了骄傲。

辉姐故意向着 Judy 挺挺胸，这是 Judy 无论如何比不上的。辉姐道："就你们八〇后洋气！生下来就取了个洋名儿！"Judy 生在 1982 年，户口本上的名字叫朱迪，就像生下来就是为了进外企的。

"好多人都这么说！上学那会儿还老有人问我，是不是混血儿呢！"Judy 自豪地点点头，丝毫没发觉辉姐是在损她。她兴致勃勃地问郝依依，"你的英文名是什么？"

郝依依摇摇头："我没英文名。"

Judy 瞪大了眼睛，好像看见了外星人："在外企还没英文名？九〇后还没英文名？你是九〇后吧？"

郝依依嘻嘻一笑："正好是 1990 年出生的。"

"看你就像九〇后！"Judy 得意地点点头，"是南方人？"

"杭州人。"

"哪儿毕业的？"

"浙大英语系。"

"那还没英文名？"Judy 把眼睛瞪得更圆了。

郝依依摇摇头。

"快阔投资里没老外？"

"很少。都是香港人。"

"那以前呢？没在别的外企干过？"

"干过，特小的一家外企。没几个员工。"郝依依轻描淡写地回答。

"那公司叫什么？"Judy 继续追问。

"查户口呢？凭什么在外企就必须有英文名儿？我不是就没有？！"

辉姐插嘴了，冲着 Judy 直翻白眼儿。生怕 Judy 把郝依依吓跑了，这辈子都不敢来食堂吃饭。其实辉姐也有好多问题，忍着没好意思提："幽灵男"是谁？是情人还是仇人？还是由爱生恨？

辉姐很想建议郝依依从淘宝上买瓶辣椒水，再买根微型电棍。她皮包里都有。老妈听说干外企的老加班，托人给辉姐买的。辉姐本来不屑一顾，可今天早晨鬼使神差地装进皮包里了。大概因为老妈被人骗走了几万块，让她心里不踏实。

辉姐老妈是昨晚十点多被骗的。"银行工作人员"打来电话，跟她核实是否刚刚汇出了五千块钱。老妈并没有汇款，立刻就毛了。"银行工作人员"的态度还不错，让她别急，汇款是可以取消的。老太太留了个心眼，并没透露任何个人信息，都是对方主动说的，姓名、住址、生日、证件号码，全都说对了。老太太这才放心，按对方要求，在"提示音"后输入了手机银行交易密码。结果可想而知。

"你说怎么回事儿？那骗子怎么啥都知道？我叫什么、住哪儿，还有身份证号儿！一概门儿清！"老妈像祥林嫂似的，这问题重复了不下十遍。

辉姐猜想老妈年纪大了，保不齐在哪儿填过自己的信息。老妈坚决否认，坚持说是辉姐的银行不保险，或者辉姐手机上那些花哨玩意儿不保险。辉姐猛地想起来，她的确用自己的手机登录过老妈的账户，只是查余额，并没做过交易。可谁也说不准，这跟老妈出的事儿有没有关系。世界变化太快，危险无处不在，比想象中近多了。

3

午休结束后，楼道里很清静，没有访客，也没有快递。辉姐本来缺觉，困意铺天盖地，手撑着头迷糊了一会儿，又梦见和老李在幽会，不一会儿醒过来，自己都纳闷儿。最近其实难得跟老李见面，也不常常想起老李，怎么突然连着梦到他？而且梦到的都是真事儿：以前老李深夜加班，她的确偷偷回去送饭；老李也常咒骂贪赃枉法的岳父，可骂归骂，明知是坏账还照样批。不知批过多少回，就是没有过警笛。

辉姐正心烦意乱，楼道里突然响起带洋味的男高音："这里禁止吸烟！你不认识字吗？这里不是你家！想怎样就怎样？"

辉姐打了个激灵。这是 Max 王的骂声！今早刚在国贸桥上领教过，这会儿怎么又在走廊里开骂了？大概是有人在男厕所里抽烟，被他碰上了。即便是在北京最高档的写字楼里，也还是有人躲在厕所里抽烟。Max 王对此最不能忍，常常跟人吵架。但厕所里的争吵是不会穿过几层大门传进辉姐耳朵里的。看来，这次是从厕所里一直吵到走廊了。辉姐有点无措，一时拿不定主意。按理说应该出去劝架，可她又怕被 Max 王认出来。正犹豫着，Max 王在楼道里一声暴吼：

"你不可以走！我的手机呢？交出来！"

这一声非同小可，跟个炸雷似的。辉姐这下子坐不住了。起身小跑着出门，看见 Max 王正站在男厕所门外，和另一个男人拉扯。Max 王西服笔挺，精英范儿十足；他的对手却是个嬉皮士：半旧的牛仔外套，破烂不堪的牛仔裤，脚蹬一双旧球鞋，一头蓬乱的长发。辉姐立刻就认出了那头发，心里一哆嗦——"幽灵男"！辉姐脱口而出：

"臭流氓！"

辉姐这一声吆喝，倒是把撕扯的两人都惊呆了。"幽灵男"用血红的眼睛狠狠瞪着辉姐："你骂谁呢？"

辉姐打了个寒颤，很想立刻逃跑。可事已至此，索性横下一条心：

"就骂你！你臭流氓，死变态！骚扰人家小姑娘！"辉姐把嗓门儿提得更高，一来给自己壮胆儿，二来给坐在快阔投资公司前台的郝依依报个信儿。

"幽灵男"一把甩脱了 Max 王的手，朝着辉姐大步而来。辉姐顿时两腿发软。幸好 Max 王追了两步，扯住"幽灵男"的胳膊："你别走！Yao！Call the police！（姚，报警啊！）"辉姐吃了一惊。原来 Max 王并没把自己当空气，居然还记得她的名字！早上他到底认没认出来？

"幽灵男"猛回身，照着 Max 王的胸口猛推一把。Max 王虽然人高马大，却也向后趔趄了好几步，领带飞到了肩膀上。"幽灵男"冲着 Max 王高声辩解："我没拿你手机！也没在洗手间里抽烟！"

Max 王大概没想到"幽灵男"力气这么大，一时没敢再往前凑，把气势都放在声音里："我洗手的时候，明明把手机放在水池边的！卫生间里只有你！你没拿，谁拿了？你没抽烟，谁抽的？"

三个穿制服的人出现了，戴着大盖帽。辉姐心中诧异：自己还没来得及报警呢？过了片刻才反应过来，是保安不是警察。今天不知怎么了，心里总是乱糟糟的。

"他是贼！偷了我手机！还在厕所里抽烟！"Max 王冲着保安叫。

"我没偷手机！我也没抽烟！""幽灵男"辩解，头发遮住大半张脸，双手捏成了拳，就像武林高手要出招。保安很专业，浑身都是提防，张嘴却还算不卑不亢："先生，您到 38 层是来干什么的？"

"当然是来偷东西！"Max 王抢道。

"我找人！""幽灵男"辩解，目光跳过 Max 王，"我找她！"

众人都随着"幽灵男"的目光看过去，Max 王也不禁回头。郝依依正站在他背后，隔着四五米的距离，一身白色套装，显得婀娜乖巧，脸色却很阴沉，比 Max 王还愤怒。

"依依！我是来找你的！""幽灵男"的声音有些绝望，好像溺水的人发出的求救。

"我不认识他。"郝依依却冷若冰霜，看都不看他一眼。

辉姐很有些意外，本以为郝依依会落荒而逃，却没想到她如此大胆，表情里只有怒，没有怕。"幽灵男"也够令人毛骨悚然的，不仅跑到公司来堵门儿，还躲在厕所里抽闷烟，像个变态杀人狂。辉姐正想着，突然闻到一股淡淡的烟味，大概是从厕所里飘出来的。辉姐的心猛地一震：这烟，还真不是他抽的！

烟应该是红双喜的，带着一丝特有的香精气味儿。辉姐从来不抽烟，但没少闻二手烟。若不是对这一种烟闻过太多次，闻了好多年，绝对闻不出烟的牌子。辉姐也不顾事态发展，悄悄走到男厕门口，转身背对着厕所，像是在守门，怕里面的人出来，也怕外面的人进去。其实并没有人打算进厕所里去。战场是在楼道里的。Max 王隔着保安和"幽灵男"骂阵："你说没拿，让我们搜搜！"

"我凭什么让你搜？""幽灵男"使劲仰起头，终于把两只眼睛全露出来，炯炯发着寒光。辉姐心不在焉的，反倒突然发现，"幽灵男"其实还挺清秀，如果好好收拾收拾，也能算是小鲜肉。谁说变态杀人狂不能是帅哥？辉姐想起小时候常见的死刑布告，有些照片看上去是很清秀的。

"先生，既然您说不清楚到这里的目的，就需要跟我们去一趟保安室了。"三个保安慢慢围拢。

"我怎么说不清楚？我是来找她的！""幽灵男"抬手指向郝依依。

"人家都说了不认识你！"Max 王不知何时已经退到郝依依身边，用身体护着她。辉姐心中暗笑：护花使者来了。辉姐又做了几次深呼吸，可烟味儿已经淡了。辉姐又有点儿含糊：那烟味儿到底是不是她所熟悉的？她突然觉得自己很可笑。十几年了，本以为已经不在乎了，可时不时地还是会心悸。就像是间歇性发作的心脏病，平时毫无症状，发起来却能要命。

保安先发制人，三下五除二地把"幽灵男"按倒在地。郝依依并没看到这一幕，因为她调转了头，往自己公司走。她的动作完成得很坚决，不理会任何人，也包括 Max 王。"幽灵男"一边无助地挣扎，一边朝着郝依依的背影咬牙切齿：

"郝依依！有你的！"

Max 王犹豫了片刻，放弃了护送郝依依，转身走向保安："手机一定在他身上！"

保安却只是押着"幽灵男"，不敢直接搜身。"幽灵男"见郝依依已经走远，也渐渐泄了气："你们放开我，我就跟你们去保安室。"

"幽灵男"被保安押着往保安室走，经过辉姐的时候，脚步迟疑了一下。辉姐打了个寒颤。

楼道里空了，辉姐还站在男卫生间门口发呆。卫生间里始终没有动静。辉姐叹了口气，转身要回公司，楼道拐角突然冒出一个人，风衣领子竖着，遮住大半张脸。果然是老李！辉姐并没猜错。老李平时只抽"红双喜"。卫生间里飘出的烟味儿就是他抽的，不知怎么就脱身了。

神出鬼没，官越大越不像好人。亏得没长一张尖嘴猴腮的脸。

辉姐自作多情地守了半天卫生间，这会儿是恼了，拔腿往公司走。没走两步，又停住脚，站着不言语。她虽背对着老李，却知道他正迈着两条大长腿向自己走过来。

"辉子！"老李在辉姐耳边低声叫。

辉姐撇了撇嘴，没好气地说："倒是溜得挺快？跟耗子似的。"

老李咧了咧嘴："哈！他俩打架，没工夫注意我！"

"你拿人手机了？"

"没有。"老李把嘴贴上辉姐的耳朵，"扔废纸篓里了！给他上点儿料！谁让他欺负你！"

"你怎么知道是他？"

"他坐茅坑还接电话，我听出是你们公司新来的老板。算他倒霉，今天碰上我了。"

"都快五十的人了，还这么讨厌！人家怎么也是我老板。"辉姐嗔怪着，心里却挺美。前几天在电话里抱怨过 Max 王，还以为老李都当耳旁风。

"要不是看在你面子上，就扔马桶里了！"老李咧着嘴坏笑，笑出许多纵横交错的褶子，一张方正的瘦脸好像久旱干裂的土地。

辉姐忍住笑："你不是说，死也不会走进这座楼？"

老李以前的确这么说过，还为此摔了一只杯子：你要敢从银行辞职，永远都别见我！辉姐也并不示弱，摔了一个暖瓶：不见就不见！反正见了也白见！老李立刻少了几分锐气：为什么非去那家公司？辉姐说：因为那儿美，那儿漂亮，那儿上档次！老李咬着后槽牙：我死也不会走进那座楼！

可今天下午，老李主动走进这座高大上的写字楼里来了。为了这个，辉姐原谅了他曾经摔的杯子，原谅了许多其他的事，嘴角甚至挂上一丝浅笑。老李却收了笑容，表情阴郁了。辉姐心一沉，以为他又要为她辞职的事长篇大论。

老李却只说了一句："我明天就走了。"

辉姐一惊："走哪儿去？"

"先飞香港，办点儿事，然后飞巴拿马。"老李沉吟了片刻，又缀了一句，"和这儿没外交关系，也没引渡条例。"

辉姐一转身，用脊背冲着老李。她知道这一天迟早得来。她平时经常甩脸子给老李看。可当她真心难过了，又得把脸藏起来，不给老李看见。

老李把胳膊圈在辉姐脖子上，把她轻轻拉进自己怀里。辉姐一下子掉进红双喜的烟草气息里了。

辉姐是 24 岁认识老李的。那年她从经院毕业，分配到远江银行分理处做营业员。老李那时还不到三十，所以叫小李，是分理处的小经理。一米八三的个头，体重还不到 120 斤，宽肩，长腿，看上去像是两根细竹竿撑着一件西服。1995 年北京西城区某街道银行分理处的大堂经理，已经需要穿西服打领带上班了。辉姐本来没想着自己有多讨男人喜欢。因为她个矮、腰粗。可小李从小在贫困山区长大，看惯了骨瘦如柴的乡下人，就只稀罕身材丰腴的城里人。这不是小李说的。小李从来不说这种肉麻的话，他压根就不用语言表达任何感情，变成老李就更不表达了。那是辉姐自己猜的。按着小李在自己身上揉摸的大手猜的。这个男人最讨厌的地方，就是什么也不说，一切都要靠你猜。但他最大的魅力也在于此。他不说，就有无数的可能。身在天堂还是地狱，全在辉姐一念之间。辉姐就这样在天堂和地狱之间，来来往往了二十年。

辉姐跟着老李默默地下地库，一直走到老李的奔驰 SUV 边上。老李拉开副驾驶的门。辉姐说："还得上班呢。"老李说："就几分钟。"辉姐上了车。其实，就算需要几个小时，乃至因此被炒鱿鱼，她也一定会上车。

老李在地库里兜了大半圈，路过"出口"并没出，顺着"B4"的箭头拐下底层了。B4 里车不多，光线也不如 B3 明亮。老李找了个犄角旮旯停了车，熄了火，锁了车门。辉姐的眼泪立刻就下来了。其实她早不稀罕和老李干那事儿。二十年，干过无数次了。老李当然就更不稀罕。最近这些年，都是辉姐逼着他干的。辉姐不是为了享受，只不过是为了证明自己还存在。

不过这次是老李主动的，而且是在车里。上次在车里，怎么也是十几年前了。两人都不比当年：肥肉多了不少，腿脚也都不那么好使，挤在后座上干那个，并不是件很享受的事。两人都费了很大的劲儿，尤其是老李，简直像是在卖苦力。可他还是坚持到了最后。因为下次不知何时，不知有没有下次了——这又是辉姐的想象。老李全程沉默不语，并没说出一个字。辉姐借着自己的想象，又一次到了天堂。地狱大概是天堂的邻居，或者本来就是同一个地方。辉姐独自走进回公司的电梯，一步跨回地狱里了。

CHAPTER TWO

CBD 里的情人

1

第二天中午，郝依依没来员工食堂吃午饭，让辉姐有点儿担心。毕竟"幽灵男"还自由着。昨天保安并没有报警，因为"幽灵男"身上并没搜出 Max 王的手机，就连烟和打火机也没有。

辉姐让保洁阿姨去男厕里找找，比如马桶后面，或者废纸篓里。阿姨却声称什么也没找到。辉姐当然不信，盯着保洁阿姨看了一阵。阿姨穿着传统汉式的上衣，衣襟是斜到腋下去的，有点儿肥大。这是带有中国风的保洁制服，模仿民国时大户的用人，远看很显眼，不能近看，料子太粗。保洁阿姨被辉姐上下审视，双手不停揉搓。辉姐并没有逼问，犯不上的。她猜那手机也许很快就要回这位阿姨的四川老家，或者辗转到中关村街头的二手贩子那里去了。

在员工食堂里，Judy 向辉姐透露了重要的秘密："幽灵男"姓衡，叫衡宥生。1989 年 2 月 27 日出生。

"衡是衡山的衡，宥是宝盖头下面一个有无的有，生是生活的生。"Judy 解释得很细致。

"这么怪的名字？"辉姐皱着眉头想了想，不能确定自己认识这个"宥"字，"你怎么知道的？"

"物业小刘告诉我的。他们复印了他的身份证。"Judy 轻描淡写地作答，波澜不惊地流露出一丝骄傲。Judy 并不善谈，因此更具贵族气质，是保安和快递们的梦中情人，因此常从他们那里得到小道消息。他们从来不把写字楼里的"白骨精"当梦中情人，但美丽的前台并不是精英，就像地摊上的珠宝，谁都知道是假货，但看着漂亮。

"你说，他和依依到底什么关系？"辉姐皱着眉头思量。

"本来是一对儿，依依要跟他分手。"Judy 回答得很干脆。

"你怎么这么确定？"

"这不是明摆着。昨天下午依依那架势，根本不像遇上变态了，分明是要一刀两断。"

辉姐不语了，心中隐隐有些不安。原来 Judy 也曾到走廊里看热闹，可辉姐并不记得。平时眼观六路，昨天下午却像着了魔。辉姐想起地库 B4，双颊微热，心里却酸酸的。

"再说，他是双鱼座。充满幻想，过于浪漫，不可思议。一旦失恋了，超级悲情，要死要活。唉！"

Judy 轻轻叹了口气。她是星座专家，万事皆用星座分析，恨不得连猫狗都不放过。辉姐不信星座，星座太复杂，她也记不住。生活已经太复杂了。两个人要分手，只要一方铁了心，另一方千万别藕断丝连。早日一刀两断，对两方都有好处。

郝依依看上去很坚决，不过那只是在人前。女人对男人的态度，人前一个样，人后另一个样。辉姐对老李就是例子：在人前，辉姐跟老李永远客客气气，身体和目光都敬而远之。有人说她怕领导，也有人说她是曲线地向领导谄媚——有的领导就喜欢别人怕他。说这话的是老李的助理张小斌，现在是张副总监，一路跟着老李水涨船高。就数他向老李谄的媚最多。辉姐从不辩解，只在心中冷笑。她怕老李？她揪过老李的衣领子，也揪过头发，还夺过奔驰 SUV 的方向盘，就因为老李骂了她一句：真他妈是个泼妇！时速 80 公里的 SUV，从八达岭高速的最外线一下子斜插到最里线。老李照着她胸口猛捣了一拳，让她半天透不过气。老李稳住了方向盘，狠狠盯着前方。夜里十一点半的八达岭高速，雾霾里看不见几辆车。辉姐也不吭声，缩在副驾驶座位里捯气儿。老李说得没错，她就是个泼妇。泼了好多年，因为见不得天日，不能朝夕相处，只要是能相处的时候，她就得把每分钟都过足了，先撒欢儿再撒泼，间或再撒撒野，她就是无理取闹，有时候恨不得干脆闹彻底了，就再也不用有以后了。老李继续沉默地开车，并不减速，反而猛踩油门，车速很快到了一百四十。辉姐明白了：他在邀请她再抢一次方向盘，他奉陪她同归于尽。她心突然软了，开始可怜他。她能理解他这么多年的苦衷。他靠着岳父，从分理处营业员升成支行行长然后再升成总行的部门总监。作为代价，他从没得到过做丈夫的尊严。这种尊严都是辉姐给他的，也不是白给。他得忍受她的吹毛求疵，无理取闹，还有随时随地鱼死网破的威胁恐吓。她淡淡地对他说：以后我不缠你了。我想要个孩子，老了好有个伴儿。辉姐见老李沉默不语，又加了一句：这辈子没占过你一分钱好处，以后也不会占。有了孩子，我自己养。老李狠狠骂了句：神经病！没结婚，怎么养孩子？辉姐回答：我打算辞职，找个管不着生孩子的地方上班。老李断然道：我不同意。辉姐答：你没资格不同意。老李问为什么，辉姐本想说：你从来都没资格。说出口的却是：因为你打了我。

和老李认识了二十年，老李就打过辉姐那么一次。以后也不会有机会打了。辉姐和 Judy 走进写字楼的电梯，收到了老李的微信："我登机了，一切顺利。"

辉姐怔怔的，眼睛里发涩。几十公里外，那架准备飞往香港的客机，要把她二十年的喜怒哀乐都带走了。还有她理想中的孩子。

"辉姐！ Judy！"

郝依依卷着一股香风，赛跑似的冲进电梯，用手撑住电梯门，等着 Max 王三步并作两步地跟进来。郝依依照例是鲜艳的套装，精心打理的妆容和发型。她两颊微红，在辉姐耳边低声解释："中午和王总一起去办理赔了！这才刚办好！"

辉姐想起国贸桥上的追尾事件，赶忙低下头。Max 王肯定早就知道，她就是那个"不讲道理的死三八"。

"Yao，How are you？" Max 王居然在笑容可掬地跟辉姐打招呼。辉姐都不记得以前见过他笑。

"I'm fine！ Thank you！ "

辉姐答得字正腔圆。为了到外企上班，在新东方强化了三个月，这是练得最熟的一句。后面还有"and you"，可她不想说。Max 王是看在郝依依的面子上问候的，心里根本没打算尊重她。不然也不会无数次经过前台时对她视而不见，更不会在国贸桥上破口大骂。

"辉姐！今晚吃火锅，计划没变吧？"郝依依大张着眼睛看着辉姐。辉姐立刻领悟，点头道："当然啦！你想反悔是怎么着？想放我们鸽子？"

"不可能呢！中饭都没吃，就等着晚上这顿呢！"郝依依边说边向 Max 王吐吐舌头。Max 王悻悻地耸耸肩。郝依依感激地偷看了辉姐一眼，辉姐心中顿时充满骄傲。三个人瞬间演了一台戏，Judy 这唯一的观众却并不看。她正目不斜视地盯着电梯门，好像电梯里都是陌生人。这就是辉姐最佩服 Judy 的地方：假装一棵树，以不变应万变。Judy 在外企做了十年的前台，学会的不只是打字、接电话、冲咖啡和收发快递，还有一套公司生存法则。虽然不够精明，却也勉强有效。

2

下班之后，郝依依坚持请辉姐和 Judy 吃火锅，感谢两人中午为她解围。辉姐和 Judy 也乐得参加。郝依依的故事有很多，"幽灵男"的还没弄明白，又多了 Max 王的。

"王总要请你吃晚餐？"辉姐试探着问。郝依依点点头："太客气。我撞了他，本该陪他去理赔的。"

"他好像对你有意思？"辉姐挤眉弄眼。郝依依耸耸肩："没看出来。"

"要是能找到这样的男友，不知多少人羡慕。"Judy 脊背挺得笔直，对着火锅自言自语。

"Judy 姐，那我把他介绍给你？"郝依依嘻嘻笑着问 Judy。

Judy 把下巴翘高了一些，郑重其事地回答："我倒是想呢。可惜，我有老公了！儿子都小学三年级了！"

辉姐猜 Judy 一定在指望郝依依大惊小怪地说：儿子这么大了？看不出来啊！可郝依依并没这么说，认真在火锅里挑拣。辉姐伺机问道："依依，你是不是有男朋友了？"

郝依依脸色微微一阴，像是被戳中了伤疤。Judy 却不解风情地插了一句："是衡宥生吧？"

郝依依错愕地看了看 Judy，又看看辉姐，目光里分明有些怨愤。辉姐吓了一跳，忙解释："依依，Judy 是担心你，所以才跟物业的人打听……"

Judy 抢过话头："我没打听，他们主动告诉我的……"

"没关系。"郝依依打断 Judy，娓娓地说下去，"衡宥生是身份证上的名字，他给自己改名叫衡无义，他妈妈完全不接受，所以一直叫他衡子。"郝依依吸了吸鼻子，用筷子在自己的麻酱碗里画起了圈，"你们猜得没错。他是我的前男友。我们从初中到大学都是同学。我们交往了八年多，闹过好多次分手。上个礼拜，彻底分了。"

郝依依看着辉姐和 Judy，像是在问：还想知道什么？辉姐和 Judy 面面相觑。辉姐讪讪道："依依，你不用告诉我们这些。"

"不！我应该告诉你们！"郝依依很坚决，"我让你们帮我解了好几次围，本来也该说清楚前因后果。而且，知道了，对你们也有好处！"

辉姐忙摆手，正要开口，郝依依抢道："我指的，是你们的人身安全。"

辉姐这下子彻底闭嘴了，等着郝依依说下去。

"衡子不是正常人。他精神有问题。他威胁过我。他说，如果我离开他，他就杀了我。如果任何人帮我离开他，他也会杀了他们。"

郝依依郑重地看看辉姐，再看看Judy。辉姐后背发凉，尽量做出不当回事的样子："嗨！我当什么呢！两口子闹分手，谁不说几句狠话？用不着当真的！"

"他做得出来的。上大学的时候，他怀疑一个男生追我，真的把人家腿弄折了。"

"典型的双鱼座。"Judy幽幽地开口了，坐姿依然挺拔，"为了爱情，那么执着。"

Judy脸上竟有一丝圣母般的痴情。辉姐顿时浑身起鸡皮疙瘩，正要开口嘲讽，郝依依却抢在她前面："如果真的爱我，为什么不认真找个工作？为什么每天游手好闲？为什么不打招呼就去旅行，一走几个月，高兴了寄张明信片，不高兴几个礼拜杳无音讯？"

"你没他手机和微信？"

"他旅行从来不带手机。他说那样的旅行才真实和纯粹。"

"哦！"Judy的双眼竟然微微发亮，"是个诗人吧？"

"你算是说对了。从高中就写，一直写到大学。结果大三就退学了。诗这东西就是毒药。我也曾经中过毒。"郝依依嘴角浮现一丝苦笑，"不过，我后来清醒了。因为我知道，人得吃饭，得有地方住。我到处托人，给他介绍过好几份工作，其中有三份，他勉强接受了。第一份是旅行社，他干了半年；第二份是酒店，他干了两个月；第三份是4S店，他就干了三天。问他为什么辞职，每次就只有三个字：不喜欢！他就喜欢旅行，喜欢写诗。他以为自己生在财主家里呢？他妈妈可不是有钱人，以后拿什么养家养孩子？"

郝依依眼睛潮了，扭头看向窗外。Judy轻轻叹了口气，满怀遗憾地问："那你还爱他吗？"

辉姐在桌子底下踢了Judy一脚。Judy皱了皱眉，并没吭声，直挺挺的坐姿雷打不动。Judy在遭遇任何不测时，都要启动"树"的模式。

郝依依摇了摇头，面色憔悴："不爱了。八年，什么都磨没了。"

"可不是！日本鬼子都打跑了！哈哈！"辉姐干笑了两声，想以此扭转气氛。另外两个却都没笑。郝依依把目光转向辉姐："辉姐，对不起！给你添麻烦了！现在不仅仅我是他的目标，估计你也是了！"

"怕他？"辉姐一拍桌子，朝着服务员大叫，"服务员！来半打啤酒！燕京生啤就成！"辉姐转回身，对郝依依爽声道，"别怕！你姐啥神经病没见过？他要敢来，那正好！姐最看不起这种没责任心的男人了！可怜孩子，今晚跟姐喝个痛快！把烦心事儿都忘了！"

三人一共叫了四瓶燕京生啤，Judy 没喝，辉姐和郝依依各喝了两瓶。郝依依喝得很痛快，根本用不着劝，话也跟着多起来。郝依依说，衡子是个遗腹子，被母亲惯坏了，什么都依着他，旷课、逃学、打架、留长头发。

Judy 问：这样的人也能考上浙大？郝依依说：他的确聪明。高中三年都在班里垫底儿，郝依依报了浙大，他闷头复习了几个月，居然也考上了浙大。可上了大学，又不用功了。自己从来不上课，却坚持接送郝依依上下课，起先是自行车，后来是摩托车。他趁着她上课的工夫，跑到十几公里外的荒山野岭采花给她。郝依依眼睛里有道微光，稍纵即逝：野花又不能当饭吃。

Judy 听得如痴如醉，辉姐却暗叫糟糕：没断干净！怪不得衡子一再纠缠。这就难了。劝和，显然没什么道理；劝分，又有些不近人情。辉姐正发愁，郝依依仰头喝掉最后半杯啤酒："回家！"辉姐如释重负："不能开车了。叫代驾！姐付！"

其实需要叫代驾的只有辉姐。郝依依的车还在修车行，Judy 既没喝酒也不开车。辉姐送两人上了出租车，代驾师傅也来了。是个清瘦的小伙子，穿着风衣，戴着口罩，有点儿南方口音。辉姐不喜欢戴口罩的人，可雾霾这么重，也没什么可抱怨的。辉姐把车钥匙交给小伙子，昏昏沉沉地上了车。从银行离职才几个月，酒量竟然退化了。

辉姐一路回忆郝依依的话，不禁也觉着可惜。青梅竹马的一对，感情肯定不浅。可碰上这么不负责任的男人，也没有哪个女人能受得了。辉姐自嘲地笑了笑。她的男人好多少呢？拖了她二十年。可她没有郝依依那份勇气。

辉姐晕乎乎地坐了一阵子车，只觉车外漆黑一片，抬头细看，桑塔纳正在高速公路上飞奔，周围一片开阔，怎么也是五环外了。从国贸到方庄，哪用得着上高速？辉姐再去看那代驾，代驾也正在斜着眼偷看她。辉姐心里一紧，惊道："你往哪儿开呢？"

那代驾并不回答，脚下猛踩油门。辉姐听到引擎的轰鸣，顿时惊恐万分，手足无措。她想高声尖叫，嗓子里却仿佛塞了海绵："停车！快停下！不然……"

"不然，你能怎样？"那人接了一句，声音被口罩罩着，听起来格外瘆人。

辉姐想起郝依依说的，心里又是一惊。可此人看上去并不像衡子，身材太瘦，头发也太短，口音更不对。难道是衡子雇凶杀人？辉姐顿时吓得体若筛糠，勉强咽了两口唾沫："车给你！我包里的钱，也都给你！放我下车吧！"

"我不会伤害你，也不要你的车。"那人答得不动声色，辉姐心里更是没底，声音瑟瑟发抖："那你为什么绑架我？"

"我不想绑架你，只想找个安静的地方谈谈。"

"谈什么？"

"等一下再说。"

"可我不认识你。"

"等下就认识了。"

那人猛一脚急刹，把车停在应急车道上。辉姐狠狠往前一栽，又被安全带死命拉回来，差点把晚饭呕出来。她定了定神，往车窗外看了看。车停在一座大桥上。桥下漆黑一片，看不出是路还是河。四周也同样漆黑，远处点点的有些灯火。这是在哪条高速上？京沈？京承？不管是在哪儿，总归足够偏僻。跳车夺路而逃，估计是行不通的。好在时不时有车经过。没人会选择在高速路边杀人。辉姐略微安心了些，暗暗对自己说：沉着！冷静！见机行事！

"你觉得是谁派我来的？"那人开口发问，问题有点儿怪异。

辉姐摇了摇头。

"猜猜看！猜对了，有奖喔！"

那人虽是男中音，口气却像个调皮的小孩子。辉姐立刻又是一身冷汗。谁会大半夜的把人劫持到荒郊野外做游戏？难道真的遇上了变态，要来什么"说对了让你走，说错了让你死"？辉姐强忍着恐惧，再次摇了摇头。

"那我给你一点线索。昨天下午，你见过谁？"

"衡……无义？"辉姐脱口而出。衡子身份证上的名字她早忘了，这个倒是还记得。

"谁？"那人反倒糊涂了。辉姐略微镇定了些，心想总不能不打自招，连忙摇头："没谁！我……我不知道！"

"那我再给你一点线索。李卫东，你认识吧？"

辉姐心里一抖。难道，是老李的老婆找的人？老李跑了，她就找上自己了？辉姐从没见过老李的老婆。但在很多年前，她曾接到过奇怪的电话，只响铃，不说话。她怀疑是老李老婆打的。不过并没有证据。后来也不再打了。辉姐厉声质问，给自己打气："你到底是谁？"

"哈哈！"那人大笑了两声，一把拉下口罩，露出一张瘦脸，"不跟你开玩笑了！我姓戴，是李卫东的朋友！是他让我来找你的！"

辉姐愣了。老李的朋友？她可从来没听说过老李有个姓戴的朋友。而且，也并没几个老李的朋友知道他和辉姐的事。但听他这么说，辉姐倒是没那么怕了。总归不像是杀人抢车的。辉姐默默地仔细观察此人，颧骨挺高，眼窝子也深，像是广东那边的。老李在东北农村长大，后来到北京上大学、工作，并没有多少南方朋友。此人到底什么来路？

"你大概不信任我。不过，我的确是李卫东的朋友。他曾经告诉我，如果他出事了，要我立刻来找你。"

"李卫东出事了？"

"是！他在香港机场被捕了！"

辉姐顿觉天昏地暗。老李的案子发展得这么快？警方已经拿到证据了？而且，这么迅速就取得了香港警方的配合？辉姐勉强控制住情绪，又一转念：这家伙是不是在诈她？警察既然想抓老李，干吗不在北京抓？干吗不在首都机场把他扣下？干吗要等他抵达了香港机场，再动用香港警方逮捕他？辉姐瞬间冷静下来，反倒故意装出万分错愕的样子："天啊！为什么被捕？"

"你不是很清楚吗？"那人侧目看着辉姐，像是在猜测她的想法。辉姐基本能够肯定，这家伙是在诈她。辉姐反问："我清楚什么？"

"清楚李卫东为什么被捕。"

"我怎么知道？不知道啊！李卫东可是个好人！他是我以前的领导，对工作认真负责，对同事热情相助！他怎么可能违法呢？你是不是弄错了？"

"唉！"那人摇摇头，"你还是不相信我。没关系！反正我只是把李卫东的话转告你。他让我告诉你，他跟你说过的事情，千万不要告诉任何人！"

"他跟我说过什么事情？"

"你不用跟我演戏。我又没有让你告诉我什么。我只是转告他说的。"

"可我真的不明白你在说什么！"

辉姐继续装糊涂，心里猜测他到底是谁。纪委的？检察院的？公安局的？还是黑社会？他到底想从自己嘴里知道什么？不管他是谁，老李果然是被盯上了。老李的直觉果然很准！在银行一路升官发财，顶头的领导换了不知多少拨，大大小小的政治风波也没断过。可这一回，尽管只是听到了"风声"，老李却认定了要出事，不惜亡命天涯。莫非他已经得到更多的消息，只不过并没告诉她？辉姐隐隐地有些黯然。

"算了！"那人耸了耸肩，动作非常夸张，"既然你不信我，李卫东托付我的话，也不必都告诉你了。"

"别啊！我信我信！他让我做什么？我一定尽量做到！"

辉姐倒是很想听听，这家伙想让她做什么。他显然知道自己昨天下午见过老李。是在38层的楼道里，还是在地库B4？辉姐心中又是一抖：自己和老李的关系被他发现了？

"李卫东让你把他交给你的东西，交给我。"那人开口了。

辉姐一愣。这回是真的莫名其妙。过了片刻才明白过来：老李手里也许有过什么重要的东西，后来交给别人了。重要的东西当然要藏好，不能带在身上逃跑。可他显然没交给辉姐。辉姐更加沮丧了。

"什么东西？"

"他昨天下午给过你什么东西？"

"昨天下午？他什么也没给我啊！"辉姐这回说的是实话。可对方并不相信，咬牙切齿道："你还是不相信我！那东西真的非常、非常的重要！性命攸关的！你不想帮他吗？"

"想啊！可他真的什么都没给我！"辉姐百口莫辩，"真的没有！不信你让他来跟我对质！"

"他在香港机场被捕了，怎么来跟你对质？"对方很恼火。

"可我真的什么都没有！我骗你干吗？"辉姐也发了急。

"唉！"那人又叹了口气，声音平静下来，"好吧！你回去查一查新闻，就会相信我的话了。如果你想帮他，就给我打电话。"

那人把一张名片塞进辉姐手里，开门下了车，把辉姐独自留在车里。

辉姐颇感难以置信：就这么结束了？既没严刑逼供，也没糖衣炮弹？辉姐没敢下车，连滚带爬地到了驾驶位，锁上车门，发动了引擎，这才想起往车窗外看一眼，那家伙早已无影无踪。

辉姐下意识地掏了掏自己的包，手机、钱包都在。不止这些，还有些别的什么：辣椒水和微型电棍！刚才竟然忘得一干二净。辉姐无限懊恼，只怪自己没用。徒有一张刀子嘴，既打不跑坏人，也留不住男人。

3

那家伙的名片上只有中英文姓名和两个电话号码：戴威，Victor Tai。两个号码一个是香港的，另一个是内地的。

辉姐一夜没睡。她当然不相信姓戴的，可心里始终不踏实。老李的危险比她原本想象的要大。其实她并不清楚老李到底干过啥。她从来不问，老李也从来不说。她就只知道，老李从分理处到分行，再从分行到总行，一路升官全都仰仗当副行长的岳父大人。老李自然也为岳父大人行了不少"方便"，比如批出去的贷款，开出去的信用证，许许多多不了了之的坏账。老丈人用这些换钱换官，终于换来总行行长的乌纱帽。最近几年风声紧，老李调任 IT 部门总监，一人兼管软件开发和信息安全。虽不是引人注目的一线，却也是个肥差。

第二天一早，天色蒙蒙亮，辉姐出门找了个公用电话，拨老李的手机。没人接。一个小时后又拨，还是没人接。辉姐不能再耽搁，开车去上班，一路胡思乱想。到了公司更加心神不宁。拿出手机来摆弄，这才发现手机上有一封新邮件，竟是老李发来的。手机邮箱常收垃圾邮件，她平时懒得查。今早鬼使神差的，居然就发现了。

辉姐看了看邮件的发送时间，昨晚 11 点，当时她正在自己车里被"绑架"。辉姐松了口气，心想老李不可能在被捕好几个小时之后还给自己发邮件。可她打开邮件一看，心立刻又悬起来了。

邮件只有一句话："有件东西请你保管。塞你上衣口袋里了。"

老李果然有件东西！而且果然留给辉姐了！为什么要偷偷摸摸地给，当时还不让她知道？为什么用邮件通知她，不用微信也不用短信？老李毕竟还是最信她，可又并不全信，有不少事都藏着掖着。辉姐腹中一阵翻腾，也说不清是喜是忧。再细看那邮件，设置了延迟投递，投递时间是晚上 11 点。辉姐明白了：只有邮件才能设置延迟投递，微信和短信都不能。老李早就写好并发出了邮件，又不想让辉姐太早收到，打了个时间差。这是为什么？难道他预料自己要出事？

老李真的出事了？

整个一上午，辉姐心乱如麻。好不容易熬到中午，辉姐和 Judy、郝依依照例一起在员工食堂吃饭。辉姐纠结了许久，下定决心请 Judy 帮忙。Judy 就职的 SP 律所亚太区总部就在香港。Judy 在 SP 律所干了十年，说不定认识几个 SP 在香港的律师。

辉姐尽量风轻云淡地跟 Judy 说，自己的一个前同事去香港出差，在机场出了点儿小麻烦。所以，辉姐受前同事家属相托，求 Judy 找香港律师查查，昨天是不是有个叫李卫东的内地人在香港机场被抓了？

Judy 同意帮忙，但不能打保票。郝依依凑过来说，我也可以试试。快阔投资也是香港公司，也许有同事能帮得上忙。

辉姐对郝依依的热情相助并不当真。九〇后的小前台，上班没几天，有哪个同事肯拽她？小孩子啥都不懂，所以更喜欢瞎逞能。可第二天一早，郝依依竟然急急火火地跑来找辉姐。

"前天下午，在香港赤鱲角国际机场，的确有个叫李卫东的被警察抓了！ 1967 年出生的！是你前同事吗？"郝依依快言快语，透着点儿小得意。

辉姐当时正在摆弄一早收的快递，手里的包裹落了地。郝依依吃了一惊，弯腰捡起包裹，关切地问："你怎么了？哪里不舒服？"

辉姐连忙摆手，硬挤出一脸笑，好歹在椅子里坐稳了，这才问："警察为什么抓他？"

"说是抢机场里的珠宝店，当场被警察抓获了！"

辉姐简直不相信自己的耳朵。老李在香港机场抢珠宝店？一个正在外逃的人，那么高调地打劫机场的珠宝店？

"你肯定吗？"辉姐满心怀疑。

"这……"郝依依也有点儿含糊，"可我找的人，就是这么回答我的。"

"你找的谁？"辉姐追问。

郝依依低下头，突然难为情起来："Max。"

辉姐更意外了："你找王总帮忙打听的？"

郝依依点点头，幅度小得几乎看不出："嗯。他又请我吃晚饭。我想，正好跟他打听打听，就没拒绝。"

辉姐想说谢谢，可胸口好像塞进一块大石，整个的身体往下坠，什么也说不出。郝依依倒是很热心，继续补充说："Max 听香港警方的朋友说，李先生用拳头砸碎了柜台，从里面抓了一把戒指就跑，出门就被机场里巡逻的警察抓住了。"

"那柜台用手就能砸碎？"

"Max 说，那家店根本不是正经珠宝店，柜台里都是便宜货，都没用钢化玻璃。"

辉姐彻底糊涂了：一个外逃的人，在半路抢劫廉价珠宝店，抢走几个根本不值钱的戒指？他要那些能干吗？

"辉姐，"郝依依更加难为情，两颊绯红了，"今晚 Max 还要请我吃饭。你看，我再跟他打听点儿什么？"

辉姐看着郝依依发呆，既没说话也没摇头。她脑子里一团乱麻，什么头绪都理不出。郝依依被她看得窘了，吐了吐舌头："那我先回去了！你想起要问什么，随时告诉我！"

郝依依离开了大半天，辉姐才回过神来。她突然想到要不要提醒郝依依，Max 王看上去像个花花公子，家里又有钱，跟他交往得小心。但这种事，说多了倒像是她在嫉妒。辉姐心里又一阵烦：自己都焦头烂额了，还管别人的闲事！老李真的砸了珠宝店？会不会被判刑？会不会被引渡？手腕儿是不是划破了？有没有住院？辉姐一阵懊恼。这么多问题，一个也没想起来问！郝依依今晚还要跟 Max 王吃饭，得求她再多打听点什么。比如……能不能去香港把老李保释出来？保释需要多少钱？找人借钱得有合理的借口。请假去香港，也得需要借口。

借口！

辉姐的心脏猛地一抽：老李是不是给自己找了个被抓的借口？不然他不会砸人家柜台，抢人家东西！一定是情况紧急，根本顾不上抢的是什么。老李一定是遇上大麻烦了！他为了逃命，才故意让警察把他抓起来！

有人想要杀他！

辉姐顿时浑身无力，像是生了一场大病。这么多年，她一直觉得老李在亏欠她。可突然间，她发现自己其实并没真的为老李做过什么。以前是没机会，以后，恐怕就更没机会了。

辉姐奋力从椅子上站起来，顿时一阵眩晕。前台的某部电话机响了，她并没接听。那三部电话每天都轮番响上几百回，她早就听腻了。她深吸了一口气，压住狂跳的心脏，大步走出公司。

Judy 正隔着电梯间瞭望辉姐，表情有些诧异。要在平时，辉姐肯定迫不及待地给 Judy 发微信，告诉她 Max 王在追郝依依，郝依依快上钩了！可辉姐这会儿一点儿心情都没有。她假装没看见 Judy，径直走向走廊深处的快阔公司。

她就指望郝依依了。

4

在郝依依看来，Max 其实不太讨厌。当然也不至于太可爱。要不是因为衡子，她都不会多看 Max 一眼。衡子曾经说过："想滚就滚！去找个有本事的！"当然是吵架的时候说的，把他半旧的摩托头盔狠狠摔在马路上。郝依依没有回头瞻仰那垂死的头盔，昂首阔步地继续走远。边走边想着：等我真的认识一个给你看看。

所以，对 Max 的晚餐邀约，她只拒绝了一次。第二次再请，她就接受了。正好让衡子看看，她是有人追的。而且是个非常成功的高富帅。

Max 可不仅仅是费肯公司中国区新任的执行董事，他还是香港王冠控股集团的总经理，王冠控股集团创始人王凤儒的独子。王凤儒祖籍潮州，在马来西亚出生，在香港做贸易起家，继而大规模开发房地产，渐渐成为香港最成功的富豪之一。

王家大部分投资原本是在中国内地。近些年，王凤儒年逾七旬，身体状况欠佳，自知儿子在中国名利场无法像自己一样八面玲珑，所以渐渐把资产转移出内地，大举进军欧美。Max 六岁开始就读美国私立学校，直到沃顿商学院毕业，管理欧美的投资尚可说游刃有余。王家对欧美公司最大的一笔投资，就是近期对费肯公司的注资，令其一举成为费肯最大的股东。

费肯虽是驰名全球的跨国公司，近些年却因为盲目扩张而资金链紧张，在 2008 年次贷危机后陷入困境，多年都没缓过来。王凤儒算是临危相助，因此取得了更显著的控制权，费肯全球董事会也不得不给这位香港大亨多些面子。Max 因此得以空降费肯北京办公室，成为费肯中国新任的掌门人。华尔街有分析师声称：王凤儒重金投资一个垂死的国际会计师事务所，并非东方土暴发户的豪举，而是老谋深算——他看中费肯公司的巨大潜力，要让这棵摇钱树在自己手里重新开花结果。把独子派驻费肯中国——全球最强劲的市场，正是这一举措的第一步。

除此之外，媒体还报道了另一条重要信息：Max 离婚八年都没再娶，是名副其实的钻石王老五。

郝依依把有关 Maximilian Wang（王世豪）的中英文报道都查遍了。Max 完全能够满足衡子曾经丢下的那句话：找个有本事的。有过之而无不及。其实，在国贸 38 层上班的任何一个人，都比一个大学三年级就因为打架而辍学，之后五年里任何一份工作都坚持不过三个月的人强。一个骑无照摩托车，每天老鼠似的躲着交警，却很敢冲着女朋友摔头盔，头盔摔烂了也没钱换新的，情人节当然也买不起礼物，只能去郊区采野花送女友的男人。

第二次晚宴约会，Max 也送给郝依依一朵花。不是从六环外采来的野花，而是香奈儿春季最新款的胸针，粉红打底，金黄的花瓣，淡绿色的花心。郝依依婉言谢绝。Max 板起面孔，悻悻地说："只是一朵由合成树脂和金属组成的假花，自然配不上你。"

郝依依勉为其难地收了胸针，难堪地说："我吃你的，喝你的，收你的礼物，可我并没有给你准备什么礼物。"

郝依依平时并不是这么说话的，是 Max 影响了她。Max 虽然从小喝洋墨水长大，国语却非常纯熟，而且用词很文艺。他父亲王凤儒不喜欢讲广东话，要求儿子从小就学习纯正的国语。Max 举起酒杯，款款地说："郝女士能赏脸，我已经万分荣幸了。"

郝依依也举起酒杯，在嘴边挨了挨。杯子里盛着五百块一瓶的白葡萄酒，看上去晶莹剔透，郝依依用它润了润嘴唇。巨大的落地窗外一片雾霾，脚下的城市灯火朦胧如水中倒影，这是北京最高的西餐厅。中午还在地下二层的员工食堂里排队，晚上已在 79 层腾云驾雾地享受牛排大餐了。这一顿饭，大约抵得上在员工食堂吃半年的，这种上升的速度实在是有些不真实。但对于任何一个每天穿着套装、涂着廉价口红，在写字楼里拼命加班的年轻女孩子来说，这又是妙不可言的。谁没有追求幸福的权利呢？郝依依深吸一口气，盼望着蕴热的两腮能再娴静一些。她并没喝多少酒，第一杯尚且剩着一半，不是酒让她醉的。

"怎么？不舒服？"Max 关切地看着她。并不是对身体的关切，而是另一种，眼睛微微眯着，有些灼灼的光。

郝依依轻轻摇了摇头，低垂了眼神，"没有，就是有点儿忐忑。"

"哦？为什么？"

"是我撞了你，我全责，给你添了麻烦，你不跟我计较，还帮了我这么多，反倒让我不踏实，好像欠了什么似的。"

"哈哈！"Max 朗声笑，"朋友一起吃顿饭而已，哪有那么多可计较的？"

"可朋友也得礼尚往来，不然做不长的。"

"哈！那好，我也想想，怎样请你也帮我个忙！"Max 举目凝视天花板，用手指轻抚下巴上修剪得极为精致的细胡子楂，白金的衬衫袖扣从黑西装下露出来，在暧昧的幽暗灯光里一闪，"你帮我把这瓶酒喝干！这样我就不会因为酒驾被警察抓起来。怎么样？"

"王总真是狡猾。"郝依依撇了撇嘴，又立刻笑盈盈地说，"您的公司就在旁边的大厦里，现在才九点，一定还有不少人在加班吧？许多人巴不得来给王总做代驾的。"

"你怎么不说，由你来做代驾？"Max又挑起一边嘴角，饶有意味地看着郝依依。

郝依依扬起下巴，摆出一副一本正经的样子："第一，我也喝了酒。第二，我不能剥夺别人向老板献媚的机会吧？"

"哈哈！"Max大笑了两声，气氛顿时松弛了许多。他靠回椅背上，半开玩笑地问："你老板常常为你提供这样的机会？"

郝依依微笑不语。Max追问："这个问题很难回答吗？"

"问题是，谁算是我的老板呢？"郝依依反问。

Max耸耸肩："给你发工资的人喽。"

"那就是会计了？"郝依依调皮地眨眨眼。

"看看谁更狡猾，"Max把手比成一把枪，瞄准郝依依，"你的领导是谁？"

郝依依忍住笑："按照快阔投资集团北京子公司的汇报体系，我的直接领导应该是行政总监。不过呢，自从我入职，这个职位一直空着。所以，我是直接向北京子公司的总经理托尼·刘汇报的。"

"那就是他喽！托尼·刘！他就是你老板。"

"可是，托尼·刘也只是给快阔公司打工的高级经理人，他头顶上还有集团总经理，集团总经理上面还有集团董事长，你说谁才是我老板？"

郝依依说罢，又朝Max眨眨眼睛。Max也朝她眨眨眼睛："你有机会给寇绍龙做代驾？"

寇绍龙是香港快阔投资集团的董事长，也是香港尽人皆知的富豪名流。郝依依撇了撇嘴："没有。他大概根本不知道我的存在。"

"那就是喽！"Max得意地摊开双臂。他怎会败给一个小前台？郝依依轻轻叹了口气："唉！你是大老板，我当然说不过你。总之，愿意给你做代驾的人多着呢。"

"唉！"Max也模仿着郝依依叹了口气，眉间竟然升起一丝愁云，"那可不一定。费肯的人大概很讨厌我，都希望我走人呢。"

"怎么可能？"郝依依吃惊道。

"洋人喜欢做圣人或者天使，把员工都惯坏了！"Max坐直了身子，面色严峻起来，"费肯中国公司连续亏损了两年，大客户越来越少。知道为什么吗？"Max 顿了顿，压低了声音，"费肯那些洋人老爷，动不动就搬出法律来。比税务局和检察院都严格！对客户铁面无私，丝毫不肯让步。在这里，如果账务上完全不肯'通融'，你让客户怎么赚钱？谁还愿意用你？你懂的！"

Max 意味深长地向郝依依点点头。郝依依也点点头，表情却有些懵懂。于是 Max 又做了个总结："爹地说过，费肯是个好公司，就坏在这些自以为是的洋人手里了！"郝依依愣了愣，才反应过来"爹地"是"Daddy"，也就是 Max 的父亲。听一个中年男人这么称呼自己的父亲，郝依依有点儿别扭。可她丝毫也没表现出来。

"令尊是全香港最成功的企业家。当年龙、虎、凤三兄弟打江山的故事，谁人不知呢？这些洋人哪比得上！"郝依依也做出些义愤填膺的样子来。王凤儒是大名鼎鼎的香港巨贾，区区一个郝依依，平时是连奉承的机会都没有的。Max 却似乎并不买账，紧张地问："你是不是也跟他们一样，认为爹地是个唯利是图的商人？"

郝依依不知触到了 Max 的哪根神经，忙道："当然不……"

"爹地真的不是！"Max 打断郝依依，迫不及待地说下去，"当年爹地和王啸虎、寇绍龙三人一同打拼创业，事业风生水起。可是寇绍龙心术不正，唯利是图，跟黑道来往密切，爹地不得不痛下决心，和寇绍龙分道扬镳，不惜让自己蒙受损失！没想到寇绍龙并不领情，对爹地下毒手，误杀了二叔王啸虎。爹地痛不欲生！二叔生性顽劣，有不少风流韵事，都由爹地替他善后，爹地还常年把二叔的灵位立在家中，常常祭拜。你说，爹地是唯利是图，还是重情重义？"

Max 满怀悲愤地瞪着郝依依。郝依依使劲儿摇头："当然是重情重义！我不是那个意思。你误解了！"

"对不起！我太激动了！"Max 的目光柔和下来，"我是被那些洋人给气糊涂了！我知道费肯北京不好办，可我还是硬着头皮来了，就是为了向爹地证明，他可以放心把王冠交给我。可纽约董事会的那些人，阳奉阴违，等着给我难堪！"

"那怎么办？"郝依依也跟着满脸焦急。

Max 满面愁云地摇了摇头。

郝依依灵机一动："要不，找辉姐试试？哦，就是你们公司前台。"

Max 不解："你说 Yao？"

郝依依点点头，神秘地说："你可别小看前台，知道的秘密可多了！"

Max 双眼一亮："你是不是和 Yao 关系很好？"

"你还是她老板呢！你跟普通员工的关系好不好？"郝依依眼中有点儿小小的狡猾。

"不太好。"Max 摇摇头，"那天在马路上，我都骂了人家。"

郝依依讶然："你当时就认出她了？"

Max 点点头。

"那你还骂人家？可是你同事呢！"

"谁让她跟你凶？"Max 做了个鬼脸，趁机把郝依依的右手捉了去。郝依依立刻浑身绷紧了，却并没有把手抽出来。因为她又想起了衡子。

5

"我觉得吧，老外糟糕就糟糕在舌头上了——捋不直！在嘴里跟自己摔跤拌蒜，脸上的表情就跟着别扭！这人啊，只要脸上一别扭，啥事儿都得跟着别扭下去！"

小半杯清酒下肚，辉姐彻底放开了。她本来还有点儿拘束的。日式居酒屋的小包厢里空间太狭窄，腿挨着腿、眼对着眼的。Judy 又像是棵树似的戳在身边，靠也不是，躲也不是。饭局是辉姐张罗的，餐馆是郝依依选的。辉姐死乞白赖地恳求，郝依依也不好意思拒绝。郝依依一天没上班，并不知道辉姐往快阔的前台白跑了无数趟。知道的是 Judy。为了堵住 Judy 的嘴，辉姐自然得把她请上。

三人落座没多久，郝依依不动声色地把话题引到"外企里的老外"身上。随即打住，由着辉姐滔滔不绝，自己默默地倒茶敬酒。

"就说人名儿吧！不是每个老外都叫汤姆或者麦克，也不是每个中国人都有个外国名。对吧？"辉姐越说越兴奋，两颊泛着红晕，"比如'钩儿'，他叫啥杰弗雷……"

"是 Jeffrey。"Judy 颇有权威地纠正，脖子挺得又细又长。虽然发音还是中式的，姿态却足以让辉姐自惭形秽。

"管他是啥！反正不是正常舌头能说明白的！"

"所以'正常的舌头'就都管他叫'钩儿'了。"Judy 掩着嘴轻笑。

"本来的。谁说那个字母就只许有英文发音了？干脆让他听不明白，省得挑三拣四的。"辉姐得意道。

"老外都轴。"Judy 不动声色地总结，"尤其是过得还不错的，特认死理儿，不懂得通融。"

"就是！自以为高人一头！都当自己是救世主了，捡着把扫帚也敢举起来冒充自由女神！"辉姐高高举起右臂，手里捏着两根筷子，逗得 Judy 和郝依依忍俊不禁。辉姐受了鼓励，更是劲头十足："'钩儿'就是！简直当他是来中国解放劳苦大众的！整天'民主'不离嘴，公司冰箱里应该放哪种汽水，他要大伙儿投票；年会是吃海鲜还是烤全羊，还是大伙儿投票！还有过年发的红包、中秋发的月饼、每月发的电影票，绝对的一视同仁！"

"那不是挺好？大家都很拥护他吧？"郝依依饶有兴趣地提问。

"那是，没事儿就到会议室里举手表决，可有当家作主的感觉了！"

辉姐再次举起筷子，这次是演示举手表决。其实每次参加表决的人并不太多。忙得焦头烂额，谁关心冰箱里的汽水。而且费肯的会议室不够大，容纳不下多少人。J 让 HR 群发一封邮件，到时候再在走廊里吆喝一声，来多少算多少，剩下的按弃权处理。

"得到大家的拥护，Jeffrey 一定很开心吧？"郝依依继续问。

"那可不是！可得意了！逮谁问谁：费肯中国人人平等吧？就喜欢听人回答：那必须的！彻底实现了人人平等！男女平等，上下级平等，总监和前台都平等！怎么可能呢？总监每月拿五万，我拿五千！"

"可工资这种事，总归平等不了吧？"郝依依说。

"那是！不然费肯更要破产了！"辉姐撇了撇嘴，把声音压低些，"听说费肯中国连着赔了两年了！纽约总部说让裁员 5%！北京一共四百多人，得裁二十多个！据说'钩儿'纠结了半个月，终于想出一个特平等的主意来：每人降薪 5%，每年多休 15 天带薪年假！这样谁都不用裁，照样能节省 5% 的工资成本。"

"这也不错啊，每年能多休五天！"郝依依点头。辉姐用鼻子"哧"了一声："工资挣得多的当然不在乎！可像我这样的，每月砍 5%，那可是 250 块，一年 3000 呢！两百多顿午饭呢！就算多给我几天假，让我上哪儿挣 3000 块去？"

"这次没让大家举手投票？"郝依依问。

"举啦！当然得举了。'钩儿'多民主啊！让同意减薪政策的举手，不同意的不举手！他还特别强调，如果大多数人不同意，那就不减薪，按照总公司的意思，裁员！"

"你没举手吧？"

"我举啦！哪儿好意思不举？全会议室里的人都举啦！举完还一齐

鼓掌呢！拍得手疼！"辉姐翻了翻白眼。

"幸亏我不在你们公司！"Judy 冷不丁接了一句。辉姐指着 Judy，对郝依依说："看看看看！不只是我稀罕几百块吧？"

"你们公司不讲民主？"郝依依问 Judy。

"不讲。"Judy 摇头，"你啥时候听说过律所讲平等了？我们那儿是绝对的独裁。"

Judy 不慌不忙夹了块烤青椒，细嚼慢咽地吃完了，继续说下去："我们公司，一切听 Frank Lau 的。律所最讲资历。谁打过的官司最多，打赢的概率最大，谁的客户就最多，给公司赚的钱就最多，也就最有话语权。新人根本就没有不服气的资格，巴不得给老律师端茶倒水、捏脚捶背呢。就为了多在人家手底下接几个案子，积累点儿经验和人脉。"

郝依依频频点头。

"所以你们公司就没那么多政治斗争！Frank 握着大客户，也就大权在握！不像我们公司，大头儿说换就换，换了也没啥损失！"辉姐用筷子指点江山。

"是说 Max？"郝依依一边给辉姐斟酒，一边漫不经心地问了一句。

"对啊！明眼人都看得出来，姓王的……"辉姐猛然意识到郝依依和 Max 王的关系，赶快改口道，"王总空降北京，就是来顶替'钩儿'的。只不过一时半会儿顶不掉！人家'钩儿'得民心！支持率巨高！王总上任的第一件事，就是叫停了减薪休假政策，还把孕妇给炒了。明摆着是要执行公司的裁员政策。据说公司总部收到好多匿名信，都是告状的！说大伙儿一直都非常热爱 J，很讨厌王总。大家全票通过的决定，他一句话就推翻了，一点儿不尊重大家。北京办公室的员工要集体辞职呢！总公司现在骑虎难下！"

"真的要集体辞职？"郝依依吃惊地睁大了眼睛。辉姐虽然喝了不少，可并没真的喝高，连忙缓和了声音："呵呵，哪有！辞职了喝西北风去？我猜，匿名信肯定是那些担心自己会被炒鱿鱼的人写的！"

郝依依点点头，再给辉姐斟满了酒。辉姐大方地豪饮了半杯，踌躇了片刻，颇为关切地问："那个男的，叫啥……衡子，又来骚扰你了没有？"

"没有。"郝依依尽量装作若无其事地摇了摇头。

"真的？"Judy 接了一句，多少有些遗憾似的。辉姐连忙万分坚定地说："没骚扰最好！最好以后也别再出现了！"

郝依依摇摇头，苦笑道："出现不了了。"

至少一时半会儿出现不了了。衡子妈把衡子接回杭州了。衡子昨夜把 Max 小跑车的玻璃砸了，就在国贸 B3 的车库里。立刻被保安抓获，扭送派出所。他根本就没想逃，想逃也逃不掉，走路都困难。不知喝了多少酒。这次不是交通事故，保险公司管不着。郝依依表示要自己赔，其实她根本赔不起。Max 很绅士地表示不用赔，也不追究衡子的责任。他让郝依依把这句话转告警察，郝依依并没如实转告，而是让警察把衡子在拘留所里关了一夜，让衡子妈搭早班航班到北京，把儿子领回杭州去了。

辉姐趁着 Judy 去厕所的工夫，终于向郝依依开了口："依依，就是……那个在香港的同事！他家里人托我……唉，真是太麻烦你了！他家里人想到香港去看看他！你朋友……我是说王总，能帮得上忙吗？香港的法律我也不懂。能探视什么的吗？"

"是谁要去香港看他？我让 Max 托他香港的律师朋友帮忙打听一下。"郝依依认认真真地回答。

"那个，是我。"辉姐难堪得几乎要钻到桌子底下去了，"那什么，他家里人不方便去。所以托我去……"

郝依依颇感意外，却没露声色。不过一秒钟的工夫，她全明白了。郝依依坚决地点点头："没问题！我明天就跟 Max 说！"

话一出口，郝依依突然有点脸红。明天是周六。她是在告诉辉姐，她和 Max 周末也会见面。不过辉姐似乎并没听出这一层，激动得几乎要给郝依依作揖："太谢谢你了！"

郝依依抓住时机："辉姐！我也有件事要求你呢！"

辉姐立刻毕恭毕敬，认认真真地听着。

"是 Max 托我帮忙。你知道，我欠了他一个人情。撞了人家的车，也没给我找麻烦。"郝依依顿了顿。辉姐明白，人情其实是她欠的。郝依依沉吟了片刻，继续说，"费肯的员工里到底有多少人支持 Jeffrey？"

辉姐皱眉想了想："不好说！大伙儿肯定都觉得'钩儿'比较好相处，但对他的那些做法，就未必都同意。"

郝依依点了点头："辉姐，如果让你支持 Max，你愿意吗？"

辉姐几乎是毫不犹豫地点头："愿意！这有什么不愿意？是依依的朋友嘛！你告诉王总，从今儿起，我绝对支持他！"

辉姐保持着夸张的笑容，半天都没合上嘴。心里对 J 微微地有点儿歉意，很快就平复了。一个高高在上的洋鬼子，哪能跟老李比？没的比。就算老李不是什么正人君子，也并没有忠贞不渝；就算老李是垃圾，是人渣，还是没的比。谁都没的比。为了老李，让辉姐背叛谁都可以。

CHAPTER THREE

CBD 里的秘密之眼

1

前台的确算得上外企里最低级的职位，可也是最接地气的。谁要是完全不把前台放在眼里，说不定哪天就要后悔。前台知道许多其他人并不知道或者不屑知道的事情。比如谁的访客最多，谁的快递最多，谁总在上班时间溜出去买东西；谁在下班后常搭谁的车；谁跟谁在楼道里遇上了常常眉来眼去；谁跟谁又总是假装没看见……这些是辉姐比较擅长留意的。她干了快二十年的银行，很在意考勤、工作效率和社会关系。Judy 擅长留意的则是另一些：谁的套装是新款的阿玛尼，谁的 LV 包是 A 货，谁一个礼拜同一件羊毛衫穿了两回，谁的车钥匙从别克换宝马了。

星期一中午，辉姐向郝依依提供了许多类似的信息，郝依依都一件一件记在小本子上。这让辉姐有点儿不安，就像正在做什么伤天害理的事情。仔细想想，却又想不出那些无聊的琐事能有什么意义。算不算泄露个人隐私？不论是公司的前台、走廊还是厕所，其实都是公共场所。在公共场所里的所作所为，大概算不上是个人隐私？辉姐暗暗地安慰自己，可郝依依越记越认真，常常追问一些细节，让辉姐心里越来越不踏实。

"依依，你要知道这些，能有什么用？"辉姐把声音压得极低，尽管居酒屋的小包厢里只有她们两个人。今天中午郝依依请客，在同一间居酒屋的同一个小包厢里和辉姐午餐，没点酒，也没叫 Judy。两人各自找了理由，不去员工食堂吃午餐。辉姐料定 Judy 不会在意。她们不去，她就独自在喧闹的食堂里做一棵安静而高贵的"植物"，笑纳物业和保安们垂涎的目光，保持尊贵的形象。这也充满乐趣，如果和女伴在一起，反而不够尽兴。

郝依依沉吟了片刻，眼睛被笔记本吸牢了："希望有用吧！说不定，能让更多人愿意支持 Max。"

"可这些都不算是事儿啊！"

"那可不一定。"郝依依仔细检索自己的笔记,"比如这一条,Cindy黄,总裁助理,每天上七八次厕所,每次大约半小时。就等于每天少上半天的班呢!"

"也许没那么多次?就五六次?"辉姐有点儿含糊。

"即便五六次也不少呢。她没事可做吗?"

"总裁助理嘛。如果赶上总裁有事,她才有事?"辉姐嘴上这样回答,心里却很清楚,Miss 黄把许多杂事都扔给她了。可她不想再多"揭发"Miss 黄。说不定已经给她惹上麻烦了。

"而且,在厕所里待那么久,能干些什么?"郝依依非要刨根问底。

"谁知道呢。"辉姐其实知道,Miss 黄并没去那么多次厕所,而是去逛街或者办私事了。她只是不好意思在辉姐眼前搭电梯。楼梯出口在走廊拐角,恰巧和女厕所在同一个方向。顺着楼梯下一层,然后再搭电梯,大家都有面子。

郝依依却不依不饶:"她是从 HR 调去做总裁助理的,难道不懂什么是考勤?她钻的就是只有上下班才需要打卡的空子。看来,哪个公司都有没事干的闲人。"

辉姐惊道:"不是想要威胁恐吓吧?"话一出口,辉姐又有点儿后悔:太直白了。

郝依依却并不介意,心不在焉地说:"我得再想想。"

"那什么,"辉姐突然扭捏起来,"我求你的事儿……"

"我跟 Max 说过了。他答应去找律师。放心!只要有律师陪同,应该可以见的。"郝依依的眉眼舒展开来,嘴角浮现柔和的笑意。这体贴的表情反倒让辉姐越发地不得劲儿,很想找个地缝钻进去。

"不急!一点儿都不急!"辉姐举起双手用力摇摆,"那个,我反正也得再过一两天才能动身!"

郝依依调皮地做了个鬼脸,于是辉姐更窘了。一两天还叫"不急",要是"急"起来该怎样?辉姐本来巴不得立刻动身,一两天已经太难熬了。可她的确还有很重要的事情要办。她得弄清楚老李塞进她外衣口袋里的那东西——一块手心大小的电路板里,到底藏了些什么。辉姐昨天提早下班,跑了一趟中关村电子城,唯一的收获就是,弄清楚了这是一块三星手机的主板,就相当于一部手机去掉壳子和电池。有家店的店员找来壳子和电池组装起来,却没能开手机:有密码,无法破解,只能刷机,恢复出厂设置。辉姐当然不要刷机。她必须弄清楚那主板是谁手机里的,里面到底有些什么。总归有办法的。

"其实，我还想问问……"辉姐更加扭捏，完全不是她的风格，"我听说，在香港，如果罪不是很重，是可以……保释的？"

"按理说是可以的。"郝依依点点头，表情却有点儿为难，"不过，保释金大概不会太少……"

"我就是问问！"辉姐忙不迭地解释，"就是……先弄清楚大概价码儿，如果能凑够，就……就让他家里人凑够了，我带到香港去。"

辉姐辗转了一整夜，天亮时下定决心：砸锅卖铁也得凑够保释金。老李躲在拘留所里绝非长久之计。得设法把他弄出来，然后送他去巴拿马。

"明白！我一会儿就给 Max 打电话。"郝依依莞尔一笑，辉姐又是一阵尴尬。郝依依连忙没话找话，向辉姐推荐一款叫作"香港我知道"的手机 APP：朋友专门为访港的大陆游客开发的，特好用！能根据所在位置推荐附近的酒店、餐厅、商场，也能提供警局、医院、药店的信息，而且还能科普香港的法律法规和风土人情。

辉姐见台阶就下，立刻用手机下载了一款"香港我知道"，还让郝依依帮她注册。郝依依问选什么用户名，辉姐随口说"大苹果"，已经被人注册了；又改成"方庄大苹果"，没问题了。辉姐问郝依依香港法律怎么查，这的确是她关心的。郝依依耐心地演示给她，还善解人意地用"保释"作为关键词，搜出几篇文章。辉姐皱着眉头看了几段，没看出什么名堂。

辉姐在 CK 专卖店门口遇上了 Judy。Judy 笔直地站在玻璃橱窗外，盯着橱窗里的一双男士皮鞋发呆。大概是 Judy 站得太直，而且是静止的，而别人都在动，使她显得特别孤独。

Judy 并不善于交际，律所又很讲究论资排辈，没人愿意跟前台套近乎。如果不算快递和保安，整座国贸大厦里，大概只有辉姐算得上是 Judy 的朋友。辉姐有点儿过意不去。平心而论，她肯定是和 Judy 更好。郝依依才认识没几天。可今天中午，她却和郝依依串通着"抛弃"了 Judy。

辉姐其实很了解孤独。没人比她更了解了。一个人下班回到家，随便吃两口晚餐，糊弄糊弄自己。坐进沙发里，让电视聒噪两个小时，还是不到睡觉的点儿，这时候就看小说。中国的，外国的，历史的，现代的，言情的，侦探的。二十年，能看的都看了。

辉姐快走几步，上前挽住 Judy 的胳膊。Judy 吓了一跳，本能地想要挣脱，认出是辉姐，这才放松下来。

"想男人了？"辉姐朝橱窗里的皮鞋努努嘴。

"胡说！就是觉得挺好看的。"Judy翻了翻白眼儿，不知白的是辉姐还是皮鞋。

"还别说，真挺好看的。"辉姐多看了两眼皮鞋，想起二十年前，第一次见到老李，他就穿着亮闪闪的黑皮鞋。那年头可是新郎才配穿的。老李当年那双皮鞋，肯定比不上橱窗里这双。可是在辉姐的记忆里，比这双帅，也比这双亮。

"唉！"Judy叹了口气，"好看的东西多了。"

"好男人可不多。"辉姐自己都不明白，为什么接了这么一句。

"有了智能手机，就根本没有好男人了。"Judy试图讲个笑话，却给自己讲出一脸愁意。辉姐若有所悟，凑近了Judy："偷看你老公手机了？"

"不是。"Judy摇摇头，"他换了密码。"

"哦！"辉姐立刻明白了，"突然改密码，多半儿有鬼！"

Judy吊起眉梢，愤愤道："其实就算换了密码，也照样挡不住我。"

"哦？"辉姐眼睛一亮。

"在律师所干了这么多年，总归认识些人的。"Judy挺直了身子，再次恢复优雅和高傲，"手机密码能挡得住谁？我只是懒得费事罢了。"

"你认识能解锁手机的人？"

"当然。"

"不要身份证也给解？"

"哈哈哈！"Judy笑弯了腰，难得如此地不顾淑女形象，不过没忘了用手遮着嘴，小指还微微跷着，"如果需要身份证，还有他们赚钱的机会？"

"我要请你吃大餐！"辉姐已经激动不已。

"为什么？"Judy一脸费解。

"因为你最好了！"辉姐瞬间喜笑颜开，嗓音甜得发腻。

Judy越发迷茫："我怎么好了？"

"因为只要我求你帮忙，你一定不会拒绝的！"辉姐收紧手臂，紧箍住Judy的胳膊，好像一株扭转的藤，把Judy这棵树用力缠牢了。

2

郝依依有点儿奇怪，整个下午 Max 都没回微信，也不接手机。太忙？还是失去兴致了？钻石王老五对女孩子的兴致，本来也不该太长。两次晚餐加香奈儿的胸针，已经算是慷慨了。

郝依依意兴阑珊地合上笔记本。那里是她整理了一下午的谈话记录，外加她的补充调查——通过猎头公司的熟人，查查某些费肯员工历史上的小污点。她一直把笔记本敞开了放在手边，等着跟 Max 分享成果，现在没什么兴致了。

郝依依看着那棕色的本子，突然觉得有点儿滑稽——摆在快阔投资前台上，却记载着隔壁公司里的秘密。表面都是看似不重要的琐事，实际上却未必如此。迟到、缺勤、渎职、偷窃公司财产、滥用 IT 资源、浏览黄色网站，甚至还有性骚扰——如果上纲上线的话。隔壁的很多人都该为自己捏把冷汗。当然有些是郝依依猜的，不过八九不离十。摄像头没有死角，电脑硬盘也是定期被复制的，想要找到证据并不难。其实用不着那么麻烦，单是提出这些"猜测"，不少人就不得不给 Max 投上一票。费肯全球董事会对新股东王凤儒阳奉阴违，只答应 Max 空降北京，却并没把 J 调走。理由很简单：J 人缘好，员工都喜欢他。郝依依给 Max 出了个主意：干脆顺了 J 的心意，在费肯北京来一次"公投"。当然是无记名投票，会议室里举手的法子不行。如果用些手段，Max 未必会输。

郝依依犹豫良久，才把这个主意告诉 Max。这不是个好主意，有损三观。即便是赢，也赢得一点儿都不光彩。可她实在想不出更好的办法。

可 Max 听到她的建议之后，竟然就失联了。

郝依依心不在焉地把笔记本丢进背包里。下班时间快要到了，早走几分钟并不碍事。即便早走个把钟头，其实也不碍事。大名鼎鼎的快阔投资，前台的工作不是轻松，而是无事可做。快阔北京到底有多少员工？郝依依说不清。反正她在前台坐了一个礼拜，看见许多人进进出出，并不记得任何人的名字，也没和任何人交谈过。并没有任何属于她的入职仪式，没有介绍和自我介绍，也没有 orientation（就职培训）。在快阔上了一周的班，她仍然只认识北京公司的总经理托尼·刘。但托尼·刘也并不和她多说什么，不布置工作，就只是见面点点头。她的作用就是坐着，像是前台的一件摆设。

郝依依把手提电脑塞进背包里。电脑也是她自己的，快阔投资并没给她这位前台配置任何办公设备。她起身要走，前台的座机恰在此时响了，她以前从来没听这部电话响过。拨进快阔公司的外线电话都直接越过前台，自动转到托尼·刘秘书的分机上了。

郝依依疑惑地拿起听筒。一个自称物业公司的人问她是不是有一辆蓝色的 Mini Cooper，Mini Cooper 在地库里出了点儿"状况"，让她赶快下楼看看。这电话肯定是由物业打到公司，再由托尼·刘的秘书转给她的。

郝依依急匆匆下楼，心情也跟着跌到谷底。昨天刚把车从 4S 店开出来，难道又要送回去？一事不顺，事事不顺。下班时间，电梯里很拥挤。尽管人人都西服革履，并不缺少很久不洗的头发，或者一个月不换的外套。电梯走走停停，越停就越令人窒息，好不容易到了一楼，郝依依随着人流挤出这一部电梯，再挤进另一部。另一部是地库专用的，人人都捏着汽车钥匙，就像是捏着出入国贸大厦的资格证书——在高档写字楼里上班的白领，不该至少能买上一辆汽车，再给五环外的小公寓付上首付吗？这电梯虽然也令人窒息，但和不远处通往地铁的走廊是两层天地。那里有更拥挤的人流，洪水般湍急地流过，源源不断地挤进地铁车厢，把每个人都挤成艺术体操运动员。

电梯终于停了。郝依依疲惫不堪地走出电梯，还没缓过一口气，眼前突然红彤彤一片。竟是一大捧红玫瑰，多得数不清有多少枝。郝依依条件反射地闪躲，却迎面撞上 Max 的笑脸。

"我在这里等了很久了，为了给你一个惊喜。我可以带你去一个地方吗？"Max 微微含胸，侧身抬起手臂。他身后是一辆崭新的奔驰 S600，大大方方地停在行车道上，不远处有个保安惴惴地看着，却并不敢说什么。

郝依依精神一振，顿时精神了许多。她做了个鬼脸："我能说不吗？"

"不，你不能。"Max 微笑着拉开车门，放出一股皮革混合古龙水的暗香。

此时此刻，辉姐和 Judy 正在地铁车厢里做着"艺术体操"。辉姐虽然有辆十几年的旧桑塔纳，可并没停在国贸的地库里。她可付不起每月1500 块的停车费，只能把车停在附近尚未拆迁的旧居民楼底下，到国贸还有 20 分钟的步程。不过这会儿她不打算耽误那 20 分钟，更不想在长安街上堵一个半小时。Judy 要带她去见的朋友在金融街上班。上下班高峰期，地铁一号线绝对是最快的选择。

Judy 的朋友叫 Linda，也在外企工作。Judy 没说是哪家外企，只说是一家国际商业调查公司，非常非常神秘。辉姐惴惴地问：合法吗？Judy 大惊小怪：当然合法！顶级外企，不比你们费肯差。而且，SP 律所就是这家公司的大客户，SP 律所从来不跟不正经的公司合作的。辉姐恳求 Judy 再说得具体一点，Judy 勉为其难地告诉辉姐，这家公司专门调查大公司和大老板，挖掘不为人知的秘密。你这块小电路板，简直太小菜一碟了。

Linda 看上去并没有那么"牛"。三十出头，其貌不扬，穿着也很普通，的确像是外企的，却看不出是"顶级"外企的。见面的地点是金融街的咖啡馆，证监局斜对面。辉姐对这里再熟悉不过，周围有很多她看惯了的人——从国家干部摇身变成生意人，拎带 Logo 的手包；穿总也擦不干净的名牌皮鞋；头发不梳就是风卷残云，梳了就又变回国家干部。Linda 当然不属于他们，是地道的白领女性，谨慎的心机却不亚于国家干部。她始终维持着拒人千里的笑意，用温柔的声音连着说了很多的"不"："我们只针对商业交易进行调查，不针对个人利益……我们只服务大型公司，不为个人提供服务……技术上是可能的，但对于个人成本太高，不如到外面找小公司……我们有严格的规定，不能透露服务商的名字和联系方式……其实，我只是个行政经理，不做项目，不知道都有哪些服务商……"

辉姐暗想，其实这才是真正原因：她也只是个前台。Judy 对她和她那"神秘的公司"只是耳闻，并没亲身体验过。跟前台费这么多话有啥用？Judy 却不肯罢休，双手在胸前交叉，像是要给 Linda 作揖，又像是在安慰自己："你就给我们介绍一位吧！我知道你一定认识的。外面的太乱，我们不敢瞎找！帮个忙吧！看在咱们一起在国贸吃了好几年食堂的分上？"Judy 扭头向着辉姐解释，"他们公司以前就在国贸 38 层！后来搬走了。换成快阔投资了！"

辉姐心中有数了：这 Linda 并不是 Judy 通过律所的同事认识的，而是在国贸食堂吃饭认识的。即便如此，辉姐还是感激 Judy。Judy 看上去像是一棵冷冰冰的植物，内心其实热情似火，为了辉姐不惜为难 Linda。Linda 勉为其难地给了 Judy 一个手机号码："她叫 Tina。不过，她可不是我们公司的人，跟我们没关系。记住了？"

Tina 的"办公室"根本就算不上是个办公室。那只是一座旧简易楼里的小公寓。楼道墙壁斑驳不堪，电线拉得纵横交错，能听见住家在炒菜，也有人在吵架。蒜薹肉丝的香气是全楼共享的。公寓室内还是三十年前的装修，发黑的白灰墙，油腻腻的地板革。Tina 不到三十，头发乱得像喷泉，胖胖的圆脸仿佛永远没睡醒，说话倒是干脆利索：

"你看看就明白，我这儿没那么正规，所以价格不贵。不过我值得信任。我也信任你。因为是 Linda 介绍的。我们以前是同事。知根知底。我不是坏人，绝不干伤天害理的事。但对于客户，我也不多打听。只要你跟我口头保证，你不是在干坏事，我就信你。"

Tina 介绍完毕，等着辉姐的下文。辉姐拿不定主意，扭头去看 Judy，不想 Judy 正满脸崇拜："你也在 GRE 干过？"

Tina 点点头。

"太牛了！是调查师？高级的？"

"嗨！早就不是了！"Tina 轻描淡写地作答，眉间流露出一丝骄傲。

"GRE？"辉姐纳闷地问。GRE 不是出国留学的考试吗？

"GRE 就是 Global Risk Experts！全球风险管理专家，为商界的福尔摩斯！"Judy 向辉姐解释，"就是 Linda 上班的公司！当着她的面，我没敢说！她比较在意。"

辉姐心中愕然，又细看 Tina。这位"商界的前福尔摩斯"除了发型不太靠谱，其他都还靠谱。身上穿的不是值钱货，可也干净利索。辉姐下定了决心："那就请您帮个忙吧！"

Tina 听辉姐讲完要求，从小板凳上一跃而起，开门把辉姐和 Judy 让进里屋。里屋并没有床，窗户被厚窗帘遮严了。屋子中央摆着两张大桌子，显得格外局促。桌子上放着两台电脑，一堆电线和插头，还有几件辉姐叫不上名字的工具。有个欧姆表是她认识的，中学物理课做实验用过。Tina 喜形于色："看看！我们这里很专业吧？不瞒你说！这还是头一次破解三星手机！不过你别担心！别的手机我弄过，都差不多的！如果实在不行，我还可以叫我师傅来帮忙！"

辉姐顿时有些后悔，却又不好意思反悔。再一转念，Tina 既是个爽快人，至少是可信的。时间这么紧迫，她也来不及再找别人。

Tina 用一根数据线把手机主板和电脑相连。电脑屏幕上冒出几个花里胡哨的窗口，辉姐也看不明白。Tina 把鼠标啪啪一阵按，这才解释说，为了保证主板的安全，破解不能直接对主板做。要先把主板内存里的东西拷到电脑上，然后再慢慢破解。辉姐有点儿含糊——主板里的东西能随便留在别人电脑里吗？她并不知道主板里有啥，但肯定很重要，不然老李也不会偷偷塞进她衣兜里。

Tina 看穿了辉姐的心思："您放一百个心！我们可是专业的！不能替客户保密，还有啥生意可做……"

Tina 话音未落，屋子里一下子黑了。所有的灯都灭了，伸手不见五指。辉姐心中一惊，只听 Tina 在黑暗中嘀咕："怎么又停电了？"

Judy 接过话头："老楼就是这样的，我爸妈家也老停电。大概是谁家又用电炉子，把保险丝……"

"嘘！" Tina 打断了 Judy。屋里立刻安静了。一阵细碎的声音从大门方向传来。辉姐顿时毛骨悚然。直觉告诉她，停电绝不是电炉子烧断保险丝那么简单。

"开锁呢！"是 Tina 的声音，压得很低，但足以被辉姐听清楚。辉姐大惊失色，不知如何是好，手却猛地被人抓住。只听 Tina 说："都跟着我！"

辉姐两眼一抹黑，被人拉着跌跌撞撞往前走，脚步声乱作一片。不只是她的，还有 Judy 和 Tina 的。辉姐跟跄着走了七八步，前面的人猛地停下来，几个人挤成一团。她听见 Judy 微弱的呻吟声，大概是被谁踩了脚。紧接着是开门的声音。眼前顿时有了一些光，是从窗外透进的路灯光。辉姐识别出身边的两个影子：细长的是 Judy，顶着喷泉的是 Tina。三人钻过那扇门。Tina 反身关门，防盗锁转了好几圈。辉姐隐约看出，这是在另一套公寓里。这种三四十年的简易公寓楼是不该有子母套间的，想必是两套公寓之间的墙壁被打穿了，加了一道门。Tina 放开两人的手，继续带队往前走："这里也不安全！咱们得出去！"

"不能走！主板！"辉姐突然想起手机主板还在隔壁屋子里，差点急昏过去。Tina 把一块硬东西塞进辉姐手里："放心！我早拔下来了！"

辉姐和 Judy 跟着 Tina 钻进漆黑的楼道里。Tina 边走边骄傲地说："幸亏我租了两套，不是同一个单元的！怎么样？足智多谋吧？"

辉姐仍是心慌得接不了话。Judy 倒是出声了，声音瑟瑟发抖："他们是什么人？"

"不知道！怪了！最近又没招谁惹谁。" Tina 纳闷。

辉姐心中一沉。直觉再次告诉她，拉了电闸试图破门而入的人，也许跟老李有关系。可辉姐什么都没说。只听 Tina 又来了一句："没关系！一会儿就知道了！"

3

"法老宝藏"的通道里漆黑一片，除了墙角一盏昏黄的煤油灯，再无其他光源。

郝依依手扶着墙壁，小心翼翼地往前走。地面并不平坦，坑坑洼洼的。耳边响着恐怖电影里常有的音效，时不时还有一股股阴风，从四面八方袭来，虫子似的钻进衣领或者裤脚里，让她不停打着寒颤。

可她心里并不十分害怕。密室逃脱而已。尽管她以前从来没玩过这种在京城白领当中非常流行的游戏。这一家是古埃及主题馆，到处是纵横交错的幽暗穴道，还好一路有指示牌，只不过不太直观，总要动点儿小心思。比如一个显而易见的机关，或者并不难猜的谜语，智力顶多是在初中水平。

一走进古墓迷宫，Max就跟郝依依"分道扬镳"，看谁最先取得"法老的宝藏"。听上去很小儿科，Max却跃跃欲试，雄心勃勃，外套脱了，领带也解了，像个好不容易熬到放学的小学生。郝依依有点儿哭笑不得。Max盛装豪车地等在地库里，豪车的小冰柜里还备了法式香槟，居然就是为了带她来玩密室逃脱？她猜不透Max葫芦里到底卖的什么药。整整一下午都故意不理不睬，就是为了晚上的"惊喜"做铺垫？Max显然是个情场高手，但郝依依果真配做他的"猎物"？

密室迷宫里并没有其他人，不知本来就是单人游戏，还是被Max包了场。郝依依走进一条更加漆黑的狭长通道。大约十几米的通道，只有两端各点着两支蜡烛。地面是完全看不见的，墙壁上若隐若现地有些诡异的图案——说不清到底是图案还是真有什么东西。郝依依刻意不去细看。她知道一切都是道具，但毕竟独自一人，还是相当的阴森可怖。

通道底端又是一道木门。木门没有把手，但开关就在地上，用脚试探一下就能找到，一点儿都不挑战。可门开了，门那边却彻底一片漆黑，任何光源都没有了。

郝依依迟疑了片刻，还是跨进门去。她并不在乎游戏的输赢，但她不能被Max看不起。如果把两人的关系看成一场竞赛，那么今天下午她已经输了一局——她给他发了微信，还拨了一个电话。所以今天的第二局，她至少不能弃权。

木门照例在郝依依身后关闭，留给她彻底的黑暗。她定了定神，深吸一口气，一手扶墙，另一只手往前摸索。可突然间，向前的手也触到了墙壁。她再往侧面摸，还是墙壁。郝依依摸了一圈，都是墙壁，并没有通道。她又用脚在地上试探，什么也没找到。她感到一阵恐慌，默默安慰自己：只是个小把戏而已。她仔细触摸四周的墙壁。还是什么都没有。她缓缓蹲下身，用双手摸遍脚下的地板，依然什么都没摸到！她试图打开身后那扇木门，门却仿佛生了根。郝依依真的开始害怕了。会不会是什么地方出了故障？

郝依依正要抬手拍门，脚下一空，重心没了，身体急速下落，心脏一下子就顶到了嗓子眼，想叫都叫不出！郝依依心中一阵绝望，仿佛末日来临！她用力闭上双眼，脑海里竟倏然闪出衡子的脸，他向着她微笑。那微笑让她更加恐惧。她就要死了。

突然间，她的胳膊被人抓住。那人使劲儿一拉，把她揽入怀中。她这才叫出声来，长长的一声，几乎把五脏六腑都喷出体外。再换气时，鼻腔里瞬间充满了浓重的古龙水气味。她睁开眼，眼前是一副发达的胸肌。她吃了一惊，顺着胸肌和脖颈往上看，看到 Max 那张恶作剧的笑脸。

郝依依猛然意识到，她正依偎在 Max 怀里，而 Max 正裸着上身。她从 Max 怀里挣脱出来，两颊滚烫，惊魂未定。Max 并不强留，让她挣脱了自己的怀抱，却又并不能离得太远——两人正站在一架一米见方的吊车上。钢索正牵引着吊车，缓缓向前移动。Max 上身裸露，头顶裹着黑黄相间的头饰，腰间围着镶金边的黑色皮裙，再配上发达的胸肌，俨然就是古埃及的武士。Max 平时总是西服革履，完全看不出竟有这么结实。郝依依低头看下去，这是一间极其宏伟的"宫殿"，四周是巨大的圆形立柱，立柱上都拴着火把，立柱下站立着跟 Max 着装类似的"古埃及武士"。并不是假人，而是真正的群众演员，郝依依明白这些都是事先设计好的，Max 为此大费心思。只可惜郝依依并不是埃及艳后，而是国贸 38 层的一个普普通通的小前台。

吊车终于在"宫殿"后部的高台前停下来，像是用来加冕的神坛。Max 牵着郝依依的手，从吊车走上高台。"群众演员"立刻齐声欢呼，声音如排山倒海一般。郝依依又是一惊，明白过来只是表演加配音，墙壁里多半藏着喇叭。

Max 像法老似的晃动双臂，众人立刻安静下来。郝依依脸上又是一阵燥热，说不清是激动还是尴尬。Max 拉起郝依依的手，倾身贴近她的耳朵："其实我也觉得很肉麻。找个清静的地方吧！"

郝依依跟着 Max 走下高台，穿过又一条细长的通道，进到另一间密室里。这里的光线比"宫殿"昏暗，有一股淡淡的檀木幽香。房间正中央，有一架围着幔帐的木床，床头摆了一排红色的蜡烛。Max 关上门，长出一口气："现在没有人能够打扰我们了！"

郝依依莫名地紧张。密室、大床、红烛、檀香。这些都似有寓意，让她窘迫得呼吸困难。

Max 却突然单膝跪倒，托起郝依依的手，把嘴唇轻轻地凑上去。郝依依立刻浑身绷紧，心脏一阵乱跳。Max 的另一只手里却变魔术般地出现一个小盒子。他把那小盒子凑到郝依依眼前。

郝依依拿起小盒子，打开来。里面有什么在幽幽地闪烁，是一枚钻戒。

"我恳求你成为我的女朋友。"一个赤裸着上身的古埃及王子，托着郝依依的手，用仰慕的口吻请求。

郝依依一阵眩晕，并不十分感动，倒是十分惶恐。她只是一个普普通通的九〇后女孩，每天在员工食堂吃 12 元的午餐，还着车贷却还没资格还房贷。她再次莫名地想起了衡子，想起他坐在二八自行车上单脚点地，想起他侧着脸朝着她不羁地笑。她鼻子有点儿发酸，但立刻意识到了自己的失态，猜想 Max 要误解。可 Max 并没注意她，而是瞪圆了眼睛惊恐地看着她背后。她这才觉出脊背上的一股燥热，猛回头，床上的幔帐烧着了！火舌瞬间舔到房梁，四周镶金的立柱也跟着烧起来。原来镶的不是金，而是金色的纸。原本不太宽敞的房间里浓烟四起。郝依依以为这又是一场表演，可浓烟呛得她有点儿心慌。正在此时，她听见 Max 惊恐地呼叫："这是怎么回事？剧本里没有这个！"

郝依依大惊失色："你说什么？"

"这不是事先设计的！是真的火灾！"

Max 转身扑向那扇门，死命地拉扯，却无论如何拉不开。浓烟瞬间弥漫了整个房间。郝依依睁不开眼睛，也喘不过气来。她听见 Max 在她耳边狂吼："我们出不去了！我们要死了！"

轰的一声巨响，床架和立柱整片倒塌下来。郝依依只觉自己落入烈焰里，然后就什么也不知道了。

两公里之外，在一座简易居民楼旁的胡同里，辉姐和 Judy 惊魂未定地挤在 Tina 身边，看着她在手机上一通乱按。手机屏幕瞬间分成四块，每块是一个监视屏，但每块都是黑漆漆一片。Tina 边操作边解释：

"我装监控了！可以用手机随时查看！"

"怎么黑黢黢的？"辉姐惴惴地问。

"别急啊！"Tina 嘴里说着别急，动作可是有点儿急，手忙脚乱地跟手机搏斗了半天，四块屏幕终于亮了，变成一片绿色。Tina 长出一口气："我就说嘛！一定能行的！有夜视功能嘛！"

Tina 点开四块屏幕中的一块。那上面有个身影在移动。辉姐的心一下子提到了嗓子眼，想凑过去细看，Tina 却已经把手机贴到自己眼前，气急败坏地说："我去！是我师傅！别告诉我，您老又忘了带钥匙了！"

辉姐和 Judy 面面相觑。辉姐的一颗心好歹落回肚子里。胡同口突然传来一串刺耳的警笛声。辉姐又一哆嗦，突然想起前几天的梦境，赶忙向着马路上张望。

是三辆救火车，风驰电掣般地呼啸而去。

CHAPTER FOUR

权力的游戏

1

费肯北京分公司的"公投"安排在三天之后。这是全球董事会的决议：通过全体本地员工的不记名投票，在 Max 和 J 之间确立费肯北京的最高领导。落败的一方要么降级，要么辞职。费肯全球董事会在此项决议的末尾加了一句："费肯的宗旨是为人类创造一个美好的明天，而民主，是这一切的基础。"J 在会议室里宣读这一句，声如洪钟，像是在宣读《自由宣言》。

J 得到小道消息：Max 连续几天没在公司出现，是因为出了某种意外，难以继续肩负中国区执行董事的职责。全球董事会为了给大家一个台阶，选择了对 J 最有利的形式，让他既能留任，又能赚足面子。效果是立竿见影的。公投还没进行，J 已然感觉到众人看他的眼神已恢复到 Max 空降前，谦卑、尊重、崇拜、畏惧。最明显的就数总裁助理 Miss 黄。J 一早走进办公室，Miss 黄紧随其后，手捧一杯热拿铁，时机分毫不差。午后是一杯红茶，热气缭绕。Miss 黄笑意盈盈，如沐春风，像是在默默倾诉，J 的胜利使她多么快乐。这快乐是长在她基因里的，她生下来就该为 J 服务，而非 Max。

但辉姐实在难以忍受 Miss 黄的笑，让她浑身起鸡皮疙瘩。自从听到"公投"的消息，辉姐原本就惴惴的心又沉重了几分：她提供的那些"素材"，是不是被用来在暗中为 Max "拉票"了？辉姐已经两天没看见郝依依，也没看见 Max。这就更让辉姐担心，忐忑地观察每个从她眼前经过的人，越看越觉得有些异样，人人心里仿佛都藏着难言之隐，眼里似有被窥视的愤怒，有心把那个偷窥和泄密的人生吞活剥了。辉姐心怀歉意，简直无地自容。费肯再也待不下去，跳槽到外企来生孩子的策略就此失败。其实早就失败了。老李关在香港的看守所里。不论是在香港或者内地坐牢，还是九死一生地逃到某个不知名的小国去，都再也不可能给辉姐一个孩子。

辉姐的心绪再次绕回老李身上，每次都要回到老李身上。郝依依答应过的事情还没有兑现，她两天都没出现，也没回复辉姐的微信，让辉姐心里不踏实。郝依依看上去并不像出尔反尔、过河拆桥的人。但是知人知面不知心。至少，郝依依黏上 Max 王的速度还是很令人意外的。看上去自然是 Max 王追的郝依依，但女人的心思辉姐很清楚。苍蝇不叮无缝的蛋。郝依依表面上为情所伤，但她那位交往了八年的前男友显然并没有把她伤得太深，不然也不可能立刻投入别人的怀抱。按照 Judy 的话说：九○后嘛！可九○后的孩子最大不过二十多，不该是最浪漫和理想化的年纪？怎么反而那么实际？

辉姐如坐针毡地熬到了"公投"的日子，不仅郝依依杳无音讯，手机主板也还是没能破解。大概是突然断电的原因，Tina 的设备出了故障。Tina 的师傅倒是打了包票，三天之内一定解决问题。辉姐弄不清楚这所谓的"解决问题"到底是不是等同于成功破解。Tina 的师傅叫"老七"，是个干瘦的"小老头"，还不到三十就满脸皱纹。按照 Tina 所说，他是 IT 界顶级的破解高手，"老七"这"美誉"就来自全世界最著名的黑客组织"The Level Seven Crew"。

可在辉姐看来，老七无论如何也不像 IT 工程师，倒像是街角那些偷偷摸摸的手机贩子。辉姐别无他法，只能死马当作活马医，起码主板还在自己内衣口袋里。口袋是辉姐现缝的，时刻把手机主板贴身带着。十几年前，第一次跟老李去香港出差，就曾在内衣上缝了口袋，把现金支票藏在里面。这是那个年代很流行的做法。

辉姐在前台坐了老半天，看看表，不过才九点半。同事们还在陆续走进公司，有的低头疾走，像是没看见辉姐；有的朝着她夸张地打招呼，显得特别诡异。费肯这一类外企，加班到深夜是常事，上班时间并不苛刻。他们为何要鬼鬼祟祟的？Judy 告诉辉姐，她在女厕所里听到一个费肯的分析师在打电话，抱怨 Max 要是上了台，有人就要失业了。辉姐追问那人是谁，Judy 说不认识，看来不是 Miss 黄。公投在即，心慌的也不止 Miss 黄。

辉姐伸直了脖子，瞟了一眼电梯间对面的 Judy。Judy 还是老样子，坐得笔直，像是小学课代表在专心整理作业本。可 Judy 面前的桌面上并没有作业本，只有几张快递单子，早被整理得一丝不苟，被快递员捏出的褶子都被 Judy 捋平了。辉姐刚才过去送酸奶的时候瞅见的。眼观六路，耳听八方，这是在银行养成的习惯。辉姐并不常给 Judy 送早点，但恰巧昨天 Judy 爱吃的酸奶在超市打折。辉姐最近麻烦缠身，也只有 Judy 尽心尽力地帮她。

Judy 突然站起身，恭敬地点头，谦卑地微笑。一个穿着修身大衣的中年男人匆匆地走进 SP 律所——是 SP 律所中国区合伙人，Frank。辉姐恍然大悟，原来整理文件的动作是为了迎接老板。真难以想象，Judy 跟着 Frank 工作了十年，还是像第一天上班似的，对老板如此敬畏。辉姐正想着，公司大门外突然闪进一个人，吓了辉姐一跳。仔细一看，居然是 Max 王，披了件宽松的风衣，右胳膊用绷带吊在脖子上，很有点伤病的架势，脸上却容光焕发。他用英语问辉姐："总部的人到了吗？"

辉姐愣了一愣，方才明白过来 Max 王指的谁。为了确保"公投"的公正和威力，费肯董事会专门选派了一名董事作为观察员，到北京监督投票和计票的全程。公投还是安排在会议室里，但绝不是现场举手，而是在临时设置的投票箱里投进一票。选票都是事先用打印机打好的，每人一票，自己写好折好，投进箱子里，绝对的无记名。之后由 HR 总监和纽约派来的观察员当众计票，任何员工都可以全程观看。

辉姐连忙告诉 Max 王，总部的人已经到了，正和 HR 总监在会议室里做准备。辉姐的英语也只够说这些的。Max 王兴致勃勃地走进公司去。辉姐已毫不怀疑，自己透露给郝依依的小道消息都已经派上用场了。辉姐心里七上八下的，莫名地又想起来，怎么没问问 Max 王有没有见到郝依依？又一想，Max 王绝非善主儿，这种问题哪能问他？不如再去快阔看一眼。辉姐起身出门，差点撞上疾走进公司的人。

这回不是别人，竟是郝依依。

郝依依脸色苍白憔悴，远不及 Max 精神。看见辉姐强打起精神，开口就道歉："辉姐对不起！这几天出了点儿意外！"

"怎么了？没事儿吧？"辉姐要扶郝依依，郝依依倒退了一步，好歹站稳了，愁眉苦脸道："我没事！就是……你托我的事……"

辉姐心一沉。她不顾郝依依故意拉开的距离，上前一步，抓住郝依依的胳膊："是不是保释金太贵？要多少钱？十万？还是一百万？要不，是老李出事了？"

"没有！没事！你别乱想！"郝依依忙不迭地解释，"我只是想要告诉你，你那位姓李的朋友，已经被人保释了！"

辉姐惊道："被谁保释了？"

郝依依面露难色："这个我也问了，可人家不清楚……"

"那他现在在哪儿？"

郝依依满怀歉意地摇摇头。

辉姐顿时又没了头绪。郝依依关切地看着她，有点儿不知所措，不知她给辉姐带来的消息是好是坏。辉姐自己也说不明白，只觉心里发慌，像是大难临头似的。辉姐的手机偏在这时响了。

Tina 在电话里催命似的叫："手机解开了！要不要立刻过来，看看里面都有什么？"

"马上！等我！"辉姐挂断电话，从椅子上抓起外套和围巾，拔腿就往外跑。郝依依怔怔地站在一边，辉姐顾不上跟她多加解释。

突然，背后有人用英语叫："Yao！你要去哪里？"是 Max 王，阴沉着脸说，"会议室里需要人！你能不能去帮一下忙？"

辉姐不假思索地问郝依依："依依，你今天忙吗？"

"嗯……不算太忙。"郝依依一时摸不着头脑。

"太好了！姐求你帮我个忙！"辉姐话音未落，已经转到郝依依身后，把她推向 Max 王，"今天你就替我到会议室去帮忙！谢谢谢谢了！我是真有急事！"

辉姐根本不等郝依依点头，更不顾 Max 王的表情，旋风似的跑出公司去了。

郝依依为难地看着 Max："这……不太合适吧？我又不是你们公司的……"

Max 踌躇片刻，扬起眉毛："我倒是不这么认为！你在现场，也许效果更好！"

郝依依立刻明白了 Max 的意思。可她还是问道："为什么？"

Max 凑近郝依依，压低了声音："你对他们更有震慑！你不是跟他们……谈过了？"

"没有。"郝依依摇了摇头，"Max，我没跟任何人谈过。"

"什么？你说什么？！"Max 愕然失色。

"对不起。"郝依依把视线垂向脚面。Max 闪亮的皮鞋尖正直冲着自己，剑拔弩张："什么意思？你玩我？他们都在会议室里，马上就要投票了！你说你……"Max 及时打住，下面的话最好不要在公司里吼出来。

郝依依低声解释："我想了很久。如果找他们谈了，他们即便今天投你，以后你怎么跟他们……"

"Stop！"Max 试图挥舞套着绷带的胳膊，眉头痛苦地一皱，嘴唇无声地动了动。郝依依看得出来，他说的是 idiot，白痴。

"随便吧！我恨透这个地方了！他走，我走，都可以！"Max 猛转身，大步走回公司里去，丢给郝依依一个方方正正、冷若冰霜的背影，他是在对她说：你恩将仇报。

郝依依是在"法老宝藏"附近的一家叫作"凯宏斯"的私人诊所里醒过来的。如果没看见穿制服的护士，她一定以为那是一家主题酒店。墙壁是淡粉色的，被单是嫩黄色的，空气里没有来苏水的气味，反而是淡淡的玫瑰花香。护士告诉她，她只是受惊过度，身体并无大碍，多亏Max踹开密室大门，冒死把她背出来。如果不是为了救她，Max的胳膊和腿都不会烧伤，至少不会伤得那么严重。可她竟然并没实施之前商定好的策略——拿着辉姐提供的"证据"去要挟费肯的员工，迫使他们给Max投票。

郝依依在空无一人的费肯公司前台站了片刻，有点儿不知所措。但她很快下定了决心，也走进费肯公司里去了。

2

费肯国际会计师事务所大中华区北京办公室的公投，从下午两点一直持续到六点半，比预计整整迟了一个半钟头。

郝依依坚持留在投票现场，尽管Max没再跟她说话，甚至没多看她一眼。她也并没帮上任何忙。可既然辉姐发过话，她就有理由站在费肯公司的会议室里。她知道Max已经不需要她站在这里。可她偏偏就要亲眼目睹这场公投的结果，看看她的预测到底是不是准确。

这大概是费肯北京办公室有史以来最热闹的一天，会议室里站满了人，还有更多人挤在门外。每个人都面色凝重，其实内心情绪高涨，除了投票之外，更是为了来看热闹的。没人质疑郝依依的存在。Miss黄发现了她，漠然地打量了几眼，就弃之不理了。Miss黄是个人精，早发现这同层公司的小前台跟Max的关系不一般。但即将获胜的并非Max，她犯不着为郝依依多贡献一点点表情。

投票的顺序完全基于自愿，会议室里本来也容纳不下所有人，所以先到先投。其实大家都到了，只不过没能都挤进会议室里。挤进来的都是对投票很积极的。票都事先勾好，叠成齐整的方块，投进票箱里去。HR总监在花名册上勾掉投票的人，那人就挤出会议室去，给后面的人腾地方。

投了五十多票，进程突然缓慢下来。积极主动的投完了，剩下的都是不太主动的。会议室外人山人海，会议室里反倒出现一小片空地，把HR总监、观察员和两位候选人孤立在空地中央。Miss黄拣了这个空当投了票，并向 HR 总监会心一笑，表明她是在有些尴尬的情形下帮一个小忙。她还向 J 笑了笑，但并没看 Max，因此使她这一票丝毫也不匿名。Max 面如死灰，票箱周围的气氛更加紧张。

HR 总监决定按照手里的花名册点名。她的声音不够大，近处的人需要把名字接力似的传出去。被叫到的人扭捏地挤进来，低着头匆匆投了票，不敢再看候选人。午休时间很快到了，没多少人去吃午饭，结局是相当值得期待的。

投票是下午四点半结束的。全体 327 名员工，一共 324 票。这是费肯北京参与度最高的一次投票，有两位正在休假的都主动回来了。

开票是从 16 点 50 分开始的。票箱被抬到会议室正中央，后面立起一块巨大的白板，上书两个巨大的英文名字：Maximilian Wang, Jeffrey Roberts。HR 总监和纽约特派员一左一右站在票箱两侧，Max 和 J 则分立在更外侧。J 精神抖擞，泰然自若；Max 则肃然而立，横眉立目，绷带又增添了几分悲壮，像是准备英勇就义似的。

开票程序是由特派员从票箱里取出票，读出 Max 或者 J 的名字，然后交给 HR 总监，由 HR 总监再确认一遍，在白板上的名字下面画上一横或者一竖，组成许多个"正"字——中国特色，HR 总监特意花了十分钟解释，得到了老外特派员的高度赞同——西方规则和东方传统的完美结合，本来就是费肯在中国的战略，也是费肯在全球的价值观。

在开票前，特派员举起票箱，倒过来摇了摇，从底部打开票箱。其实只是做个样子。票箱里的选票都是 A4 纸折成的方块，根本摇不乱，所以开票顺序大体跟投票顺序也差不太多。

首先开出的十票里，Max3 票，J7 票。J 说了七回谢谢，Max 一声都没吭，脸色早已乌云滚滚。前五十票都投过了，J 的优势更明显了一些，38 对 12。J 连着说了太多谢谢，不再继续说了，不过依然微笑着频频点头。Max 额头青筋暴起，默默地咬牙切齿。郝依依很想安慰安慰他，告诉他最早投票的人都是最积极的，而最积极表态的人，一定是担心失业或者想要奉承 J 的人。可她并没有机会。Max 根本就不看她。

形势果然开始逆转了。Maximilian Wang 下面的"正"字越来越多，Jeffrey Roberts 下面的"正"字却减慢了增加的速度。当白板写了快一半的时候，Max 名下有 77 票，J 名下 92 票，差距迅速缩小了。J 有点儿不自在，不再点头了。Max 也不再悲愤，神色紧张起来。

郝依依却暗暗松了一口气。她的预测是正确的，战局对她已经没什么吸引力了。

突然，有个熟悉的身影，鬼魅般地一闪。郝依依定睛细看，会议室大敞的玻璃门上，竟反射出 Judy 的影子。那玻璃门反射的正是前台的位置。郝依依不禁诧异：Judy 到费肯公司的前厅里来做什么？

郝依依悄悄地挤出会议室去。投票进程正白热化，完全没人注意到她。

Max 一共获得 179 票，J 获得 145 票。Max 最终取得了公投的胜利。

J 并没等到开票结束就愤然离场了，因此很幸运地错过了掌声——人群中不知是谁先开的头，拍了几下巴掌，掌声随即响成一片。Max 本来正欣喜若狂，掌声倒是让他冷静了一些，突然想起要找一个人。他猜是她带头鼓掌的。

郝依依却已经不见了。Max 急切四顾，寻遍了整个会议室，还是没发现郝依依，倒是发现了 Miss 黄，正卖力地鼓掌，几乎就要欢呼雀跃了。Max 一阵恶心，赶忙把视线转向窗外，天竟然已经黑透了。郝依依去哪儿了？

郝依依和 Judy 正在地铁三元桥站，混在一大群打算出站或者换乘的旅客里，心急火燎地往扶梯上挤。Judy 双手紧抱着辉姐的皮包，像是包里藏着巨款。其实包里只有一些零碎，还有辉姐的港澳通行证，前几天就办好了，随时带在身边。可刚才走得太急，偏偏把包落在公司里。辉姐十万火急地给 Judy 打了电话，求她帮忙订了晚上九点的飞机，再把包送到三元桥地铁站。辉姐在这里转机场快线，简直刻不容缓。

郝依依跟着 Judy 走下扶梯，看见辉姐站在机场快线的售票处旁边，正抓耳挠腮地四处张望。辉姐还是刚才离开公司的打扮，两手空空的并没有行李。辉姐看见 Judy，眼睛一亮。手抬了一半，又看见 Judy 身后的郝依依，怔了一怔，瞬间摆出一副笑脸："嘿！你们怎么一起来了？"

辉姐把目光投向 Judy。Judy 解释道："刚才我去你们公司前台取你的包，正好碰上依依。她就跟我一起来了！"

辉姐眼波一转，故作扭捏地说，"这多不好意思！一丁点儿屁事儿，让你们二位都大驾光临！真是兴师动众呢！"

"哪有！"郝依依有点儿尴尬，她听出辉姐话里有话，心中不禁诧异。

"对了！依依说，她有重要的话要对你说！"Judy 郑重地向辉姐报告。辉姐"哦"了一声，眉头微微一蹙。Judy 识相地说："那你们聊，我到那边去一下！"

辉姐一把拉住 Judy："你去哪边儿？哪儿也不用去！能聊什么见不得人的事？对吧？"辉姐把目光再度转向郝依依，像是在说：谁见不得人，谁心里清楚。郝依依一时窘迫，只能硬着头皮说："辉姐，我觉得，你还是不去香港比较好。"

"为什么？"辉姐的笑容僵在脸上。

"既然你朋友已经被保释了，你还急着跑过去干什么？"

"嗨！"辉姐一拍大腿，"哪儿啊，跟他没关系！我就是好久没去香港了！去散散心！逛逛！哈哈！"

"去散心，连假都来不及请？"郝依依目不转睛地看着辉姐。

辉姐嘴角一撇："哟！是王总派你来的？他不准我去香港？"

"不！当然不是。"郝依依连连摇头，"他为什么不准你去香港？"

"我哪儿知道啊！香港是人家地盘儿，人说了算！"辉姐斜了郝依依一眼，像是故意打趣似的。郝依依却一本正经地问："Max 不是一直在帮你打听你朋友的事吗？你为什么这么说？"

"是是是！我当然知道，王总一直在帮我呢！他人最好了！您赶紧去找他吧！这么难得的钻石王老五，可别让他跑了！"

辉姐仍在笑着，话里已是刀光剑影。Judy 被辉姐拉着，一脸不知所措。

郝依依终于恼了："你什么意思？干吗冷嘲热讽？我跟他怎么了？"

"没有啊！没有没有！"辉姐放开 Judy，高举着双手投降似的使劲儿摇，"我可没那意思！你别误会啊！我是说，王总可是个大好人！又英俊，又潇洒，又有钱，又有势！他要是喜欢我，我绝对把他抓牢了！别说替他刺探点儿个人隐私、拉个选票啥的，就算帮他拉皮条、抢银行，我也乐意啊！哦！对了！你看我这记性！人家本来就是有钱人，亿万富翁呢！用不着抢银行，是吧？"

辉姐说罢，再次挽住 Judy 的胳膊，就像抱着树干为自己壮胆——Judy 已经彻底变成了一棵树，对一切毫无反应。辉姐和郝依依之间的一切都与她无关。

郝依依的双眼瞬间泪盈盈的，无限委屈地说："我没干伤天害理的事！我就是好心好意来告诉你，香港很危险！去了凶多吉少！反正该说的我已经说了，去不去随你的便！"

郝依依掉头就走，只听辉姐在她背后笑道："嘿嘿！真逗！就去逛逛街，有什么可危险的？是叙利亚还是伊拉克？不是大名鼎鼎的东方之珠嘛！是你们有钱大老爷大太太的人间天堂，是我们穷人的地狱火海？可真有意思了！"

郝依依猛刹住脚，踌躇了片刻，转回身来，深吸一口气，用甜美而愉悦的声音说："我听您的！这就找亿万富翁约会去。哦对了，您那位在香港出事的朋友，您通知他太太了吗？还是先别通知了，不然她说不定要跟您一起去香港！那多不浪漫呢！英雄——不，是美人，美人可就救不了英雄了！您说是吧？"

郝依依说罢，真的转身走了。步履轻盈，还有点儿蹦蹦跳跳的，那是三十岁以前才配有的步伐。这回轮到辉姐两眼喷火浑身哆嗦。幸亏扶着"树"。可"树"突然从她胳膊底下挣脱出去，让她一下子没了重心。

辉姐站稳脚跟，发现 Judy 正惊愕地瞪着自己："她说的是真的？你跟有……"

Judy 话只说了一半。不必都说完，辉姐自然也明白，仿佛被戳中了要害，气急败坏道："对！没错！我就是第三者！当了二十年的小三儿！怎么着吧！"

Judy 躲闪着辉姐灼灼的目光，怯怯地说："还是……还是别这样了。不好！"

"好不好关你屁事？"辉姐就像只斗急眼的鸡，逮谁鸹谁。

Judy 却霍地抬起头来，哀怨地叫道："怎么不关我的事？"

辉姐吓了一跳，自己的怒气倒是少了。她还不记得见 Judy 发过脾气。

Judy 却并没继续发作下去。她满怀歉意地小声说："对不起，的确不关我的事。"

"我明白了！"辉姐恍然大悟，"那天你说你老公换了手机密码，是因为他有别人了？"

Judy 低下头，眼泪汩汩地流下来。

"你是这么猜的，还是有真凭实据？"

"用不着猜。"Judy 哽咽着说，"他下班老不回家吃饭，还找借口在外面过夜！都八个月了！"

"八个月了，你一直都知道？"

Judy 点点头。

"那你干吗不跟他挑明了？就这么忍着？"

Judy 不答，就一个劲儿掉眼泪。辉姐拍拍自己的胸脯："别担心！交给姐了！赶明儿……等我从香港回来，我替你教训他！让他这辈子再也不敢偷腥！"

"可是，" Judy 一边抽泣一边摇头，"我不想跟他挑明了。"

"为什么？" 辉姐惊诧地瞪圆了眼睛，"你怕啥？怕挑明了就得分？那就干脆分了呗，让他净身出户！没见过你这么窝囊的！"

"他得癌了。" Judy 仰起头，泪眼婆娑地看着辉姐，"肝癌！晚期！医生说没救了！顶多还有半年！我一直瞒着他……"

Judy 再次低下头，肩膀抖动得更厉害。辉姐一把拉过 Judy，心疼地叹了口气，在她耳边轻声说："你可真傻！傻死你得了！"

3

郝依依努力维持着轻松欢快的步子，走下扶梯，走上站台，挤上列车。可她脊背上仿佛仍有一双灼烫的目光，怎么甩也甩不掉。

列车驶离了站台，钻进漆黑的隧洞里，郝依依终于松弛下来，腰背都在隐隐作痛。原来，假装轻松比什么都累，心也跟着一起累。分明不该在意的。别人怎么看待她，她早就预料到了。辉姐当然不是例外，而且最不可能成为例外。一个目光短浅不学无术的胡同串子，就跟那些整天在朋友圈转发劣质鸡汤的大妈们没有区别，到国贸 38 层当前台都已经是刘姥姥进大观园。她的看法有什么可在意的？

可这想法并没能让郝依依好受。她反而有点儿同情辉姐，甚至开始后悔：为什么要多此一举，损人不利己地去戳辉姐的痛处？

列车咣当咣当地前行，大概是轨道的问题，也可能是隧道里的气流，使车体有节奏地晃动，满车的人都跟着晃，就像一场集体健美操。

郝依依的手机就在这时响了，像个善解人意的老朋友，又像个善于窥探的小间谍。

"我有个问题。" Max 从来不寒暄，跟谁都劈头盖脸地直入主题。

"什么问题？" 郝依依公事公办地回答。Max 跟她尚未和解。她就只当自己是他的下属，而且并不得力。在"公投"这件事里，她其实并没有更潇洒的位置——一个自以为是的准女友？还是临阵脱逃的赔钱货？在 Max 眼里，她并没做什么，而且出尔反尔，所以不管公投结果如何，Max 是必定对她失望的。

"你怎么知道我会赢？" Max 问。

"赢什么？" 郝依依明知故问。

"投票。你有把握我能赢的。是吧？" Max 并没有指责或讽刺的意思。他很慷慨，想要给她一些功劳。

"我不知道。"郝依依还是嘴硬。

"我不信！"Max很坚决。他要施舍的时候，绝不容许对方不接受，就像个暴君。暴君不只自负，也常常毫无节制地溺爱女人。郝依依说："你说过，费肯北京公司是一家好公司。既然能叫好公司，起码没用的人不会占多数。对吧？"

"Yes！大部分员工都是有价值的。"

"有用的人最讨厌只拿钱不干活的人，不愿意把自己的工资分给闲人。"郝依依轻描淡写地回答，"但他们不会公开这种想法。因为那样容易得罪小人。"

"你真聪明！"Max恍然大悟。

"我是白痴。"郝依依黯然道。

"对不起！你必须原谅我！"Max斩钉截铁，并不难为情，道歉也是圣旨，不可以不接受。

郝依依沉默了，她是故意不作声的。不作声也不至于让对方以为电话断了，因为地铁正在广播：下一站金台夕照。

电话却真的断了。不知是信号不好，还是Max故意挂断的。没有寒暄，也没有再见。这就是Max，任性是在他基因里的。郝依依无端地想起衡子，盯着电话发呆，手机上却又突然冒出一条微信来。

微信竟是辉姐发来的。

"想来想去，还是向你道歉。我刚才不是冲着你的，是冲王总。我不该拿你当出气筒。我本想劝劝你的。当然你不会听我的。不过我还是得说，不然我不踏实。姓王的不是好人。别问我为什么，反正我知道。不是一般的不好，是非常不好！坏透了！你是个好人，又年轻。别让他害了。"

郝依依随着人流挤出地铁，挤上扶梯。晚上七点半，国贸地铁站里依然摩肩接踵，只能随着人流往前移动，奇慢无比，因为很多人边走边看手机。郝依依并不在乎随波逐流。她一直想着辉姐的微信：不是一般的不好，是非常不好。坏透了！这种评语不该源自对严苛老板的痛恨，更不会只是因为国贸桥上的几句粗言。这是货真价实的憎恶。这就奇怪了。今天中午，当辉姐急急火火地离开公司时，她对Max还没有这么深的憎恶。辉姐不是个好演员，刚才三元桥地铁站的一幕已经证明了。她没办法把情绪彻底地隐藏起来。

过去的几个小时到底发生了什么，让辉姐突然这么憎恶 Max？

郝依依随着人流走出地铁，眼前霍然冒出一个身影，中流砥柱似的挡在通道正中央。他披着大衣，一只胳膊被绷带吊着。这是至关重要的证据——证明他不久前刚刚救过郝依依的命。他的笑容很霸道，像是在说：我打算救你一辈子。

郝依依也笑了。

Max 展开怀抱，看上去残缺不全："有件事我得向你坦白！"

郝依依使劲儿睁大了眼睛，一双刚被泪水浸润过的眸子，显得格外清澈明亮。

Max 却阴沉了脸，眉头紧蹙着："我其实并不关心愚蠢的投票。我来北京，也不只是为了掌握费肯公司。至少，那不是当务之急。"Max 凝视着郝依依，深深吸了口气，"其实，我有一件更重要的事。我是来为王冠集团寻找救命稻草的！有人想要害王冠集团，害我们王家！"Max 用完好的左手捉住郝依依的右手，"我每天都很焦虑，所以才这么情绪化！你必须原谅我！"

郝依依有点儿想抽出手来，可忍住了没抽。她又想起辉姐刚给她发的微信：姓王的不是好人！坏透了！她再度打量 Max。他看上去风度翩翩，雄心勃勃，自信得像个涉世不深的孩子。郝依依深吸一口气说："其实，我也有个秘密要告诉你。"

"哦？"Max 饶有兴致地看着郝依依。郝依依有些为难，目光躲闪着 Max："我并不是快阔公司的前台。寇绍龙派我到快阔北京公司来做前台，其实……是为了让我接近你的！"

Max 惊得目瞪口呆，拧着眉细细打量郝依依。郝依依从 Max 手中抽出自己的手，两手互相揉搓着说："所以，你还是别理我了。"

Max 却再次抓起郝依依的双手，用力握紧了。他的双眼瞬间明亮起来："可你告诉我了！向我坦白了！你……"

Max 只说了半句就停住了，充满期待地看着郝依依。郝依依轻轻点了点头。她说："我不想给寇绍龙办事了。"

Max 微微一笑，冲郝依依做了个鬼脸，神神秘秘地问："为什么呢？"

郝依依却没答。她把手再次抽出来，忧心忡忡地说："Max，我得马上到香港去！"

4

辉姐乘坐的航班，于晚上 9 点 35 分驶上首都机场的跑道。比预计的起飞时间晚了二十分钟。在全球第二繁忙的首都机场，已算非常准时了。

飞机上的乘客不算多，大概还有三分之一的座位空着。辉姐坐在倒数第二排靠窗的位置，她身边的座椅就空着。她抬起扶手，身体略斜，腿就能伸直了。在机舱狭小的空间里，即便只能多占领一厘米，也能倍感轻松。

辉姐却并没感到轻松。就算把前后的座椅都拆掉，让她彻底躺平了，她也没法儿真的轻松。这些日子她原本就一直惴惴不安，但自从在 Tina 师傅老七的电脑屏幕上看到那一串手机号码的一刻开始，她简直是心惊胆战了。

老七首先恢复的是机主的电话号码。虽然 SIM 卡已经失效，但本机号码还在主板的内存里。那块手机主板的主人，竟是 Max 王。

辉姐并没有过目不忘的本事。但 Miss 黄常把订机票、订酒店、订晚餐之类的琐事扔给辉姐。Max 王的手机号码很有特点，最后四位是6868。

辉姐终于明白过来：老李那天说，他为了给辉姐出气，把 Max 王的手机扔进废纸篓里了。可那不是事实。事实是，他把 Max 王的手机主板拆下来，偷偷塞进了辉姐的衣袋。他为什么要偷 Max 王的手机主板？这主板里藏着什么？

但手机里除了不到一页的通讯录，并没其他东西。Tina 推测，Max 是个谨慎的人，短信、微信、邮件都是随看随删，连通话记录都不保留。但 Tina 又说：删除并不等于根除。现在的智能手机内存都很大，有不少名义上被"删除"的信息其实都还留在手机里。只不过就像被撕碎的文件，散落在满载的垃圾桶里，需要老七这样的高手一点点挖掘，再像拼图游戏那样拼到一起。不过，恢复被删除的记录，是不包括在手机解锁费用里的。

辉姐因此又拿出两个月的工资付给 Tina。Tina 收了钱，记忆力立刻改善了，想起来告诉辉姐，这部手机是新买的，一共就用了八天。辉姐当时差点儿翻脸。这不是坑人吗？一共只用了八天的手机，里面能有多少东西，就又收了一万？ Tina 看出辉姐变了脸色，连忙安慰她：手机的确是新买的，软件也都是新装的，不过新装的软件里未必就没有以前的东西。比如电子邮箱。一般来说，电子邮箱会从服务器里把历史邮件都"抓"进手机里。Tina 狠狠地做了个抓的动作，像是打架时抓住对方的头发。为了配合 Tina，老七把自己面前的电脑屏幕转向辉姐。果然，屏幕上是正在恢复的电子邮件。一封接一封地弹出来。都是英语的，辉姐看不出什么名堂。Tina 特意让老七打开一封。辉姐问是啥，Tina 答：是王冠集团董事会的决议书，表决时间是一个月前，表决的内容是出售一家子公司。辉姐撇了撇嘴：这有什么用？

　　Tina 立刻瞪圆了眼睛，大惊小怪道："怎么没用？可有用了！违法乱纪呢！您看，这家深圳安心信息技术有限公司，是专门给银行开发和维护网络安全防护软件系统的，国家不容许外企进入这种行业，也包括港资公司。但这家深圳安心公司却是由香港王冠集团实际控制的。当然不是直接持股，而是由深圳安心的两位自然人股东在 BVI① 注册成立一家安心国际股份有限公司，然后再由香港王冠集团 100% 地拥有这家安心国际。安心国际再跟深圳安心的两位股东签订代持股协议，由这两位股东代表安心国际持有深圳安心。这样一来，深圳安心就是王冠集团的，两股东只是代持股，从而规避内地的规定。好多外企都用这种办法涉足大陆不许外企经营的行业！灰色地带！"

　　辉姐彻底糊涂了："可到底姓王的……我是说王冠公司，哪儿违法乱纪了？"

　　Tina 讶然，难以置信地说："这还不违法乱纪？国家明明不许外资经营互联网行业，更别说是给银行开发安全系统了，这么关键的业务，王冠集团也敢偷偷持有，还要怎么着？"

　　"可王冠的董事会决议，不是要卖掉深圳安心吗？"

　　"那只是决定要卖，不是还没卖呢？有了这份决议，正好证明这公司就是王冠的！这要是有人举报，肯定够他们受的！说不定就是因为害怕让人知道，所以才着急卖呢！"

　　Tina 还在滔滔不绝，辉姐却暗自一阵绝望。这和老李有什么关系？老李偷这块没用的东西，到底想要干什么？

　　老七忽然在一边自言自语："做完了，然后呢？"

---

① BVI，British Virgin Islands 的缩写，英属维京群岛。地处加勒比海，因其自由而保密的公司注册政策，成为公司注册的避税天堂。

辉姐和 Tina 同时把头转向老七，诧异地看着他。老七指着荧光屏解释："我是在读短信呢！手机主板里找到一条短信，是机主发出的：'做完了，然后呢？'"

辉姐把头凑过去，盯着老七面前那块屏幕看。老七指着屏幕说："发送时间是上周四下午。"辉姐使劲儿回忆了一下，那正是老李到国贸来看她的那个下午。老七又说，"还有一条回复：'按照原计划。别联系了。把我给你的手机扔掉！'"

辉姐心中诧异：做完了？做什么？为什么做完了就不能再联系，还得把手机扔掉？辉姐突然想起那些香港老电影。"做"的意思，难道不是杀人？ Max 王也算是香港大佬，不该用香港黑话吗？辉姐心中猛然一震：是 Max 王！就是他要害老李！他是发短信问对方，杀了老李以后要怎么做！

辉姐再也坐不住，从椅子上站起来，心里火烧火燎的。怪不得老李要偷 Max 王的手机主板！这条短信就是证据！ Max 王才是敌人，是恶人！可自己前两天还在为他效劳——把那么多"秘密"贡献给郝依依！还让郝依依求 Max 王去探听老李的消息！她是有多傻！辉姐恨得咬牙切齿，突然想起来，老李被保释，不是 Max 王说的？老李被谁保释了？会不会是被 Max 王？辉姐眼前一黑，险些跌回座位里。她声音打着颤，咬着后槽牙问 Tina："能不能查查，对方机主是谁？"

所以，辉姐必须立刻去香港。她并不知道老李在哪儿，也不清楚到了香港能做些什么，她就只知道老李处境凶险，她还知道是王冠集团的少东家 Max 王要害老李，她有证据。她明白自己的决定很鲁莽，完全欠缺谋略，可她实在不能等了。二十年了，她不知冲动过多少回，可每次都无法付诸行动。现在老李生死攸关，她再也不用有任何顾忌，可以痛痛快快地行动一次了，哪怕是飞蛾扑火，也值了！

辉姐坐在昏暗的机舱里，透过机窗看脚下渐渐缩小的灯火，心中生起一股悲壮。并非忧国忧民，也跟正义没什么关系，就只为了成全自己。尽管她有个很革命的名字，可并没有多少觉悟。小时候在胡同里打架，上学时考试作弊，为了毕业分配给系主任送礼，工作了勾搭有妇之夫。但这不能赖她，她成长在一个快速变革的大时代，变得最快的就是信仰。昨天的鬼变成今天的神，今天的英雄就是明天的傻子。胜者为王，败者为寇。她是为不了王的草民，轻而易举地就成了"寇"——偷别人老公的"寇"。偷了二十年，什么都没偷到。可她终究不算坏人，甚至还因为羞辱了 Max 王的准女友而内疚——郝依依少不更事，抵挡不了糖衣炮弹，说不定一不小心哪天也成了"寇"。

辉姐莫名地想起老妈。刚才虽然时间紧迫，可她还是回家看了一眼老妈，偷偷把手机主板藏在褥子和床板之间，又把银行卡藏在老妈的枕头底下。老妈每个礼拜都洗枕套，也知道银行卡的密码。老妈正在包饺子，听她说要急着出差，忙赶着下了几只给她吃，然后轰鸡似的撵她走。四十多的老姑娘，像是生在老妈脸上的肉瘤子，让她没脸见人，可毕竟还是自己的肉。老妈也是个"寇"，从超市里偷一头蒜，从菜摊子上顺一块生姜，只要超过三个人排队就琢磨着加塞儿，被发现了就胡搅蛮缠，可即便是这样一个"草寇"，也还是让别的"寇"骗走了五万块钱。"寇"的目标都是"寇"，因为"王"是惹不起的。

辉姐闭上眼，反正飞机里也是黑漆漆一片，大部分人都在睡觉。这么大的噪音，也不知他们是怎么睡着的。辉姐睡不着，管空姐要了几杯红酒，让空姐很是不待见：一个坐经济舱的大妈，还敢一杯接着一杯地要红酒。辉姐不喜欢给别人添麻烦，可空姐的态度反而让她非得多要几杯不可。不知飞机上的红酒是不是骗人的，喝得越多越精神。

辉姐还记得十几年前第一次去香港，和老李一起参加银行监控培训，坐的就是夜里的航班。那时候银行都在改革，忙得天翻地覆，工服都来不及换就上了面的。老李泡了一碗泡面，一直端到面的上。他其实是个细心的人，知道时间紧迫，到机场也来不及吃东西。只要他还关心你，想得比谁都周全。辉姐也挺周全，老李的内衣内裤、衬衫袜子，一概都是辉姐帮他置备。行长的千金只关心穿在外面的名牌，懒得操心外人看不见的部分。那也是多年前的事了。老李早就不让辉姐帮他买那些东西了。出远门也不让辉姐知道。这次大概是因为永别，他才匆匆地跑来见一面。不，其实也不是专门来见辉姐的，而是来偷 Max 王的手机主板的，见她只是顺便，或者连顺便都说不上，只不过是为了把手机主板塞进她衣兜里。她对他也就剩下这么一点儿用处。

辉姐使劲儿摇摇头，想把思想从脑子里摇出去。这一摇，倒是觉出身边有点儿不对劲。辉姐睁开眼睛，不禁吃了一惊：旁边座位上不知何时竟坐了个人，正在黑暗中炯炯地盯着她。是姓戴的！那天晚上冒充代驾"劫持"她的家伙！

辉姐顿时毛骨悚然！他怎么突然出现了？一定是在跟踪自己！辉姐猛地想起包里有辣椒水和微型电棒，上次就忘了用，这次可千万别再忘了。辉姐想去摸皮包，却发现肚子被保险带勒着，这才想起自己是在飞机上，辣椒水和电棒都不让带，扔在机场了。安检员看恐怖分子似的看着她，也许是看个精神病，明明人老色衰还随身带着辣椒水和电棒。可她身边果真冒出一个变态来。他能怎样？绑架还是杀人？能劫机吗？曾经有大型客机莫名其妙地失踪了，连带着几百条人命。为了她姚军辉，犯得上吗？错了，当然不是为了她，是为了那块手机主板，为了老李。老李到底干了什么？不就是睁一只眼闭一只眼地签了不少字吗？但凡有点儿实权的，谁又没干过？犯得上在一万米的高空弄出一桩国际事件吗？

"你终于醒了。"姓戴的开口了，声音有点儿滑稽，内容就更滑稽。他在等着自己"睡醒"？恐怖分子还这么体贴？等她醒了再劫机？辉姐差点儿笑出来。不是笑姓戴的，而是笑她自己。就这位瘦猴儿似的家伙，还能劫持飞机？他不就是冒充了一回代驾嘛。辉姐没好气儿地说："你管我睡着还是醒着？"

"你还是当我是坏人？"

"我的妈呀！你想让我当你是啥人？观音菩萨？哈哈！"辉姐实在忍不住，笑出声来。姓戴的有点儿难堪，气急败坏道："信不信随你！东西带了吗？"

"切！"辉姐的嘴快撇到后脑勺了，"不是坏人，老琢磨别人带的东西？带了一万块钱，想知道藏哪儿了吗？"

"你不要胡搅蛮缠！我只是想提醒你，要是真带了，请你把它藏好了，最好别带出香港机场！"姓戴的一本正经。越正经就越像是骗子。

"真是神经病！我把什么藏好了？我能有什么值得藏好了的东西？"

"看来，你并不需要我的帮助。"姓戴的斜眼瞟辉姐。辉姐也斜着眼看他，照镜子似的摆出同样的表情姿势："我说过我需要了吗？"

"你知道李卫东在哪儿吗？"姓戴的话锋一转。

"在哪儿？"

"所以，你还是需要我的帮助喽？"姓戴的得意地晃晃脑袋。

"别价！我可不需要。他爱在哪儿在哪儿，跟我有什么关系？"

"那你为什么要去香港？"

"旅游！为香港经济做贡献！每天那么多人去香港呢，你管得着吗？"

"哈哈！"这回姓戴的笑了，无奈地摇摇头，"你有我的名片。如果需要我的帮助，给我打电话！"

"哈哈哈哈哈！"辉姐模仿姓戴的仰头大笑，并没想出该用什么话回敬他。说"早扔了"显得此地无银三百两，说"别做梦了"又显得气急败坏，所以只好又多笑几声，笑得惊天动地。

辉姐笑完了，发现前排乘客正回过头来，愕然地看着她。她连忙抬手指指身边，想说："我可不是神经病，他才是！"

可她身边的座位已经空了，姓戴的不知所终。

辉姐一阵恍惚，一时不能确定，刚才是不是做了个梦。她打了个寒颤，后背隐隐地发冷，这才又觉出害怕来。机窗外一片灯海，背景中的山峦模模糊糊，悄悄潜伏在黑暗里。

CHAPTER FIVE

东方之珠

1

机场快线的末班车已经发走了。辉姐是搭公车进的城，双层大巴，她坐在二层最靠前的位置。

十几年前跟老李来香港，他们就坐过这个位置。一共五天的培训，机场到酒店有专车接送，培训就在酒店里，本来没必要坐大巴的，是辉姐强烈要求坐的。夜里十一点半，同行的人都睡了。两人偷偷溜出酒店，并不知该去哪儿，索性坐上公车，跟着它随便到哪儿。那个年头，出境培训是有严格规定的：不得擅自出门，不得擅自离开集体。他们在深夜偷偷跑出来坐大巴，是严重违反纪律的。但那时候他们都还年轻，都愿意为了这种没价值的事情而冒险。她依偎在老李怀里，不知不觉睡着了。等再醒过来，天已经蒙蒙亮，必须下车了。属于他们的唯一的一夜居然就这么过了。的确没什么价值。当年辉姐就预料到了，十几年之后更是铁板钉钉。但人这一辈子，总得干几件没有价值的事情。辉姐一干就干了二十年。

大巴到达旅店附近的车站已是凌晨两点。多亏了"香港我知道"的APP，让辉姐准确地在最近的车站下了车。旅店实在太小，百度和高德地图上都没有，唯独"香港我知道"上有。郝依依到底还是帮了她的。

旅店的确小得可怜，连电梯都没有。旅店是热心的 Tina 帮辉姐订的，当然是用辉姐的信用卡。Tina 拍着胸脯说香港她最熟，朋友多的是，如果有任何需要，可以随时给她打电话。

旅店在湾仔一条偏僻的小街上，其实只能算"偏"，但不能算"僻"，夜里两点还灯红酒绿的，酒吧和按摩院都在招揽客户，满街浓妆艳抹的菲律宾女人。这并不是理想住处，但距离王冠集团的总部不远。除了王冠集团，辉姐并不知道自己应该去哪儿。她本打算直奔警局的，也事先查好了地点，可现在老李已经被保释了，说不定落入 Max 王的魔爪了。他们肯定不会把老李关在王冠公司里，但是到公司附近转转，说不定能找到一些线索。然而希望是无比渺茫的。她总不能找个人问问，王家最近有没有绑架什么人？私藏在哪里？有没有撕票？

辉姐用"香港我知道"查了香港新闻，也求 Tina 帮忙查过据说是更专业的数据库，这两天香港并没有凶杀之类的事件。也是 Tina 拍过胸脯的，可辉姐并不知道 Tina 查的到底准不准。又或者在香港不是每个被谋杀的人都能很快被发现。绑着石头沉入海底，也许永远发现不了。至少香港电影里演过的。辉姐抱着枕头哭了一夜。先是忍不住不哭，然后是为了哭而哭。哭也是一种放松，比练瑜伽省钱。

第二天，辉姐早早出了门。走出旅店所在的小街，从地铁站走上一条空中走廊，就能直达王冠集团总部所在的大厦了。走廊很长，挤满了急着上班的人，好像一支训练有素的军队，步伐一致地快速前行，着装、发型，还有表情，似乎都是经过统一设计的。辉姐被人流裹挟着进入一座大厅，又随着人流登上扶梯，非常高的扶梯，像是一步就能登天似的。扶梯上的人自动排成两列，左侧是不动的，右侧是疾步往上走的，和北京正好相反。辉姐想排不动的那一列，却错过了时机，只好跟着另一列往上走。明明搭扶梯却还是气喘吁吁。香港的早高峰就像一台由上班族组成的精密仪器，精度以秒计算。错过一秒半秒，下一个落脚的位置就没了。

步梯顶端又是一座厅，有许多通道出入口，跟个迷宫似的。直通办公楼层的直梯就藏在这些通道里，至少有七八部。这和北京国贸的写字楼大堂不同，并没有物业公司的前台，也没保安把守，不需要工卡就能进入电梯。辉姐心存侥幸地跟着别人走进一部通往高层的电梯，故作镇定地按下 22 层——王冠集团总公司所在的楼层。辉姐心中暗喜：这么高大上的写字楼，轻而易举地就进来了。

电梯快速上升，辉姐鼓膜发胀，心也跟着提起来，脊背上热辣辣的，好像全电梯的人都在看她。尽管她穿了自己最体面的外套，拿了最体面的皮包，可在这电梯里，她肯定是个异类。

电梯接近 22 层。辉姐在门前站定了，暗自盘算着千万要小心，别贸然暴露在任何公司前台的视野里。如果有个"异类"出现在国贸 38 层，肯定逃不过她和 Judy 的眼睛。电梯停在 22 层，门徐徐打开。辉姐却愕然发现，自己正面对着一条波浪般扭转的台子，像是新潮酒店的前台，又像是前卫科技商店的展台。两名穿套装的年轻女子正站在台子后，笑容可掬地看着她。年轻女子的背后，是一面巨大的背景墙，墙上有个顶天立地的"冠"字。这就是王冠总部无疑了。

辉姐硬着头皮走出电梯，假装在找路似的，扭头往两边看。可两边并无通道，她俨然已在公司前厅的正中央。这一层除了王冠，根本没有别的公司。辉姐灵机一动，用英语自言自语："Wrong floor！（上错层了）"正要按电梯，有个小姐用略有点儿蹩脚的普通话问："是姚军辉女士吗？"

辉姐心中惊愕，王冠公司的前台怎会知道她的名字？这不明摆着自投罗网吗？辉姐摇摇头，夸张地笑了笑，飞速地按电梯。可电梯并不能飞速到来。

"你不是姚女士？"前台小姐又问。

"No！No！"辉姐连声说着No，浑身汗毛倒竖，紧盯着电梯门，不敢看那两位小姐。电梯门终于开了，辉姐却进不去——迎面走出两名身穿蓝色制服的保安，把辉姐的去路堵死了。辉姐着了慌，正要叫喊，背后突然传来一个熟悉的声音。

"她就是姚军辉。"

辉姐又是一惊，猛转回身。只见郝依依一身黑衣，站在两位前台小姐身后，面无表情地看着她。

辉姐立刻全明白了！是郝依依告的密！她不仅告了密，还亲自飞到香港来指认自己！郝依依彻底是王家的狗腿子了！

"有人告你是商业间谍，非法进入私人企业。你需要跟我们走！"一名保安对辉姐说。

辉姐横下一条心，准备撒泼耍赖，实在不行就往地上躺。这招在内地比较管用，特别是有了微博和朋友圈之后。辉姐朝着两个保安大声叫唤："我凭什么跟你们走？你们算老几？"

"我们是香港特区警察。"那人回答。辉姐这才发现，两人腰上都挂着手枪。

2

郝依依目送着警察把辉姐带进电梯，自己搭公司内部的专用电梯离开王冠集团。这里已经没她什么事儿了，香港的任务完成了。

其实本来不需要她亲自跑一趟的，发张姚军辉的照片就可以。可她坚持亲自飞一趟香港，否则她不放心。她是和姚军辉搭同一趟班机来的。只不过她坐的头等舱，最后一个上的飞机，第一个下的飞机，戴着帽子和大墨镜，像个明星似的。经济舱里的姚军辉即便远远瞥见了她，也绝对认不出来。飞机为了等她，延迟了十五分钟才关机门。以王家在香港的背景，让国泰航空的某架客机等上十五分钟，也算不上什么难事。

郝依依走出王冠集团总部所在的办公大厦，在大堂和空中走廊的衔接处停下步子，找了个僻静的角落掏出手机。她想给 Max 打个电话，再提醒他一遍，要督促香港警察把姚军辉直接送上回北京的飞机，不让她在香港多耽搁。如此处理一名非法闯入私人公司的非港居民，虽然并不完全符合法律程序，但只要那位"闯入者"不懂法律程序，一切就都好办。警方顶多算是"陪同"，并没出具正式的驱逐令。这是郝依依起程前就跟 Max 商量好的程序。Max 多半会怪她啰嗦，也许会假装生气地说：我不喜欢重复我自己！如果是那样，她会跟他撒娇：当老板的，记性不是都不太好嘛！

郝依依嘴角浮起一丝浅笑。可她并没机会真的把那句话说出来。因为手机主动响起来了。来电显示的是个陌生的本地号码。郝依依顿时笑意全无。她认识这个号码，不久前才从她的手机里删除的。以她和 Max 的关系，Max 是很有机会浏览她的手机的。她不能让 Max 发现，她的电话簿里还有这个号码。

"郝小姐，到香港了？"是个操着香港口音的中年男人。

"是的，我到了。"郝依依向四下里看了看，既没有人注意她，也没有明显的摄像头。可她很清楚，在湾仔的办公区，几乎没有摄像头覆盖不到的角落。这座大厦的安保公司是王冠集团的。理论上说，她的一举一动都逃不出王冠集团的眼睛。郝依依压低了声音："我在王冠呢。"

"不必担心！我只是问候一下。"男人略有不满。郝依依立刻乖巧起来："董秘书，我洗耳恭听！"

"既然郝小姐大驾光临香港，要不要赏光到公司里来一趟？"

"这次是王冠派我来的。会不会不方便？"

"可是郝小姐，你已经很久没有见过真正的老板了吧？"

隔着手机，郝依依似乎也能看见董秘书那张皮笑肉不笑的脸。她想辩驳：我只有客户，没有老板。但她并没有说出口。她了解"老板"的脾气。

"好的，董秘书。我下午两点到，如果寇总方便的话。"

郝依依收起手机，走向空中走廊。她没再四处张望。电话已经接完了，如果真的被哪个摄像头收录了，又被哪位细心的保安注意到，发给他老板的老板，也不是她能阻止的。她的最佳策略，就是像所有普普通通的香港白领女性一样。她们穿得很正式，表情严肃，目不斜视，分秒必争。郝依依今天的着装和平时在国贸不尽相同——黑色风衣，黑色高跟鞋，一头黑发拉得笔直。她就像原始丛林里的一只变色龙，按照环境变换颜色。她像她们一样，疾步穿过空中走廊。尽管时间非常充裕。

就在走廊下方不远处，有一栋白色建筑。那是湾仔警署。郝依依不禁扫了一眼，心中隐隐有一丝异样。她默默地告诫自己：别人误解又算什么？既然迈出这一步，就注定要被误解的。姚军辉以前是陌生人，以后也是。陌生人之间有一点小误解，又有谁会在乎？

此时辉姐正坐在湾仔警署里，面对着两名警员，心里七上八下的。

警察的出现，是她完全没有料到的。香港警察制服不是绿色的吗？何时变成蓝色了？她本来还怀疑是假警察，但走进湾仔警署的一刻，她不怀疑了。王家不可能租下一整栋楼，再雇上这么多群众演员，就只是为了骗她。辉姐有点儿懊恼：自己以前怎么没想到，警察也能被 Max 王使唤？小时候不是听老师说过，在资本主义社会，警察都是为富人服务的？虽然这几十年天翻地覆，小时候听到的未必都是错的。

辉姐非常担心，并不是担心自己。如果落到黑社会手里，她肯定会更担心一些。她不相信警察能把她怎么样。她担心的是老李。既然 Max 王连警察都能搞定，除掉个把老李，就更不在话下。辉姐甚至想到了报警——把老李的事情向警察和盘托出，扯出银行行长，还有纪委、检察院、经侦调查局，让香港警方意识到事关重大，也就不敢由着 Max 王胡作非为。可那样也许老李就更没救了，即便不被灭口，后半辈子也要在监狱里度过。不过，她可以搬到监狱附近去住，所有能够探视的日子都去探望他，或者干脆托关系找个监狱里的活儿，每天都能看见他、照顾他。其实老李对她没多好，从来没把她当成最重要的，逢年过节都不曾陪过她。可她愿意为老李搭上一辈子。

警员看了辉姐的港澳通行证，随便问了些敷衍的问题，就说要送她去机场。辉姐说自己的机票是一周之后的。警员说：帮你改签到今晚了。辉姐立刻就明白了：这是要把她驱逐出境。她犹豫着要不要撒撒泼，打打滚。要是在北京的派出所里，她一定就这么干了。她虽然上过大学，在银行里干了小二十年，可她也是在胡同里长大的，她爸是个退伍军人，也是个修自行车的师傅。胡同里各年龄段的妇女会她都会。可这香港没那么"和谐"，未必会让能闹的人得逞。她又不是香港人。在别人的地盘，别打算享受别人的人权。这点儿常识她有。

辉姐在"问讯记录"上签了字。可那上面并没写"驱逐出境"之类，就只有她和警察的几句问答，因为问题少，连一页都没填满。她决定不跟警察叫板，路上见机行事。就算真的到了机场，警察未必一直看着她上飞机，也许就把她交给航空公司了。

辉姐要求回旅馆取行李，其实她并没行李。警察勉强同意，但要求全程"护送"。辉姐跟着三位警官离开警局——又多了一位女警官，大概是考虑到辉姐是女的，上厕所也得有人监督。辉姐这辈子还没享受过两人以上的护送，兴师动众的。

就在出门的一刻，某位警官接了个电话，竟然就改了主意。他们把辉姐带到警局门外，送上一辆警车，却并没有同行的意思。辉姐心里一惊，不知是不是 Max 王派人来灭口吗。她往四下里看了看，人行道的尽头有座矮墙。可她跑不到那里。就算跑得到，也翻不过那座墙。她乖乖地坐进车里。她听见车门被重重地关闭。她把眼睛闭上了。

辉姐却突然听见一个熟悉的声音："哈喽！还记得我吧？咱们又见面啦！"

3

辉姐万万没想到，警车里的司机是戴威，Victor Tai。尽管他西装革履，头发梳理得油光锃亮，辉姐还是立刻就认出来，这就是曾经在深夜冒充代驾、在飞机上如鬼魂般出没的家伙。

"你还和警察勾结了？"辉姐直截了当地问。

"哈哈！"姓戴的仰头大笑，"你是不是电影看多了？"

这话倒是没错。辉姐对香港的印象，当然都是从电影里来的。十几年前倒是来过一次，但基本没离开酒店。这十几年，中国人开始时兴出国旅游，辉姐却从没有过。以前是没钱，后来是国家限制。辉姐满怀敌意地看着姓戴的。无论他怎么打扮，总归看着不像好人。

姓戴的掏出一本证件晃了晃："我是 Interpol，你现在知道啦！我不是黑社会。"

辉姐看见姓戴的大头照，却看不明白小本子上的英语。一时有点儿发蒙："音特坡？是什么东西？"

姓戴的收了证件，不耐烦地说："你就当我是警察好了！"

辉姐心中越发不解。警察？警察的确把她交给了姓戴的。可那不等于姓戴的也是警察。而且，是就是呗，干吗要"就当"？反正她看不懂他的证件，蒙她实在是太容易了。

"那你上回干吗绑架我？"

"我没绑架你，就是找机会跟你谈谈。"

"那你干吗骗我说是李卫东的朋友？"

"我是为了工作。"

"只有坏人才骗人！"

"真的吗？"姓戴的饶有兴致地盯着辉姐。辉姐也一时拿不定主意了。谁没骗过人？她告诉同事她怕李总；告诉老妈她性冷淡；告诉同学她不能生孩子；告诉上级老李是个清廉的好领导……她这辈子可没少骗人。可她也并没把自己当好人。辉姐突然就明白了。她并不是好人。所以也没资格要求姓戴的是好人，更没资格要求郝依依是好人，没资格要求任何人是好人。辉姐朗声道："说吧！痛快点儿！说你想怎么处置我吧！"

"我带你去见一个人，你就知道我是不是好人了。"

戴威狠踩油门，汽车猛蹿出去。辉姐仰倒在座椅靠背上。这不是好人的开车方法。一周内被同一个人绑架两次，她也是醉了。

姓戴的把车开到一处公寓楼前，带着辉姐上到二十多层的某单元，开锁进屋。他对辉姐说："你准备好了吗？"

辉姐撇了撇嘴，昂首挺胸地往屋里走，仿佛要英勇就义似的。

可公寓里并没有刽子手，就只有一个默默地坐在沙发上的人。

老李。

老李好像一下子老了好几岁，脸上有些浮肿，多出许多深刻的纹路，眼神也有些呆板，像是突然患上老年痴呆了。见到此刻的老李，哪怕是最能拍马屁的张小斌，也绝不会说他的领导：看上去也就三十刚出头！

辉姐莫名地一阵心酸。老李真是老了。过不了多久，他就完全是让人嫌弃的老头子了。即便是那样，大概也还是轮不到她的。

戴威故意把辉姐和老李留在公寓里，就他们两个。房间可真小，是个小开间，大概还不足 20 平方米，一共没几样家具，一只大沙发从东头顶到西头，大概到了晚上，这就是床了。辉姐正要往沙发上坐，老李却一跃而起，急赤白脸地嗷嗷：

"你他妈的到香港来干吗？吃饱了撑的？还嫌老子的麻烦不够多？"

老李以前跟辉姐也急过，也骂过，比这难听多了。骂得辉姐想撒泼，想跳楼，想跟老李同归于尽。可这回不一样。老李一头蓬乱的灰白头发，微微佝偻着脊背，浑身散发着老年人才有的气味。辉姐一屁股坐在沙发上，用双手掩住脸，呜呜地哭了。

老李仍站着，故意不想坐在辉姐身边，可又没其他地方可去，粗着嗓子吼："哭个屁！我还没死呢！"

"我还以为你死了呢！"辉姐恶狠狠地回答。

"还不如死了呢！"

"那你快去死！开窗户往下跳！二十几层呢！"辉姐抬手指着窗户。

老李二话不说，直奔着窗子去了。辉姐大惊，扑过去拉老李的衬衫，一把没拉住，老李已经拽住窗户把手，拼命拉了几下，窗户并没被拉开。他朝着辉姐吼："你以为窗户能打开？这种地方你没听说过？你看看，看看！"老李抬手指着墙上的电插座，全都用铁罩子罩着。老李又去指大门："你干吗不开门大摇大摆地走出去？"

辉姐当然没去开门。门和窗户一定都反锁着，电源插口也都堵死了，这公寓是专门为了关人准备的。这种房间绝对逃不出去，想死也死不了。当然也没有任何隐私——不知藏了多少摄像头。

老李一屁股坐回沙发上，把双手插进灰白的头发里："本来就我一个，死活都无所谓！现在你也进来了。怎么办？"

辉姐怔怔地看着老李。他们的位置调换了，老李坐着，她站着。沙发还是空着一半。他们现在是拴在一条线上的蚂蚱。辉姐感到一丝小满足，小心翼翼地在老李身边坐下，把肩膀轻轻抵在老李肩膀上，小声嘀咕："一块儿死。挺好。"

"你活够了？"老李依然怒气冲冲，可并没把肩膀挪开，就让辉姐靠着，继续说，"可我还没活够！偷偷摸摸的半辈子，我还想能过上几天光明正大的日子！"

辉姐吃了一惊，胸中翻江倒海的，差点儿没把眼泪又翻出来。老李这是在说他们俩？这趟香港真没白来，死在这儿也值了。她想抱住老李，可她没敢，生怕把他的话打断了。

"还记得以前吧？"老李的声音平静了些，幽幽地往下说，"下了班分头走，你坐15路到天坛西门儿，我坐44倒43到天坛东门儿，咱俩从两头进天坛，在祈年殿碰，跟特务接头儿似的。"

辉姐"哧"地笑了，低头玩手指头："你才是特务呢！狗特务！我是地下工作者。"

老李咳嗽了一声，又吸了吸鼻子，继续说："还有，你老送我东西，我不敢往家拿，也不敢放单位，甭提多别扭了！"

"切，"辉姐撇了撇嘴，眼角藏着一丝笑意，"你说你喜欢，也有地儿放！早说啊，省得浪费那么多钱。"

"那是，我敢说不喜欢吗！"老李也撇撇嘴，"有一年我生日，你送我的水晶小猪，你还记得吗？"

辉姐一愣，抬头看看老李。水晶小猪并不是她送给老李的，而是老李送给她的。她才属猪，老李属马。老李记性出了问题？

"记得吗？我要出差，上飞机前你送给我的那个？"老李盯着辉姐，眼神有点儿不对劲儿，"你猜我藏哪儿了？"

辉姐皱着眉头，小心翼翼地问："你藏哪儿了？"

"你猜猜啊！我让你猜呢！我能藏哪儿？"老李有点儿着急，把眼珠子瞪圆了。辉姐猛地明白过来，老李是在问手机主板！她抬手挠挠头，愁眉苦脸道："这哪儿猜得出来啊，你等等，让我想想啊，想想……"

老李连连点头，迫不及待地等着辉姐往下说。

"你当然随身带着！要不放哪儿？不能放家里，也不能放单位，对吧？"辉姐试探着说，老李的脸色立刻阴沉了。辉姐赶忙又说，"可你带着也不方便啊！还有跟你一起出差的同事呢！"

老李皱着眉催问："那到底是带还是不带？"

辉姐抓耳挠腮，两手一摊，没好气儿地说："就一个破玻璃猪，又不值钱，扔了不就得了？"

老李愤愤道："怎么不重要？折腾了我好多天！"

辉姐猜老李指的是这几天，姓戴的一直在追问那东西。可姓戴的到底是哪头的？辉姐心里一动：姓戴的为什么要让她见到老李？

"唉！"辉姐轻叹了一声，眉梢轻挑，"看来，那猪还真是好东西！"

"废话！烦死我了！"老李愁眉苦脸道。

"烦，就出去散散心呗！"辉姐懒洋洋地从沙发上站起来。老李愕然瞪着她："你犯病了？"

"你才犯病了呢！我就是想试试看，这门……"辉姐走过去拉公寓的大门，门一下子开了。辉姐得意道："嘿！就知道没锁！"

老李目瞪口呆。辉姐说："您还等什么呢？等领导来送您？"

4

老李和辉姐出了大厦，疾走了一阵子，走进一片闹市，周围都是人，这才略松了口气。其实辉姐心里明白，既然不锁门，就是故意让他们走的。看来姓戴的非常关心老李留给辉姐的"东西",这是放长线钓大鱼。看来姓戴的很有把握,他们逃不出他的手掌心儿。

两人走进一家购物中心,找了一间残疾人专用的单间厕所,在里面浑身上下仔细检查了一遍,确认没有跟踪或者窃听装置。就算逃不出戴威的手掌心,至少不能让他听见两人的悄悄话儿。两人折腾了一番,都觉万分疲惫,索性放下马桶盖,并肩坐在上面。老李把到香港的遭遇告诉辉姐:

下了飞机,老李并没立刻取行李,而是一路寻向第48号登机口。那附近有个男卫生间,事先约好了在那儿交接手机主板。老李没说跟谁约的,辉姐也没急着问,耐心等着他说下去。

48号登机口很僻静,附近的几个登机口都没有要出发的航班。老李觉得不太对劲儿,因此加倍小心。他走进卫生间,里面没有人。他在里面等了两分钟,有两个男人推门走进来,都戴着口罩,一个留在门边,另一个靠近老李,问老李带没带东西。老李点点头,把手机主板从衣兜里往外掏——当然不是Max王的手机主板,而是另一块同型号的,启程前就在北京预备好了。

老李的手刚离开衣兜,就见那人往后腰里摸。老李年轻时当过兵,警惕性很高,虽说腿脚不如当年,但反应还是有的。他把手里的东西冷不丁地抛向对方。那人连忙去接,老李趁机一拳打倒了他,猛冲两步撞开另一个,夺门而出。可门外居然还有好几个,手里好像还有家伙。老李拔腿狂奔,好歹冲了出来,正巧有两个警察在附近溜达,那几人不敢紧追。可也并不作罢,始终不远不近地跟着老李。老李心想,也不能在机场里躲一辈子。即便是在人多的地方,万一打个盹儿,命也就交待了。那伙人都带着凶器呢。可他又没法儿报警,没办法证明自己性命攸关,根本就说不清楚是谁要杀他,为什么要杀他。所以,他随便找了家机场店,把柜台砸了。

辉姐问老李为什么要偷Max王的手机主板。老李摇摇头说,有人让他偷了带到香港,在机场交给别人。辉姐追问是谁让他偷的,老李支支吾吾了半天,说了句"有人呗!"辉姐看出老李不想告诉她,顿时来了脾气:"您忘了您是在外逃吗?自己都泥菩萨过江呢,还帮人家偷东西?你是专业小偷吗?你怎么知道能偷得到?"

老李不说话了,像只没口的闷葫芦。辉姐恍然大悟,从马桶盖上霍地站起来:"你到公司来找我,是为了让我帮你偷手机的?"

老李羞赧地躲开辉姐的目光。辉姐抬手指着老李的鼻子尖:"李卫东！你说！你是不是来让我帮着你偷我老板的手机的？这就是你来找我的目的，对不对？"

"不是没麻烦你嘛。"老李小声嘀咕，"正好在厕所里遇上了，他还跟人吵架……"

辉姐转身就走，老李一把拽住她的手腕子："就算没这回事儿，我也一样会去看你。"

"放屁！"辉姐啐了口唾沫，"我又不是你什么人，看我干吗？"

老李手上加力，把辉姐拉回马桶盖上："怎么不是了，一直不都是嘛。"

"是什么？是你的盗窃工具，还是窝赃工具？"辉姐嘴还硬着，心却软了。老李只在相好的头几年说过这种话，后来的十几年就再没有了。最近他遭了难，嘴倒是一下子甜了。她顺着老李的臂力，陷进老李怀里，马桶盖子被压得吱嘎作响。

"你真把东西带到香港来了？"老李在辉姐耳边小声问。

"切，我有那么傻？"辉姐白了老李一眼，"你真的不知道，别人为什么让你偷那玩意儿？"

老李摇摇头："真不知道。"

"那你为什么还留了一手儿，把东西偷偷塞给我了？"

"我就是觉得不对劲儿！非得让我亲自带到香港！既然是我搞的，就别让我带了嘛！这不是等着人赃俱获呢？"

"哼！还人赃俱获？差点儿就让人灭口了！"辉姐又白了老李一眼。

"也真是怪了。是谁想要灭我的口？"老李一脸费解。

"这还用说？你偷了谁的手机，谁就想杀你呗！"

"哪能啊！就为了一只手机？"老李不屑地摇头，"你这思想也太简单了。"

"切！手机是不值什么，可手机里的东西呢？"辉姐愤愤不平，"你还真别从门缝里看人！那块主板里有啥，我已经查过了！"

"你查了？查到什么了？"老李惊愕地问。

"Max 王发过一条短信！'做完了，然后呢？'那不是在问对方，杀了你以后怎么办？"

老李愣了愣，半信半疑道："你不会是弄错了吧？就这几个字，也不能断定就是要杀我啊。也许是做别的事呢？"

"有什么不能断定的？的确有人要杀你，对吧？别的事儿，干吗整得这么神神秘秘的？"

老李又沉默了。

"可香港警察是怎么知道你把那东西交给我的？"辉姐又问。老李琢磨了片刻，说："他们把我手机拿走了。大概是恢复了硬盘，发现我给你发过邮件。"

"就凭着一封邮件，就费那么大的事儿？还跑到北京来，冒充代驾骗我，跟踪我！你不就只砸了个柜台吗？怎么会调查得这么深入？"

"嗨！"老李愁容满面，"这还用问吗！上面有人查呗！连香港警察都能调动，级别得多高？不是跟你说过，早听见风声了。不然我干吗要跑？"

"要是那样，为什么让你出境？"

"证据不够多呗！或者放长线，钓大鱼！看看到了香港，我跟谁接头儿！"老李垂头丧气，绝望地把手插进头发里，"反正这辈子算完了！"

"可那些都不是你做主的！"辉姐指的是那些违规批的贷款、信用证，给服务商开的绿灯，"那不都是你老丈人逼你干的？好处都进了他的腰包，又没落到你手里！"

"可字都是我签的！他是我老丈人，他拿跟我拿，有什么区别！"

有个念头在辉姐脑子里一闪："是谁给你通风报信儿的？"

"还能有谁？老头子呗！"

辉姐没猜错！果然是老李的老丈人，远江银行的行长牛长江！辉姐拉长了脸，一本正经地问："李卫东，你告诉我，是不是你老丈人让你外逃的？"

老李没说话。

"是谁让你偷的手机主板，让你把它带到香港的？也是你老丈人？"

老李还是不说话。

"李卫东！你到底是聋了还是哑了？"

"是是是！都是老头子！"老李没好气儿地回答，"老头子说，这是帮一个香港朋友的忙！帮成了，对方帮我们摆平北京的事！他说让我在外面躲上一阵子，也许就没事儿了！"

"李卫东啊李卫东！你就傻吧！"辉姐把眼珠子瞪圆了，"你老丈人想要借刀杀人！他想借着 Max 王的手，除掉你！"

老李吃了一惊，半信半疑地看着辉姐："老头子为什么要除掉我？"

"这还用问吗？你死了，你为他干过的那些事儿不就死无对证了？他不也就彻底安全了吗？"

"可除掉了我，他女儿怎么办？"老李小声嘟囔。

"我的妈呀！李总！您是不是脑子进水了？提前老年痴呆了？"辉姐呼天喊地。她一贯喜欢夸张，但这次绝不是小题大做，她心中的急迫早就溢于言表了，"您逃到太平洋某个小岛上躲一辈子，他闺女怎么办？一辈子守活寡，顶着外逃犯夫人的头衔儿？还是跟着您一起去小岛上开荒种田？您的问题应该是，您要是真外逃了，他女儿该怎么办！"

老李彻底蔫儿了，心灰意冷地垂着头。辉姐却又心疼起来。她把老李从马桶盖上拽起来："起来吧！想在这儿坐一辈子？"

老李闷闷地问："还能去哪儿？"

"送你去岛上开荒种田！好让牛行长的千金守一辈子活寡！"辉姐朗声说。她想明白了，老李既不能回北京，也不能留在香港，她得想法子把他送到巴拿马去。如果他真的走成了，她就回北京辞了工作，卖了房子，安顿好老妈，然后去找他。她不怕开荒种田。

辉姐拉开厕所门，迎面一团耀眼的白光，晃得她睁不开眼睛，啪啪的快门声响成一片。想再关门，已经来不及了。

5

两点差五分，郝依依来到香港快阔投资集团位于中环的总部门外。

快阔集团总部的前台，不知比藏在北京国贸三十八层角落里的快阔北京公司的前台气派多少倍。数百平方米的开阔前厅占据了两层挑高，巨大的水晶吊灯使这里不像中环的写字楼，倒像是拉斯维加斯的超级赌场酒店。三名前台小姐更是身材容貌皆一流，着装也不亚于赌场酒店里的领班。

郝依依在巨大的玻璃门前站了片刻，没立刻走进去。玻璃门上正反射着电视屏幕，花花绿绿热热闹闹，吸引了郝依依的视线。她转过身，看到电梯间悬挂的平面电视正在转播一条内地电视台的新闻，荷枪实弹的特警把一群男女从简陋脏乱的公寓里押出来。中国和马来西亚警方联合捣毁了一个电信诈骗团伙，一共逮捕了四百多人，其中有内地人、香港人、台湾人、马来西亚人。他们专门冒充银行工作人员对内地居民进行电话诈骗。看屏幕角落的时间，录像是两周前的。电视台格外认真负责，总要尘埃落定了才肯发出来。

这新闻让郝依依想起辉姐。记得听辉姐抱怨过，她妈妈不久前刚刚被人骗走了几万块。显然不是这个团伙。但电信诈骗团伙何止一两个？

被骗的就更多，都是并不富裕的老百姓，去不了爱琴海，只能在街心公园跳广场舞，一通电话，就被人骗走了几年的伙食费。看得出来，辉姐一点都不富裕，在CBD的前台里也算寒酸的；相貌和年龄就更不必说了。辉姐从各个方面都不够格，居然就闯过了费肯公司的层层面试，成为国际会计师事务所的"门面"了。这也是个谜。

"郝小姐！"

郝依依突然听到有人在背后叫她，那声音并不陌生。她转回身，快阔公司巨大的玻璃门正向两侧分开，一个瘦高的男人走出来。正是快阔公司总裁秘书 Anthony Dong，董先生。

"既然到了，怎么不进来？"董秘书的嗓音和身姿很相称，缺乏根基地飘在半空中。郝依依指指腕子上的手表："还差一分钟呢。"

董秘书扬了扬眉毛，微笑着问："每个企业秘书师都像郝小姐这么严谨？"

"那也未必。"郝依依也微笑着回答。企业秘书服务其实是个很普通的行业，在香港、欧美那些商业咨询格外发达的地区，企秘师遍地都是，帮助客户完成公司注册和银行开户手续；有时候也会略使一些小手腕，帮客户满足合规或审计方面的要求。也有服务得更"深入"和"贴心"的，服务内容就不可言传了。当然这种服务凤毛麟角。就像绝大多数保安在居民小区的传达室里玩手机，可也有服务亿万富翁或者毒枭的。郝依依调皮地眨眨眼睛："但我这一种企秘师，必须非常严谨。"

"你这一种，是百里挑一。"董秘书三分认真，七分调侃。

"董先生过奖了。为客户解决一点儿小问题，无关痛痒。"

"哈哈！郝小姐太谦虚了！走吧，寇先生已经在等着你了！"董秘书闪身，请郝依依先走。这个动作也很绅士，当然也可以理解成为押送，担心她转身逃了。

香港快阔集团的董事长寇绍龙是个超级胖子，身高也就一米七，体重却不下三百斤。他的黑色座椅是定做的，尺寸介于龙椅和龙榻之间，和肥大的身体严丝合缝，浑然一体，就像椅子是跟着他一起从娘胎里生下来的。他那巨大的办公室里，充斥着雪茄的烟气，和贴着真皮的墙壁散发的气味混为一谈，像是有个化工厂在燃烧。郝依依努力克制着用手捂鼻子的冲动，脸上保持着淡雅的微笑。她向寇绍龙微微领首："寇总您好！"

寇绍龙在空中挥舞了一下夹着雪茄的右手，巨大的翡翠扳指画出一道绿光。他咳嗽了两声，声音沙哑地说："郝小姐，辛苦了！"

"不辛苦！"郝依依回答得轻松而坚定，掺着一点点小女孩的顽皮。这是她最擅长的伪装，用来掩饰心里的紧张。办公室里没有开灯，而且烟雾缭绕，她看不清寇绍龙的表情。可她知道寇绍龙亲自接见，肯定非同寻常。

郝依依为快阔集团提供的服务非常机密，因此总是和董事长的贴身秘书董先生直接联系，越过人事部、合规部、财务部乃至总经理等等一切其他高管。但即便如此，董事长先生本人也难得露面。郝依依跟快阔打了快两年的交道，就只见过寇绍龙三次：第一次是跟着前老板到香港来拜会大客户；第二次是从上家公司辞职成为独立服务商之后，到香港和快阔签服务合同；第三次就是这一次。

寇绍龙点点头，没再吭声。董秘书接过话茬："郝小姐，最近和王冠的少东家走得很近啊！"

"那不是您给我的 Task 吗？"郝依依平静作答。董秘书微微眯起眼睛："那就说说看，Task 完成得怎样？"

"王很信任我。他已经告诉我他到北京来的真实目的。"

在快阔的人面前，郝依依始终把 Max 称作"王"，不只为了保密，也为了向快阔——她独立门户后最大的金主——表明她的立场：她是为快阔和寇家服务的。王冠和 Max 就只是她的目标。

"哦？"寇绍龙有了兴趣，"佢点话（他怎么说）？"

"他说，有人要陷害他们王家，陷害王冠集团。他到北京，就是要找'救命稻草'的。"郝依依沉吟片刻，又缀了一句，"不过，他并没告诉我，是谁要陷害他们。"

"你冇问吓佢？"

"我问了。他说不知道。"

"你信咩？"

郝依依摇头："不信。"

"哈哈哈！Smart little girl！"寇绍龙笑得肆无忌惮，这本来就是他的地盘。如果没有王家跟他作对的话，全香港差不多都是他的地盘。不过郝依依注意到了不同寻常的地方——"little"。这还是寇绍龙第一次叫她"小女孩"。

作为独立提供服务的高级企秘师，郝依依的确有点儿太年轻了——帮助一家大型企业的老板"排忧解难"，而且是上不了台面的"忧"和"难"，甚至连董事会和 CEO 都未必清楚，这总不像是年轻女孩子能胜任的工作。寻找新客户就更难，靠的不仅是经验和能力，还有信任的感觉。这就更不是年轻女孩子的特长了。"那是一种化学反应，大概跟荷尔蒙有点儿关系！"这是郝依依的前老板说的。他算是高级定制企业秘书服务里的超级专家。大概也正因如此，他那家叫作"靓缘"的听上去像是婚介所的小咨询公司永远不扩张，永远也不打广告，始终只有三五个员工。正如郝依依曾经告诉过辉姐和 Judy 的，她以前在一家很小的外企里干过。"项目很敏感，知道的人越少越好。公司里的员工太多就是隐患，再说，这活也不是谁都能干的！化学反应嘛！"这也是前老板说的。

郝依依显然很擅长"化学反应"。她在靓缘工作期间，为快阔集团服务了十八个月，不但无懈可击，而且还时不时让董秘书"惊喜"。比如在海外注册几家万金油似的公司，设立几个非常安全的账户，让董秘书轻而易举地把上千万的资金挪过太平洋，不但毫无风险，连地下钱庄的手续费都省了。有些操作是连郝依依的前老板都不肯做的，郝依依自然也没让前老板知道。十八个月之后，郝依依辞职单干，快阔集团是她唯一的客户，付给她的佣金比靓缘的工资高五倍。

可突然间，寇绍龙叫她"little girl"，是什么意思？寇绍龙又咳嗽了两声，清了清喉咙，问道："王谂住点搞掂救命稻草（王打算怎样搞定救命稻草）？"

"他认为，最好能两条腿走路。一方面，找到证据证明王冠是被陷害的；另一方面，秘密注册离岸公司，把王冠集团最核心的资产转移过去。"

寇绍龙问道："你有冇问佢，核心资产都系乜嘢（你有没有问问他，核心资产都是什么）？"

"这个我也问过了。我说弄清楚是什么资产，才知道去哪儿注册公司最有利。他说主要是王冠集团这几年在欧美收购的股份。"

"费肯的股份！"董秘书不屑道，"还兜什么圈子！王冠在海外最重要的收购就是费肯，投了十几亿美金！"

寇绍龙重重地呼出一口气，冷笑道："佢要成立 offshore company（离岸公司）接收费肯的股份，需要使用代理人吧？"

董秘书立刻对郝依依说："你把那家 offshore company 注册在寇生名下，把那些费肯的股份直接转移过去，就万事大吉了！"

"这恐怕不是那么容易……"郝依依面露难色。

"容易的话，还需要你吗？"董秘书咄咄逼人。

"我会尽力。"郝依依不卑不亢，"不过，把自家的财产转移到别人的账户里，这种错误，大概只有傻子才会犯。"

"郝小姐，请容许我提醒你，王冠既然要秘密地转移资产——注意关键词是'秘密'——注册公司的时候就必须使用代理人。只要使用了你能控制的代理人，你不就可以悄悄地把代理人手里的股份转移给寇生？"董秘书眯起眼睛，煞有介事地又补了一句，"你千万不要告诉我，我们支付了你那么多的服务费，你都不能说服 Maximilian Wang，使用你提供的代理人！"

郝依依直视董秘书，并没立刻回答。以往董秘书盛气凌人地发号施令，她会不卑不亢地回答，哪些要求是合理的，哪些并不合理。但这次有所不同：寇绍龙也在场。她得先弄清楚寇绍龙的态度。有时候董秘书也未必完全明白老板的心意。

寇绍龙果然开口了，有点儿不耐烦似的："嗰姓姚嘅女士，几时来香港？"

董秘书紧跟着问："几天前就让你想办法劝姚女士来香港，进展如何？她手里的'东西'是关键！有了它，王冠的罪名也就坐实……"

寇绍龙又咳嗽了一声，董秘书赶忙闭嘴。郝依依已然明白了：董秘书曾经告诉过郝依依，李卫东本应带一样"东西"到香港，但他只带来了一个假货。真货多半是藏在北京了。董秘书让郝依依设法找到这样"东西"。现在她知道了，那东西是王冠集团的"罪证"。

自辉姐请郝依依帮忙打听李卫东在香港的事儿，郝依依就明白她和李卫东的关系了。郝依依曾经向董秘书汇报过，李卫东有个情人叫姚军辉，两人关系很隐蔽，知道的人不多。因此，李卫东有可能把"东西"留给姚军辉了。她总得报告点儿有价值的，这是她的工作职责。可她并没料到，辉姐真的会跑到香港来，拦都拦不住。她不想再为这件事增添一个牺牲品。尽管辉姐昨天还在地铁站里挖苦过她，可辉姐并不是坏人。她忘不了国贸 38 层楼道里那惊天动地的高喊："臭流氓，死变态！骚扰人家小姑娘！"那时她们才认识几个小时，辉姐就不管不顾地帮着她了。

郝依依小心翼翼地说："可是，如果把姚女士那个了，是不是动作太大了？她在内地的银行工作过二十年，社会关系很复杂，如果她真的出了什么事，会不会弄出太多麻烦？"

"郝小姐，这不是你需要 worry 的事情。"董秘书不耐烦道。

"好的。"郝依依顺从地点头，却又有些为难地说，"不知她会不会把'东西'带到香港……"

"这不该是你的工作吗？"董秘书毫不客气地质问郝依依。

"冇所谓（没所谓）！"寇绍龙终于开口了，"嗰个嘢唔紧要（那个东西不重要）！"

郝依依一时猜不透寇绍龙的意思。寇绍龙顿了顿，继续说："嗰姚女士一样唔紧要。But，有一件事好紧要！"寇绍龙紧盯着郝依依，"嗰个就系，我仲可唔可以信任你（那就是我还能不能信任你）。"

"您完全可以信任我。"郝依依果断地回答，她很清楚背叛寇绍龙的后果是什么，特别是在他的地盘上，"姚女士已经到香港了。"

"Very good！"寇绍龙满意地点点头。郝依依的大脑飞速运转：辉姐此时应该在警察的护送下抵达机场了，很快就会登机飞往北京。辉姐是安全的。但她如何向寇绍龙解释，辉姐昨晚就抵达香港，她却并没及时汇报，让寇绍龙错失良机？

办公室墙壁上的电视机却突然开了。董秘书正拿着遥控器，冲着电视机发出指令。电视屏幕上出现一张顶天立地的大脸，惊慌失措地用地道的北京话高喊着："没有！这儿没有姓李的！谁砸机场了？你才砸了呢！快起开，起开！"

是辉姐！

辉姐看上去气急败坏，试图用自己的身体挡住镜头，可她身后的男人还是被摄像师捕捉到了。那男人用手遮着脸，竭力低着头，满头灰发，看上去不止五十岁。肯定就是李卫东了！镜头突然失了焦，照上天花板。大概是摄像师被辉姐推翻了。之后切换成了女主播，用标准的粤语报道：上周在机场打砸珠宝店的内地旅客，三天前获得保释后不知所终，今天中午终于在旺角一家购物中心里被记者发现，当时他正和一名中年女性藏匿于残疾人卫生间里。女主播在这条新闻的最后补充道：昨天电视台接到匿名揭发，说该李姓内地游客被某政府机构非法监禁，今天当事人在旺角现身，谣言不攻自破。

屏幕右下角显示的时间是 1 点 10 分，是一个小时前的新闻。董秘书是在专门为郝依依重播。郝依依一阵后怕，脊背上冒了冷汗。刚才寇绍龙问辉姐何时到香港，原来是在试探自己！幸亏她并没有撒谎！

"对不起！姚女士是今天凌晨到的香港。我也是上午才知道的。没及时通知您。"郝依依很正式地道歉，又觉着有点儿画蛇添足。寇绍龙到底握着多少底牌，她其实并不清楚。董秘书从没把计划向她和盘托出，只向她透露过最少的信息，以便她完成"任务"。所以，郝依依还有许多的疑问。比如，到底是谁保释了李卫东？应该不是寇绍龙，否则李卫东绝不会出现在大街上。但是除了寇绍龙，还有谁会对李卫东感兴趣呢？新闻里说有人匿名揭发李卫东被某政府机构非法监禁，可第二天他就出现在旺角的购物中心里。这倒是有可能的。如果某个"政府机构"真的非法监禁了李卫东，寇绍龙一定会设法"匿名揭发"，对其施加压力。而那个"机构"为了让揭发不攻自破，大概就会放人，然后再向媒体爆料，让李卫东在公共场合对着媒体露个脸。然而，到底是哪个"政府机构"保释了李卫东，"非法监禁"了他，然后又把他放了？还有，辉姐怎么没去机场？她是怎么从警察眼皮子底下溜走的？她怎么会和李卫东在一起？

寇绍龙和董秘书都没对郝依依的道歉做出任何反应。董秘书转向寇绍龙，小心翼翼地问："既然佢哋喺香港，好唔好即刻行动？喺香港街度揾两个人，都唔系咁简单嘅（既然他们在香港，要不要立刻行动？在香港大街上找两个人，也不是太简单呢）！"

寇绍龙皱眉不语。郝依依接过话茬："在行动之前，最好认真分析，以规避风险。"

"能有什么风险？"董秘书问道。

"我有一个问题：记者是怎么找到姚女士和李先生的？"郝依依反问董秘书。董秘书一时语塞。郝依依故意顿了顿，侃侃地说下去："首先要想一想，谁会知道李先生在哪儿？当然是控制他的人，换句话说，也就是保释他的人。是刚才新闻里提到的'某政府机构'。那'机构'把李先生的行踪通知给记者，或许有两个目的。第一，让媒体知道，李先生并没有被'某政府机构'监禁；第二，让全香港都知道，李先生已经自由了，而且就在香港。这又是为什么？"

郝依依故意卖了个关子。董秘书不禁问道："为什么？"

"因为这样才能引蛇出洞。"郝依依说完了，安静地看着董秘书，余光却聚焦在寇绍龙身上。

寇绍龙晃了晃肥硕的脑袋，重重地咳嗽了两声，说道："呢啲事干你都唔使 worry 啦！都系返北京去 worry 成立 offshore company 的事吧（这些事你都不要操心了！还是回北京去操心一下成立离岸公司的事吧）！"

"好的，寇总！"郝依依回答得很干脆。以寇绍龙的手腕，在某些"政府机构"的眼皮子底下让一两个人消失，大概也并非难事。"蛇"并不害怕"出洞"。这条蛇无所不能，而且开始怀疑她了。郝依依踌躇了片刻，开口道："寇总……"

"还有什么事？"寇绍龙脸色有点儿阴沉。

郝依依故作轻松地说："我也许可以设法联系姚军辉，弄清楚她现在在哪儿。如果您的人还没找到她的话。"

"哦？"寇绍龙眉梢轻扬，"我仲以为你哋系 friend（我还以为你们是朋友）？"

郝依依微笑道："我不会和侮辱过我的人做朋友。"

"哦？"寇绍龙似乎更有兴趣了。

"她把我看成是一心勾引有钱男人的那种女人。"郝依依收了笑容，眼中多出一丝冰冷的光。

"你不是吗？"董秘书轻蔑地一笑。郝依依深吸一口气，点头道："是。那正是您让我扮演的角色。"

6

辉姐拽着老李拼命挤出记者群，一路小跑着出了购物中心，完全忽略了等待打车的长队，抢先钻进一辆刚刚停稳的计程车里。排在第一个的香港老太太不甘心地拉着车门，哇哇地用广东话骂街。辉姐声嘶力竭地大吼一声："放开！"老太太吓松了手，辉姐猛地关上车门，冲着司机连声叫着："快开！快开！"司机也紧张万分，脚放在油门上却不敢踩，使劲儿扭头往回看，大概想看看追出来的是警察还是黑帮。他看见扛着摄像机举着麦克风的记者，这才放心踩油门，笑着用蹩脚的普通话问："你们是内地来的明星？"

辉姐和老李相视苦笑。明星也有他们这样的？老李起码三天没洗澡了，闻上去就像地下通道里留宿的上访者。辉姐大口吸足了异味儿，可还是透不过气来。多少年没这样狂奔了？这才是真正的逃跑，比刚才从公寓楼里出来时狼狈多了。计程车司机问他们要去哪儿，两人面面相觑。辉姐并不知道应该去哪儿，刚刚受了记者们的惊吓，就更是草木皆兵。这城里是王家的天下，处处危机四伏。司机又问了一遍，口气非常不耐烦。辉姐脱口而出："机场！"

老李错愕地看着辉姐，辉姐用更坚决的口气说："就机场！"

辉姐打定了主意，无论如何，得设法把老李送走。尽管她并不知道该怎么送，老李两手空空，除了一身衣服什么都没有。没有证件，没有行李，也没钱，大概都被姓戴的藏起来了。而且，一个取保候审的嫌犯也不可能大摇大摆地走出海关去，但这是香港，自由而神奇的香港，至少在电影里是这样的。到了机场再说，就近找个地方住下来。她可以给朋友们打几个电话，把她能想到的人际关系都用上。在银行干了二十年，关系不错的大客户倒是有几个，她还从没因为私事求过客户。尽管他们曾经因为有事相求而对她眉开眼笑，如今轮到她反过来求他们，也说不准会是一副什么面孔。老李认识的人更多也更有地位，但官场里的关系在落难时是绝对用不上的。好比那只"哈巴狗"张小斌，老李十几年的"左膀右臂"，除了溜须就是溜须，锦上添花可以，雪中送炭就别指望了。大概还是 Tina 最靠谱，迄今为止，Tina 说到的都做到了。当然都不是白做的，但起码有实价，公平交易，谁也不欠谁的。Tina 说过，香港她有朋友，口气很大，或许让保释犯出境也不是不可能。

辉姐把手机攥在手里，迫不及待地想给 Tina 打电话。可这电话是绝不能在计程车里打的。尽管司机大概没问题。辉姐一直用 APP "香港我知道"查看地图定位，计程车的确是向着机场去的。可那也不能当着司机提什么保释、偷渡之类。老李的脸色很难看，就像垂危的病人，辉姐把手放进老李手里，立刻就被他抓紧了，像是抓住一根救命稻草。辉姐莫名地一阵伤感，泪水又在眼眶里打转。

手机突然又跳又叫，好像被猛鬼上了身。辉姐吓了一跳，举到眼前一看，来电显示的竟然是郝依依！辉姐触电般地按下拒接键，电话立刻清静了。还好不是真的遇上鬼，然而却比鬼更让辉姐闹心。郝依依为什么打电话？是得知辉姐并没被警察送往机场，所以探听她在哪儿？或者已经给她挖好新的陷阱了？别看她长着一张蜜糖似的娃娃脸，糖里可掺着毒药呢！辉姐又想起早晨在王冠公司那一幕：郝依依一身黑衣，僵尸似的站着，比僵尸还冷酷无情！她怎么突然就到了香港？昨晚明明还在三元桥的。她其实也跟鬼魂差不多了。辉姐只觉后背阵阵发冷，手机偏巧又在此时振动了一下。

果然是郝依依发来的微信："我们谈谈。生死攸关！"

辉姐气急败坏地自言自语："是啊！你生我死！"老李像是被人从噩梦中惊醒，忐忑地看着辉姐。辉姐忙安慰他说没什么，自己却越发不踏实。"生死攸关"四个字像是被烙铁烙在眼前。郝依依到底想说什么？辉姐点开郝依依的微信头像，她并不喜欢发朋友圈，一个月也发不上两三篇。都是风景和自拍。就像许多爱慕虚荣的小女生一样，表情甜美而乖巧，千篇一律。郝依依显然没那么简单。那样的女孩没办法因为追尾就傍上香港首富。她靠的不只是姿色，还有谋略。她不仅仅成了

Max 王的情人，还成了王家的特务！

　　郝依依的自拍突然变暗，手机再次振动起来。又是郝依依的来电，辉姐这次并没有立刻拒接。有什么可怕的？她又不能从电话里钻出来咬人，不接倒像是自己真的怕她，辉姐咬牙按下接听键。

　　"辉姐！我们必须谈谈！事关重大！"

　　"谈呗！"

　　"我们见面谈！"

　　"就电话里谈！"

　　"电话不方便。必须见面！辉姐你在哪儿？"

　　偏偏就在这个当口，计程车司机回头问："是哪家航空公司？去哪个 Terminal？"辉姐连忙捂手机，知道已经来不及，急赤白脸地对司机说："随便！"

　　"听见了吧？我正要去机场！顺你的心了！你不就想让警察送我去机场吗？"

　　"好的，你在机场等我！"

　　辉姐气急败坏地挂断电话，心想着，我能再上你的当？抬头往车窗外看，计程车正飞驰在高速路上，已经远离了闹市，两侧都是翠绿的山峦。一个巨大的路标正由远及近，是个出口提示：香港迪士尼。

　　辉姐火急火燎地冲着司机喊："不去机场了！去迪士尼！"

　　郝依依收起手机，看看寇绍龙和董秘书。电话开了免提，刚才的对话他们都听见了：辉姐正在去往机场的路上。

　　"即刻派人去机场？"董秘书问寇绍龙。

　　寇绍龙点点头。董秘书又问："揾到佢之后点做（找到她怎么办）？"寇绍龙没立刻回答，看了一眼郝依依。郝依依明白，寇绍龙并不希望自己知道。郝依依识趣地说："寇总，机场不需要我帮忙吧？那我走了。"

　　董秘书似要开口，寇绍龙抬手止住他，朝郝依依微微一笑："郝小姐，辛苦你，谂吓点帮佢注册公司（想想怎么帮他注册公司）。"

　　郝依依径直走出快阔公司，步履从容，目不斜视，不该看的她绝不多看一眼。她可不想再惹出寇绍龙更多的怀疑。郝依依走出大厦，穿过车水马龙的大街，走进摩肩接踵的中环站，这才又掏出手机，拨通一个电话。那是一位好友的电话，是个 IT 创业者，开发和经营一个专门帮助内地游客在香港旅行的手机 APP：香港我知道。郝依依认识许多类似的创业者、工程师。因此，很多 APP 都对她更"透明"一些。

对郝依依来说，这是一场赌博，她赌的是辉姐没去机场。

那位好友很快就找到了"方庄大苹果"的定位，可他不肯立刻告诉郝依依，因为那是违法的。郝依依轻笑：违哪儿的法？香港的，还是内地的？

郝依依很清楚怎么跟这些人打交道。他们只是喜欢讨价还价罢了。

7

辉姐和老李都是第一次来迪士尼。

辉姐小时候曾用家中的九吋黑白电视看过《米老鼠和唐老鸭》，就跟看小人书差不多。记得是下午六七点，因为跟晚饭搅和着，所以并没认真看，有一搭没一搭。对于整日在胡同里跳皮筋儿的疯丫头来说，米老鼠和唐老鸭的生活太遥远了。倒是因为常有男生来捣乱，有欺负就有报复，这就有一点点米老鼠唐老鸭的意思了。后来老李跟她咬着耳根子打过保票：以后有人欺负你，我饶不了他。大概就为了那一句，让辉姐死心塌地离不开老李。不管年纪多大，她心里总有一部分还是胡同里顶着北风跳皮筋的小疯丫头。可她对迪士尼并没有多大兴趣。上海迪士尼开幕，有年轻同事专门坐高铁去玩，据说门票每人370元。辉姐在心里暗笑：有毛病吧？花那个冤枉钱？

可是今天，辉姐不仅买了迪士尼的门票，而且买了两张，每张不止370。香港迪士尼的成人票是499港币。她原本只是随口说个让郝依依想不到的地点，并没真想买票入园。可等她站在迪士尼乐园大门口，她改主意了。并不是因为眼前那辉煌的童话城堡，也不是因为乐园里一阵阵的惊叫，而是因为那些手牵着手欢天喜地走进大门的人们。

她要和老李手牵着手走进去，就像一对儿年轻的恋人。

他们还从来没去过任何游乐园，就连当年曾经家喻户晓的北京游乐园都没去过，听说早就关门了，大铁门生了锈，满园荒芜的野草。总有一天，所有美好的不美好的事情都会过去。也许她和老李以后再不会有机会一起逛游乐园了，连街心公园都没逛了。

迪士尼乐园不像天坛或者紫竹院，不是用来看风景的。如果只是湖边树下拉拉手，也不值499港币的门票。这一点辉姐当然清楚，可她并不清楚到底应该怎么逛。这里看着非常洋气，大道两侧都是店铺，店铺里外都是穿着奇装异服的人，有人冷不丁朝她打招呼，害得她灵魂出窍，以为碰上杀手了。辉姐拉着老李，排进离他们最近的队伍里，似乎排队能起到掩护作用，让他们没那么显眼。

原来是绕园小火车的队伍，并不太长，移动得很快。非节非假，太阳偏西，乐园里的游人并不算太多。辉姐和老李随着队伍登上火车，故意挑了靠车尾的座位，和车厢里的其他游客保持着距离。老李就像行尸走肉，任由辉姐摆布。在座位上坐定了，凝视着窗外发呆。他们果然并不是来逛游乐园的，并没有手牵着手。老李把两只手紧抱在胸前，仿佛时刻提防着危险。

火车行进得很慢，像 20 世纪 80 年代的公共汽车。可还是很快就到了一站，有人上下，也有人不下。辉姐意识到这火车的好处：可以一圈一圈没完没了地坐下去。而且车轮和铁轨摩擦的声音恰到好处，不妨碍密谈，却很妨碍别人偷听。在这噪音的掩护下，辉姐拨通了 Tina 的电话。

辉姐首先问 Tina，上次请她帮忙查的跟 Max 通短信的人，有没有查到。Tina 的口气有点儿怪，不如以前豪放，却比以前客气：实在抱歉啊！对方的手机号码是屏蔽的，查不出机主。辉姐一阵沮丧，又问 Tina 能不能把人"弄"出香港。这个问题问得很小心，手捂着听筒，声音小得就连坐在身边的老李也听不清楚。Tina 却似乎更难以启齿，吞吞吐吐地没有下文。辉姐急着解释说，保证没犯大事儿！开个价吧！不还价！

Tina 万般为难，叹气道："我直接告诉您吧！您的事儿我不敢帮了！您第一回来我工作室，突然停电了，然后有个人在弄门锁，咱们就逃了。您还记得吗？后来发现是七爷在房间里。但其实不是七爷关的电闸，他也并没忘记带钥匙！咱们用手机看见他的时候，他才刚进屋！这中间有二十分钟呢！肯定有别人进了工作室，但并没丢任何东西。只是电脑出故障了。七爷研究了好多天，今天早上才发现，电脑里有东西被人复制过！"Tina 又迟疑了片刻，这才告诉辉姐，"就是您那块手机主板里的信息，被别人复制走了！肯定是高手，不是我们这种小打小闹的。我跟七爷琢磨着，还是别瞎掺和了……"

辉姐心中一阵绝望。是啊！她在跟谁斗呢？大亨、黑社会、警察？她有那个本事吗？

Tina 听辉姐不作声，反倒更过意不去了："对了对了！还记得从手机主板里找出来的那封邮件吗？就是王冠集团的董事会决议书，决定卖掉那家专门给银行开发网络系统的公司？"

"记得啊，叫什么……宽心？不对，深圳安心！"辉姐当然记得，只不过她不太关心。她的燃眉之急是老李，解决不了燃眉之急，别的她都没耐心往下听。

辉姐的胳膊却突然被老李抓住了。老李惊愕地瞪着眼睛问："深圳安心信息技术有限公司？你跟谁通话呢？"

辉姐想把老李的手甩开，老李却反而抓得更紧，眼睛也瞪得更圆。辉姐只好让 Tina 稍等，用手捂紧手机，问老李："你知道这家公司？"

"你跟谁通话呢？"老李又问了一遍。辉姐怒道："您还当领导呢？还发号施令？还想严刑逼供是怎么的？我能害你是怎么着？你都已经让人害成这样了，你能怎么着？"

老李一下子泄了气。辉姐也心软了："你知道这家深圳安心？"

老李无力地点点头："深圳安心是远江的合同商，咱们跟他们采购了一套防火墙软件系统，装了不到半年。他们一直维护着。"

辉姐心中一动："深圳安心给远江银行维护系统？也就是说，是王冠集团的子公司在维护咱们银行的系统？"

老李不解地问："王冠集团？深圳安心不是就两个自然人股东吗？"

"是什么……代持股！唉！这不重要了！反正就是王冠的子公司！深圳安心的合同是你批的吗？"

老李又点点头："我负责信息安全，采购深圳安心的产品，当然得我批。"

辉姐心里一沉："你老丈人让你批的？"

老李垂头丧气地点头："是他逼着我批的。那家公司太新，没服务过大客户，总经理的履历还有点儿问题。可老头子说是他朋友的公司，说尽职调查不用太仔细。"

"是你老丈人拿了王冠的好处，才逼你给王冠的子公司开绿灯的！"辉姐就像发现了新大陆。

老李烦躁地说："他的破事，我不知道！"

辉姐瞬间又来了气："你是傻子还是白痴？你签的名你知不知道？"

"是我签的名，可跟我没关系！不信去问深圳安心的总经理林峰！他能证明，我什么都不知道！"

"人家就想把什么都栽到你头上呢！还指望人家给你作证？"

"我可以跟他当面对质！"老李气哼哼地说。辉姐真的要气晕了，竟然一时说不出话来。借着寂静的空当，她突然听见隐隐的"喂喂"声，是从自己手心里传出来的。辉姐这才猛地想起来，Tina 的通话还被她捂在手心里。辉姐举起电话，Tina 立刻又絮叨起来：

"干我们这行的，有个小圈子，什么做调研的啦、做征询的啦，还有做安保的，大家随时沟通，对大家都有好处。刚才我得到消息，深圳安心昨天被停业了！据说是被警察抄了！我多打听了一下，说是因为泄露银行客户的私人信息！全公司的人都被警察带走了！不过总经理没抓住，提前跑路了！那总经理好像姓林！"

辉姐挂断电话，颓然地看着老李："林峰跑了！"

老李顿时一脸惊恐。

"深圳安心偷了远江银行的客户信息，卖给诈骗犯了！你签字批准的！总经理跑了！看你找谁对质！"

"唉！都是老头子！他惹的麻烦，让我当替死鬼！"老李绝望道。

辉姐心念一闪："你老丈人说，上面有人在查，其实不是查以前那些贷款和信用证，查的是深圳安心是怎么批的，对吧？"

老李把目光一垂。辉姐心里跟着一沉。老李早就知道，却把她一直蒙在鼓里。她低声骂了一句平时骂不出口的："我真他妈是傻逼！"

老李把头垂得更低，喃喃道："老头子也是前几天才告诉我的，说深圳安心出事了，林峰偷偷把银行的客户信息卖出去了。上个月中马警方联合行动，在马来西亚抓了个电话诈骗集团，发现那些人从深圳安心买过银行客户信息，所以查到深圳安心了，发现深圳安心资质不全，林峰还有诈骗前科。老头子说'上面'有人跟他通了气，要开始调查我了。"

老李嗓子哑了，狠命咳嗽了两声，可嗓子还是哑着："老头子没透露深圳安心的背景，就说跟香港王冠有关系。然后逼着我去偷王公子的手机主板，让我带到香港来，说带来了就能摆平这件事。然后……你就都知道了。"

老李说完了，把头缩起来，脊背更弯了些，一米八几的人蜷成一团。辉姐双手捂住脸抽泣起来："我不知道。我知道个啥？你一句实话都没有！这么多年了，你根本没当我是啥！"

"可那些贷款迟早也是事儿！"老李徒然辩解着，"这几年风声这么紧，你又不是不知道！既然要查深圳安心，之前所有那些就一定会被扯出来的！"

辉姐抬起头，抹了一把脸，满手的鼻涕眼泪，倒是不哭了，坐直了身子，看着车窗外发呆。老李有点儿发毛，却又不敢吭声，就乖乖在辉姐身边坐着。就这样过了一阵子，辉姐好像突然醒过来，霍地站起身说："我要下车！"

"下车干什么？"老李慌张地问。

"去玩游戏！天都快黑了！花了小一千呢！就一直坐在这破车里？"

"坐这个不就是玩游戏？"

"我要玩更刺激的！"

辉姐几步来到车门前，迎面一道金光。山脊上粘着半个夕阳，红彤彤地燃烧着。

8

辉姐排着队，准备玩"太空山"。

她跟清洁工打听了哪个游戏最刺激，清洁工告诉她是太空山。老李当然玩不了刺激的。他正坐在附近的一个长椅上，像个年迈的老者，佝偻着背，心力交瘁地闭着眼睛，让辉姐有点儿嫌弃。

辉姐早知道老李自私自利，表面讲义气但骨子里没担当；她因此恨过老李，恨到想跟他拼命，可她从没嫌弃过他。她一直以为，她才是被嫌弃的那个。但就在刚才，她竟然有点儿瞧不上老李，因为他被"事儿"打倒了。不管他知不知内情，合同是他批的。因为他这一笔，有多少人上当受骗，她老妈就是其中之一。可他却只能坐在长椅上装死，不像个爷们儿。为他受了二十年的委屈，不值得。辉姐要去玩一个够爷们儿的游戏，就她自己，不带老李。可当她果真要去排队，又有些于心不忍。她像是嘱咐孩子似的对老李说：你坐在这儿等我，千万别动地方。

太阳已经下山，天色暗了许多，西边的天空像是染了红酒的桌布。风也起了，气温降了不少，下午还有人穿短袖，这会儿穿个呢子大衣都不过分。大概因为骤降的气温，游人又稀少了些。太空山果然是受欢迎的项目，居然还有一条不算短的队，一排人瑟瑟地站在刚刚亮起的路灯底下，让辉姐想起北京街上等公车的队伍。

辉姐跟着队伍慢慢往前走，时不时地眺望一下长椅。看见老李头顶肆意舞动的几根头发，心里踏实了些。一阵风迎面吹过来，辉姐想起老李只在衬衫外面套了件羊毛衫，不知会不会冷。她逼着自己留在队伍里，不能那么没出息。

辉姐随着队伍走进一栋大房子，里面的光线比外面还昏暗，像是进了夜店，墙壁里埋着许多灯管，可偏偏不肯大大方方地亮。不过这里的背景音乐并不吵闹，古灵精怪的，像恐怖电影。辉姐看见房顶上挂着的星球模型，一下子明白过来，不是恐怖片，是科幻片。

队伍前进的速度突然加快了。辉姐来到一个小站台上，站台两侧各停着一列由双人座位排成的小火车。看上去像过山车，只有座位没有顶棚。辉姐心里有点儿发毛。她胆子小，还从来没坐过过山车。排在辉姐前面的游客按着工作人员的指引，两人一组坐进过山车里。辉姐也硬着头皮坐进去。管它三七二十一，越吓人越好，让她暂时把老李忘了，把这吉凶未卜的旅程都忘了。她身边的座位还空着，排在她身后的游客坐进去，好像是个年轻女人，也是个落单的游客。辉姐来不及细看，一支大铁杠子已经压到自己大腿上，辉姐试着抬了抬，完全抬不起来，比汽车安全带结实多了。

忽然间，辉姐觉着身边的人在看她。

辉姐侧目看去，不禁浑身一颤！身边坐的不是郝依依是谁！辉姐条件反射地往起站，腿却被安全杠死死地按住，大腿别得生疼。郝依依倒是不动声色，低声说："别乱动，注意安全。"

过山车就在这一瞬间启动，钻进一条漆黑的隧洞里。车轮在轨道上嘎嘎作响，像是被钢筋往很高的坡上拉。辉姐死命挣了挣，无法从座位里爬出来。她不知怎样才能让过山车停下来。就算停下来，她也没法从这么狭窄的隧洞里爬出去。

"我需要跟你谈谈！"郝依依声音很低，却斩钉截铁。

"没什么好谈的！"

"我们之间有误会。"郝依依把声音压得更低，暗示辉姐前后还有别的游客。

"误会个屁！"辉姐绝望地又挣了挣，气急败坏地说，"你最好住口！要说也说不出人话。我可不想听臭狗屁！"

"你必须听我说！"

"我偏不听就不听不听不听不听不听……"辉姐连珠炮似的嚷嚷，一口气长得能憋死自己。郝依依猛地探身过来，贴着辉姐的耳朵高喊："有关李卫东的生死！"

辉姐心里猛地一惊。怎么把老李忘了？郝依依既然能找到她，肯定也能找到老李！老李会不会已经遭了王冠的毒手？辉姐绝望地又去抬那安全杠，像是奥运决赛中的举重运动员。失败的运动员。安全杠纹丝不动。辉姐歇斯底里地破口大骂。可她并没听到自己的骂声。震耳欲聋的摇滚乐骤然响起，过山车像一架失控的飞机，在无尽的漆黑里翻滚着俯冲下去。

接下来的几分钟感觉像是过了几年。辉姐仿佛坐在即将坠毁的飞机里，机身已被撕裂，她被完全暴露在漆黑的夜空里，天旋地转，命在旦夕。震耳的摇滚乐火上浇油，徒然增添了末日的绝望。她果然忘记了一切，紧闭着双眼，双手抓紧保险杠，感受着五脏六腑的冲撞，心脏眼看就飞出嗓子眼了。反正她就要死了。她竟有一丝快感！

摇滚乐却突然停了，过山车也放慢了速度。辉姐恢复了正常体位。车子又开始爬坡，她又听见车轮和铁轨咬合的声音。她的五脏六腑归了位，心却还悬在嗓子口。这吃力的爬坡声音让她毛骨悚然。

辉姐睁开眼睛，眼前却冒出一个手机屏幕。是郝依依递过来的。屏幕上是个男人的侧脸，背后是迪士尼乐园的巨大招牌。尽管照片有点儿模糊，辉姐还是立刻就认出来，那是姓戴的。郝依依在辉姐耳边低声说："这个人在跟踪你们。"

辉姐心里一沉：姓戴的果然在跟踪她和老李，毕竟逃不出警察的手掌心。可她并不想让郝依依察觉她的心思。辉姐说："没别人跟踪我！就只有你跟踪我！"

"可我并不是来害你的。我是来帮你的！"郝依依辩解。辉姐冷笑道："你当我是白痴？还是你那位姓王的主子当我是白痴？"

"你弄错了！要害李卫东的不是 Max！是快阔集团的董事长寇绍龙！"郝依依百口莫辩。

"你倒挺能编的！快阔集团的董事长为什么要害李卫东？"

"因为快阔集团……"

郝依依话没说完，震耳的摇滚乐又轰然而起，"飞机"再度"失控"，这次比上次更凶猛了。辉姐赶快再闭上眼睛，五脏六腑又开始往外撞，可她没刚才那么害怕了。虽然心脏还是堵在嗓子口，一句话也说不出，呼吸都困难，可她并不觉得自己要死了。或者说，她没工夫想自己是不是要死了。她在想郝依依的话：打算害老李的人不是 Max 王？可 Max 王的手机里怎会有那样一条短信？明明是王冠集团秘密收购了深圳安心，深圳安心通过老李成为远江银行的服务商，然后借着安装和维护银行安全系统的机会，窃取了银行客户信息并卖给电信欺诈集团。这还能有什么错？不知郝依依又要耍什么花招！

辉姐想不出郝依依要耍什么花招。她的思路也只能到此为止。因为过山车的速度又加快了，而且上下左右地猛烈拐动，比之前那一段变本加厉，简直是照着死里整的。迎面的狂风推波助澜，让人无法呼吸。辉姐眼看就要昏过去了，眼前却突然一亮，似有一道闪电，稍纵即逝。辉姐隐约看到前排的游客高举起双臂。她不知他们是怎么做到的，她的胳膊早就不听她使唤了。

过山车突然又放缓了，摇滚乐也一下子没了，时机非常完美。再多折腾几秒，辉姐就要犯心脏病了。简直是死里逃生。辉姐睁开眼睛，大口喘着粗气，心脏仍在狂跳着，大脑严重缺氧，浑身轻飘飘的。耳边又响起郝依依的声音。

"我不是快阔北京的前台。我是快阔全球董事长寇绍龙的私人企秘师，是他让我到北京办公室冒充前台的。"

辉姐瞪大眼睛看着郝依依，想看看她是不是当真的。可辉姐心慌得厉害，目光无法聚焦，看不清郝依依的表情。她喃喃道："私人企秘师？"

郝依依点头："对。企业秘书服务师。不过，我不是普通的企秘师。我帮寇绍龙处理一些机密的事情。"

辉姐听得糊里糊涂："你是特务？"

过山车减速进站。郝依依有点儿哭笑不得："嗯，其实……也差不多吧！"

"所以你还是坏蛋！那更得离你远点儿！拜拜！"

压在辉姐腿上的铁杠子自动抬起了。辉姐恢复了自由，起身要走，胳膊却被郝依依拉住："别走！出去就不能谈了！跟踪你的人等在外面呢！不能让他们知道我们碰面了！"

辉姐稍稍迟疑，又听郝依依说："寇绍龙告诉我，李卫东本来应该把一件'东西'带到香港的，可他带的是假的！他们要我想办法弄清楚，真的藏在哪儿！"

辉姐心念一闪：寇绍龙也对手机主板感兴趣？他果然和老李有关？

站台上的管理员朝辉姐和郝依依招手。过山车上只有她们两人没下。郝依依眺望正在进站的游客，坐不满一趟车。她用最甜蜜可爱的笑容对管理员说："让我们再玩一遍呗？反正没什么人！"管理员摆摆手："规定来的！出去再进来！"郝依依灵机一动，指着辉姐说："我妈有风湿！上下不方便！求求您啦！"辉姐瞪了郝依依一眼，郝依依吐吐舌头，撒娇似的紧抓住辉姐的胳膊。

大粗铁杠子再次压在辉姐大腿上。她猛地反应过来：刚刚死里逃生，又要再来一次了。

"我可不知道李卫东有什么'东西'！他从来没跟我说过！"辉姐满怀敌意地看着郝依依，胸脯挺得高高的，像是被捕的女共产党员。可她知道撑不了多久了。过山车又在爬坡，发出吃力的声音，听着就让辉姐心里发毛。

"寇绍龙可不这么想。他还给了我一个任务：劝你来香港。"

"让你劝我来香港？可你……"辉姐突然想起三元桥地铁站里的一幕。郝依依并没劝她来香港，反而试图阻止她来。

郝依依点点头："我的确不想让你来香港。我知道寇绍龙没安好心。你来了会很危险。"

"他能怎么样？绑架我？杀了我？"辉姐嘴上硬气，心里却有点儿发虚。万一黑社会真的像电影里演的那样呢？

"我给寇绍龙服务了好几年，我很了解他。他在香港势力很大，什么都干得出来的！暗杀过好几个仇人，在大街上、餐厅、按摩院，甚至机场里都能动手。当然都是传言，他也不可能给警察留下任何证据的。"

辉姐一阵激动，脱口而出："对啊！李卫东就是在机场里被人追杀，迫不得已才砸了商店柜台！"辉姐有点儿后悔。告诉郝依依这些干吗？又一转念，郝依依或许并不是坏人？不论是王冠还是快阔，的确有人想害老李，香港也的确是危险的。郝依依不但试图阻止她来香港，也曾设法把她轰回北京去。也许郝依依真的是为她好？

郝依依吃了一惊："寇绍龙真的动手了？只不过没成功！怪不得想让你到香港来，大概是想把你当成人质……"

郝依依话没说完，摇滚乐又响了。辉姐本能地闭上眼睛，抓紧保险杠，可大脑并没停止运转：难道真的是寇绍龙要害老李？他为什么要害老李？Max 王手机上的那两条短信又作何解释？过山车还在肆虐，辉姐却不如之前那么难受，甚至有些不耐烦。她把眼睛睁开，漆黑的"夜幕"里，居然闪耀着点点星光，就像小时候去过的天文馆。过山车终于又平稳了，摇滚乐也停了。辉姐赶快开口："姓寇的为什么要害老李？"

"为了陷害王冠集团。Max 告诉我，王冠集团的一家在内地的子公司最近被警察封了，是有人想嫁祸给王冠。我不清楚详情，可我猜，这和寇绍龙有关系。王家和寇家本来就是死对头，王冠的创始人王凤儒和快阔的创始人寇绍龙当年曾经是一起打拼的兄弟，一起成立了凤虎龙公司，后来不知因为什么反目成仇了。"

"你说的子公司，是深圳安心吧？"辉姐问。

郝依依摇摇头："我不清楚，Max 没说那么具体。深圳安心是什么？"

"深圳安心是王冠的一家子公司，但好像不是光明正大的那种，好像通过什么什么……代持股协议？反正鬼鬼祟祟的。深圳安心是给银行安装网络安全系统的，国家不允许外资介入。结果深圳安心的人监守自盗，从银行窃取了客户信息，又卖给电信欺诈公司，东窗事发了！"

辉姐话音未落，摇滚乐再次骤然再起。辉姐后悔起来，说得实在太多了。但郝依依不是什么私人企秘师吗？感觉比 Tina 他们还神秘，也更高大上。深圳安心的这点儿事情，恐怕也瞒不住她。过山车如离弦之箭，向前俯冲下去。辉姐赶紧闭上眼，她知道这后半段比前半段更要命。

辉姐突然感觉肩膀被人抓住，又把眼睛睁开。是郝依依，上身倾斜过来，一只手扶着辉姐的肩膀，把嘴凑到辉姐耳边。保险杠把辉姐压得一动不能动，郝依依却如此轻盈自如，毕竟既年轻又苗条。郝依依高声喊："那一定就是这家公司！ Max 说过，王冠被陷害，是跟电信诈骗有关！所以，是别人私下里勾结深圳安心的员工，但因为深圳安心是王冠的子公司，所以出事了就赖到王冠头上？不过，如果只是员工行为，顶多是深圳安心管理不当，不至于赖到母公司头上吧？"

"不是普通员工！是深圳安心的总经理，叫林峰！据说跑了，没抓住！"辉姐也高声回答。两人近在咫尺，交谈并不算太费力。辉姐惊异地发现，其实这后半段也没那么激烈，速度并没有想象中那么快，只是常常骤起骤停，拐弯又急，配上剧烈的摇滚乐，给人带来了错觉。辉姐的眼睛已经渐渐适应了黑暗，能隐约看到前面的轨道，对运动的变化有了预期，就更不觉得那么刺激。

"总经理?！"郝依依忧虑地说，"那可真说不清了！王冠是真要背黑锅了！"

"你怎么那么肯定，王冠就一定是被陷害的？"辉姐有些不爽。郝依依一心向着 Max 王，未必就是客观公正的。就像她一心维护老李，既不客观也不公正。在辉姐看来，Max 王就不像个好人，油头粉面的，还那么霸道，"你怎么知道王总说的是真的？他要是被陷害的，为什么要偷偷发短信，商量着怎么害李卫东？"

郝依依眉头轻蹙，反问道："李卫东手里的'东西'，是 Max 的手机？"

"哼！"辉姐哼了一声，气急败坏地想，这小丫头实在太机灵了！还好她只猜到是手机，没猜到其实只有主板。辉姐气哼哼地说："我看，就是你那位王总派人到机场去谋杀李卫东的！好拿回证据！"

"你说的短信，具体怎么写的？"郝依依满脸狐疑。

"我为什么要告诉你？"辉姐这回学聪明了，"反正就是暗示说，要除掉老李！这不很明显吗？老李偷了手机，手机里有证据证明王冠集团是深圳安心的母公司，姓王的这才决定要干掉老李！怎么样？完全符合逻辑吧？"

辉姐得意地看着郝依依。干脆多告诉她一点儿，让她无话可说！

郝依依竟然扑哧一声笑了："你怎么知道 Max 发过短信？"

"多稀罕啊！在他手机里呢！"

"也就是说，在李卫东偷手机之前，短信就已经发了？"

辉姐一愣。对啊！手机还没丢呢，Max 王为何要除掉老李？辉姐顿时满脸通红，幸好是在漆黑的隧洞里。

郝依依并没追究辉姐的逻辑错误，兴奋道："我倒是这么想的！老李如果真的在机场里遇害了，警察也许会发现，他拿着 Max 的手机，这不就证明 Max 和李卫东有不同寻常的关系？深圳安心出事了，李卫东在香港被灭口，Max 当然就成了第一嫌疑人了！所以这正说明，Max 确实是被陷害的！"

辉姐心里很不服气，却又不知如何反驳。郝依依的推理的确更严谨，听上去无懈可击。辉姐已经完全适应了过山车，抬杠也自如多了："你不是快阔派的特务吗？怎么不帮着快阔呢？"

"我的确一直在为快阔服务，但我以前并不知道他们到底要干什么，到现在他们也没告诉我，可我自己弄明白了。我发现他们有阴谋！所以，我决定要帮着……帮着另一方！"

辉姐心里又是一阵别扭："你凭什么就认定了 Max 王是好人？你只不过是想帮他！"

"我说的另一方不只是他，还有你。"郝依依直勾勾注视着辉姐，一对眸子在黑暗中闪闪发亮。

辉姐心中一热。她知道郝依依嘴甜，多半儿口是心非。可她还是感动了，就像垂死的人，突然看到一线希望。她愕然地意识到，原来她自己也垂死了。老李的命运早就和她拴在一起。他们正一起跌落深渊，束手无策，就连 Tina 也拒绝援手了。郝依依却偏偏投来一丝温暖。

"辉姐，"郝依依的声音柔和了，目光也柔和了，黑亮的眸子上似乎起了一层雾，"在这世界上，总会有一个人，即使他并不完美……比如脾气很坏、自以为是、有时候霸道得令人讨厌，可你还是愿意死心塌地地帮他。就像……就像你死心塌地帮着李卫东。"

又是一道闪电，郝依依清澈而湿润的目光，瞬间暴露无遗。辉姐鼻子一酸。有的男人会让你死心塌地。尽管他是渣男，成了逃犯、阶下囚，辉姐也还是死心塌地。跟老李比起来，Max 王简直就在天上，难道不值得郝依依站在他一边？

过山车再次减速，摇滚乐也接近尾声。

"辉姐，你知道是谁在跟踪你们？就刚才我用手机拍到的那个男的。"

辉姐点点头："他说他是警察，给我看过证件。就是他把我从警察局带走的。"

"警察？"郝依依面露疑色。她沉思片刻，郑重地说："你得立刻回北京去！"

"我不！"辉姐果断地摇头。

"我知道你不想把李卫东丢下，你想帮他。可你留下也帮不了他！"郝依依的语气急促起来，车要进站了，游戏就要结束了，管理员无论如何也不会让她们再坐一圈，"你放心！既然警方在跟踪李卫东，寇绍龙暂时不会对李卫东怎么样！而且'东西'又不在他手里。寇绍龙更想抓的是你！抓住了你，就算拿不到东西，还可以威胁李卫东！你留在香港，其实是给他增加负担！"

辉姐低下头，用手抚摸横在大腿上的安全杠。郝依依说的其实有点儿道理。

"辉姐，你要是能再信我一次，就马上回北京去！寇绍龙在香港可以胡作非为，在北京就不行了。让我来想办法，帮李卫东离开香港！"

辉姐愣住了，有点儿难以置信。车已经进站，压在大腿上的保险杠也升起来了。郝依依用命令的口吻说："马上走！不要去机场。打车直接去罗湖口岸，从深圳飞北京！"

"可老李还在等我。"辉姐喃喃道。

"你不能再去找他！"郝依依急道，"监视你的人——不管是不是警察，他们不会让你离开香港的！他们以为盯着李卫东，你就跑不了。你得趁这个机会，赶快溜走！"

过山车里又只剩下她俩。管理员横眉立目地走过来。郝依依连忙站起身，扶着辉姐下了过山车。"老妈"既然有风湿病，总得有人搀扶。郝依依边走边在辉姐耳边小声说："相信我！我一定会帮他离开香港的！"

"你为什么帮老李？"辉姐问。

"我不是帮他。我是帮你。"郝依依顿了顿，又说，"因为我也需要你的帮助。我需要证据，证明寇绍龙才是勾结深圳安心盗取客户信息的人。那些罪证应该在北京，你能帮我拿到的。"

"我？"辉姐有点儿难以置信。

郝依依用力点点头："我帮老李离开香港，你帮我弄到证据。"

辉姐怔怔地点了点头，脑子里空空如也。她就只有一个念头：让老李离开香港。

"我们得分头走，我走正门，你走边门！走廊前面有个礼品店，礼品店的服装架后面有个小门。你从那里溜出去。"

郝依依放开了辉姐的胳膊。辉姐仿佛果然得了风湿症，腿脚有点儿不灵便。郝依依又说："别担心老李！他没事儿的！"

辉姐也知道老李暂时没事儿。可她就是舍不得走，心酸得不得了，眼泪冷不丁地流下来。她狠了狠心，加快了脚步，按着郝依依的指点，从礼品店的边门溜出来。

天已经全黑了。

辉姐快步走向游乐园的大门，后来索性开始小跑，边跑边流着泪。她没敢回头去眺望那张长椅。她怕看见了老李，就再也没勇气走了。辉姐终于出了游乐园的大门，背后突然传来一阵隆隆的炮声。她吓了一跳，猛回过身，巨大的礼花正在夜空中绽放。礼花下面，是灯火辉煌的梦幻城堡。

辉姐并不知道迪士尼每晚都会燃放礼花，她还以为今天是个什么节日。她确定那节日跟她无关。如果非要有什么关系，这漫天的礼花，必定是为了让她更加卑微的。

9

十几分钟后，郝依依提着两只连卡佛的购物袋，走进香港赤鱲角机场，看上去像是来香港出短差的小白领，临上飞机前逛了逛街。表情虽然有些疲惫，步履却很轻松，因为工作已经完成了。

其实她心里一点儿也不轻松。她目不斜视，却在眼角的余光里不停地搜索，时刻准备着寇绍龙的手下突然冒出来。她知道他们就在周围，因为寇绍龙并不信任她。尽管她很主动地"汇报"自己的行踪。比如刚才，她很主动地给董秘书打了个电话，告诉他自己在迪士尼。只不过，她是在送走辉姐之后才打的。

郝依依在电话里告诉董秘书，她在迪士尼发现了辉姐。不只辉姐，还有李卫东。她不能让他们抓住辉姐，可她又必须让他们得到点儿什么。不然，她就自身难保了。她对辉姐的保证其实不够准确。寇绍龙想要"请"谁来做客，是不太会顾忌警察的。但即便李卫东落到寇绍龙手里，也确实不会立刻有危险。因为那"东西"并不在他手里。拿到"东西"之前，李卫东就是诱饵，是需要留着的。

李卫东是被从迪士尼乐园里绑走的，有人给他注射了一针安眠剂，然后把他塞进一辆没有牌照却能开进游乐园的轿车里。办事的人不但手脚麻利，而且守口如瓶，他们就和那辆汽车一样，没人能证明他们到底跟谁有关系。

郝依依当然明白，仅仅把李卫东送给寇绍龙是不够的。寇绍龙现在最关心的，是王冠集团手里那些费肯的股份。寇绍龙指望着她在帮着Max注册离岸公司的时候，悄悄地做一点儿手脚，暗度陈仓地把王家的财产转移到寇绍龙手里。的确不容易，但并非不可能。作为专门提供私密服务的公司企业秘书，她的专业就是注册海外公司，开设银行账户，而且让谁都查不出这些公司的股东和账户。她已经帮着寇绍龙在海外注册过一些类似的公司。她从未问过这些公司的功能，可她心里很清楚，不是为了避税，就是为了洗钱——或者说得更明白一些：分赃。在海外秘密地注册一家公司，收益打进公司账户，然后再由几个股东悄悄地分掉。

郝依依曾经帮着寇绍龙注册成立了七家离岸公司。三家在 BVI（英属维京群岛），三家注册在开曼群岛，还有一家注册在美国的达拉维尔州，都是能够隐蔽股东的地方，证监会查不到，政府也查不到，就连当地政府都不知道。股东信息就只保留在企业秘书和开户银行的手里。当然，将全部股东信息都保留在郝依依的手里，寇绍龙也并不放心。至少这七家公司里有一家，连郝依依也不知道股东是谁。

这家公司叫作"千里眼股份有限公司"，一共有两名股东，各持50% 的股份，是五个月前在 BVI 注册成立的。和其他公司不同的是，郝依依向 BVI 政府提交的公司登记材料里，并没有两位股东的身份信息。取而代之的，是两个代号。寇绍龙另外委托了一家律师所，完成并保管一份公证书，以证明那两个代号代表着哪两个人。公证书上并没有"千里眼股份公司"的字样。尽管律所还会为这两位股东提供阅读和签署文件的证明，比如"代号为 ×× 的人员已阅读并签署了代号为 ××× 的文件"，但律所的人并不会过目这些文件的具体内容，因此并不知道这两位股东所控制的公司叫作"千里眼股份公司"。

董秘书曾经骄傲地说：这是寇总发明的"双保险"！律所和郝依依就像打开保险箱的两把钥匙，总要凑齐了，才能使千里眼股份公司暴露无遗，也才能对它进行任何变更。郝依依心里有数：寇绍龙成立千里眼股份公司，一定是为了做非常见不得人的事情，因此把离岸公司的信息拆成了几块，分给几方掌管，绝不希望其中任何一方掌握全部情况。郝依依是绝无可能和那家律所勾结的。那是一家德高望重的"精品"律所——SP 律师事务所,而且那家事务所的一位合伙人 Frank Lau 是寇绍龙的密友。Frank 早年帮寇绍龙在香港打过不少官司,因此成为香港著名的大律师,也因此树敌过多,使用了太多不可告人的手段,不得不在多年前就离开香港,到内地继续发展。

寇绍龙知道 Frank Lau 和自己是拴在一条线上的蚂蚱,对自己忠心耿耿,所以把最关键的信息藏在 SP 北京事务所里。尽管费肯也是 SP 律所的大客户,王冠集团因此成为 SP 的间接客户,但费肯需要的服务都是名正言顺合理合法的,王冠永远也别想得到 Frank Lau 为寇绍龙提供的那种服务;即便能得到,王冠也绝不愿意把自家的秘密藏进 SP 律所的保险柜和服务器里。

有关千里眼股份公司的实际功能和股东身份,郝依依当然不可能知道。寇绍龙的"双保险"发明,就是为了防止她知道的。但自从在过山车上和辉姐交谈之后,她终于明白了:千里眼股份公司的两个神秘股东之一,大概就有外逃的深圳安心总经理林峰。寇绍龙秘密买通了这位总经理,让他窃取远江银行的内部信息,好让自己的生意如虎添翼——寇绍龙的主业是投资,涉及领域非常广泛,远江银行的客户信息和交易记录想必是非常有用的。所以,寇绍龙给这位林总经理的报酬肯定不菲。当然不能直接从任何跟寇绍龙或快阔相关的公司或个人账户汇款,所以需要秘密地成立这家千里眼股份公司,把资金转入该公司名下,这位林总经理就可以利用其股东身份,从千里眼的账户里分红套现。只不过,这位"猪一样的队友",除了从寇绍龙这里赚钱,还想多捞一点儿外快,竟把银行客户信息卖给了电信诈骗公司。东窗事发,寇绍龙顺水推舟地嫁祸给王冠集团。当然,寇绍龙既然选定了王冠的子公司动手,说不定早就想要陷害王冠了。

当然,这些还只是郝依依的推断。关键证据并不在她手里——千里眼股份有限公司的股东身份。那份公证书锁在 SP 律师事务所合伙人 Frank Lau 的文件柜里。Judy 是 SP 北京的前台,也是跟了 Frank Lau 十年的助理。这件事非 Judy 不可。所以,郝依依必须让辉姐安全地回北京去,不惜违背寇绍龙的旨意。她把希望都寄托在辉姐身上了。

登机广播响起的瞬间,郝依依收到了辉姐发来的微信,她已经顺利通过罗湖口岸,进入深圳。

郝依依松了口气,步履轻盈地走进登机口。她和辉姐都顺利地离开香港了。

然而，就在通往飞机的走廊拐角处，突然闪出两名身着制服的警察，神情严肃地把她截住了。郝依依心中一紧：是谁要拦住她？肯定不是寇绍龙。他的手下没必要假扮成警察在这里等着她。他们有更多更方便的地方拦住她。

在这里拦住她，无非有两个目的——让她无路可逃，和不让任何人知道她被拦截了。郝依依不禁回头看看，身后果然并没其他旅客跟过来。看来，登机口的地勤人员也在配合，找借口拦住排在她身后的乘客。郝依依瞬间作出判断：不是黑道的。是官方。

两位警官都没向郝依依提问，只检查了她的证件，随即生硬地对她说："请你跟我们走一趟。"

郝依依跟着两位警官通过清洁工和机械师的专用通道下到停机坪上。那里正停着一辆警车，是在等她的。

郝依依在机场警局的办公室里见到拦截她的人，不禁大吃一惊。怎么是他？他的照片还在自己的手机里——几个小时之前，郝依依在迪士尼乐园里偷拍了这个清瘦的男人。当时他正在跟踪辉姐和李卫东。郝依依自以为是"黄雀在后"，没想到几个小时之后，"黄雀"却反被"螳螂"抓住了。他真的是警察？

瘦男人开门见山："是谁把李卫东抓走了？"

郝依依更加不解：此人果然发现了她和辉姐有关系，不然不会问她李卫东的事。但他是怎么发现的？过山车上的每个乘客她都观察过，不该有他的同事。而离开太空山时，她根本就没跟辉姐一起出来。他还知道什么？不论他知道什么，绝不能说出寇绍龙的名字。说了也没用。他们不会拿到证据。说不定还会传到寇绍龙耳朵里，给她带来杀身之祸。寇绍龙的眼线无处不在，尤其是在香港警局里。郝依依故作坦然地反问："谁是李卫东？我不认识！"

"好吧。那我换个问题，姚军辉到哪里去了？"

郝依依还没来得及开口呢，那人把两张照片扔在她面前："你千万不要说，你也不认识姚军辉！"

第一张照片是在黑暗的隧洞里拍摄的，闪光灯照亮了一节过山车的车厢，辉姐和郝依依并肩坐在前后几排乘客之间。辉姐就像大多数乘客一样，紧闭着双眼，五官扭曲变形；郝依依则大睁着眼，若有所思地看着前方。两人并不像认识，只是凑巧坐在一起，一个被过山车折磨得死去活来，另一个却仿佛是在看风景。这是安装在轨道上方的照相机拍摄的，也就是临近终点的那一道"闪电"。

郝依依心中一震：自己竟然忘了迪士尼的过山车轨道上都安装了这种自动拍照设备，而且照片会被展示在出口处的电视荧屏上，诱惑经过出口的游客购买。她和辉姐连着坐了两次，必定也被拍了两次。郝依依再去看下面的一张。果然，她正和辉姐对视，两张脸凑得很近，两副表情意味深长。没人能否认，她们不但认识，而且正在谈着某些深刻而微妙的事情。

"你总不能因为我和她聊了两句，就扣押我吧？"郝依依改变了话题。

"我没准备扣押你，只想问你几个问题。"清瘦男人回答。

"我有权不回答任何问题。"

"我也有权扣你 24 小时，再申请延长 24 小时。"

"你没权力这么做。"

"我有。因为你涉嫌阻碍官方调查，协助嫌犯避罪。"

"她触犯了哪条香港法律？"

"我没说她触犯了香港法律。"

"既然没触犯香港法律，香港警察管得着吗？"

"我不是香港警察。"瘦男人摇摇头。他掏出一本证件，举到郝依依面前，郝依依心中一惊，Interpol，国际刑警。

"你现在明白了？"瘦男人嘴角再次微微上挑，"注册离岸公司，协助洗钱，也是我们的调查范围。我指的不是姚军辉。"

"请你拿出证据。"

"我一旦拿出了证据，就没办法挽回了。"瘦男人别有意味地看了郝依依一眼，"如果你配合，也许不必发展到那一步。"

"你是在威胁我？"

"我是在请你帮助我们，也帮助中国政府，尽一名中国公民的义务。"

郝依依沉默了，瘦男人也沉默了。两人默然对视着。无需纸笔，甚至不需要语言，有些协议是用目光达成的。

在 21 世纪的神州大地上，有多少不被遵守的契约，不被尊重的法规，不被实现的诺言。浪费了多少油墨纸张，签了多少龙飞凤舞的名字，盖了多少公章，按了多少手印……有时，真的还不如一个眼神更可靠。

下部

CHAPTER SIX

双料间谍

1

下班时间又快到了。

国贸 38 层走廊里多了些隐隐的脚步声，夹杂着若有若无的低语。

国贸的员工大多自诩是白领里的"贵族"，38 层又是国贸里的"贵族"，因此很注重素质——不抢电梯，不高声喧哗。因为不知抢的是不是未来领导的电梯，也不知旁听者是不是未来的客户。在电梯和走廊里出现的任何陌生人都有可能和前途发生关系。在午休和下班时，员工们一团一簇地进进出出，也只弄出些窸窸窣窣的声音，听上去总像是偷偷摸摸的。

这股下班的暗流再轻微，也还是毫无悬念地被 Judy 察觉到了。楼道里任何细微的动静都能被 Judy 察觉到。就算她正在给 Frank 计算报销单据，或者在跟旅行社的人争执，也还是耳聪目明。

千万不要小看给 Frank 计算报销单据，其实是非常复杂繁琐的。Frank 的衣食住行差不多样样都要报销，并不算在公司的开销里，而是算在项目里，由客户买单。Frank 拥有香港商人的精明，是很会精打细算的。每个项目都有费用预算，但项目快结束时总用不完，太可惜了。然而 Frank 又是律师，是极其严谨的。所以哪张发票算在哪个项目里，是要经过仔细权衡的。比如同一天不能有两张晚餐票，同一时间不能有两张打车票，除非项目本身确有此种需求。这项工作非常繁琐，而且不够名正言顺，不能让客户知道，所以不便交给普通员工处理，因此成为 Judy 的特殊职责，一干就是许多年。

除此之外，Frank 还交给 Judy 很多不便交给他人的工作。比如交给她公寓钥匙，让她帮他回家取东西；或者给她信用卡密码，让她帮着订机票。Judy 很在乎这种特殊的信任，尽管她知道信用卡的额度很低，也知道 Frank 从不把重要的东西拿回公寓。大律师 Frank Lau 的戒心是比普通人多出百倍的。正因如此，Judy 才加倍小心，把工作完成得无懈可击。

　　Judy 对 Frank 加倍小心，十年如一日地尊重，天天都像第一天入职，诚惶诚恐，毕恭毕敬。尽管 Frank 有时并不怎么尊重她。

　　"再有地位的香港人，也成不了真正的绅士。"Judy 不记得在哪里听到过这么一句。Frank 就是个很有地位的香港人，而且看上去非常有修养。然而 Judy 见过他没修养的样子，而且不止一次。Judy 这辈子深入了解的男人并不多。她的父亲、丈夫、儿子，还有老板。

　　Judy 是在父母的争吵中长大的。尽管他们都是知识分子，大学教授，可还是要为了早起买豆腐争吵，为了去医院给远房亲戚挂号争吵，为了买彩电还是冰箱争吵。那是个和绅士无关的年代。然后是她和丈夫。她本以为遇到了绅士，其实不是。他们并不怎么争吵，冷战更多些，后来成了习惯。再然后是她的老板。老板总归不会把员工当成完整而独立的人，就像父母不会把孩子当成完整而独立的人。但父母把孩子看成自己身体的一部分，老板则把员工看成手边的一件东西，可以随时换的。

　　因此 Judy 只能把心思都放在儿子身上，盼着他健康、好学，未来有一技之长，可她并没指望着儿子能成为绅士。也许这个世界上，根本就没有真正的绅士。

　　Judy 看看手表，六点过十分。下班时间才过了十分钟，却仿佛过了很久。她手头并没有未完成的工作，也不大可能会有新的任务。老板 Frank 五点就走了，办公室里残留着高级香水的暗香。这说明 Frank 是去赴约了。Frank 晚餐经常有约，大部分由 Judy 打电话预订。Frank 和客户、同事甚至亲朋的约会都由 Judy 安排。但今晚这次不是。Judy 明白，这是 Frank 不希望任何人知道的那种约会，也包括 Judy。也只有赴这种约会的夜晚，Frank 才会彻底销声匿迹，不用任何杂事打扰 Judy。

　　因此 Judy 早就可以下班了。可她不太想走。确切地说，是无处可去。儿子在爸妈家吃晚饭、写作业，今晚就睡在那里。儿子的户口落在学区很好的爸妈家，平时就住在那里，周末才回自己家。爸妈家在海淀，自己家在亦庄，整整隔着一个北京城，就像隔着一个省。她想去爸妈家，陪着儿子吃晚饭，做作业，然后就睡在那里。可她这礼拜已经在那里睡了四晚，爸妈已经起了疑心。她不能总说是因为想儿子，也不能总说老公出差。这个月都"出"了七八回了。

　　Judy 的老公并没出差，就只是"加班"。天天加，周末也加，一加就加到夜里十二点。她宁可他在出差，只要他不在北京，她就可以假装看不见。可他偏偏就在北京，在她眼皮子底下废寝忘食地"加班"，连自己的体检报告都顾不上取。他是个谨慎多疑的人，偏偏对右上腹频繁的"岔气儿"不以为然，就像他对自己每天深夜不归不以为然。他以为夫妻多年，老婆的心思都在儿子身上。又或者他根本就懒得琢磨老婆的心思。体检报告是 Judy 取的，体检中心特意打来电话，打的 Judy 的手机。这种杂事都由 Judy 负责，她不仅是 Frank Lau 的助理，也是全家人的助理。体检中心让她尽早带丈夫去大医院检查。其实不检查也能基本确定，他来日无多了。

可他还是一直"加班"，精力无比旺盛。有时候 Judy 也怀疑体检报告出了差错。可她每天早晨都能在餐桌边见到他。他斜倚在椅子里，仓皇地吃几口早餐，锁骨从衬衫领子里支棱出来，眼看要把一张薄皮撑破了。他变得骨瘦嶙峋，皮肤蜡黄，白眼球也有点儿发黄。Judy 相信体检没出错。新鲜的感情刺激让他顾不上关注自己的身体。Judy 并没告诉他体检结果，也没逼着他去医院。她跟很多人打听了这种疾病，也上网查阅了很多资料。手术和化疗并没多少作用，只能让最后的日子更加痛苦，恐惧是一把快刀，也许不知道更好。

可她不想让他痛苦吗？她不知道。这才是最让她恐惧的地方——她竟然无法坚定地否认她想让一个人痛苦。而且是她曾经深深依赖的人。她从小善良软弱，不愿伤害任何人，也无力抵挡任何人的伤害。她就像一只无能的兔子，暴雨来袭，她只能藏在草丛里瑟瑟发抖。但兔子急了也是会咬人的。

Judy 走得很慢，缓缓穿过国贸一层的大厅，像是在极有兴致地逛街，可她并不走进任何一家店里去。她在 CK 的橱窗外站定了，看着那双闪亮的黑皮鞋发呆。那是一双标价 3500 元人民币的漆皮皮鞋，经典款型。好多年前，橱窗里就有这么一双。那时的价格比现在便宜，只有2000 元。但她的工资只有现在的五分之一。她咬牙买过一双，送给她的丈夫。他开心极了，小心呵护。可如今早不知丢到哪里去了。

"嘿！干吗呢？"

有人在 Judy 肩膀上重重地一拍。Judy 吓了一跳，浑身缩成一团，胳膊却被人揪住。是辉姐，这么快就从香港回来了。

Judy 没来得及开口，辉姐的问题已经连成了串："怎么又看这个？想给你老公买？值当的吗？那种男人！是可怜他？"

Judy 不知如何回答。辉姐的话句句刺到她心上。但她知道辉姐并非故意。只不过，她们并不是一种人。Judy 是大学老师的孩子，从小只跟老师的孩子们交往。母亲曾经不止一次地警告她：不要跟胡同里的野孩子玩耍。胡同是另一个世界，和 Judy 的世界格格不入。可辉姐虽然来自那个世界，却成功地"入"了国贸 38 层，钻进 Judy 的世界里来了。起初 Judy 看不上辉姐：她不漂亮，不年轻，更不优雅。可渐渐地，Judy发现，胡同里也有可爱的人，热情、仗义、敢作敢当，不像学校里的知识分子，自私、软弱、优柔寡断。Judy 把辉姐当成了好朋友，心里甚至有点儿依赖她了。

然而郝依依出现了。一个和辉姐的老板搞着暧昧的年轻女子。Judy能够感觉到，辉姐很愿意亲近郝依依，也舍得因此疏远自己。Judy 从来不和别人争什么。她就像一棵植物，由着别人亲近，也由着别人走远。所以三元桥的那一幕，确实让 Judy 微微窃喜。因为辉姐和郝依依闹崩了。

"干啥呢？ Window Shopping ？"

两人背后响起清澈甜美的声音。Judy 又吓了一跳，猛回头，看见郝依依正冲着两人微笑。Judy 心里一紧，偷偷去看辉姐，顿时倍感意外：辉姐竟然既不惊也不怒，甚至比刚才更和颜悦色了一些。辉姐和郝依依和好了？

辉姐指指橱窗："整天来看这个！"

郝依依看了一眼橱窗："好帅啊！打算买给老公？"

Judy 没吭声，也没点头或摇头。怎么回答都是错。反正也没人能理解她。

"啧啧！真有钱！三千五呢！"辉姐白了一眼橱窗。

"那怕什么！只要你老公喜欢！"郝依依上前一步，挽住 Judy 的胳膊。Judy 有点儿别扭，从后腰一直僵到了脖子。她心里并不十分亲近郝依依。她不喜欢过于自信的人，尤其是女性。郝依依不仅自信，而且还年轻，光彩夺目，让 Judy 缺乏安全感。可她并没躲闪，任由那只细嫩的胳膊缠住自己。

"半个月工资呢！买双鞋给臭男人穿？"辉姐的嗓门又粗又大，郝依依的乖巧声音天差地别："辉姐，你怎么跟我妈似的！情义无价呢！买！我出钱！"

郝依依边说边把 Judy 往店里拉。Judy 则在地板上生了根，死活不迈步，死活也不出声，浑身的"枝杈"被郝依依扯得瑟瑟发抖。

"真大方！你没开玩笑吧？你真出？"辉姐抓住 Judy 的另一只胳膊，暗中跟郝依依拔河。Judy 被两人撕扯着，心里反倒踏实了。她悄悄地把重心放在辉姐这一边。

郝依依一不敌二，却又不好意思立刻放开 Judy，一本正经地说："当然！我没开玩笑！"

"哇塞！ Judy！你遇上金主啦！"辉姐兴奋地瞪大眼睛，用力摇晃着 Judy 的胳膊，"我说，不如给现金吧！给人渣花那么多钱，真是不值得！而且买了也穿不了几天，太浪费了！"

Judy 的心脏猛地一抽。她狠命甩开左右两只胳膊，歇斯底里地叫道："我买得起！可我不想买！我不要！我什么都不要！"

Judy 的眼泪簌簌地往下流。辉姐和郝依依猝不及防，无措地站着，不敢碰 Judy。有不少路人探头张望，还好并没人驻足。国贸大厦里人人步履匆匆，看热闹都舍不得停住步子。

Judy 缓过劲儿来，抹了抹腮帮子上的泪珠，两颊已是火烧火燎的。她低着头难为情地说："对不起。我也不知道我是怎么了……"

辉姐和郝依依交换了一个眼色，两只胳膊又上来了，一左一右搀住 Judy。辉姐亮开嗓门："我妹今天不痛快！走，咱吃好吃的去！"

"吃完好吃的，我们去玩好玩的！"郝依依补充道。

Judy 的脚跟离了地，被左右两只胳膊"连根拔起"，两眼泪汪汪的，像个饱受委屈的小女孩，终于有人要给她撑腰了。

2

郝依依所说的"好玩的"，其实就是夜店。

Judy 并不太喜欢夜店。一群人在黑暗中围着几只骰子声嘶力竭，或者在分不清是谁的汗水里群魔乱舞，都让她觉着恶心。她心中最理想的社交，是穿得美丽典雅，坐在灯光柔和的高级餐厅里，伴着爵士乐品红酒。功夫茶也可以，但音乐要换成江南丝竹。聊天是窃窃私语的，不需要粗声大气。只有窃窃私语，才能说到对方心里去。尽管她并没喝过几次功夫茶，红酒爵士乐的高级餐厅更是只在想象中发生过。但她宁可在想象中美好，也不肯在实际中凑合。

可她不好意思驳郝依依的面子，也不想破坏辉姐的情绪。辉姐并不反对去夜店，这让 Judy 有些意外。按照辉姐的年纪，似乎应该比 Judy 更加排斥夜店的。辉姐最近带给 Judy 不少意外。比如辉姐是别人的"小三"，而且做了快二十年了。Judy 同情辉姐；可又有些痛心，似乎交友不慎，信任错了人；又有些愤愤不平：这样一个身宽体胖、粗声大气的中年妇女，也能做上谁的情人。只有她 Judy 才是真正没人要的。

辉姐情绪高涨，在舞池里跟着一群花花绿绿的小孩子扭动，动作丑陋不堪，像是一只在蚂蚁堆里挣扎的大肉虫子，让 Judy 的脸上一阵阵地发烧。可辉姐自己并不在乎，完全陶醉其中。她刚刚喝掉了两瓶啤酒，前襟上还残留着一点儿啤酒沫子。

Judy 突然想起母亲常说的"胡同里的人"，却也变成了"国贸里的人"，现在又变成"夜店里的人"了。"胡同里的人"是会七十二变的。而她呢，永远就只有一种变化：变成一棵不会说话也不能动弹的植物。所以，她成不了辉姐的好朋友。郝依依才有可能。郝依依也会七十二变。两天前还和辉姐剑拔弩张，如今又是亲密无间了。

一只蓝色的高脚杯突然出现在 Judy 眼前，遮住扭动腰肢的辉姐。杯子并不是蓝色的，里面的饮料是蓝色的，蓝得晶莹剔透，里面浸泡的冰块闪烁着宝石的光泽。郝依依清澈甜美的声音随之而来："蓝色夏威夷，好喝极了！"

Judy 接过杯子，犹豫要不要喝。杯子里的液体实在太精美，不像是饮料，倒像是珠宝。郝依依手里也有一杯，向着 Judy 举了举。Judy 用嘴轻轻抿了一点儿，清凉甜美，却隐藏着烈焰的激情。她赶快把杯子从嘴边挪开。她本来就不喜欢喝酒。即便在她那完美的想象中也曾有一杯红酒，其实是不必喝的。

"对不起！辉姐都告诉我了。"郝依依满脸歉意。

"没什么！"Judy 连连摇头，不想让郝依依继续说下去。她并不知道辉姐到底告诉了郝依依什么，也不知是何时告诉的。也许是趁着她去厕所的工夫，也许是在舞池里跳舞的时候。两个女人永远都能找到八卦另一个女人的机会。Judy 心中隐隐发堵，后悔为什么要到夜店里来，让别人欣赏自己的走投无路。

"Judy 姐，我敬你一杯！"郝依依举起酒杯。

"我不喜欢喝酒。"Judy 抱歉地垂下眼皮。她并不善于拒绝别人，可此刻实在没有敷衍的兴致。

"我也不喜欢喝酒。不过，如果有了更让我不喜欢的事，我宁可喝酒。"郝依依也抿了一口蓝色的液体，眼睛里闪过一丝年轻女子特有的轻浮。Judy 心中反感，不禁反问道："借酒浇愁，不是逃避吗？"

"那可未必。有时候酒精反而能让你更认真地思考。"郝依依俏皮地眨眨眼睛，"只有不成熟的人，才会把酒当成逃避的工具。"

Judy 有点儿恼火，口气还是委婉的："这是哪家的道理？我还是头一次听说。"

"这是每个成年人都该明白的道理。"郝依依又朝 Judy 做了个鬼脸，像是成心挑衅似的，"为什么法律不许小孩子喝酒，却容许大人喝酒？当然，心智不成熟的大人除外。"

郝依依一仰头，把杯子里的酒一饮而尽。Judy 像是被施了魔法，也举杯一饮而尽。一股烈焰顺着食道流进胃里。Judy 顿时一阵委屈：怎么真的赌气喝了？这算是赢了，还是输了？可神奇的事情就在瞬间发生了。一股热浪在她体内迅速蔓延。酒吧里原本污浊的空气突然清新了，震耳的音乐也变得动听了。

"你看！漂亮吗？"郝依依举起酒杯盯着看，眼睛眯成一条线。Judy 也去看自己手中的杯子，蓝色的液体消失了，留下几块碎冰，幽然闪烁着。Judy 不屑道："有什么好看？喝剩下的冰碴子！"

"唉！就像男人眼里的女人！"郝依依叹了口气，"男人都一样！一开始，他们都说会为你付出一切。可到了后来，就把你当成垃圾！"

"我可不这么觉得！"Judy 表示反对。她的身体正无比轻松，肆无忌惮，她都不记得自己曾经这么轻松过，"我认为，这因人而异，和性别无关！这世界上，总有懂得珍惜的人。只看你运气好不好，能不能碰上！"

"你碰上啦？"郝依依张大眼睛看着她。

"我没碰上，不代表他们不存在！"Judy 提高了音量。郝依依是在揭她的伤疤。

"反正我没碰上。"郝依依耸耸肩，玩世不恭地自言自语，"谁要是以为能碰上，也是够幼稚的。"

"你碰不上，不代表别人碰不上！"Judy 彻底被郝依依激怒了。郝依依不仅在揭她的伤疤，还在摧毁她心中的完美梦想。她现在就只剩梦想了。"你碰不上，也许应该找找你自己的原因！"

"我怎么了？"郝依依也把眼睛瞪圆了。

"你身在福中不知福！你男朋友那么爱你，那么珍惜你，可你不稀罕！你要找个比他更好的！爱情是交易的筹码吗？或者，你只是烦了、腻了，想换换口味？九〇后都很没耐心吧？很喜欢冒险，喜欢尝鲜，喜欢刺激？哦！抱歉，我说错了！这大概跟几〇后也没关系，几〇后都有这样的！看谁能碰上！谁碰上谁倒霉！"

Judy 越说越起劲儿，像是一下子卸掉背了多年的重担，通体畅快无比，轻飘飘的像是要飞起来了。

"真遗憾，让你碰上了！"郝依依扬了扬眉毛，不屑地侧目看向舞池，"就知道怪别人无情，不知道怪自己无聊。"

"啪"的一声巨响，高脚杯砸在地板上，碎冰和玻璃碴子四散进溅。Judy看着杯子的残骸发呆，就像她并不知道杯子是被她重重摔下去的。Judy突然放声大哭，哭声震天动地。所有人都看向她。郝依依也在愕然地看着她。她也知道自己小题大做，可一旦哭起来，就再也止不住了。随便吧！这不是夜店吗？难道不是常有人发酒疯吗？用得着都用惊讶和怜悯的目光看她吗？Judy很想告诉大家，其实她并不觉得痛苦，反而非常痛快，正因为痛快，才实在舍不得停止哭泣。

辉姐从人群中挤出来，一把搂住Judy。Judy的眼泪反而更汹涌。辉姐转身和郝依依急赤白脸地争吵，可Judy听不清，一切都被自己的哭声盖过了。她想起小时候，受了别人的欺负，盼着妈妈也能像别人那样，领着她去别人家理论。可那种事从来没发生过。她紧紧抓住辉姐的衣襟，更纵情地哭起来。

郝依依愤然地走出夜店。

辉姐扶着Judy也往外走，借着人群为郝依依分开的道路。当然并不是为了跟上郝依依。她们这就跟她分道扬镳了。Judy还在哭，哭着看郝依依拉开酒吧大门。

Judy和辉姐终于也走出大门。Judy又看见郝依依，已经到了马路对面，脸色铁青着拦出租车。Judy心里安稳了一些。隔着这么宽的一条马路，车水马龙的。

突然，马路对面传来一声刺耳的刹车声。一辆疾驰的黑色面包车猛刹住车，车上冲下三个男人，瞬间抓住郝依依。郝依依只发出半声尖叫，嘴像是被人捂住了。不过两三秒的工夫，黑色面包车猛然启动，轮胎和地面再次摩擦出刺耳的声音。

"依依！依依！"

辉姐放开Judy，高声叫着朝马路对面奔跑。但黑色面包车已如离弦之箭，疾驰着远去了。

郝依依当然也不见了。

辉姐回来了，手里拎着一只高跟鞋，惊慌失措地对着Judy喊："怎么办？郝依依被人劫走了！怎么办？"

Judy彻底清醒过来，浑身不住地颤抖："要不要……报警？"

"报警？"辉姐重复了一遍，眼中的恐惧瞬间加深了。Judy并不明白辉姐在怕什么，可她知道报警似乎行不通，喃喃道："那怎么办？"

辉姐沉思了片刻，猛抬起头来："我知道找谁了！"

3

辉姐和 Judy 按了十五分钟门铃，房间里才有了动静。又等了几分钟，门开了，Max 王穿着睡袍，光脚站在门内，一只手叉着腰，另一只手捏着额头，露着半截又白又嫩的胳膊。

这是国贸附近最豪华的酒店公寓了。三室一厅，月租金八万三。当然由费肯公司报销。公寓是辉姐订的，房卡和会所的门禁卡都是辉姐领的，所以她能说服前台值大夜班的小伙子，让她上到 58 层。这一层风景无限，没有雾霾的时候能看见西山。可楼道里什么风景都没有，只有Max 王那张因恼怒而扭曲的脸。

辉姐并不是第一次见到 Max 发怒，三环主路上曾领教过更惊悚的。Max 王还是在半梦半醒间，所以怒意打了折扣。睡得倒是挺早，不像是朋友圈里常常传播的商界精英形象。辉姐瞥一眼 Max 王那两只光脚，细嫩得像是婴儿。脚边横七竖八地丢着几只皮鞋，倒是都擦得油亮。

"郝依依被人绑架了！"辉姐直入主题，不给 Max 王发作的机会。Max 王果然立刻清醒了，像是被人从头顶浇了一桶冰水。可他毕竟还是发作了，凶神恶煞似的咆哮："你说什么?！"

辉姐尽管早有准备，心里还是一哆嗦，胳膊上一阵生疼——是被Judy 掐的。Judy 使劲儿抓着辉姐的胳膊，指甲陷进肉里。辉姐知道 Judy在害怕。本来让她回家的，她坚持跟着来。她觉得对不起郝依依，因为吵了架，郝依依愤然而出，被人绑架了。其实跟她没半点儿关系，倒是跟眼前这位王总有点儿关系。辉姐昂首挺胸地回答："你没听见吗？郝依依被人绑架了！"

"被谁绑架了？"

"我要知道，还找你？"辉姐也瞪圆了眼睛。其实她多少有点儿数。郝依依毕竟在香港放跑了辉姐，让寇绍龙的人扑了个空。被寇绍龙怀疑也是自然。但郝依依不是说过，寇绍龙不能在北京胡作非为吗？怎么还是动手了？辉姐又补了一句："郝依依有哪些仇人，您肯定比我清楚。"

"你什么意思？"Max 王满怀敌意。辉姐知道自己多了嘴，连忙解释："王总，您别误会！我没别的意思！我是说，您认识的人多，也许您能救得了依依。所以第一个就来找您，都还没来得及报警呢！"

辉姐偷偷观察 Max 王的表情，心中莫名地紧张。她生怕 Max 王说：还不快报警！辉姐并不想报警，她总觉着把警察掺和进来，老李就更悬了。Max 王思忖了片刻，举起右手，像是要跟谁再见，又或是要向谁发誓："先不要报警！那样对依依不利！"

辉姐和 Judy 是凌晨一点半走出酒店公寓大门的。Judy 不肯回家，游魂野鬼似的。辉姐不放心，要把她带回自己家。Judy 立刻满怀感激地同意了，就像个做了噩梦的孩子，时刻黏着大人。其实辉姐也正心乱如麻，手足无措。如果有个人能让她依靠，她也跟定了。可 Tina 不干了，郝依依也被人绑走了，辉姐没人可依靠了。

辉姐让 Judy 睡自己的床，Judy 不肯。辉姐在客厅的沙发上铺了条毛毯，又拿出一条给 Judy 盖。可 Judy 不愿躺下，就在沙发上坐着发呆。辉姐只好陪着她在沙发上发呆。她们肩并着肩，有一搭无一搭地聊天。辉姐抓过 Judy 的手，当成玩具来玩，一会儿玩玩手指，一会儿摸摸掌心，研究她的掌纹线。

Judy 突然开口问辉姐，姓王的会不会去救郝依依？辉姐摇头。Judy 又问：他们不是恋人吗？辉姐撇了撇嘴，并没回答。对这种趾高气扬的贵族男人，辉姐彻底没有信心。可她还是得找他。并非因为信任，而是因为道义——郝依依有难，绝对跟 Max 王有关。

Judy 的脸色疲惫而迷茫，双手托着腮，喃喃道："郝依依真的喜欢姓王的？"

Judy 的问题有点儿匪夷所思。时间、地点、事件都不贴切。果然是个三十多岁还活在童话世界里的女人，但现实并没有因此对她怜悯一些。可怜的女人。辉姐叹了口气："那还用问！快赶上舍命陪君子了！"

Judy 愕然："真的？是怎么回事？"

辉姐故作神秘道："知道吗？郝依依根本不是快阔的前台！"

"不是前台？那是什么？"

"特务！"辉姐神秘地眨眨眼，"企秘师！听说过吗？"

"听说过啊！香港很多的，就是帮着注册公司什么的，内地倒是没见过。"Judy 有点儿失望。辉姐更失望。原来企秘师并不算太稀奇。辉姐不想就此放弃，添油加醋地说："她可不是普通的那种！是很特殊的，专门帮着大老板处理很秘密的事儿！比如……潜伏到北京快阔，秘密地接近 Max 王！"

Judy 再度惊愕起来。辉姐一鼓作气地告诉 Judy，郝依依是快阔集团大老板寇绍龙的私人企业秘书师，专门帮着寇绍龙处理一些特别"秘密"的事情。寇绍龙的快阔集团和王家的王冠集团是死对头。寇绍龙暗中买通了王冠集团子公司深圳安心的总经理，让那总经理违法乱纪。东窗事发，寇绍龙顺手把这件事栽赃到王冠集团身上，逼得王冠集团走投无路，不仅公司要面临严重的处罚，就连 Max 王也要吃官司。寇绍龙派郝依依到快阔北京公司做前台，其实是为了接近 Max 王，秘密监视他的动向。可郝依依却对 Max 王动了心，所以打算背叛老主顾，帮着 Max 王寻找证据，证明是寇绍龙秘密勾结了深圳安心的总经理。寇绍龙大概发现了端倪，这才找人绑架了郝依依！说到这里，辉姐猛地想起一个问题：既然能绑郝依依，为何不能绑她姚军辉？辉姐顿时后背发凉，赶快竖起耳朵。楼道里好像突然有点儿动静，窗户外面也有。草木皆兵。

Judy 听罢若有所思，微微低垂了目光："我冤枉她了呢！我还以为，她是个没有感情的人。"

又是典型的 Judy 式跑题。辉姐正提心吊胆，没工夫细想 Judy 的话，心不在焉地应付："女人，哪个没有感情？"

Judy 却被这句话打动了，目光越发蒙眬，关切地问："你呢？怎么样了？"

"嗨！还能怎么样！听天由命呗！"辉姐愤愤道。Judy 突然变换了目标，让辉姐猝不及防，浑身别扭。她不想聊老李，不想聊那个她喜欢了快二十年的窝囊废。辉姐忍不住气急败坏地低声骂了句："狗屁！"

Judy 郁郁地垂下头，沉默了许久，怯怯地说："我其实挺羡慕你的。还有郝依依。"

辉姐立刻瞪圆了眼睛，像是听到了天方夜谭："羡慕我？我有什么可羡慕的？没结婚，没孩子，没过过一天像样的日子！然后还搅和进这么一堆臭狗屎的烂事儿里！"

"可你有全心全意爱着的人，愿意为他赴汤蹈火。郝依依也是。"

"不值！"辉姐知道自己心口不一，"一点儿都不值！哎呀，可别提了！想起来就叫人生气！天底下没一个男人值！他们心里只有他们自己！女人就是贱！总要把心思放在别人身上！真活该！"

"那至少，他还需要你。可没人需要我。"

"有啊！"辉姐眨眨眼睛，"你儿子不需要？"

Judy 笑了，用力点点头，挺直了身子，信誓旦旦地说："辉姐，谢谢你！"

辉姐顿时浑身起鸡皮疙瘩：正能量爆棚最让她尴尬，还不如当街跟人吵架来得痛快。她解嘲地一笑："神经病啊！我有啥好谢的！"

"要是没你，我都不知今晚能去哪儿！" Judy 却变本加厉，几乎又要哽咽，"姐。我能叫你姐吗？亲姐！"

辉姐像是被人点了穴，麻穴和痒穴，还有哑穴——想喊停却喊不出，只好由着 Judy 自顾自地说下去："我从小在大学里长大，爸妈都是老师，邻居也都是老师。大家都知书达理，相敬如宾，谁跟谁都保持距离，从不当众吵架，也不过分亲近。后来，我结了婚，我老公也是个知识分子，也跟我相敬如宾。我本来以为，这样挺好，也是最让我舒服的。可慢慢儿地，我发现，这不是我心里以为的爱情，不是我以为的夫妻。可我不知道该怎么办，因为，我不会吵架，不知道该怎么说出心里想的。他也不会。再后来……"

Judy 的喉咙像是噎住了，伸了伸脖子，才又继续说下去："我儿子还小，什么都不懂，我爸妈自得其乐，我也不想把他们纠缠到我的麻烦事里去。我也没什么很好的朋友，没有能说这些的，直到认识你。你跟我以前认识的人不一样。你爱憎分明，为了朋友敢作敢当。我就想，我要是真有这么一个姐姐就好了！"

Judy 越说越起劲儿，完全没有察觉辉姐的别扭。她根本不以为辉姐这么个大大咧咧、爱憎分明的人会别扭。所以，她尽情地说下去，像是要把积压在心里的陈年旧账一下子都说干净："可后来，郝依依出现了。你好像更愿意跟她好。我还因为这个难过过，自卑过。我以为，你也喜欢年轻的，聪明的，活泼的，会来事儿的，还有，能给你带来实惠的。我想那我就别高攀了。" Judy 胆怯地看了辉姐一眼，可并没真的看到什么，她正沉浸在自己的倾诉里，"可今晚我明白了！是我误解你了！在关键时刻，你还是护着我的！对不起……"

"别说了！"辉姐突然开口，打断了 Judy。她实在不想继续听下去了。她这辈子曾跟很多人逢场作戏，甜甜蜜蜜，腻腻歪歪，对她都是轻车熟路。可偏偏是这会儿，在拂晓的微光里，听 Judy 的这些带着醉意的倾诉，让她莫名地难受，每根汗毛都难受。国企里的二十年早就让她明白，谁的倾诉都不必当真，尤其是正落魄的人，更不用说喝醉的了。Judy 这两条都凑足了。可辉姐就是难受，就是不能不把这些话当真。她自己也不知道为了什么，这么多年的人情世故一下子都灰飞烟灭了。

"郝依依其实没想真的欺负你！她只不过要唱白脸，让我唱红脸！我们是想让你帮忙！郝依依说，寇绍龙和深圳安心总经理勾结的证据，就在你老板手里！想让你帮着搞呢！我也不是啥好人，有用的就巴结着，恨不得舔人臭脚呢！你以前也没看错我！"

辉姐说罢，自己都感觉意外。她不知这拂晓对她施了什么魔法。也许是发生一连串的事，让她在心底里已经绝望了。郝依依被绑架了。即便重获自由，多半也不能到香港帮老李逃跑了。她那有关南美洲某个小岛的计划，没戏了。

Judy 吃了一惊，瞪大了一双醉眼问辉姐："从我老板手里拿东西？"

辉姐点点头："是啊！郝依依说，你老板手里应该有一份公证书。那东西能证明王冠集团是被诬陷的。"辉姐讪讪地笑了笑，难为情地补充，"我知道，这实在太为难你了。"

Judy 低垂了目光，沉默了好一阵子，勉为其难地问："那东西在Frank 的办公室里？"

4

第二天，辉姐和 Judy 都迟到了。她俩是在天亮后才睡着的，本以为只是打了个盹儿，醒来却已经八点半了。

国贸大部分公司的上班时间是早上九点。前台未必到得最早，但基本是最准时的。辉姐的习惯是提前二十分钟到单位，煮上咖啡，再在公司里检查一遍，如果谁的办公桌上有钱包或者手机，她就收进抽屉里。检查完了才给保洁员开门。她们需要 15 分钟打扫公司。辉姐在旁边监督。送走保洁员正好九点，这时候就得稳稳当当地坐在前台，接听座机电话。九点一过，就不能让公司电话进留言了。

可今天辉姐赶到公司，保洁员们早已无影无踪。公司前厅墙壁上悬挂的电子钟显示着 9 点 35 分，电子钟底下站着怒气冲冲的 Miss 黄。Miss 黄不仅是人事总监，也兼管行政，是辉姐的小领导。辉姐不在，琐事就是她的。但 Miss 黄从不提前到公司，因为有辉姐。因此今天就出了问题——保洁员是在九点零五分被放进公司的，所以一直打扫到九点二十分，和上班的员工搅和在一起，有点鸡飞狗跳的。更糟糕的是，大老板 Max 居然也准时到了。自从公投之后，Max 成为费肯北京绝对而唯一的老板，也就是 Miss 黄绝对而唯一的效忠对象。今早难得的乱象让Max 赶了个正着。所以 Miss 黄的怨言不是一点儿半点儿。

然而 Miss 黄并没发作，也没给辉姐道歉或解释的机会。她朝着气喘吁吁的辉姐劈头盖脸道："快！王总在他办公室等你呢！"

辉姐一怔，一路编好的迟到理由都忘了，脚下略一迟疑，Miss 黄又声色俱厉地高喊："还磨蹭什么？赶快啊！王总急着呢！"

Max 王的确着急。急急火火地拉门往外走，宽大的风衣呼呼带着风，几乎跟辉姐撞个满怀。这是辉姐第二次见他穿这件不大合体的风衣，上回是在费肯公投的那天。那次他还伤兵似的吊着胳膊，但这次没有，不过衬衫袖口打开着，里面露出一小截白纱布。

Max 王见到辉姐，急刹住脚，转身把辉姐带进办公室，随手关了门，气急败坏地问："有依依的消息吗？"

"没有。"辉姐摇头，不禁有些意外：Max 王两眼通红，看上去像是一夜没睡。他真有那么关心郝依依？

Max 王又问："昨晚郝依依带手机了吗？"

辉姐努力回忆，点点头："带了！我看见她在酒吧摆弄手机了！怎么了？"

Max 王并不作答，一把拉开办公室的大门，往外疾走了三四步，又猛回过身来，冲着辉姐怒吼："还等什么？走啊！去郝依依家！"

在 Max 王的小跑车上，Max 王告诉辉姐，他的手机上有一款跟踪定位 APP，能定位郝依依的手机。但自昨晚郝依依的手机一直关机，所以找不到位置。直到几分钟前，手机突然开机了，位置就在她居住的小区。Max 王打了几遍，却始终没人接。

辉姐吃惊道："你在她手机上装了跟踪软件？"

Max 王辩解道："不是我装的。是她自己装的。"

辉姐不禁唏嘘：郝依依主动让 Max 王跟踪她的行踪？看来，她的处境实在是太危险！辉姐又想起郝依依被人拖进车里的一幕，不禁不寒而栗。Max 王见辉姐神色有异，以为她不信自己所言，又解释说："她说她前男友神经不正常，怕他做出失去理智的事情，所以才在我手机上装了定位。"

"哦？那是早装了？"

Max 点头："快两周了。"

辉姐更加意外了。她知道郝依依和 Max 王发展神速，可没想到竟然有这么神速，邂逅了两天就主动让人家时刻监控自己？郝依依对 Max 可真是一见钟情！又一转念，郝依依和 Max 王的"邂逅"也许并不是偶然的。寇绍龙把郝依依安插在快阔北京办公室，不就是为了让她认识 Max

王的？

辉姐不禁瞥一眼 Max 王。他正眉头紧锁，双手紧握方向盘，身体紧绷着，像是在参加方程式赛车。小跑车忽而加速，忽而刹车，忽而急转，在车海里争分夺秒。辉姐竟然觉得，此人认真起来还是有几分可爱的。辉姐突然有点儿可怜他。万人仰视的钻石王老五，竟然上了郝依依的钩，没多久已是痴心一片。别看郝依依年纪轻轻，心机可真是深。辉姐不禁脱口而出："郝依依不会有事儿的！"

"当然！我不会容许她有事的！"

Max 王说得很霸气，像个暴君。钻石王老五其实也很厉害，让精明的郝依依死心塌地效忠他，不惜背叛心黑手辣的老主顾。这算不算是爱情？辉姐一时说不准。郝依依太聪明，太年轻，太有活力，生活在那个叫作"九○后"的世界，和辉姐格格不入。辉姐莫名地想起郝依依的前男友——衡子。那也是九○后，没钱，没有有钱的爹，没好工作，也没想找个好工作，两手空空的就想让女孩子死心塌地跟着他。辉姐实在弄不懂，九○后的孩子们，怎么跟她年轻时候那么不一样？

Max 王把车停在距郝依依家最近的路边，非停车位。辉姐提醒他，会吃罚单的。可他根本不在乎，头也没回一回。辉姐心想，Max 王身上果然还是有点儿爷们儿气质的。

郝依依家在一座旧公寓楼里，楼门自由出入，楼道里横七竖八放着自行车，斑驳的墙壁上有足球印子。郝依依在国贸好像时代先锋，住处却倒退了二十年。辉姐跟着 Max 王上楼。虽然是大白天，楼道里却很黑，大概是灯管坏了。空气微微发了霉，不像是在上楼，倒像是下地库。Max 王倒是轻车熟路，脚下生风地上到二层半，突然减慢了速度，辉姐这才气喘吁吁地跟上他。

郝依依的家就在第三层，公寓大门正对着楼梯口。门口有块鞋垫，歪歪斜斜的，像是有人走得太急，一脚踢开了。防盗门是老式的，里面还有一道木门。Max 王在门外站定了，没按门铃也没敲门，掏出手机拨郝依依的号码。门里立刻传出手机铃声，响了很多次，没人接。Max 王这才试着去拉防盗门，竟然就开了。辉姐的心一下子提到嗓子眼儿了。

不只防盗门没锁，里面的木门也没锁。辉姐提着脚尖跟 Max 王进屋，顿时就被眼前的景象惊呆了。

郝依依的客厅里一片狼藉。抽屉都大开着，零碎散落一地。书架也被翻乱了，半架子书都落在地上。电视机被敲碎了，窗玻璃也是碎的。

但客厅里并没有人。厨房和厕所的门都大开着,厕所里满地水渍。只有卧室的门紧闭着,里面没有任何动静。

辉姐幻想着卧室里可能的情景,不禁心慌腿软。Max 王要往卧室里冲,辉姐一把揪住他:"小心!"

Max 王甩开辉姐的手,开门冲进卧室里。辉姐不禁闭上眼,却听见 Max 王大声说:"她不在屋里!可手机在!"

Max 王举着郝依依的手机朝辉姐晃,卧室里也是一片狼藉。

辉姐问:"所以,她根本没回来过,是别人把手机带来的?"

Max 王皱眉道:"劫持她的人拿着她的手机到这里来,然后开了机?"

"这是要干吗?"辉姐也问。

Max 王猛抬头,惊道:"是为了故意引我们来?"

辉姐也恍然大悟:"是为了引你!他们一定是发现了,你能定位郝依依的手机!"

话一出口,辉姐又腿软了:"怎么办?快跑吧?"

已经晚了。楼道里正传来脚步声。辉姐慌作一团,想跑又不敢跑。Max 王倒是冷静得多,把食指立在嘴前"嘘"了一声。辉姐立刻大气也不敢出了。

一步、一步、又一步。听上去好像只有一个人。走得不急,但步子很重,像是身上背着千斤重担似的。

辉姐和 Max 王悄悄把头探出房门。漆黑的楼道拐角处,似乎有一个瘦小的身影,正迈着艰难的步伐,缓缓地走上楼来。

是郝依依!

郝依依头发不仅凌乱,还湿漉漉的,有几缕贴在额头上。衣服就更凌乱,还是昨夜被绑架时穿的那一身,已完全变了形,黏糊糊贴在身上。

郝依依看见 Max 王和辉姐,一双大眼睛里瞬间溢满了泪水。

5

郝依依既没惊慌失措,也没歇斯底里。她看上去只是憔悴,非常的憔悴,万念俱灰,似乎突然老了很多岁。其实只不过隔了一夜,还不到十个小时。

辉姐跑在 Max 王前头,把郝依依抱进怀里。郝依依把下巴架在辉姐肩膀上，泪眼婆娑地望着 Max 王。Max 王快走了几步，来到近前，却有点儿无措，不知是不是应该把郝依依从辉姐怀里抢过来。

辉姐粗大的声线响彻楼道："你没事儿吧？吓死我啦！"

郝依依自己从辉姐怀里钻出来，牵住辉姐的双手，强颜欢笑地说："我没事。真的没事！"郝依依把目光越过辉姐，瞟一眼 Max 王，更像是对他说的。

辉姐问："他们把你放了？还是你自己逃出来的？"

"没别人！就我自己！"郝依依答非所问。Max 王明白郝依依的意思，可还是不踏实，心有余悸地催促："快走吧！"

郝依依摇摇头："不用。这里很安全。他一时半会儿不会来了。"

辉姐问："他？是谁？"

"衡子。"

"你前男友？那个疯子？他绑架了你？"辉姐大吃一惊。这是她完全没想到的。

郝依依点点头，看了一眼满脸狐疑的 Max 王，对辉姐说："他刚才的确是在这里。我说的是实话。"

郝依依的确没撒谎，她只是玩了个小小的文字游戏。衡子刚才的确就在她公寓里。可绑架她的并不是衡子。

衡子是从杭州家里偷跑出来的。偷跑并不容易，衡子妈看得很严，公寓门时刻反锁着，就像锁一个精神病人。衡子从母亲外套衣兜里摸到一百五十块钱，从凉台翻出来，又在街上用手表换了五十块。到北京的硬座车票，终于凑够了。

衡子坐了一整夜的硬座火车，一早赶到郝依依的公寓门外。防盗门没锁，木门锁着。他敲了十分钟，没人开。他用随身携带的水果刀把门撬开了。并不是第一次撬。他曾在这公寓里住过几年，常常忘记带钥匙。即便防盗门锁着，他也有办法进去。

衡子见到的卧室，和辉姐看到的一样。一片狼藉。不一样的是，他还看见郝依依，被人封着嘴捆在厕所墙角的水管上。光着脚，头发乱成一团，身上的衣服也凌乱不堪，还好是完整的。

郝依依看见衡子，顿时把眼睛瞪大了。衡子顾不上看明白那眼神里的含义，冲过去要为郝依依解绳子，郝依依用双腿狠命一蹬，险些把衡子蹬倒了。衡子这才注意到郝依依的眼神。他一把撕掉贴在她嘴上的胶条。

"谁要你管！"郝依依歇斯底里地大叫。

衡子并不理会，三两下扯松了郝依依脚腕上的绳子，又去解她手腕子上的。那绳子将手腕反绑在水管子上，因此非常难解。而郝依依也挣扎得更凶："不要你管！不要你管！"

"别动！"衡子咆哮了一声，用肩膀把郝依依抵在墙上。郝依依沉默了两秒钟，忍受着衡子身体施加的压力。衡子身上有股子她熟悉的咸腥气味，并不很重，混合着烟味儿。他该是两三天没洗澡了，也没少抽烟。他还是那么有力气，年轻的身体炙热而富有弹性。这都是她熟悉透顶的。郝依依声嘶力竭地大叫了一声，身体发狂地一挣。旧水管"砰"地断裂，冰冷的水柱向着两人劈头盖脸地喷涌而出。

郝依依一屁股坐倒在地板上，放声大哭起来。衡子不顾一切地抱住她。她试图挣扎，但脆弱无力。她把脸藏在衡子滚烫的胸膛前，边哭边喊着："都怪你！都怪你！都怪你！"

"怪我！都怪我！对不起！依依！原谅我！"衡子说罢，把郝依依抱得更紧，吮吸着她湿漉漉的头发。郝依依哭得更凶了，可她不再挣扎。她脑子里像是过电影，过着她和衡子的高中、大学。她想起校门口的西瓜摊，想起漫山的竹林，想起冬夜坐在钱塘江边。他们不喜欢西湖，因为太多人喜欢西湖。他们喜欢钱塘江的宽阔浩荡。他把她完全地包裹在怀里，他身上总有那股子带着烟草香气的咸腥气味，会让一个少女终生难忘。

郝依依终于哭够了，催着衡子去关水管阀门。厕所里的水灾还不算太糟。衡子浑身湿透，可他心情不错。很久没有这种轻松愉悦的感觉了。他的依依又回到他怀抱里了。也许不能算主动回的，是他半强迫的，但她就范了。就像高三暑假的最后一天，他们独自在家。他一直骗她说，自己被北外录取了。她以为他马上就要启程去北京，坐在沙发上沉默不语。他于是吻了她，也是半强迫的。入学的第一天，她在校门口见到他，先是笑，然后哭，一个礼拜赌气不理他。可他心里一直很甜蜜。就像现在这么甜蜜。

郝依依并没分享衡子的甜蜜。她趁着衡子在厕所里找阀门的工夫，悄悄地溜回卧室，拨打了110。

郝依依告诉警察，前男友私闯自己的住处，恶意报复，砸了电视和窗玻璃。衡子当然不认。可这种事情，警察一般更信任女方。

郝依依再没看衡子一眼。衡子咬牙切齿地说：最毒不过妇人心！她其实是不敢去看他。不看也知道他有多么绝望。衡子这样的人，当他绝望了，宇宙里的所有恒星都跟着一起熄灭了。

郝依依只在派出所里待了十分钟，就急着赶回公寓里来了。她的猜测果然没错，Max 王已经到了。辉姐也到了，这是她没料到的。但这并不重要，甚至更好。或许能弥补衡子意外出现所造成的损失。

辉姐自告奋勇地打扫客厅和厕所，把郝依依和 Max 王留在卧室里。郝依依小声对 Max 说："你总不会相信，真的是衡子绑架了我吧？"

Max 王摇摇头："那是谁？"

"不知道。"郝依依也摇摇头，"我不认识。他们把我劫上车，直接开回这里，当着我的面砸东西。但并没想拿走什么，也没打算伤害我，砸完就走了。"

"是想威胁你？"

"嗯。给我点儿颜色看看。"郝依依从 Max 手中拿回自己的手机，"有人刚刚汇给我五万块。还有一句留言：换个新电视。"郝依依冷笑了一声，"这是谁的风格，你肯定能猜到。"

"寇绍龙？"Max 表情更加凝重。

郝依依没立刻回答，引着 Max 来到阳台上。郝依依把阳台门关严了，这才低声说："他们折腾一通，屋里估计不干净了。不过，他们没到过阳台。"

Max 点点头。他明白郝依依说的是窃听器。郝依依把声音又压低了几分："寇绍龙看我跟你走得这么近，怕我假戏真做。在香港我就感觉到，他对我很不信任。可他没急着在香港动手，就是为了让我知道，在北京，他照样能动手的。所以，我最好乖乖按他说的做！"

"他要你做什么？"

"你不是为了转移费肯的股份，让我帮你注册离岸公司吗？他要我偷梁换柱。他知道你不能把公司直接注册在自己名下，必须使用别人代持股。寇绍龙让我在那上面做手脚，让你以为是你的人在代你持股，其实是他控制的。反正离岸公司的注册文件上，股东可以用代号，对应的身份封存在律所里。如果由我替你完成公司登记手续，再找个他能操控的律所，完全可以把你蒙在鼓里。"

"他能操控的律所？"

郝依依点头："嗯。SP 律所北京办事处。Frank Lau 是他的人。"

Max 眯起眼睛，微微点头："早听到过传闻！果然是真的？"

"是的。所以，寇绍龙想让我取得你的信任，让我帮你找一位代持股的人，费肯的股份一旦转到新公司名下，我再偷偷地让那位代持股的人，把公司全部转给寇绍龙。如果股东身份文件保管在 SP 律所里，Frank Lau 绝不会通知你那个股东代号所对应的人已经变换了。即便你去查，律所也可以借故拒绝或者拖延，让你一时发现不了，新公司和费肯股份都不是你的了。"

"哈！他可真是异想天开！"Max 不屑道，"谁不是用亲信来代持股呢？谁会请中介帮自己找人代持股？"

"所以，他一直在给我压力。而且……"郝依依没往下说，就只瞥了一眼屋内，不言而喻：压力可不小，家都给砸了。

Max 沉思了片刻，开口道："我们就按着他希望的做！"

郝依依吃惊地看着 Max："按照谁希望的？"

"寇绍龙！"Max 扶住郝依依的双臂，"他想让你找个人来替我代持股，我就全权委托你，请你去找个人来，把公司注册在那人名下！"

"你不怕我把公司偷偷转给寇绍龙？"

Max 哈哈一笑，含情脉脉地看着郝依依："你会吗？"

郝依依凝视着 Max，像是要看穿他的思想。片刻后，她摇摇头："不，我不找。那样风险太高了。就算我不背叛你，我也没办法保证，别人不会背叛你。寇绍龙的本事大得很。即便是我找的人，也难免被他收买。"

Max 微笑着凑近郝依依："那就干脆注册在你自己名下吧！"

"这怎么可以！"郝依依不可思议，"我可是很专业的！我们有我们的行规，绝不能亲自代客户持股的。中介是不能直接掺和到客户利益里的！"

"谁说你是中介了？"Max 向郝依依凑得更近，声音也压得更低，让口中的热浪滚到郝依依耳垂上，"嫁给我，你就不是中介了。"

郝依依顿时怔住了，惊愕得一时说不出话来。

Max 凝视着郝依依，一时看得痴了。他把脸凑向郝依依，嘴唇眼看就要碰上她的。郝依依猛然惊醒，慌张地把脸偏向一侧，害羞地呢喃："别，辉姐还在屋里呢！"

Max 却反而更加大胆，张开双臂要把郝依依娇小的身体搂进怀里。郝依依羞涩难当，反手抓住 Max 的胳膊。Max 呻吟了一声，皱起眉头来。郝依依连忙撒手，满怀歉意地看着 Max 袖口里露出的一小截绷带："对不起！很疼吧？我不是故意的。"

Max 收回手臂，温柔地说："不疼！已经好多了！"

郝依依的歉意反而更浓，心疼地摩挲着那一小截绷带："都是为了救我……"

"如果你是我，也会做同样的事情！"Max 再次环抱郝依依。郝依依却像条鱼似的从 Max 怀里滑出来，忽闪着大眼睛说："我有个更好的办法，能让你更放心！"

"什么办法？"

郝依依不答，故作神秘地反问："要不要去云南走走？"

"Why？"Max 不解。

"你不是对结婚感兴趣吗？去看看，大山里的少数民族是怎么结婚的？"郝依依顽皮地做了个鬼脸。

Max 绷起脸来，生气地说："我可是认真的！"

郝依依也把笑容收了，一本正经地注视 Max 的双眼："我也是认真的！今天就走吧！"

6

当天最后一班直飞丽江的飞机，下午四点起飞。只剩两个头等舱的座位，郝依依果断地买下来。事不宜迟。尽管有些仓皇。

郝依依并没向 Max 多加解释，只是保证说，来回不超过三天，而且绝对不虚此行。Max 原本还有些犹豫，郝依依说：就算是我送你的订婚礼物。Max 立刻答应了，而且不再追问细节，为了向郝依依证明，尽管没有鲜花和钻戒，他的求婚是认真的。

成为亿万富翁的妻子，难道就这么简单？这让郝依依难以置信，甚至有点儿迷茫。

郝依依让 Max 先走，各自收拾行李。其实没什么可收拾的，三天的旅途，一个双肩背就够了。但郝依依不想跟 Max 一起出门，那样目标太大。寇绍龙的人也许就在附近，监视着她的一举一动。绝不能让他们知道，她要和 Max 一起去云南。

辉姐帮着郝依依草草整理了刚被"洗劫"的家。Max 离开一个小时之后，郝依依这才跟辉姐出门，只拿了个双肩背，完全没有要旅行的意思。两人坐进 Mini Cooper，郝依依求辉姐陪她开车去机场，辉姐非常爽快地答应了。

"昨晚是那个衡子，他把你劫走了？"辉姐忍不住问了这个问题。她实在觉得蹊跷。衡子要是有那么大本事，干吗还到公司走廊里来折腾。

"不是。"郝依依的表情阴郁下来，很坦率地回答，"是寇绍龙找人劫持了我，把我带回我家，绑在厕所里。衡子只不过来得不是时候。"

辉姐顿时一阵寒意，犹豫着要不要问下去。可衡子既然来过，他都做了些什么？发现郝依依被绑在厕所里，总不会视若无睹吧？他应该会解救郝依依的，不然她也不会在楼道里自由自在地走来走去。可衡子来的时候，寇绍龙的人在不在？有没有发生冲突？衡子现在去哪儿了？寇绍龙的人呢？甘心情愿看她被人救？这倒似乎不需要辉姐操心。不止一个男人愿意为郝依依铤而走险。如果是老李呢？他会愿意为了辉姐铤而走险吗？

郝依依心有灵犀似的，她说："你放心，李卫东很安全。"

自从离开香港，这是郝依依第三次告诉辉姐，老李很安全。可辉姐追问老李在哪儿、跟谁在一起，她一概不答，就只说：你放心！听到第三遍，辉姐实在是不放心了。辉姐问："安全是什么意思？"

"就是安全呗。"郝依依双手扶着方向盘，看看前方，又看看后视镜，有点儿心不在焉。

"坐牢也挺安全！"辉姐没好气儿地说。

"总比被人杀了好。"郝依依眉头微锁，好像开车是件很艰巨的任务。辉姐胸中顶上一股怨气，顾不得再细言慢语地绕圈子："你不是说过，要帮老李离开香港的？不算数了？"

郝依依仿佛如梦初醒，满脸歉意道："对不起！我在想别的事儿，走神儿了！我不是那个意思！"

"这么说，你是有办法了？"

"我正在想办法。一定会想出来的！辉姐，你一定要相信我！"

郝依依趁着等红灯的工夫，凝视了辉姐好一阵子。辉姐叹了口气："唉！反正我也没别的选择。"

"能不能把那块手机主板给我？"

郝依依依然紧盯着辉姐。红灯变成了绿灯，郝依依还是一动不动。辉姐被郝依依看得发毛，不给不成似的。后面的车开始按喇叭，一声长过一声。郝依依狠命踩下油门："你再想想。反正我三天后回来。到时候，你再决定。"

Mini Cooper猛然启动，把辉姐抛到座椅靠背上。辉姐愤愤道："反正迟早也得给寇绍龙的人抢走了！"

"不会的。在北京，他们不敢对你怎么样。"郝依依很坚定地说。

"可他们不是刚刚对你'怎么样'了？"

"不会的！你放心！"郝依依有些不耐烦。辉姐突然有点儿不踏实，"昨晚到底是不是寇绍龙的人劫持的你？"

"我不是告诉过你了？我说的都是实话！"郝依依似乎更加不快。辉姐也就更是较真起来："既然能绑你，为啥不能绑我？"

"你和我不一样！"

"怎么不一样？"

"我本来就是他们的人！"

"那不是以前吗？"

郝依依一下子沉默了，绷着脸开车。辉姐心中一凛：难道绑架这出戏，是郝依依跟寇绍龙合伙演给 Max 王看的？

"唉！"郝依依老气横秋地长叹了一声，万般为难地说，"我总不能让寇绍龙认为，我背叛他了吧？"

辉姐的心凉了。她没猜错，郝依依的确是跟寇绍龙合伙演了一出戏。也许真是迫不得已。但辉姐实在无法理解，一个正在热恋的人，怎能对恋人演这样一出戏。也许这就是九〇后的不同？反正辉姐演不出。二十年前不能，二十年后也不能。

"有时候真的很羡慕你，羡慕你和老李。"郝依依突然改变了话题，让辉姐想起昨夜的 Judy。她们为什么都这么说？羡慕她和老李？无名无分，被道德追杀了半辈子。她们都吃错药了？

"这么多年，你还在惦记他。为了他，什么都能牺牲。"郝依依喃喃道，"有个愿为彼此牺牲的爱人，是不是很幸福？"

这话如果从 Judy 嘴里说出来，当然理所应当；可是从郝依依嘴里说出来，却让辉姐特别别扭，像是受到了讽刺挖苦。郝依依却并未注意到辉姐的别扭，几乎是自言自语地说："Max 也救过我，冒着生命危险，胳膊都烧伤了。"

辉姐倍感意外：Max 王胳膊上缠着绷带，原来是为了救郝依依？可真看不出来，他竟然这么英雄！等等！辉姐猛然一愣，一段记忆浮现脑海：昨晚当她和 Judy 敲开 Max 公寓的大门时，他的整个小臂都从睡衣袖子里露出来了，光滑得像条鱼！他根本没受伤！绷带是故意缠给郝依依看的！辉姐暗暗冷笑，正要揭穿 Max 王，却听郝依依又说："Max 刚才，跟我求婚了。"

辉姐大吃了一惊，硬生生把到嘴边的话咽下去了。人家都求婚了，这可不是闹着玩的。即便是假受伤，也不能证明他不喜欢郝依依。辉姐原以为 Max 王只是个花花公子，没想到他对一个前台小姐动了真情。劝合不劝分，还揭发什么呢？辉姐勉强说了句："这是好事啊！"

"真的好？"郝依依皱着眉头，像是心中百般纠结。辉姐心想，看来郝依依也并不十分信任 Max 王。可又一转念，她刚跟寇绍龙合伙给Max 王演了一出戏，现在反过来怀疑 Max 王，倒也情有可原。再说哪个恋爱中的女孩子不会胡思乱想，比福尔摩斯有过之而无不及？她自己不是也胡思乱想了二十年？可她毕竟不是郝依依，不是那新潮的年轻人。她没法一边爱得如胶似漆，另一边互相演着双簧。辉姐顿时觉着茫然，随便顺着郝依依的话茬儿说："你喜欢他，他也喜欢你，结婚成家，这还不好？"

"和喜欢的人结婚，就一定是好事？"

"总比和喜欢的人结不成婚强吧？"这一句一出，辉姐胸中更加空无。

郝依依又扫了一眼后视镜，立刻表情严峻，认认真真地说："辉姐，有些事情，一时半会儿说不清！但请你一定要相信我！我一定会尽力帮助你和老李的！相信我，好吗？"

辉姐点头，强作笑脸。可她反而更不放心了。

"Judy 的那件事，你一定要帮我搞定了！"郝依依继续说着，却根本没工夫看辉姐，眼睛却不停扫视着后视镜。辉姐再点点头。但她并没告诉郝依依，其实 Judy 已经答应帮忙了，尽管有点儿勉强。她想先问问郝依依，拿到寇绍龙勾结深圳安心总经理的证据之后，下一步要怎么做？到底对老李是好是坏？

辉姐没来得及开口，Mini Cooper 猛地一扭，下了三环主路，在辅路边上急刹住了。辉姐心惊肉跳的，等再反应过来，郝依依已经从后座上取过双肩背，拉开了车门。

"我去坐地铁！帮我把车开回家吧！谢谢！"

郝依依不等辉姐回答，已经开门下车，百米冲刺似的跑进地铁站里去了。留下辉姐一个人，看着满街的路人发呆。

三十分钟之后，郝依依走进机场大厅。边走边讲手机，语气轻松淡定，步伐就更轻盈，就像三天前走进香港机场时一样。其实每当这种时刻，正是她心里最不轻松的时刻。

"董秘书，我们不是说好的，这件事都交给我来完成，不需要你们的帮助吗？！"郝依依的口气很委婉，甚至还带着点儿小女孩的撒娇。她刚才在后视镜里发现了一辆可疑的轿车，一直跟踪 Mini Cooper，一定是寇绍龙的人。他们到底还是不放心，要跟着她。

"郝小姐，我们刚刚不是合作得很好吗？"

董秘书的声音从两千多公里外飘过来，带着那张似笑非笑的脸。董秘书指的是"绑架事件"。

辉姐没猜错，那的确是郝依依和董秘书自导自演的一出戏。正如郝依依所说，寇绍龙不敢在内地胡作非为。他在内地的投资让他赚得钵满盆盈，唯一的规矩就是，别惹是生非。内地不是香港，钱永远不是万能的。因此，如果郝依依不配合，寇绍龙也不敢明目张胆地找人在北京的大街上把她绑走，这是一出不得不演的戏。

"这可不是小忙！这出戏很成功呢！多谢董秘书！现在王很信任我，同意让我帮他找人代持公司股份。我正在忙这件事呢！"

"所以，你就把我的人甩了？还让他们跟着你的 Mini Cooper 傻跑了大半天？"

"董先生，我周围的人太多，王会起疑的！他在我的手机里装了定位，随时都知道我在哪儿。谁知道他会不会也像您一样，找人跟着我？"

郝依依温柔而乖巧地说了声再见，把电话挂断了。她已经办好了登机手续，却并没直接去安检，而是兜了个小圈子，到咖啡厅里坐了一会儿。

有个中年女人在她身边坐下来。看上去是个温婉娴静的女人，虽已年过半百，眼睛里还隐约有些少女的羞涩。

郝依依并不看她，对着自己的咖啡杯说："对不起，又把您从杭州叫来了。"

那人也对着咖啡杯说："不不！该道歉的是我！我没看牢他！"

"这回……不知会不会留案底了。"郝依依面带歉意。

"他自找的！不用管他！"那女人想要安慰郝依依，语气里却透出一丝决绝。郝依依瞬间泪如雨下："衡子一定恨死我了！"

那女人没再说什么，只在桌子下面，轻轻握了握郝依依的手。

7

第二天一上午，辉姐都没看见 Judy。微信不回，电话也不接。午休时间快到了，辉姐又朝着 SP 律所里眺望。还是不见 Judy。辉姐决定去食堂碰碰运气。

辉姐心里一直惦记着昨天凌晨分配给 Judy 的"任务"。辉姐当然没用"完成任务"这种说法，她说的是"顺便帮个忙"，瞅个机会，到老板 Frank Lau 的办公室里找一份公证文件。那份文件证明某两个代号代表了两个人，文件里应该包含代号、人名、生日、性别、身份证件。文件应该锁在保险柜里。Judy 打断辉姐：Frank 办公室里没有保险柜。辉姐说：那就在文件柜里，上锁的那种。Judy 答：他办公室里的文件柜都没锁，只有抽屉有锁。辉姐又说：那就在抽屉里。反正应该是在最保险的地方。Judy 沉默了。辉姐有点儿于心不忍，不该让 Judy 去做那种事情。她没那种基因。辉姐无法想象 Judy 偷偷摸摸的样子。

所以辉姐想要找到 Judy。并不是为了给她施加压力。正相反，辉姐有点儿动摇。为了帮郝依依而让 Judy 铤而走险，似乎不近情理。郝依依一会儿信心十足，一会儿又摇摆不定，令人难以捉摸。辉姐打算提醒 Judy，千万不要硬来。如果真的被发现了，最轻也得丢饭碗，而且绝对得不到老板的推荐。未来再找工作，只能指望着新公司不会联系这家前雇主。可 Judy 没有别的前雇主，一辈子就只给 SP 干过；她也只有 Frank Lau 这一位顶头上司，伺候了十年。所以，Judy 的饭碗绝不能因为这件事丢了，不然就更是雪上加霜。辉姐下定了决心，索性干脆告诉 Judy，这个忙别帮了。

然而辉姐并没找到 Judy。她根本就没能到达员工食堂。在国贸一楼的大堂里，辉姐被一个男人截住了。并不是陌生人，而是银行的前同事，老李的"左膀右臂"，马屁精张小斌。

才半年不见，张小斌的脸更圆了，浮着一层油腻的红光，很有些春风得意的意思。当年支行里最俊的小白脸，如今也成了油乎乎的白胖子，看着让辉姐反胃。这就是银行里的政治。此人溜须了老李十几年，跟着老李水涨船高，顺利地升到安保部副总监。老李倒了，他反而更风光了。

辉姐心中诧异。张小斌可不是没事儿乱逛的人，打嗝放屁都有目的。他肯定是故意来找自己的，可他并不上楼到公司去找，而是等在一楼大堂，鬼鬼祟祟的，大概没什么好事。

张小斌向着辉姐挤出一脸假笑。这是他的招牌笑容，辉姐熟悉得很。只不过这笑容向来挑人，以前难得对着辉姐挤出来。辉姐顿时有一种不祥的预感，也立刻回敬了一副类似的笑容。辉姐也在体制里摸爬滚打了快二十年，也有她的招牌笑容，没机会用来进攻，至少也能自卫。

两人一阵寒暄。张小斌说:"姐看上去气色很好啊!"辉姐则答:"哪有张总更好?"张小斌说:"可别寒碜我了,我啥时候成'总'了?"辉姐则答:"看这气色,是转眼的事儿了!"

张小斌眼珠子转了转,嬉皮笑脸地说:"姐现在在 CBD 上班,是外企精英!看不上我们体制内的,张嘴就损人呢!"

辉姐立刻会意,张小斌这是邀功呢。当初辉姐向银行辞职,四处找工作,是张小斌给她介绍的费肯。辉姐本以为肯定没戏,费肯那么牛的顶级外企,怎么肯要一个英语不好、没有外企工作经验,而且还人老珠黄的?可没想到,三轮面试下来,一切顺利。辉姐请张小斌吃过大董烤鸭,看来谢得还不够。辉姐加大了笑容:"哪能呢!要不是张总帮忙,我哪能在这儿上班!都亏了张总了!"

"我倒是没帮啥大忙!要谢,得谢李总!"张小斌把笑容收了点儿,眼睛顺势放大了一些,里面顿时多了些深意。辉姐暗自紧张:他把老李扯进来干吗?难道他今天来,跟老李有关系?

"这我就不明白了。当初不是你把我介绍到费肯的吗?跟李总有啥关系?"

"哈!哈!"张小斌干笑了两声,两声间隔太宽,不像是笑,倒像是清嗓子。清过嗓子就换了话题:"姐,今天来找你,是有件别的事儿。"

"张总有令,我立马儿两肋插刀!"辉姐说得爽快,心里却越发不踏实。

"别!姐可别这么说!哪能让姐受那个委屈!其实没什么,只是有个贵人想见见姐,还怕姐不给面子。"张小斌竟然有点儿忸怩。

"哪能呢!张总都亲自出马了,我哪敢不见呢!是谁啊?"

"姐别急!人家就在附近的咖啡馆里等着姐呢!姐去了就知道了!"张小斌神神秘秘地笑。不只神秘,而且神道。辉姐顿时浮想联翩,都围绕着老李。老李的官司,老李的仇家,老李的朋友。不可能是朋友——辉姐迅速排除了最后一项。老李混的圈子,危难时刻根本没有朋友。

张小斌说的咖啡馆其实并不是咖啡馆,而是某超豪华酒店里的高层私密会所。这家酒店虽然就在国贸对面,辉姐却从来没进去过。这还是头一回。辉姐并没心情浏览金碧辉煌的酒店,越豪华就越让她不踏实。在这种酒店里出没的人,辉姐并不认识几个。以此推断,要见辉姐的人,辉姐并不认识。

能是谁呢?银行的高层?经侦局的?纪委的?辉姐越想越紧张,腿都有点儿抖。如果真是纪委或者经侦局传唤，不该去某个机关大楼里"喝茶"吗？怎么会到这种地方？难道是某位大亨？黑道的？难道是寇绍龙？终于要对她动手了？郝依依说过，寇绍龙不敢在北京大街上做什么，但那不等于他也不敢在北京的豪华酒店里做什么。这家酒店是不是香港人投资的？跟寇绍龙有没有关系？

辉姐跟张小斌站在电梯里，看楼层指示器上的数字飞速往上涨，心率也跟着往上涨。张小斌似乎在偷看她，心怀着鬼胎。辉姐更加确信，多半是寇绍龙！寇绍龙不但收买了深圳安心的总经理林峰，还收买了张小斌？

电梯停在65层。辉姐跟着张小斌走出电梯，曲径通幽地转悠了一阵，几乎要转进死胡同里了，突然一股香气，柳暗花明。好像是一间酒廊，光线幽暗暧昧，铺着暗红色的地毯，每只沙发后面都垂着暗红色的幔帐。爵士乐醺醺地流淌，即使是大白天，这里也弥漫着醉意。

辉姐尾随着张小斌走进酒廊深处，除了侍者，并没见到任何人。终于，在一面红色幔帐之后，辉姐见到唯一的一位客人，坐在双人沙发的正中央。是一位身材干瘦的中年妇人，戴着巨大的黑色墨镜，身穿高档风衣，缠着更高档的丝巾，最高档的大概还是手包，半敞着摆在身边。张小斌和辉姐出现在她面前，她毫无反应。张小斌毕恭毕敬地说："姐，人来了。"她这才微微点了点头，轻声说："请坐。"

坐的只有辉姐。张小斌转身出去了，留下两个女人，面对面坐着。一个是尊贵的夫人，一个是卑微的前台。那贵妇挺直了脖颈，微抬起下巴，由背后的红色幔帐衬着，竟有几分女王的意思。

辉姐也挺起胸脯，这是她唯一胜过对方的。她不能矮人一头，即便不知道对方的来头，也能做好斗争的准备。胡同里的女人，最不怕的就是女人。

"你就是姚军辉？"贵妇的声音尖锐刺耳，而且满含鄙视，丝毫也不掩饰。

辉姐点点头，反问道："你哪位？"

那贵妇竟然笑了。笑得不亦乐乎，边笑边说："哈哈哈哈！我当是多美的美人呢！这样也配当小三儿？"

辉姐顿时明白她是谁了——牛千金！

辉姐从没见过她的照片，也不了解她的性格，甚至不清楚她的全名，就只知道她姓牛——因为行长大人姓牛，行里有人提到行长的千金或者老李的夫人，当着老李则称"牛姐"，背着老李就叫"牛千金"。而每当此时，辉姐就要找借口回避。辉姐不想听到有关牛千金的任何事情。没有别人的时候，辉姐根本不许老李提起她。可过去的二十年里，辉姐却又经常想起她，想到也许会冤家路窄地碰上，不禁心惊肉跳。

此时当真见到了，辉姐却平静得出奇，连她自己都难以相信。

"我也很意外呢，您这么有魅力，怎么还守不住一个不起眼的男人。"辉姐的嘴可是不服软的。牛千金脸色骤变，却强忍着并没发作，转瞬又笑起来："随便你怎么说吧！各花入各眼！哦，也许应该说，各货入各眼！"

"入眼的总比入库的好。"

"入什么库？"牛千金一时没明白。

"旧货仓库。压箱子底儿！"辉姐掩着嘴笑，笑得很贱，像是在跟胡同里的另一个女人说闲话。

牛千金又变了脸，白得没有了血色。可她终究还是忍住了，深吸了一大口气，说道："我不是来跟你斗嘴的。别以为我故意跑到这儿来找你的麻烦！如果真想找，十年前就找了！你们那些破烂事儿，还能瞒得住谁？"

"看来我该对您千恩万谢？"

"切，我稀罕吗？说到底，李卫东只不过是我们家养的一条狗！一条狗，跑出去找别的狗野合，我管得着吗？"

辉姐胸中火起，想把桌子上那杯咖啡直接泼向牛千金，杯子却被牛千金抢先拿起来了——那本来就是人家的咖啡，人家根本没让辉姐点东西。辉姐扯开嗓子，豪吼了一声："服务员！咖啡！"

这一声吼，惊得牛千金手一颤，热咖啡溅到手背上。她把杯子蹾回桌子上，气急败坏地说："别费劲儿了！这里没服务员！小张把人都轰走了！你们那些破事儿，还想多少人知道？你凑合吧！"

"你爸——不对！不能这么没大没小——行长大人养了不少条狗吧？看门用的？"辉姐朝大门方向努努嘴。原来张小斌现在是行长的人了。也许以前就是，只不过老李并不知道。行长大人老谋深算，在女婿身边埋伏了一条眼线，一点儿也不令人意外。令人意外的是，张小斌早知道自己和老李的关系？

"你什么意思？"牛千金又没听明白。

"我的意思是，狗养多了可不安全，容易传染狂犬病。看您这架势，没打疫苗吧？"

"放屁！"牛千金薄唇一抖，喷出一团水花。辉姐心中暗笑：咱们其实是差不多的货色。牛千金重新摆好高冷的贵妇范儿，紧咬着后槽牙说："别以为我来见你是给你面子。我是可怜你！想让你们有情人终成眷侣！别不识抬举！"

辉姐并没反击这一句，因为她怀疑自己听错了。这是完全在她意料之外的。老李的老婆打算让辉姐和老李终成眷侣？牛千金葫芦里卖的什么药？

"怎么样，没想到吧？我能那么大方？"牛千金得意地仰起头，一双突出的鱼泡眼从黑镜片底下露出来，"你们在，我觉得碍眼。你立刻到香港去，把你的野汉子带走，滚越远越好！"

辉姐更糊涂了，牛千金不可能有这份儿好心，她撇了撇嘴，赖唧唧地说："我可没那么大本事，劫不了监狱！"

"知道你没那么大本事！我帮你搞定呗。你就只需要出一点点力。"

"出什么力？"

牛千金往前凑了凑，压低了声音："你先把李卫东给你的东西给我，我自然有办法搞定香港警方；然后你去香港，带着李卫东远走高飞，随便你们去哪儿，反正再也别回来。我可以提供财务支持。"牛千金顿了顿，又多加了一句，"李卫东太轴，你好好看着他！"

辉姐明白了，牛千金是想要 Max 王的手机主板。至于后面的"远走高飞"，谁信谁白痴！辉姐装作一脸懵懂："什么东西？他什么也没给我啊？"

"哼！"牛千金哼了一声，靠回沙发上，"别装了！你当我不知道呢？直说了吧！他交给你的那块手机主板，那可不是什么好玩意儿！留着只能引火烧身！我这是给你一条生路。别给脸不要脸！"

"哟！这倒是听着有点儿新鲜！我怎么觉着我生存得挺好呢？奉公守法，有国家保护着。是谁想要断了我的生路？"辉姐故意用眼睛在屋子里扫了一圈，尽管屋子里除了她和牛千金并无他人，"哎呀，我好害怕啊！有人神通广大，在机场里都能断别人的生路！牛行长和寇绍龙，关系也不错吧？"

辉姐手舞足蹈，心中暗笑：想骗我把手机主板给你？简直是做梦！你爹让老李偷主板带去香港，好让寇绍龙在机场杀人灭口，顺便嫁祸他人，如此阴险的手段都使了，居然还有脸花言巧语地来骗人！主板要是落到你们手里，老李就更死定了！

牛千金愣了愣，并没立刻回答。辉姐顿时有点儿后悔：牛千金之前并不知道自己知道这么多，现在知道了，会不会起什么坏心？会不会干脆把自己给灭口了？

牛千金撤掉了墨镜，一双鱼泡眼像是要从眼窝子里蹦出来。辉姐心里一哆嗦，想着要不要夺路而逃。可牛千金并没掏出凶器，也没拍桌子发暗号，并没有打手冲进来。牛千金眉心上挑，撑起一副八字眉，一脸焦虑地压低了声音："既然你知道了，我也不瞒你了！我们根本没想害他！是姓寇的要害他！当初姓寇的就说要把那手机主板搞到手，只要搞到了，他就帮着摆平所有的事儿，我们事先不知道是要在香港机场直接动手！否则也绝对不会让李卫东带着那东西去香港！你想想啊，他在机场出了事，手里拿着那东西，那是栽赃给了王冠，把姓寇的洗干净，可洗不干净我们啊！在外人看来，李卫东始终是我爸的女婿，没法儿不牵连我爸呀！"

辉姐撇了撇嘴，心想那倒是真的。牛千金见辉姐并不质疑，又略往前凑了凑："姓寇的原打算让李卫东在机场出事儿，手里拿着从王冠弄来的手机主板，以此证明李卫东和王冠勾结，被王冠灭了口。可现在李卫东好好的，随时可以张嘴说话，他绝不会承认自己跟王冠勾结的。而且，据说王冠那边儿早四处放了风，说手机被偷了，有人要陷害他们。所以，你手里的那样'东西'不但没法儿嫁祸给王冠，反而成了栽赃王冠的证据。姓寇的现在想要那'东西'，是想销毁证据，不给自己留祸根！"

牛千金顿了顿，突然语重心长起来："我知道你在想什么。你肯定在担心，东西给了姓寇的，他就又要害李卫东，对吧？不可能的！李卫东在香港弄出这么大动静，上边都盯着呢，香港警察也惊动了，谁还敢对他怎么样？所以，姓寇的不可能故技重施，他就盼着那'东西'彻底消失呢！姓寇的承诺了，只要拿回'东西'，他们就有办法，让你跟李卫东远走高飞。只要你们不回来，大家都万事大吉。你听明白了吗？"

牛千金瞪着鱼泡眼问辉姐。辉姐听明白了：她手里的"东西"现在对寇绍龙没利了，对王冠反而有利了。难怪郝依依也急着要。但辉姐一点儿也不关心那东西到底对谁有利。她就只关心另一件事：所以说来说去，老李营私舞弊、勾结深圳安心这件事算是铁板钉钉了，老李无论如何翻不了身了。

"李卫东远走高飞了，行长大人不是照样还是说不清，还得受连累？"辉姐问。其实她还有一个问题：你牛千金真的愿意成全你老公跟小三儿远走高飞？

牛千金果然不傻,她把辉姐心里的问题也看出来了。她叹了口气,又把墨镜戴上了:"唉!老实说吧!我根本无所谓!他在哪儿,跟谁在一起,是死是活,我早都无所谓了!可是,如果李卫东跟你跑了,就连累不着我了。你明白吗?"

牛千金脸上那一双大黑镜片正对着辉姐。她见辉姐没有反应,又解释道:"他贪污受贿,然后带着小三儿私奔了,那我肯定不知情,也没得到好处。跟我们不就没关系了吗?!所以,这样对他、对你、对我,都最合适不过了。懂了吗?"

辉姐懂了。这就说得通了。牛千金不会做赔本的买卖。辉姐盯着那双黑镜片,看不清镜片后面那两只鱼泡眼,更猜不透牛千金到底是真是假。可她没法克制心里的冲动。一团漆黑之中,仿佛有一线曙光,说不清是不是幻觉。

"懂了吗?"牛千金又问了一遍,声音提高了几度。辉姐问:"姓寇的不就是希望那东西永远消失吗?我让它消失,不就完了?"

"切!"牛千金满脸不屑,"那也不能你说消失就消失啊!人家凭什么相信你?总得交到人家手上。"

"要是不交呢?"辉姐其实只是试探。跟寇绍龙和牛行长作对,她完全没有胜算。既然牛行长和寇绍龙愿意让大家都有一条生路,那其实是最好不过的。

"不交?"牛千金瞬间坐直了身子,双手抱在胸前,高扬起下巴,恢复了女王的做派,"不交也可以啊,那就要当心了。弄不好连东西带人一块儿就都消失了!"

辉姐浑身一抖,似有一盆冷水从头浇下,让她瞬间清醒了。牛千金说的都是实话,就只有一点不是——辉姐和老李的远走高飞。估计不是"飞"往南美洲的小岛,而是"飞"往另一个世界。她和老李最终都会"被消失"的。这才是对寇绍龙和牛行长最保险的。当然那要在辉姐交出手机主板,并和老李一起"私奔"之后。辉姐后背阵阵发冷,为自己片刻前的动摇而愤怒,恨不得暴打自己一顿。

牛千金却以为辉姐动了心,得意道:"看来,你还真的应该谢我呢!"

辉姐耸了耸肩:"可惜,我没机会谢您。"

牛千金不解道:"你什么意思?"

"我的意思就是,李卫东什么都没给过我!他又不是我什么人!逢年过节、过生日,从来都没送过我东西,为什么会把那么重要的东西给我?"辉姐越说越气。这倒是真的。老李早就不再送她生日礼物了。连她的生日是哪天都不记得了，更不能指望情人节和圣诞节了。

牛千金霍地站起来："你玩儿我？"

"哟！您很好玩儿吗？"辉姐似笑非笑地看着她。

"你！不识抬举！"牛千金愤然掏出手机，手指微微颤抖。辉姐仍微笑地看着她，就像台下的观众看着台上歇斯底里的女演员。

牛千金用刺刀般的红指甲猛戳手机，然后对着手机用怪异的声音说："小斌！那傻×给脸不要脸！咱们走！……不，你不用进来！去开车去！门口接我……瞎说！谁生气了！我才没生气呢！为了只破鞋，我犯得上吗？真讨厌！"牛千金脸上的怒意瞬间淡了，嘴角扬起一丝轻笑。

辉姐心中恍然：她和张小斌！当年支行里最俊的小白脸！难怪她没找过自己的麻烦！她自己从来也没闲着！

"你笑什么？"牛千金发现了辉姐不自觉的笑意。辉姐索性放开了，笑得前仰后合，咧出满嘴的四环素牙，"哈哈哈哈哈！"

"神经病！"牛千金转身往外走。辉姐那一嘴大黄牙让她恶心。其实她也是四环素牙，只不过早都做成烤瓷的了。

只听姚军辉在她背后吆喝："留神啊！狂犬病！"

8

Judy 并没去食堂吃午饭。她根本没在公司。老公单位的同事突然打来电话，老公在单位晕倒了。

Judy 并没感到特别惊讶，她早就等着这一天，就像等着法官的宣判。她并不是被告，却一直万分担心。这一天果真来了，并没想象中那么可怕，也并不如何令她焦虑，她甚至因为自己过于平静，而对那个背叛了自己的男人产生了一点点歉意。所以她打了车，尽管打车未必会比坐地铁快多少。她想着多花一点儿钱，增加一些仪式感，也算是进行一点儿补偿。到底为了什么而补偿？她完全说不清楚。

计程车并没带来仪式感，也没使气氛更加凝重。道路出奇地畅通，窗外飞速倒退的街市反而让她轻松，隐隐竟有一丝快意：那个背叛她的男人就要面对人生中最残酷的判决。那判决来自上帝，没机会申辩，也不可能上诉。这样想着，Judy 又难过起来，瞬间泪流满面。她只好使劲儿别着头，看着车窗外面。这几年，马路上的自行车本来变少了，这些日子又多起来，是共享单车，新时代的新事物。上次自行车泛滥还是Judy小时候。她也曾有一辆，从初中一直骑到大学。他曾经陪着她一起骑车回家，尽管他们的家是在相反的方向。路过新建的立交桥，平白地多出下坡和上坡。她骑不上去，他就用手推着她，那是他们在光天化日之下曾有的最亲热的举动。他的胳膊竟然那么长，他的手掌竟然那么热。她的红色长裙虽被尽可能地束缚着，裙角仍在风中飘摆。骑车本来不该穿裙子的。可她舍不得不穿，舍不得不让他看见。Judy的泪水断了线似的，她只能把脖子扭得更卖力，把脸朝向计程车的斜后方。什么也看不清楚，湿乎乎一片。她的脑子里突然冒出一个场景来：他虚弱地躺在病床上，脸色苍白地质问她：你为什么不早点儿告诉我？

　　Judy的想象每次都会卡在这里，难以继续向前。她不知道他接下来会怎么做。是暴跳如雷，还是痛哭流涕？他会哭着忏悔吗？还是把她轰出病房，把自己的情人叫来，陪他度过最后的时光？

　　辉姐曾经说过，他如果得知自己得了绝症，大概会立刻回心转意。男人喜欢出去偷腥，图的只是个乐子。他要真的发现自己快死了，总要回家找最值得依赖的人。辉姐说到此处，目光有些黯淡。Judy因此更相信辉姐说的，因为那似乎很不利于辉姐。Judy甚至开始期待。如果当真如此，她会愿意接纳他、照顾他、鼓励他，陪着他度过最后的时光。说不定，他们还能共同创造一个奇迹。不是发生过很多战胜癌症的奇迹吗？不是说只要心中充满阳光，奇迹并不难发生吗？Judy的泪水淌得更凶，不过不再是因为悲伤，而是因为感动。她被自己心中生起的勇气和力量而感动了，她开始着急了，嫌计程车开得太慢，她想早点儿到达医院，早点儿到达他的身边。

　　当然，Judy也做好了心理准备：他有可能一时无法接受，有可能会向她大发雷霆，怪她为何不早点儿告诉他，放任他出去贪玩胡闹，无端地浪费了那么珍贵的生命，错失了悔改的良机。想到这里，Judy一阵发窘，脸颊滚烫。是的，是她不对。他有一切理由责怪她。她该早点儿告诉他的。不论他犯了多大的错误，她都无权浪费他的生命。他只不过是个缺乏自制力的孩子，她该对他多一些耐心的。Judy恍然大悟：原来这就是心中歉意的根源。Judy暗暗地立了誓，放下一切怨念，诚恳地向他道歉，求他给她一次机会，陪着他一起共渡难关。她是充满了信心的。她料定他会平静下来，接受她的帮助。一个遭遇此等不幸的人，难道不该最需要信任和依赖吗？

　　然而，当Judy走进病房，见到她的丈夫，立刻就意识到，现实是在她意料之外的。他根本不是她所设想的样子。他既没痛哭流涕，也没歇斯底里，更没责问她为何向他隐瞒病情。他的脸色非常苍白，但也非常平静。他刚从昏迷中醒过来，却好像只是睡了一场午觉，连梦都没有做，除了有些懵懂，再无其他感受。他向着她微笑，笑意里饱含着歉意。他抢先开口："对不起，一直没告诉你。我的时间不多了。"

Judy 的大脑在瞬间凝固了。并没有惊愕，丝毫也不激动，就只是麻木，不仅是大脑，还有全身上下，都麻木了。瞬间变成了一棵树，没有表情、动作，也没有语言。但病床上的男人仍然对着"树"把要说的话都说完。他反正要说的。

他说他早在一年前就得知自己的病情了。医生告诉他，他还有半年的时间。如果手术顺利，顶多也就延长半年。他决定放弃一切治疗，随心所欲地度过余生。所以，他找了个情人。他一直没告诉她这些，是为了让生活在表面上保持原样，省去解释和争吵的麻烦。事实证明他是对的。他已经活了一年，赚了。

"树"微微地颤了一下，像是突然有一阵风经过。

他是得知自己来日无多之后才去找情人的。他根本不需要她的帮助。在最后的时刻，他宁可离她远一点儿。

他接下来又说了很多，可她并没听到多少。偶尔几句只言片语，钻进她耳朵里："束缚""演戏""牺牲""自由""快乐"……她本想转身走掉的，可她无法挪动双腿。树并没有双腿，只有树根，扎在诊室冰凉的水泥地板里。

先走的终于还是他。他说完了要说的，拔掉胳膊上的点滴针头，站起身，摇摇晃晃地走了。她看着他那双半旧的运动鞋消失在门外，鞋跟已经被踩歪了。并不是她八年前送他的 CK 皮鞋，花掉她两个月的工资。他嘴上说喜欢，一共没穿过两次。他并不喜欢穿皮鞋。她也是后来才发现的，就像她发现她是他的累赘。他离开诊室许久，她耳边还响着他刚刚说过的某句话："我们这种人，总是为别人活着。"

"我们"包括她吗？大概也是包括的。她以前一直以为，他们是一种人。可现在突然发现，她并不了解他。不过有一点是共同的：自私。她和他都自私。表面上为别人活着，内心却充满怨言，一心向往着摆脱。他成功地摆脱了，他才是赢家。她则输了，还将一直输下去。她回到公司，竟然不记得是怎么回来的。不记得有没有搭过公车，还是一直走路。她也弄不清楚几点。国贸 38 层的楼道里，是下午常有的宁静。电话留言机在闪，老板 Frank 给她留的言，因为午休后一直找不到她。

Frank 的语气并不急躁，永远平缓而温和。

她到 Frank 的办公室去报到，主动承认自己擅离职守，没请假就外出了。为 Frank 工作了十年，这还是头一次。Frank 当然没有责备她，和颜悦色地告诉她这没什么。Frank 是真正的绅士，也是难得的好老板，他庇护了她十年，就像她的父亲。Frank 绕过办公桌，把一大串钥匙递给她：晚些时候有人来送一份重要文件，他请她把文件锁进最上面的抽屉里，然后把钥匙送到机场交给他。Frank 要搭乘晚上的航班飞往美国，参加某国际律师协会的年会。这样的任务交给她很多次了。她是偌大的事务所里 Frank 最信任的人。

Frank 把手放在 Judy 腰际，轻吻她的脸颊算是告别，并未超出绅士的范围。一阵浓郁的古龙水香气迎面而来，这是她再熟悉不过的气味。还有腰际的那只手，也是她再熟悉不过的。那只手并不满足于腰际，正向着斜后方下滑。她不禁打了个寒颤，Frank 立刻放开了她，朝她笑了笑，转身离开了。

Judy 感到一阵懊悔。Frank 片刻前的举动并不稀奇，是经常发生的。倒是她的反应稀奇了。Frank 每次都只是稍有越线，从不真的做任何事情。他一向公私分明，自然也能把女秘书和情人分清楚。Judy 浑身又在发窘，两颊滚烫，好像犯了巨大而愚蠢的错误。她不好意思走出 Frank 的办公室去，把自己的窘态展示给其他同事。她轻轻关上门，绕过办公桌，坐进巨大的黑色皮椅里，椅子上还残留着 Frank 的体温，像是一只大手，把她攫入其中。她想挣脱，却又无力挣脱。她看见办公桌上摆着的全家福，Frank 的太太美丽优雅，两个女孩子像天使一般地微笑。那张照片上的人根本不在她的世界里。她更窘了，脸也更烫。她就好像是落在晚礼服上的面包渣子，尴尬地破坏着另一个世界的美好。她从座椅里挣脱出来，挺直了身体，大口地呼吸。有个念头就在瞬间出现：她也应该反抗，就像她那垂死的丈夫。她应该撕掉伪装，反抗那个她拼命维护却又根本不包括她的美好世界。其实她比他死得还早，不知多少年前就已经死了。

Judy 摊开手掌，看着掌心里的一大串沉甸甸的钥匙。她并不知道它们的用途，可她有的是时间。辉姐布置的任务原本让她非常为难，可这会儿突然不为难了，甚至让她感到兴奋！这律所里到处都是摄像头，却唯独 Frank 的办公室里没装。Frank 不想受到公司的监视。安装和维护摄像头的外包商，都是由 Judy 全程陪伴和监督的。她幻想着向辉姐炫耀她的"成果"，心中无比激动，手都在微微颤抖。

她把那串钥匙里的一只，郑重地插进抽屉的锁眼里。

此时此刻，辉姐正走进公司大门，看见 Miss 黄气哼哼地坐在前台，满头满脸的官司。辉姐这才意识到，已经下午三点半了。她离开了这么久，并没跟任何人请假。Miss 黄是来临时救局的。Miss 黄的火气从早上蓄积到现在，早已忍无可忍，冲着辉姐劈头盖脸地嚷："想迟到就迟到，当公司是你家？迟到半个小时就该算旷工，旷工一次就够格开除！别以为给王总办了点儿事就可以为所欲为。王总眼睛可不揉沙子。记得 Monica 吗？大着肚子，可说炒就炒了呢！"

辉姐面带微笑地听着，不反驳也不辩解。其实她压根什么也没听见，也根本就不在乎。想骂就骂，想炒也可以，她可以立马走人。她肯定比孕妇 Monica 省事，不会去找仲裁委员会，反正也干不了几天了。牛千金未必只是吓唬她，也许她很快就要去天堂了。不对，她应该去不了天堂。当小三儿的大概都去不了天堂。老李也去不了。牛千金同样也去不了。牛行长更去不了。寇绍龙就不必说了。总有一天，他们都得在地狱里碰上。辉姐一阵失望，转而又有点儿庆幸：起码她能和老李早点儿去，过上几年自由自在的日子。这是她半辈子的梦想，对地点已无要求，地狱里也挺好的。

想到这里，辉姐不禁又有点儿紧张。送外卖的、送快递的、公司的访客，看着都有点儿可疑。其实她心里明白，没人会在布满摄像头的国贸 38 层里实施绑架或者谋杀。倒是手机主板——那块大家都想要的香饽饽——好像不大安全。

辉姐突然担心起来：手机主板藏在老妈家，这简直不能算是秘密。说不定还会给老妈惹上麻烦。辉姐顿时如坐针毡。距下班还有半个小时，辉姐再也等不下去，拿起包拔腿就走。某只座机在响，她就让它响着，反正最终会转到 Miss 黄的线上，让她发现辉姐不但迟到而且早退，比孕妇 Monica 嚣张得多。辉姐的脚步竟然越来越轻快，直奔地铁站。上下班高峰期，地铁比开车快得多。

辉姐回到家，老妈安然无恙，又在包饺子。下饭店吃烤鸭是款待客人，包韭菜和茴香馅饺子，那才是款待家里亲人的。老妈也能看出来，最近这些日子女儿很辛苦，不仅东跑西颠，马不停蹄；而且心神不宁，比自己丢了几万块还不踏实。可她没法儿问。闺女大了，早不配叫"闺女"了，可还是单着，也许不是彻底单着，这些都没法儿问。问了也白问。就像女儿的不如意，不是老妈能解决的。老妈能做的，就只有包饺子。包了一顿又一顿，有时候女儿只能吃上两三口，有时候根本吃不上。可她还是一个劲儿地包，包完了，心里能舒坦点儿。

但今晚辉姐踏踏实实地吃完了，吃了两大盘，足够一整天的饭量。以前她总是把老妈的饺子排在最后，今天就往前排一次，当成今晚最重要的事情。她想着把自己的存款转给老妈一些，然后再去公证处立个遗产公证，以防万一。虽说老妈是她唯一的亲人，有了遗嘱大概更省事些。

手机主板安安稳稳待在褥子底下，没挪过地方。辉姐把它挪回内衣口袋里了。她想不出能藏哪儿，反正不能是银行的保险箱。她不信银行，尤其是远江银行。反正不管放哪儿，她不会给郝依依了。她变卦了。郝依依转眼就要变成王家少奶奶，一步登天了，哪还顾得上她呢？

辉姐捂着衣兜走出母亲住的老楼，捂得紧紧的。电路板上的什么东西刺穿了布料，扎得她生疼，可她还是用力捂着。那刺痛让她觉着踏实。11月底的夜晚，北风呼啸，空气里弥漫着一股子土腥味。这是辉姐熟悉的气味，仿佛整个童年都沉浸其中。有一只路灯坏了，不停地闪，像是进了沙子的眼睛。辉姐一阵恍惚，仿佛又回到了童年，因为贪玩而留在街上，一直到街灯亮了，北风起了，别的小朋友都回家了，只有她不用回家。父亲去世之后，母亲常在厂子里加班到深夜，家是空的，她是自由的。她注定了一辈子都不缺少自由。

辉姐眼前突然冒出两束耀眼的车灯，把她从思绪里拉出来。她这才意识到，自己正走在漆黑狭长的胡同里，刚才还在闪烁不定的路灯，这会儿已经彻底罢工了。这胡同并不陌生，是从老妈家通往地铁站的捷径。胡同里出奇的宁静，没有别的行人，那两束刚刚拐进胡同来的车灯，把整条胡同占满了。

辉姐心中一惊：这辆车是冲着她来的？会不会像对付郝依依那样硬把她绑上车？手机主板就在她身上，简直是唾手可得！可他们怎知手机主板在她身上？也许有人一直盯着她，也许从她的表情和姿态就能看出来？车灯在迅速接近，全无减速的意思，就像在大马路上飞驰！难道是要直接把她撞飞？辉姐大惊失色，扭头想往回跑，可巷子太深，根本来不及跑到大街上，而且两腿发软，一步也迈不出去，只能在心里懊悔：明明一直小心翼翼的，怎么偏偏拿到了手机主板，反倒大意了？转眼间，车灯已到眼前，耀得辉姐睁不开眼，她转身趴在墙壁上，使劲儿闭上眼：完了，一切都完了！

车子在辉姐背后掀起一阵狂风，竟然开过去了。

辉姐半天才睁开眼，看那一双渐渐远去的红色尾灯，直到它们在胡同尽头消失。她这才确信，那车并不是冲着她来的。辉姐小跑着继续往前走，双腿不住地微微打颤。

迎面却赫然站着个人，不知什么时候出现的。辉姐顿时魂飞魄散，差点儿瘫倒在地，硬撑着站稳了，听见熟悉的男声，甜腻腻地说："辉姐，本想给你打电话的，可又怕你不接。所以，我就直接来了！"

是张小斌。虽然他正逆光站着，辉姐还是能认出他那张春风得意的胖脸。辉姐特意往他身后看看，又转身四下里都看看，并没看见其他人，这才多少放下心来。

"不用看了。没别人，就我自己！"

张小斌一脸奸笑，比中午在国贸的时候还肆无忌惮。辉姐可笑不出来，也没必要笑。反正已经得罪了牛千金，也就等于得罪了张小斌。这家伙怎么找到自己的？辉姐背后又在冒冷汗："你怎么知道会在这儿碰上我？"

"你家不是住这儿吗？银行员工信息里这么登记的。我去过你公司，他们说你提前走了。所以，我就直接到这儿来找你了。"

辉姐稍稍松了口气。银行的员工住址填的就是这里，二十年没改过。张小斌大概没撒谎。他并没故意跟踪她。可他干吗上赶着找她？莫非还要为牛千金做说客？辉姐警惕地问："你找我干吗？"

"咱们找个地方聊？这儿黑灯瞎火的。"

"就在这儿聊吧！又安静，没别人，我看挺好！"辉姐才不想再跟着他去任何地方，回头又有个什么奇怪的人在等她。

"这儿？"张小斌四处看看，面有难色，"我这不是还想表示表示，请辉姐吃个大餐啥的……"

"别价！"辉姐连忙摆手，"我可受用不起！要是为了那样'东西'，就干脆别费心了！我真的没有！李卫东根本就没给过我任何东西，打死我我也拿不出来啊！"

"姐，您误会了！"张小斌摆摆手，"我不是来要那'东西'的，那对我一点儿用都没有！"

"那你想要啥？"辉姐怀疑地看着张小斌，不知他又要要什么花招。

"我想要你把李总带回来。"

辉姐简直不敢相信自己的耳朵。把老李带回来？那岂不是跟牛千金希望的正相反？辉姐不解地问："牛行长想让李卫东回来？"

张小斌挑了挑眉毛："我又没说我代表牛行长。"

"那你代表谁？"辉姐问。

"代表人民。"张小斌收了笑容，一本正经地看着辉姐。辉姐忍不住笑出来，故意伸长了脖子四处看："哈哈！是在拍电视剧吗？我怎么没看见摄像机？"

"姚军辉！"张小斌沉下脸，挺直了身子，好像瞬间变了个人，"没人跟你开玩笑！你和李卫东之间的不正常关系，我们早就掌握了！李卫东的问题，你也有一份儿！"

辉姐惊惶了一秒，随即又放松了。事已至此，又能怎样？她抱起双臂，满脸不屑道："他有什么问题，我可不知道。领导的事儿，我从来不掺和。"

"姚军辉！你可别耍花招！别以为离开了银行，就能把以前的事儿都洗干净！"张小斌彻底翻脸了，一双眼睛瞪得溜圆，完全是警察审犯人的架势，"你跟李卫东那么亲近，他的事儿你能不知道？知情不报也是包庇，是助纣为虐！"

"哟！我助纣为虐？您围着牛行长的千金鞍前马后的，那算什么？"辉姐斜眼看着张小斌，"对了！行长和他女婿犯的事儿没关系对吧？他女婿是坏蛋，他是正义的化身？"

"你不要被表面现象迷惑了。谁都躲不过人民的监督，也逃不出法律的制裁！"张小斌顿了顿，又补上一句，"行长也不例外！"

辉姐明白了。张小斌不仅仅是老李身边的卧底，他也是牛行长身边的卧底。也许一直都是，也许本来不是，可后来是了。后者的可能性更大。人往高处走，水往低处流。老李出了事，牛行长也危险了，不在此时"弃暗投明"，又更待何时？牛行长一定不缺敌人，敌人一定很需要张小斌，当然也需要老李。老李手里攥着牛行长的一切罪证，也是彻底推翻牛行长的必经之路。可惜牛行长还蒙在鼓里，不然的话牛千金也不会依然信任张小斌。辉姐并不知道牛千金和张小斌的关系有多久，但仅凭牛千金的那句"讨厌"，就能看出她的心意。从小被娇惯坏了的女人是不太容易掩藏内心的，而且辉姐又是过来人。辉姐有点儿幸灾乐祸，也有那么点儿伤感。不论什么出身的女人，总要倒霉在一个"情"字上。

张小斌看辉姐不言语，以为自己的气势起了作用，又把脸绷紧了几分："你最好配合着点儿！你知道李卫东的问题有多严重吗？"

"他的问题再严重，不该由国家管？轮得到我这么个屁民？"

"你！"张小斌一时语塞，语气倒是软下来，"您别不识好人心啊！我这不是想帮你，让你有个将功赎罪的机会嘛！"

"我赎罪？赎什么罪？"辉姐急了，瞪眼朝着张小斌叫道，"你今儿给我说明白了，我到底犯了什么罪了？"

"嘿！您还别嚷！您自己想想！"张小斌本想把话停在这儿，可他看见辉姐正急赤白脸又要嚷嚷，赶紧机关枪似的说下去，"勾引有妇之夫，腐化国家干部，这些咱们就都不说了！毕竟作风问题也属于个人的私事！可您想想，您现在的工作是怎么来的？"

"怎么来的？你倒是说说，我的工作怎么来的？"辉姐不依不饶。

"您还别装傻！要不是李卫东给深圳安心开了绿灯，深圳安心的总经理能托人把你弄进费肯里？"张小斌斜眼打量辉姐，"也不看看你自己几斤几两，能进那么牛的外企？"

辉姐恍然大悟！辉姐找工作，并不是张小斌直接托的人，而是张小斌请深圳安心那个外逃的总经理帮的忙！也是，深圳安心是王冠的子公司，王冠又是费肯的大股东，这关系就连上了！难怪辉姐这个"超龄低能"的主儿也能顺利进费肯！可辉姐了解体制里的事儿，倒了几道手的脏水，没那么容易泼到她身上。辉姐拿出死不认账的架势：

"这跟我有什么关系？我又没求你张小斌帮我找工作，我更没求那个什么总经理！我压根就不认识他！我没求任何人！我也没给任何人送礼。我去费肯面试，人家就要我了，我哪知道为什么？你要觉着这是罪证，先去抓费肯的人事总监啊！"

"你！"张小斌一时哑口无言，憋了一会儿又说，"那好！你找工作的事儿先放一边儿。您方庄的那套房子呢？不是你住着？不是在你名下？"

辉姐吃了一惊。她还以为张小斌不知道方庄的那套公寓。不然干吗还按照银行员工登记表上的地址找到老妈这里来？

张小斌看辉姐不言语，得意道："你以为我们不知道？我们早就知道那房子的事儿！我们对你了如指掌！"

方庄的公寓是辉姐五年前贷款买的二手房，一室一厅，48平方米。辉姐在银行干了快二十年，并没分到房子，因为没结婚也没孩子。以辉姐的存款和月薪，其实不配在北京买房子，20世纪90年代盖的二手房也不配。可辉姐想给自己弄个小窝。没有只属于自己的男人，难道还不能有个只属于自己的窝？所以硬着头皮买了，每月勒紧裤腰带还贷款。两个多月前，辉姐从银行辞职之后，老李把剩下的八十万付清了。老李是为了跟辉姐赌气，为了回她那句"这辈子没占过你一分钱好处"。辉姐说：你的钱不干净。老李说：这八十万不是黑钱，是我用工资和奖金一点点攒的。辉姐本来不想让他付的，可想到自己新的理想——如果真有了孩子，还有很多用钱的地方。她不能苦着孩子。

可老李偏偏就在这个时候出事了。辉姐后背冒了冷汗。她明白体制里的事儿。别的都次要，钱是第一铁证！再吝啬的人，也想方设法地四处送钱。最有本事的，是有办法把钱送出去的。只要花了人家的钱，就是拴在一根线上的蚂蚱！这倒是应了牛千金所说的：老李贪污是为了姚军辉。老李贪的可不止一回——如果进到牛行长腰包里的那些也都算在老李头上的话。

"李卫东到底犯了什么事儿？"辉姐明显没了气势，张小斌的气势则立刻涨了。气势就像跷跷板。张小斌高高在上地俯视辉姐，就像法官俯视着被告："我本来希望你能告诉我。虽然我们很清楚他干了什么，可我们想给你一个机会。"

"我的确不知道！知道干吗还问你？"辉姐急得跺脚。她当然知道老李做了什么，可她不知道"他们"知道老李做了什么。跺脚也是真心的，她是为自己跺的。二十年来，老李连生日礼物都没送全，一共就为她花过这么一回大钱。一回就让她赶上了。

"好吧！那我就告诉你！他收取贿赂，给不合格的服务商开绿灯，导致银行重要信息泄露，大批客户遭受电信欺诈，够判多少年你知道吗？"张小斌顿了顿，语气微微缓和，"当然，我们也知道，这件事不是他自己干的。"

辉姐心里更慌：难道要冤枉她是同谋？张小斌见辉姐神色紧张，清了清喉咙，解释说："你别紧张。我是说，他的领导也有责任！说不定，还是主要责任！"

辉姐松了口气。心想果然还是冲着牛行长去的。张小斌背后的人打算置牛行长于死地。老李就只是一件工具。她也是工具。辉姐心中一动，似乎有了一线希望："你是说牛行长呗？是他指使李卫东做的？"

"我可没这么说。"张小斌矢口否认，眼睛却像是在承认，别有意味地说，"没有证据，我们就不能乱说。对吧？"

辉姐彻底明白了："他们"没有证据证明老李是在牛行长的指使下接受了深圳安心的贿赂。老李跑了，深圳安心的总经理也跑了。没人能证明牛行长收过深圳安心的黑钱。牛行长干了半辈子银行，不可能在接收黑钱的时候留下痕迹。尽管辉姐百分之一千地确定，黑钱肯定进了牛行长的手，并没经过老李。老李说过，这么多年来，那种钱从来不经过他。辉姐知道老李常跟她说瞎话，可这一句，她信。

张小斌又补上一句："不过，方庄的房子，可是有凭有据的。"

"可那不是赃款，是李卫东的工资！总行的总监，年薪都快一百万呢！"

"谁信呢？"张小斌冷笑，"怎么能那么巧？你偏偏从银行辞了职，李卫东立刻给深圳那家公司开了绿灯，再然后，你的房贷就都付清了？人家会不会这么猜：如果不是为了洗钱，谁会愿意扔掉捧了二十年的银行铁饭碗？你倒是解释一下，你为什么要辞职？"

辉姐愣住了，她只觉着眼前发黑，像是有一口巨大的黑锅正从天而降。那是老李分给她的。辉姐和老李，一辈子共享过什么重要的东西。没共享过房子，没共享过汽车，更没共享过孩子。除了多年前的那次香港培训，他们都没一起旅游过。这次却一起背了这么大的黑锅。一股浓烈的感觉正从辉姐腹底升起。并不是愤怒。愤怒会让她充满力量。可此刻她只觉得虚弱，五脏六腑都瞬间化作一摊脓水，要从七窍里冒出来。辉姐突然明白过来，她感觉到的是委屈。积累了十几年的委屈，就在这一瞬间，奔涌而出。辉姐呜呜地哭起来：

"你问我为什么要辞职，我告诉你为什么要辞职！我都这么大年纪了，这辈子就一个人过了！我想要个孩子！没人愿意陪我过，我自己生个孩子陪我，疼我！可银行不能让我生！国家不能让我生！你不是代表人民吗？你倒是告诉我，为什么我不能生？害得我必须辞职，丢了二十年的铁饭碗，你倒是告诉我？"

"别瞎扯！扯哪儿去了。"张小斌后退了一步，仿佛生怕辉姐把鼻涕抹在他的衣服上，"我在跟你说李卫东的问题呢！你也有份儿！脱不了干系！"

"老天爷看着呢，老天爷知道，这二十年，我有没有贪过李卫东一分钱好处！老天爷也知道，我有没有掺和过李卫东的事！我有没有掺和过你们这帮领导大老爷们的'好'事！我干了快二十年，就只是个普通员工，住40多平方米的房子，要是真的掺和了，我能至于吗？你们都是有头有脸的人，你们争你们的、斗你们的，干吗来欺负我这么个草民老百姓？欺负我这么个单身女人？呜——"

辉姐越哭越伤心，撕心裂肺的。是真的伤心，连张小斌都有些不忍了："我知道啊，知道跟您没关系，可别人不知道啊！所以啊，我这不是……想帮您吗？您把老李弄回来！让他把事情说清楚！是谁的责任就是谁的，别冤枉好人啊！而且，"张小斌故意顿了顿，意味深长地说，"这也是为了老李着想。只有回来，他才安全，您也才安全。实话告诉您，想让你们'远走高飞'的人，什么事干不出来？不管躲到天涯海角，让你们彻底消失，不也就是花点儿钱的事儿？"

辉姐虽然已经想到这一层，可听张小斌说出来，心还是猛地一抖，泪水竟然止住了。张小斌看辉姐不哭了，微微往前凑了凑："怎么样，愿意合作？"

辉姐没吭声，低头盯着黑漆漆的路面。可真是黑，不知藏着多少见不得人的污秽。

"有了？"张小斌又问。辉姐一时没懂，见张小斌猥琐地笑，目光投向自己的小腹。辉姐使劲儿摇了摇头，无端地一阵恶心。一个念头，就在那一瞬间冒了出来。

"放心！我们不会亏待你的！当然，还有你的……"张小斌朝着辉姐的肚子努努嘴。

"呸！有你大爷他大舅妈！"辉姐朝着地上啐了一口，岔开了话题，"你老是你们你们的，到底你跟谁啊？"

"不是说了嘛，人民啊！"张小斌狡猾地笑。

"屁！我就是人民！我还不懂你们的把戏？这么说吧！我总得知道，您说的这'人民'能不能靠得住吧？"

"哈哈！辉姐！聪明人！"张小斌向着辉姐挑起大拇哥，"怎么说呢！曲行长，你认识吧？年轻，学历高，业务好，人缘也好！最重要的，是领导也看好！这些你都知道吧？"

辉姐当然知道。曲行长——其实应该是曲副行长——比牛行长年轻十几岁，老三届，恢复高考后的第一批大学生，后来还留了洋，是又红又专的最佳领导候选人，在商务部和银监会里有一堆的留洋同学，仕途之路突飞猛进，唯一的绊脚石就是牛行长。

"当然，也不只是曲行长。还有更高的领导。牛行长的人缘儿……"张小斌撇了撇嘴，眉毛吊成了八字儿，仿佛是在说：你懂的！

辉姐不由得又是一阵恶心。她低头沉吟了片刻，猛地抬起头："走吧！"

张小斌猜出辉姐的意思，喜笑颜开地问："去哪儿？"

"你不是要请我吃大餐吗？"辉姐抬手整了整头发，"我可不想当别人的替死鬼！"

9

郝依依和 Max 搭乘的航班于晚上十点抵达丽江。对于旅行者而言，这是个尴尬的时间，因为目的地距丽江还有四小时车程。如果到得早一些，可以立刻赶往目的地。夜里十点才到，就得在路上多住一夜。去往云南偏僻小镇的游客，多半是不太富裕的背包客。若是不大熟识的孤男寡女一起旅行，常会为了要不要共享一间客房而纠结。

Max 和郝依依不能算不熟识，更不能算不富裕。但入住酒店时还是难免有点儿纠结。Max 把两人的证件交给酒店前台，没立即提出要求，侧目看着郝依依微笑。郝依依两颊微热，避开 Max 的目光。几个小时之前，他刚刚向她求过婚。这时候如果住进同一个房间，反倒有些别扭，好像她迫不及待似的。

Max 像是看穿了郝依依的心思，对前台说：要两间。前台却抱歉地摇头：只有套房，每晚最低 2800 元。郝依依才刚刚松了口气，顿时又紧张起来。前台又说：但是，我们有双卧室的复式别墅，只要 4500 元。Max 王立刻决定要，看都没看郝依依。

这是玉龙雪山下最贵的酒店。这趟旅行是郝依依的主意，酒店原本也是由她来订。她订的是丽江第二贵的君越，被 Max 一票否决：丽江他很熟，这里有全球顶尖的超豪华度假村品牌悦榕庄，新加坡创始人是王家的朋友。郝依依随口问：可以打折吗？话一出口就后悔了。Max 并没回答，只翘了翘嘴角，两只嘴角并不一样高。郝依依自嘲地笑了笑，侧目去看墙壁里嵌的如意。Max 连忙柔声安慰她：这家酒店不算贵，山上的帐篷更贵，每晚八千。如果不是明早就走，我们就住那里了。

卧室里有独立的浴室和厕所。郝依依匆匆洗过澡，把头发吹得半干，穿好了浴袍，坐在床边，听了一会儿门外的动静，窸窸窣窣，隐约夹杂着电视的声音。Max 像是在客厅里看电视，边看边翻报纸。这年头还有人看报纸？也许是闲极无聊，可他为什么无聊？等人的时候才会觉得无聊。他难道在等她？

郝依依蹑手蹑脚地走到门边，犹豫着要不要开门出去，又怕出去太尴尬，瞥了一眼门锁，原来并没有锁，一直开着。郝依依暗暗一惊，庆幸 Max 并没有破门而入，继而又觉得自己杞人忧天。她小心翼翼地把门锁了，屏着呼吸，不弄出一点儿声响来。

第二天两人一早启程，丝毫没有耽搁。山路并不如想象中那么崎岖，丝毫不妨碍加长凯迪拉克的快速行驶。凯迪拉克是 Max 从酒店叫的，车上还备着香槟。郝依依陪着 Max 喝了一杯，聊了些无关紧要的，又睡了一觉，醒来时已是正午，目的地也快到了。

司机对目的地还算熟悉。那是个不知名的偏僻小镇，并没什么旅游资源，从来没见有游客去过。快到镇子的时候，司机终于忍不住说：去泸沽湖的游客很多，还从来没听说过有人会去那个离湖很远又不出名的地方。郝依依答：不是去旅游，是去看亲戚的。那司机从后视镜里扫了 Max 几眼，Max 的着装和发型都过于精致洋气，很难相信他和那偏僻小镇攀得上亲戚。郝依依倒是穿得普普通通，夹克衫，半旧的牛仔裤，或许能和那镇子有些关系。司机朝着郝依依会心一笑，以为是她带着老公回来走亲戚。郝依依两颊发热，侧目去看 Max，却只看见 Max 的墨镜。Max 的嘴角微微扬了扬，似笑非笑的。郝依依更窘，想用英语说点儿什么，耳边却突然"啪！啪！啪！"三声巨响。郝依依吓了一跳，还没弄清是怎么回事，已经被 Max 一把拉进座椅缝隙里。Max 闷声叫道："是枪声！"

司机倒是很淡定，不慌不忙地继续开车："只是有人家死了人！这是本地的风俗！"

Max 这才放开郝依依，两人坐直了身子，故意隔着点儿距离。郝依依脸已涨得通红。

"本地人家里都有枪？" Max 还是不太放心。

"少数民族！可以打猎！都有猎枪！"

"丧事和喜事在同一天？" Max 又问。

司机反问："你们是来参加婚礼的？"

"不！"郝依依抢在 Max 前头回答，"我们是来参加葬礼的。"

郝依依朝着 Max 挤了挤眼。隔着墨镜，看不出 Max 的表情，可她知道，他正迷惑不解。虽然不解，却乖乖地不再吭声。以他的脾气，肯定不想让司机知道太多。

车子经过了一座用木头临时垒起的高塔，进了村子，停在一户大开的门外。屋里有一群女人在声嘶力竭地嚎哭。Max 跟着郝依依下了车，愕然地问郝依依："真的要参加葬礼？"

郝依依凝眉想了想："也不能算葬礼吧？只是刚死了人。葬礼要好几天以后呢！"

"可你不是说，要带我来看婚礼？" Max 更加不解。郝依依调皮地凑近他耳侧，小声说："摩梭人没有婚礼。他们走婚！"

"什么是走婚？"

"那个嘛……你用不着知道！"郝依依做了个鬼脸，拉起 Max 走进院子去。Max 一脸狐疑地跟着郝依依。院子里站着三五个人，看衣着都是乡下人，并不留意 Max 和郝依依。倒是院子中央跪着的两个人，向着 Max 和郝依依一头磕下去，再也不肯抬起头来。Max 被这架势吓了一跳，想要转身逃出院子，被郝依依拖住了。郝依依敷衍地向跪拜的家属鞠了个躬，把 Max 硬拉进正屋里。

屋子四壁斑驳，正中央却花花绿绿的像是戏台。一根绳子上挂着一串破旧不堪却又五彩缤纷的衣服。衣服后面有一座小小的"花轿"，小到大概只有五六岁的小孩子能坐进去。轿身白底绿边，画着金色的太阳和看不懂的图腾。Max 低声问郝依依："到底是结婚还是死人了？"郝依依默然不答，向着轿子双手合十，鞠了一躬。Max 再仔细看，轿子的红顶上披着白纱，轿前摆放的小台子上放着供品，燃着油灯，还有一张黑白照片，照片上是个四十多岁的中年男人，肯定是遗照。Max 终于确信自己是在人家的灵堂里，顿时有些不快，冲着正对遗照作揖的郝依依说："到底是怎么回事？"

郝依依从容地完成了仪式，这才转身对 Max 说："一会儿你就知道了。"

Max 有点儿不耐烦："可我现在就想知道！"

"嘘！"郝依依把食指立于唇上，压低声音说，"逝者为大！别在这里造次。"

Max 又看了一眼那顶小"轿子"，不解地问："在那里面？怎么放得下？"

郝依依摇摇头，轻声说："放得下。不过这会儿里面是空的。"

郝依依转身往屋后走。Max 不想被独自留在这诡异的房间里，只好尾随着她。两人穿过一条狭窄的走廊，听到隐隐的喇嘛诵经的声音。走廊尽头是后院，郝依依停在走廊出口，让 Max 隔着七八米远观。院子对面有一间门户大开的小屋，屋门外站着几个诵经的喇嘛，还有五六个上年纪的男人，正把什么东西往麻布袋子里装，再仔细看，分明是个用麻绳捆扎的人，捆得像个胎儿，浑身缩成一团。Max 吃了一惊，胃里一阵翻腾："是死尸？他们要做什么？"

"这是摩梭人的风俗。那屋子里有个坑，要把他捆好了，先放在那个坑里。等过几天，再从坑里搬出来，用你刚才见到的那顶'轿子'抬到村口那堆木头上火化。"郝依依压低声音，慢条斯理地解释。Max 急躁地打断她："为什么带我来这里？我跟那个死人有什么关系？"

"当然有关系！"郝依依手中不知何时冒出一张卡片，举到 Max 眼前。Max 拿过来一看，是内地的二代居民身份证，照片上分明就是遗照里的男人，叫杨春山，籍贯是云南丽江，1972 年 10 月 2 日出生，和 Max 年龄相仿。郝依依得意道："可真费劲！全国都找遍了！"

Max 惊道："他跟我有什么关系？"

变魔术似的，郝依依手中又出现两个红色本子。Max 接过来一看，一本是护照，另一本略大一些，竟是户口簿。两个本子的主人都是已经去世的杨春山。

"从现在开始，他的证件就都归你了！他就是你，你就是他！你看，你们俩还有点儿像呢。"郝依依指指身份证上曝光过度的照片，用两根手指挡住杨春山的头发和衬衫，只留下眼睛鼻子。她俏皮地眨眨眼睛，"过些年，你把自己弄邋遢点儿，到当地派出所重新照相，换张新的身份证，就彻底没问题了！"

Max 恍然大悟，喜出望外："你的意思是，由我自己来代持股？不是用我的真名，而是用这个'杨春山'？"

郝依依点点头："这是最保险的。你再也不用担心代持股的人在你背后做些什么。这身份证是真的，护照、户口本都是真的。没有户口本的原件，谁也没法去派出所补办这一套证件，所以，谁也冒充不了你。除了真正的杨春山，可他已经死了。"

"可是，人死了，派出所不会注销户籍？"惊喜之余，Max 还是有点儿不放心。

"不会！他是在家病死的，没有通知警方。只要给家属点儿钱，不去注销户籍就好了。派出所在十几里外呢，不经常查户口。民族团结，尊重少数民族风俗！这在当地很普遍的。有人死了很多年，还在领低保补贴呢！"

郝依依俏皮地笑。Max 一阵激动，抬手要摸她的脸。郝依依灵巧地躲开了，手里瞬间又多出一只 U 盘："公司已经在 BVI 注册好了。杨春山是 100% 股东。在香港的账户也开好了。注册信息、账户信息都在这里。你可以登录网络银行，修改密码。从现在起，你可以随时将任何资产转进公司账户。"

"哦？以后你不帮我做吗？"Max 有点儿意外。

"不用。"郝依依摇摇头，"手续很简单，你自己完全可以通过网络完成。当然你也可以委托别人帮你处理。但是，最好不要用我。这是行规，注册的不运作。"

这并不是行规。公司秘书服务既包括注册，也包括维护和运营。谁注册的公司，自然还是由谁来维护和服务。钱是要一直赚下去的。郝依依故意这么说，因为她很了解 Max，即便是自己的亲爹亲妈，Max 也不会完全放心的。毕竟，新公司未来也许会成为巨额资产的拥有者。既然公司登记注册的手续是郝依依完成的，那么未来的交易她就不再参与。公司的唯一股东是化名"杨春山"的 Max 本人，他也该彻底放心了。

Max 接过 U 盘，顺势握住郝依依的手，想把她拽进怀里。郝依依顿时两颊绯红，轻巧地钻出 Max 的怀抱，呢喃道："人家正在办丧事呢！"

Max 的手机就在这时响了。

Max 把手机放在耳边，嘴角的笑意瞬间凝固，脸部的肌肉一阵痉挛。几秒钟之后，他放下手机，急不可待地说："我得马上回香港去！我爸病危了！"

"这么严重？"郝依依吃了一惊。Max 沉默不语，双眉紧蹙。郝依依又说，"你先走，我留下来，把一切处理好。"

"有什么要处理的？"Max 问。

"我得等火化。"郝依依回答，"这期间如果有人惊动了警方，警察过来问，那就麻烦些。等到火化之后，灵堂也拆了，就踏实了。"

"要等多久？"

"不一定。按照他们的风俗，十天半个月都有可能。"

Max 锁紧眉头，面色凝重。他沉默了片刻，问道："你付给家属多少钱？"

"五万。"郝依依善解人意地说，"别担心，我会管你要的。"

"不。"Max 摇摇头，"我的意思是，再给他们五万！"

郝依依惊异地看着 Max。

"让他们今天就烧！"Max 斩钉截铁，"如果不同意，就再加五万，直到同意为止！"

郝依依懂了。Max 担心夜长梦多。而且，他也想亲眼目睹他的"前世"灰飞烟灭。Max 是个多疑的人，对谁都不例外。郝依依自嘲地一笑，却听 Max 轻声道："我想让你陪我一起去香港！我得让我爸见到你！"

郝依依低垂了眉眼，瞬间霞飞双颊。

Max 和郝依依乘坐的凯迪拉克离开时，镇子的上空正冒着腾腾黑烟。烟是从那木柴垒成的高塔上升起的。原本披着白纱的"轿子"已经化成焦黑的骨架,骨架里的"主人"自然化成了灰。他并不知道,他已经成为某家在海外秘密注册成立的公司的唯一股东。也许过不了多久,王家所持有的价值几十亿美金的费肯股票,就会转移到那家公司在海外的账户。而他,也就成为全球顶尖的会计师事务所费肯公司最大的股东了。

当然,前提是,如果他的名字还属于他的话。

可他正随着黑烟上天去,再不会回到人间来了,至少不会再以"杨春山"的名义回来了。Max 从后车窗里看着那股黑烟,心里一阵轻松。尽管他正急着赶路,赶着回香港去。那里等着他的并不是什么好事,也许会是另一场葬礼。当然要比眼下这场奢华万倍。可葬礼总归是悲伤的。不过,有些葬礼令人充满希望。

Max 摸到一只小手,就摆在他的腿侧。那是郝依依的手,细嫩柔软,就是有点儿冷。他把那只小手攥紧了,像是攥着一只刚刚捉获的小麻雀。他感觉到"麻雀"在他手心里稍作挣扎,很快就放弃了。他用手指轻轻地爱抚起它来。

10

辉姐在首都机场通往国际候机楼的摆渡列车上,接到了 Judy 的电话。其实昨晚 Judy 就打过两次,但辉姐没接。第一次,她正在享用张小斌的"大餐";第二次,她躺在自己公寓的床上对着天花板发呆。手机被她静了音,也被她忘到了九霄云外。她失眠了一整夜,在天蒙蒙亮时彻底下定决心:她要按照张小斌的吩咐,赶到香港去。

辉姐五点出门,打车直奔机场。来不及收拾行李,也顾不上回家看一眼老妈,当然更没向公司请假。她并不知道几天能回来,到底还能不能回来。她故意不去想那些,算是不给自己留后路,一路都怔怔的,横着一条心往前冲。她上了开往国际候机楼的摆渡列车,车身剧烈晃动,这才把心思翻搅起来,想来想去,想不明白到底为什么要去香港。为了老李?其实不值得。可既然已经在冲锋了,没道理再打退堂鼓。辉姐正心乱如麻,Judy 的电话就是在这时候来了。

辉姐看到手机上显示的"朱迪"二字,这才猛地想起来,她本来要告诉 Judy,布置的任务暂时不必执行了。可中途被张小斌和牛千金打了岔，忘了。

"辉姐……"Judy 的声音悻悻的，辉姐松了一口气，心想早知你做不到，做不到更好。Judy 却说："抽屉里都找遍了！整个办公室都找了，没你说的文件！"

辉姐吃了一惊："真找了？怎么得手的？"

Judy 并没回答，反问道："你肯定那份文件在 Frank 的办公室里？"

辉姐自然是不能肯定，那都是郝依依说的，可郝依依并不可靠。辉姐不好意思这么告诉 Judy："唉！管它在不在呢！无所谓了！"

"对不起……"Judy 仿佛突然想起什么，"不过，我倒是有另一个发现！还记得你们公司那个被王总炒鱿鱼的孕妇吗？"

"记得！她不是把费肯告了，要打官司吗？"辉姐回答。她知道 Judy 在试图弥补。没找到郝依依要的东西，找到些八卦谈资也不错。Judy 平时并不十分八卦，但她知道辉姐喜欢八卦。若是在平时，辉姐肯定对这个话题很感兴趣，可此时，她只是配合 Judy。

"没打！赔了她好多钱！你猜有多少？"Judy 神秘兮兮的。

"多少？"辉姐倒是真的有点儿兴趣了。

"五十万！"

"妈呀！"辉姐还真是大跌眼镜。Monica 离职前的工资才多少？不过月薪一万。就算按照合同里规定的 N+1 赔偿，顶多赔几万。费肯居然赔了 Monica 五十万？即便真的在法庭上打输了官司，也不至于赔那么多吧？而且，Max 绝不是容易服软的人，否则当初就不会那么坚决地炒掉 Monica，一点儿面子都不留。

摆渡车突然减速，乘客们手忙脚乱。马上就要到站了。辉姐正要跟 Judy 说拜拜，没承想却被 Judy 抢了先："不说了！要过关了！"

辉姐一时没听明白，想问却没了机会。Judy 已经急匆匆地把手机挂断了。

辉姐怔怔地跟着人流下车，排进出海关的队伍里。她已然忘了 Monica，思路又回到旅程上。前面就是中国海关，缓缓前行的队伍正把她带出境去，走出去，她就彻底孤身一人。她只能靠她自己，去赌一局更大的。她把赌注押在牛千金和张小斌身上。当然还有张小斌背后的曲行长，也许还有曲行长背后的某某人。辉姐知道自己是在玩火。一个毫无后台的小屁民，四十多岁还没成家的老女人，要和比她强大千百倍的人玩一场游戏，为了一个其实并不怎么在意她的男人。不值。但对辉姐而言，这世界上并没什么值的。索性冒一次险。不只为了老李，也为了她自己。

辉姐下意识地摸摸小腹。隔着几层衣服裤子，她能隐约摸到那块硬邦邦的东西——手机主板，众矢之的。Max王、寇绍龙、牛行长、张小斌，还有姓戴的。谁都想从辉姐这里弄到它，可谁都想不到，这回辉姐竟然把它带在身上了。原因很简单：她根本没地方藏！她在银行工作了二十年，因此更不信任银行的保险箱。再保险的锁也锁不住私心，再厚的铁门也挡不住贪心。

"辉姐！"

张小斌拉着一个小拉杆箱，朝着辉姐小跑过来。辉姐赶快把手从小腹挪开，看着张小斌油乎乎的胖脸，心里七上八下。他怎么来了？

"上边交代了！让我陪你去香港！"张小斌抬手往上指指，就好像"上边"说的是上帝。

"就是不放心我呗！"辉姐撇撇嘴，自嘲道，"一个女的，没文化、没后台、作风还不咋地，真是难为领导了！"

"领导？"张小斌愣了愣，这才反应过来，"哦！我说的上边不是真的上边！是牛千金！"张小斌突然压低了声音，生怕别人听见那三个字。

辉姐恍然。是牛千金不放心，所以派张小斌跟她一起去香港。一个女人对于自己老公的情人，那是绝不可能信任的。更何况辉姐的态度变化太快，下午才吵翻了脸，晚上就改了主意，巴巴地谈条件了——昨晚张小斌的"大餐"没有牛排，只有雪茄和鸡尾酒，当然还有牛千金。在京城某超人气夜总会的包厢里，牛千金故意朝辉姐脸上吐着烟圈儿："怎么？这么快就改主意了？"

辉姐抬手掩了掩鼻子，小声嘀咕："你说的，给一笔钱，让我们远走高飞，到底是不是真的？"

"当然是真的！我还以为你不稀罕呢！"牛千金满脸疑色，却也更得意了一些，"这问题倒是该我问。你是不是真的？"

辉姐又抬手掩鼻子，所以没吭声。牛千金故意朝着她又吐了一大口烟气。辉姐抬手扇了扇，牛千金翻了翻白眼道："还挺能装的！李卫东比我能抽，你遮吗？"

"不遮。"辉姐直截了当地回答，这倒让牛千金有点儿意外。辉姐用手在鼻子前面扇了扇，继续说，"要在以前，你抽我也不遮，说不定还管你要一根儿。可现在，不一样了。"

"为什么？"牛千金来了兴趣。

"因为我怀孕了。"辉姐用手抚摸自己的肚子,"李卫东的。我一直想要,好多年了。终于有了!"

牛千金目瞪口呆。

"所以,我改主意了。只要你肯出钱,我就让李卫东跟我走。走越远越好,让谁都找不到我们。我不想亏待我的孩子。"辉姐的口气很坚决,没半点儿开玩笑的意思。牛千金依然哑口无言,眼睛里像是在冒火,恨不得掐死辉姐。倒是张小斌不失时机地插话道:"李卫东能愿意?"

张小斌边说边向牛千金使了个眼色。牛千金眼中的怒意立刻消减了,剩下许多的鄙夷。

"他干吗不愿意?"辉姐从牙缝里又挤出一句,"不愿意也不行!为了孩子,我死也得把他拖走喽!"

辉姐就是这样和牛千金达成协议的。和那个被她嫉妒和畏惧了快二十年的女人达成了协议。牛千金对辉姐的感觉显然也好不到哪儿去,因此派了张小斌来做"补充协议"。牛千金却并不知道张小斌真正要"补充"的是什么。辉姐故意不看张小斌。可张小斌汗涔涔的后脖颈子更让她反胃。女人一旦动了情,注定没好下场。但女人又是注定要动情的。最可恨的还是男人,不只用女人满足生理欲望,还要满足别的。

张小斌主动开口,试探着问辉姐:"你昨晚说的是真的?真怀上了?"

这是张小斌第二次问这个问题。尽管辉姐已经告诉过张小斌,她并没有怀孕。可昨晚她只顾着牛千金,没考虑张小斌,演得太像,惹起张小斌的怀疑了。这场双簧还真的不好演。

辉姐明白这件事事关重大。如果她真的怀了孕,并且打算把孩子生下来,那么她和老李的关系就不再是张小斌所理解的——一锅曾经热烈沸腾但早就冷却的隔夜汤,食之恶心丢了又有点儿可惜。张小斌也是有孩子的人,他知道如果男女之间多了个孩子,那将意味着什么——张小斌和辉姐所秘密达成的"协议"就很有可能不成立。辉姐未必会因为害怕自己受牵连或者嫉恨牛千金和牛行长就出卖老李。就算不提感情,孩子至少是一张好使的"银行卡"。老李如果进了监狱,辉姐就真的什么都没有了。

"切!哪能呢?我都多大年纪了?"辉姐故意白了张小斌一眼,毫不尊重的那种。有时候女人越不尊重男人,反倒越让男人觉着安全。

"可您演得真像啊!"张小斌扬起眉毛,一侧比另一侧略高。

"演得不像,牛千金能信我?"辉姐又白了张小斌一眼,顺势把目光移开，眼前立刻出现一排浅蓝色的警服。是检查护照的海关警员，面无表情地等着旅客把夹着登机卡的暗红色本子递进去。辉姐手里的本子却是深蓝色的——港澳通行证。辉姐猛然醒悟：她连护照都没有，能跟老李去哪儿？她出得了海关，却出不了中国。张小斌真是没什么可担心的。

海关。辉姐突然心念一闪——刚才 Judy 在电话里说什么？要过关了？过什么关？难道 Judy 也在过海关？辉姐踮起脚尖，四处瞭望了一圈，到处都是人，并没有 Judy。辉姐苦笑了一下，幽幽地叹了口气。最近整天胡思乱想，草木皆兵的，心性都变了。

其实辉姐并没猜错。Judy 此时的确正在首都机场，只不过马上就要离开了——她乘坐的航班已经上了跑道，随时准备起飞。原本昨晚就该起飞的，但航班因故取消，所以改签到今早头一班了。

Judy 的老板 Frank 昨晚并没按照原计划飞往美国，而是临时改飞香港，而且非常急迫，因此并没来得及等到 Judy 给他送钥匙。但他显然并不打算让 Judy 长期保管那串钥匙，所以在登机前给 Judy 打了电话，让她赶当晚的航班飞往香港。港澳通行证来不及签，就买从香港转机去斐济的机票，票价是香港往返的好几倍。斐济不需要签证，香港过境的旅客无需任何签证就可在香港进关。为了送一串钥匙，似乎有些兴师动众。Frank 虽是大律师事务所的合伙人，却是出了名的小气。不过，那串钥匙也的确是重要的。回想起来，Frank 虽然曾有数次把钥匙交给 Judy，却似乎每次都是当天就要回去的。

Judy 晚饭都没来得及吃，好歹按时赶到了机场，飞机却并没有来。受天气影响，航班取消了，改签第二天最早的。Judy 没打算回到公司去，就在机场的长椅上坐了一夜。她在北京有两个家：父母家，她自己的家。她哪个也不想去。回不去。还好能在机场坐着。在 Frank 办公室里偷偷翻找文件的亢奋过了，剩下的只有疲惫，精疲力竭，却彻夜未眠。

飞机在上升过程中剧烈颠簸，Judy 却睡着了。尽管飞机的座位很窄，引擎非常吵，不远处还有个婴儿一直在哭，Judy 却睡得很熟，一觉睡到飞机降落。

Judy 拖着行李箱走出香港海关的闸口，仿佛还是没有完全清醒，浑浑噩噩的。

她眼前倏地冒出一个人来，竟然是老板 Frank。Judy 吃了一惊。给 Frank 当了十年助理，也曾因为要给 Frank 送东西而出过许多次差，香港就来过不下十回，Frank 却是头一回到机场来接她。Judy 受宠若惊地向着 Frank 走过去，看见 Frank 慈祥的笑脸，心里却总有些不踏实。那笑不像是笑，倒像是面部的麻痹。

Frank 站在原地一动不动，身姿和笑容都像是一具石膏雕塑。直到 Judy 走到他面前，石膏才猛然幻化成人，嘴角仍是笑的，眼睛里却射出冷光来："忘了告诉你了，我办公室里是有摄像头的。我不让公司装，但我可以自己装，随时用手机监控。"

Judy 大吃一惊，心脏一阵狂跳。Frank 却微笑着靠近她："所以，你昨天下午在我办公室里找什么？"

Judy 一阵晕眩，心跳仿佛骤然而止。她用微弱的声音回答："我……我就是想看看……看看费肯公司的 Monica！看她拿了多少赔款！"

"看到了吗？" Frank 幽幽地问。

Judy 连忙使劲儿点头："看到了看到了！好……好多钱啊！"

Frank 凑近 Judy："可看到之后，你并没停下来。你又在找什么？"

"我……我想知道，费肯为什么赔给她那么多钱！" Judy 感觉脊梁骨在一阵阵发冷，脖颈子也冷，又湿又冷，是汗水在汩汩地往下流。

Frank 冷笑了两声，凑得更近了些，"你要真想知道，我可以告诉你的，不用那么费事！你真想知道？"

Frank 脸上的笑容突然消失了，一双眼睛紧盯着 Judy。

"想！我想！" Judy 不住地点头，好像有一只无形的手，在操控她的脑袋。

"上了车，我就告诉你。" Frank 微微一笑，绷紧的脸突然松了。Judy 也长出一口气，浑身松软得几乎要瘫倒在地："好……好的，谢……"

Frank 却不等 Judy 说完，猛然攥住她的手腕："可我觉得，你还想找到别的！"

Judy 顿时丧失了语言功能，再次变成一棵树，枝杈在瑟瑟发抖，像是有微风袭过。

Frank 并不在意 Judy 的沉默。他松开了 Judy 的手腕，用指尖轻轻挑起 Judy 的下巴："你是不是在帮朋友找什么？那位新朋友——郝小姐？"

11

郝依依和 Max 是从丽江飞到昆明，又从昆明转机前往香港的。

从昆明到香港是私人包机，从香港临时飞来昆明，再连夜飞回香港去，只为了接 Max 和郝依依两人。Max 打电话安排的，似乎轻而易举。若不是丽江机场天气状况不稳定，起降窗口很窄，Max 大概就要叫专机直接飞到丽江来接了。

郝依依并不知道临时调用专机的开销是多少，但她并不打算问。这种举措根本就和价格没多少关系。有关的是 Max 父亲的病情，大概非常危急。Max 一路沉默寡言，体贴倒是并不少，照旧为郝依依开关车门、递茶送水。郝依依点头致谢，谨慎地把握着微笑的幅度，不笑是不合适的，笑得太多就更不合适。她并没询问 Max 父亲的病情，也没找别的话头，就只恰到好处地在 Max 陷入沉思的时候轻轻捏捏他的手指，或者在他瞌睡的时候为他盖上毛毯。包机的毛毯是散发着淡香的。

包机早上五点抵达香港。接机的劳斯莱斯已等在停机坪。旁边站着香港海关的官员，专为二人办理进关手续。Max 和郝依依坐进劳斯莱斯的后座。司机并不问去哪里，自顾自地发动引擎。Max 也不开口，把头仰在后座上闭目养神，仿佛和司机早有默契。他的手始终握着郝依依的，证明他并没有在这令人心力交瘁的深夜旅途中抛下她。当然不是行为上的抛弃，而是精神上的。两人发展到这种地步，精神是唯一重要的。

她也没问去哪儿，没问是回家还是直接去医院，就只耐心跟着，很有些跟他浪迹天涯的悲壮。他的旅行必是超豪华的，其实并无"浪迹"之忧。但恰巧是在拂晓前，车窗外的城市万籁俱寂，海湾沉闷如一团墨汁，平添了流浪的气质。

劳斯莱斯迎着天边的曙光驶出海底隧道，在水泥丛林中扭转了一阵，开上狭窄的盘山路，高楼大厦渐渐被密林取代。Max 终于睁开眼睛，用广东话问司机，这是要去哪里。郝依依这才明白，车子驶上了一条与 Max 预期不符的路。司机并不回答，Max 又问了一遍，语气强硬了些。郝依依顿时紧张起来，心想着是不是被绑架了。司机这才慢吞吞地回答：Country Club（乡村俱乐部）。

Max 试图从宽大的皮椅上立起来，却被安全带拉住了。他问司机去乡村俱乐部做什么，语气颇为不快，而且有点儿紧张。郝依依更加忐忑，心脏突突地跳，安全带却似乎越来越紧，勒得她动弹不得。轿车里的安全带哪有这么紧的？郝依依伸手去解安全带，却无论如何解不开。Max 也去解他自己的，同样解不开，厉声问："呢啲系乜嘢意思（这是什么意思）？"司机毫无反应，Max 怒吼道："你究竟系边个（你到底是谁）？"

郝依依知道 Max 竟然连司机是谁都并不清楚，安全带又是特制的，心想怕真是遇上绑匪了，顿时冒出冷汗来。王冠集团的当家人王凤儒病危，风声估计已经走漏，不知多少人蠢蠢欲动，想要趁乱捞上一把。大概也包括寇绍龙。尽管郝依依一直在安抚着董秘书，答应尽力让 Max 把离岸公司注册在她选定的代理人名下，以便未来把费肯的股份暗度陈仓地转给寇绍龙。但对于如此大手笔的一桩"买卖"，寇绍龙未必能信任郝依依。郝依依和王家大少爷的关系发展神速，寇绍龙难免要担心郝依依假戏真做，说不定自己想出什么新手段来，当然也不会通知郝依依。

那司机不卑不亢地回答，自己是新来的阿福，前两周还开车送过 Max，只不过 Max 贵人多忘事。Max 则大叫着让阿福停车。阿福无奈地解释说：不到地方不能停车，这是夫人专门交代的。Max 愤然抗议：为什么要像对待犯人一样地对待我？为什么要绑架我？抗议的语气却已经少了惊愕，多了埋怨。郝依依猜不出这是好是坏，可心中毕竟是踏实了些。

司机阿福回了一句：屋企出咗咁大事，夫人都好难做（家里出了大事，夫人很难的）！Max 阴沉着脸不再说话。郝依依知道并不是绑架，松了口气，心中不禁疑惑：大名鼎鼎的乡村俱乐部并不是医院，而是香港豪门吃喝玩乐的场所，严格遵循会员制度，圈外人即便有钱，无人引荐也难以入会。郝依依虽有耳闻，却还从来没进去过。莫非王凤儒放弃了治疗，选择在那山清水美并且象征地位的欢乐场里结束生命？香港的豪门大亨们一贯喜欢别出心裁，王凤儒是大亨里的大亨，更是常人莫测的。

车子驶出大道，开进山间的一个院子，院门口有缠着头巾的印度保安把守。院子中央是一座白色公馆，看着并没有想象中奢华。车子径直开到公馆的大门口，两个身着黑色礼服的男人正站在路边。其中一人为 Max 拉开车门，尊敬地叫了一声"少爷"。保险带自动松了。Max 好像离弦之箭似的冲下车去。车门立刻又关上，把郝依依和司机关在车里。

郝依依安静地坐在车里，看着 Max 在车外对着两个男人张牙舞爪地理论，像是在演哑剧。看上去是认识的。Max 摆着少爷派头，两人毕恭毕敬，显然是下级或者用人，却又穿着燕尾服、系着领结，不像是在伺候病人，倒像是要参加一场盛宴。又或者王家的规矩即是如此，家里的用人平日也都打扮成欧洲王室的管家？

Max 自己拉开车门，绝望地坐回车里。Max 命令阿福开车，阿福毫无反应。Max 骂了句"躝！"在广东话里是"滚"的意思。阿福乖乖地下车，顺便把车钥匙也拔走了。Max 又骂了句 Shit。郝依依小声问了句怎么了，Max 仿佛火山爆发："这是圈套！是陷阱！我是自投罗网！"

郝依依不知所措地看着 Max，不敢再多问。Max 怒火中烧，忍无可忍，再次推开车门："不给我们车坐，我们就用走的！"

郝依依跟着 Max 下车，脚尖刚刚沾地，就听到一个女人微颤的喊声："Max！你返嚟嘞（你回来啦）！"

郝依依循声望去，有个身材瘦小的老妇人正站在门口，乌黑的齐耳短发，身着紫红色改良旗袍，浑身珠光宝气，若不是面色苍白憔悴，绝猜不到她的丈夫重病垂危了。

Max 愣了一愣，怒火仿佛瞬间减小了，讷讷地喊了一声妈咪。那女人的目光也顿时柔和起来，却增添了哀怨，楚楚地看着儿子。

可她突然发现了郝依依，哀怨的表情瞬间消失了，脸上浮起庄重和典雅的神态。她用英语对郝依依说："你是 Max 的朋友吧？欢迎来参加 Max 的订婚典礼！"

CHAPTER SEVEN

超级派对

1

辉姐本想下了飞机就直奔上次见到老李的公寓。但她只记得大概位置，不记得门牌号码，连哪一栋也说不准。香港到处都是又细又高的楼，麻秆儿似的，栋栋都差不多。上次去的时候是姓戴的带路，走的时候则是落荒而逃，哪顾得上记地址。更何况，既然辉姐曾经去过，姓戴的也不可能不给老李换个地方。

所以辉姐去了湾仔警署。张小斌跟着去了，但没进警署，就在门外等着。借口是公务员不方便。辉姐并不知道哪条法律禁止内地的公务员进入香港警局，也没工夫细想。她得跟警局里的人"斗智斗勇"。其实也用不着多"智勇"，只不过是胡同妇女的常有的厚脸皮。她找了个面善的女警，一屁股坐在她面前，死活不肯起来。辉姐只有一个要求：要见前几天把她从这里带走的那位戴先生。警花说查不到是谁把她接走的，辉姐借题发挥，说香港的警察都这么不负责任，如果是坏人把她接走了呢？说着就管警花要香港总督的电话。这样无理取闹了一个半小时，无理也成了有理，姓戴的还真的来了，西服笔挺，仿佛换了个人似的。

姓戴的看见辉姐，二话不说，扭头就走。辉姐猜想这是让她跟着，小跑着跟出了门。姓戴的径直上车，辉姐也赶紧跟着上车，故意不搭理张小斌，想趁机甩掉他。张小斌在马路对面抽烟，分明看见辉姐急匆匆地上车，却并没有要追上来的意思。辉姐反倒有点儿纳闷，又一转念，张小斌既然不敢进警局，自然也顾忌姓戴的。

姓戴的拉长了脸开车，一句话不说。辉姐问了两遍老李在哪儿，他都全无反应。辉姐心一横，小声嘀咕道："随便吧！爱拉哪儿拉哪儿！"姓戴的却一脚踩住刹车。辉姐赶快往窗外看，店铺林立，人流拥挤。这是在繁华的马路边上，并不在某个居民小区里。

姓戴的熄了火，没有继续往前开的意思。

"这就到了？"辉姐心中嘀咕，这次怎么把老李藏在警局边上了？

上次可是开了很远的。

"下车！"姓戴的发号施令。

辉姐赶紧下了车，姓戴的却并没下来，反而发动了引擎。辉姐赶忙再去拉车门，车门却被锁了。车子启动，辉姐猛冲两步，趴在车前盖上，声嘶力竭地大叫："停车！停车！"有几个行人好奇地看着。姓戴的只好再停住车，摇下车玻璃冲着辉姐喊："你想怎样？"

"带我去找老李！"辉姐在车前盖上趴牢了，胸被烤得热烘烘的。

"我又不知他在哪儿！"姓戴的耸耸肩。

"你骗人！不是你们把他关了？"

"我们已经让他走了！"

"骗人！"辉姐一把揪住雨刮器，尖声叫喊着，"不带我去找他，我就不下车！"

姓戴的无奈，从车窗里探出头来，招手让辉姐上车。辉姐并不轻信，坚持趴在车前盖上。越来越多的人聚拢围观，小声议论。姓戴的只好亲自下车，把辉姐从前盖上扶下来，亲自拉开副驾驶的车门。

辉姐昂首挺胸地坐进车里。姓戴的百般无奈："真的没骗你！我们已经让李卫东走了！他又没犯法，我们凭什么扣押他？"

"砸柜台不算犯法？"

"就只损失了一块玻璃。而且他也取保候审了。再说，就算他真的抢走点假珠宝什么的，我们也管不着。"

"那你们管什么？"

"我们？我们管跨国犯罪。走私、贩毒、洗钱、国际诈骗。"

辉姐倒是对此早有所料。尽管她说不清楚姓戴的到底是哪种警察，但绝不是普通的，不然不可能插手老李的事，而且在老李取保候审之后，还顶着压力悄悄地软禁他。老李犯的案子，不就跟国际诈骗有关？可他说的是不是真的？他们不管老李了？辉姐急道："可是有人要杀李卫东！"

"这也不关我们的事。你可以去报警。湾仔警署很近。你下车，往回走两个街口就到了。"

辉姐把屁股使劲儿往座椅里蹾了蹾："不行，我就跟你耗定了！甭想糊弄我！"

姓戴的再次发动引擎："那我送你去警局。"

"去了我也不下车！"

"有人会帮你下车。"

"你们香港还有没有人权了？"

姓戴的一脸无奈："大姐！是你赖在我的车里好吗？这是我的私人空间！我有权让你离开！"

"反正我死也不走！我跟定你了！你去哪儿我就去哪儿！你跟情人约会、陪老婆逛街、送丈母娘住医院，我都跟着你！你上厕所我也跟着！我跟定你了！除非你带我去见老李！"

姓戴的放开手刹，换挡，车轮子动了动："到了警局，看你下不下车！"

辉姐见姓戴的要把车开回警局，撒泼耍赖都无济于事，心一横，喊道："那东西，你不想要了？"

辉姐就只有一个筹码，却押在好几个赌桌上。无所谓了。她要的是赢，并不是当圣人。南城胡同里长大的女人从来都不是圣人，因为胡同里少不了地痞流氓二流子。而她正在对付的这些人，好像也没比那些强多少。

"什么东西？"姓戴的果然又踩住刹车。辉姐不屑道："切！装什么装！为了把它骗到手，不远千里地跑到北京去，不惜冒充代驾司机，那不是你干的？"

"哦，你说那个。"姓戴的装腔作势地点点头，"在哪儿？"

"在绝对安全的地方！"

"你愿意把它给我？"

"那要看你带不带我去见李卫东！"

"唉！"姓戴的叹了口气，把眉毛扬得老高，"其实，那东西现在也没什么用了。"

"你什么意思？"辉姐立刻坐直了，扭头瞪着姓戴的。

"不是告诉过你了？我们已经让李卫东先生走了，我们不管李卫东先生的事了，与我们无关了！"

"可是，如果你们有了那东西，也许就又有关了！"

"什么意思？"

辉姐沉吟了片刻，一不做二不休，舍不得孩子套不着狼："这么说吧，如果有证据能证明，有人互相勾结，谋财害命，你们管不管？"

"那要看是谁勾结谁，谋谁的财，害谁的命。"

"内地某银行的高层和香港某大亨勾结，谋人民的财！害李卫东的命！管得着吗？"

"能再说明白些吗？"姓戴的果然有了兴趣。辉姐却得意地晃了晃脑袋："那可不能现在就告诉你。"

姓戴的皱眉琢磨了片刻，又问："你没骗我？只要带你见到老李，你就把那东西给我？"

辉姐点头道："切！这是你的地盘！我骗你，有我好果子吃吗？"

辉姐话音未落，突然听到有人在她背后阴阳怪气道："这么说，你是打算骗我喽？"

辉姐大吃一惊，猛回头，张小斌竟赫然坐在车后座上！大概是辉姐在外面撒泼的时候趁乱坐进车里的。辉姐竟然完全没有发现！辉姐暗叫糟糕！刚刚说的这些，都让张小斌听了去了？她故意朝着张小斌挤眉弄眼道："你怎么来了？你知道这是谁吗？人家可是警察！香港警察！你要干扰调查吗？"

"不是香港警察。是国际刑警。"张小斌一脸不屑，"不过无所谓了，对你也没什么区别。"

姓戴的向张小斌会心一笑，冲着大惑不解的辉姐讥讽道："还知道干扰调查呢？张先生并没有干扰我的调查。他在协助我呢！是你在干扰我。"

张小斌添油加醋："就是！可别小看这位姚军辉女士，心眼儿多着呢！"

辉姐心中一阵委屈。这两个男人在合着伙儿欺负她。他们是一伙儿的！她要真有心眼儿，还能被他们这么埋汰？她只是个平头老百姓，哪儿斗得过大领导、大富豪、大警察——什么国际刑警？可她居然就硬着头皮要跟他们斗，拿鸡蛋撞石头！撞就撞吧！既然撞了，就来个头破血流！辉姐白了张小斌一眼："我哪儿有你们有心眼儿？"

"您怎么没心眼儿？您怎么没告诉过我，您手里有证据？"张小斌一脸阴笑。

"您也没问过啊！"辉姐也把称谓换成"您"。别的都输了，也不能在嘴上输给他。

"啧啧，"张小斌频频地摇头，"我都不知道能不能相信你了。"

"切，就跟你本来有多信似的。"辉姐不屑地撇撇嘴。

"信任可以慢慢培养！"姓戴的出来打圆场了，"要不这样，姚女士，你现在就把你知道的都告诉张先生？"

"我凭什么告诉他？怎么不问问我信不信他？你们俩莫名其妙地就勾搭起来了，我还不知道是怎么回事呢！"辉姐冲着空气翻了翻白眼。她得沉着冷静。他们即便不信任她，可仍然用得着她。筹码还在她手里。她得显得再难对付一些。她也得弄明白了，张小斌是怎么跟国际刑警勾搭起来的？张小斌现在扮演的到底是牛行长的亲信，还是牛行长的敌人？

张小斌和姓戴的对视了一眼，心有灵犀似的，让辉姐看着特别扭，心中暗道：又是一对儿狼狈为奸的！

"好吧！那就请戴先生都告诉你！"张小斌像是决定要给乞丐布施，看上去慷慨极了。

姓戴的主讲，张小斌补充，生怕辉姐听不明白似的。辉姐其实听明白了，只不过假装无动于衷。她不能显得太关注了，不然底牌就全露了。

国际刑警受中国内地警方委托，协助调查针对内地银行客户的跨国电信诈骗案。在警方捣毁一个大规模电信欺诈团伙之后不久，远江银行负责信息安全的总监李卫东在香港机场砸了商店的柜台。这两件事看上去并无直接关联。但戴威发现，该电信诈骗集团的受害者中有众多远江银行的客户。戴威得到上级批准，到警局调查被临时拘留的李卫东。李卫东却像一只没嘴的闷葫芦，除了一口咬定有人要杀他，别的只字不提。戴威试图向内地方面索取有关李卫东和远江银行的材料，都被远江银行断然拒绝了。这反倒越发引起戴威的怀疑。他通过对李卫东手机的调查，发现李卫东曾经留了一样东西给辉姐。因此特意跑到北京，试图从辉姐手里拿到那样东西。结果失败了。

戴威不想放弃，说服上级让他保释并软禁了李卫东，指望能从李卫东嘴里套出些线索来。当然只能悄悄地软禁，不能明目张胆地扣押。毕竟，没有任何证据证明李卫东和诈骗集团有关。然而，李卫东刚一离开警局，香港媒体记者就开始炒作李卫东的"失踪"，并暗示是某组织无视香港法律，非法拘禁了李卫东。香港律政司（检方）也很快对李卫东撤了诉，李卫东成为彻底的自由人，对其拘禁是完全非法的。香港警方向国际刑警施压，要求他们尽快释放李卫东。戴威反而越发觉得李卫东有问题，否则也不会有人阻碍国际刑警的调查，不但煽动媒体向国际刑警组织施压，甚至连警方和律政司也要给些面子。戴威甚至怀疑，此人在内地也有影响力，能阻止国际刑警到内地进一步调查李卫东。戴威顶着警方和媒体的压力继续软禁李卫东，直到辉姐到香港。戴威特地放辉姐和李卫东离开公寓，就是想找到些线索。然而两人跑到迪士尼，辉姐竟然丢下李卫东跑回北京了。戴威继续顺着辉姐这根藤，倒是找到了张小斌。

戴威并没解释具体怎样找到张小斌的，辉姐也没心思深究。她正懊悔得要命：原来香港警方已经对老李撤了诉，上次来香港就该送他上飞机的！离机场就差一步了！戴威仿佛看穿了辉姐的心思。他说："别以为李卫东能离开香港。机场海关和警局都有寇绍龙的人。"

辉姐被戴威点中了要害，心中无限惆怅。寇绍龙在香港一手遮天，在机场里都能除掉谁，老李又怎能逃得出他的手心？

"可现在，寇绍龙同意让李卫东离开香港了。"久未出声的张小斌突然开口了。辉姐眼睛一亮："对啊！牛千金想让我跟李卫东远走高飞，寇绍龙肯定得配合啊！他跟牛千金她爹不是一伙儿的嘛！"

话一出口，辉姐立刻就后悔了。因为张小斌把眼睛眯起来了。他可不希望她跟老李远走高飞。他指望着她把老李骗回北京呢！只有把证人带回北京，他才能真的扳倒牛行长，为自己和曲行长铺平道路。辉姐终于明白了：此时张小斌代表的并不是牛千金，而是牛行长的敌人曲行长。他能和戴威一拍即合，正因为两者目标一致。国际刑警在寻找勾结深圳安心窃取银行资料的幕后真凶；而曲行长和张小斌盼着挖出寇绍龙，让牛行长倒台。

"你别这么眯我啊！我可不想跟他跑。凭什么背这样的黑锅？我要跑了，以后我妈怎么见人？"辉姐有点儿心虚。

张小斌仍一声不响地盯着辉姐，似笑非笑的，让辉姐后脖颈子发紧。她抱起胳膊，愤愤道："我哪儿知道您二位是一伙儿的啊？既然是这样，你们直接把李卫东带回北京不就得了？干吗还折腾我？"

张小斌和姓戴的互相对视了一眼，谁都没开口。辉姐知道他们还在怀疑，索性抬手去拉车门："那就用不着我了呗？那我回北京啦！"

"不要急嘛！"戴威抢着落了锁。

"干吗啊？又要绑架啊？"辉姐掰着车门把手以示抗议，"哦，我明白了！不就是想要那东西吗？"

姓戴的果然点点头。辉姐又想摸小腹，发现张小斌正不错眼珠地盯着她，心中一惊，硬是把手又抬起来，指指张小斌："让他给我写个保证书！保证他领导、领导的领导、法院、检察院、中央领导……反正不管谁，所有当官的都认定，李卫东的所作所为跟我没关系！我一分钱好处都没拿，所以也甭想冤枉我！将来也绝对不能找后账！能保证吗？"

张小斌冷笑了一声，满脸鄙薄之色。

"这什么态度？得！没的聊了！"辉姐又去拉车门，明知道车门是锁的。

"你刚才不是已经同意把东西给我了吗？"戴威不满地说。

"刚才我不知道你们是一伙儿的啊！"

"姚军辉，"张小斌终于又开口了，"你可别忘了，昨晚可是你主动要求要来香港帮我们的，你要是改主意了也没关系，现在就可以下车，回北京去。至于法院、检察院、政府到底会不会认定你跟李卫东是同谋，我可说不准。我就只知道有'戴罪立功'这么一说儿。你昨晚不是挺明白，现在怎么就糊涂了？自己看着办吧！"

辉姐心中火起，几乎要从座椅上跳起来，强忍着没动。她沉住气，一脸委屈地说："我这不是没用了嘛！反正李卫东也在你们手里！"

"可他未必听我们的。"戴威接过话茬儿，"他不会想回内地的。"

"这还能由得了他？你们是吃素的？"

"国际刑警又不是黑社会，"姓戴的解释道，"没有充足的证据，我们不能扣人，更不能强迫他去任何地方。那样不就真的成了绑匪了嘛！更何况，寇绍龙也不会善罢甘休的。"

"没证据，不也还是让你们扣了那么多天，现在不也还在你们手里？"

戴威不答，和张小斌交换了一个眼色。辉姐突然觉着不踏实，故作为难地说："李卫东都不听你们的，不听国家的，那更不会听我的了！我哪儿带得走他？"

"你不用告诉李卫东是回北京嘛！"张小斌又开口了，"你就按照牛……昨晚嘱咐你的那样，说你愿意替牛行长背个黑锅，陪李卫东去南美，牛行长会负担你们的开销。李卫东不就乖乖地跟着你去机场了？至于到底上哪架飞机，你就不用担心了。我们都能安排！"

"敢情是让我骗他？告诉他去南美，其实把他骗上回北京的飞机？"

"干不干随你！"张小斌显然很不耐烦，"干，就乖乖听我们的！不干，立刻下车！"

"嘿！我就不信了！不干！"

"如果我告诉你，我们需要你帮我们找到李卫东呢？"

戴威的这一句，让辉姐吃了一惊："什么？你需要我帮你找李卫东？我还指望你带我找他呢！"

"我早告诉你了，他不在我们这里。"姓戴的顿了顿，像是有些难以启齿似的，"他在寇绍龙手里。就是那天在迪士尼乐园被寇绍龙的人抓走的。他们人多。"

戴威轻描淡写地耸了耸肩。辉姐一阵眩晕，像是被人打了一闷棍。

"他的处境其实很危险,凶多吉少。"姓戴的轻描淡写地说,"除非,你能答应一切都听我们安排。"

辉姐沉默了,怔怔地看着地面。

"我知道你信不过我。但有一点,你肯定应该明白。"姓戴的靠近辉姐,压低声音,"至少,我们不希望他也人间蒸发。不然,我们就都白忙活了。"

辉姐从牙缝里挤出几个字:"好!都听你们的!"

"那好。你先告诉我,那'东西'到底是什么。"戴威问。

"是手机主板!从王冠少东家 Max 王手机上拆下来的!"辉姐回答得挺痛快。

戴威点点头,满意地说:"好。没说瞎话。这还差不多。"

辉姐倍感意外:"你知道那是什么?你怎么知道的?"

"我不但知道那是什么,我还知道里面有什么。"戴威微微一笑,"那晚若不是那位 Tina 小姐手快,今天我们也不用麻烦你了。"

辉姐猛然想起来,第一次去 Tina 的工作室突然停电了。Tina 告诉过辉姐,有陌生人摸进工作室,偷偷拷贝了手机主板里的信息。原来,是姓戴的!

"所以我想提醒你,我们知道的和能办到的,要比你以为的多得多。因此,千万不要耍花招。"姓戴的微微一笑,"现在,我们可以开始工作了。"

2

自香港机场见到老板 Frank 的那一刻起,Judy 就成了一名犯人。尽管没人给她戴手铐,也没人用枪指着她,甚至没人扣留她的护照和信用卡。但 Frank 的目光就是手铐,也是枪口,随时地指向她。

Judy 向 Frank 坦白了一切——郝依依和辉姐让她到 Frank 的办公室里找一份文件,那份文件能证明某两个代号代表了两个人,其中有一个叫林峰,男性,生日是 1978 年 3 月 18 日。另一个不清楚。

Judy 像一台录音机似的完成了叙述,就像那叙述并非出自她口。Frank 听罢点头道:"正如我所料!"之后就沉默了。她并不知道 Frank 有何表情,因为她看不见。她的视野里始终就只有自己的脚尖。脚尖交替着向前移动,从机场的大理石地面移上了停车场的水泥路面,然后上了轿车。再然后，她把那一双脚尖藏进前座底下。

Frank 也上了车，坐在 Judy 身边。Judy 更抬不起头，视野里依然只有自己的脚尖——又从前座底下出来了。一只压着另一只，然后调换位置。接着手指也进入视野了。当然是她自己的，互相纠缠揉搓着。突然之间，手指和脚尖的动作都戛然而止——她感觉一只滚烫的手落在自己肩膀上。Frank 轻柔的声音突然在她耳际响起：

"以前，我们只是纯粹的工作关系。其实那样也 OK。不过现在不同了。我也没办法，是你逼我的。"Frank 叹了口气，把热浪吹进 Judy 耳朵里，"现在，你只有两个选择：做我的人，或者，做我的敌人。"

Judy 的肩背被一条滚烫的胳膊围住了。

"做我的敌人，将会是什么结果，你一定懂的。"Frank 反手轻轻攥住她的脖子。并未使力，她却立刻呼吸困难了。

"做我的人。好不好？"

Judy 机械地点点头，能感觉到 Frank 的指尖在她喉咙上摩挲。她狠狠地打了个寒颤。

"没关系。我的人，都怕我。"Frank 顿了顿，"不过，只要你听话，我不会亏待你的。在香港住几天吧！我得好好教教你。"

Frank 用手指在 Judy 的下巴上轻轻一点："一会儿就是个好机会。按照我说的做。OK？"

Frank 的温声细语源源不断地灌进 Judy 耳朵里。并不像是命令，却绝不可违抗。它们从左耳流入，却无法从右耳流出，淤聚在 Judy 的脑仁里，越积越浓。

"Understand？"Frank 柔声问道。

Judy 想点头，可头低下去就再也抬不起来。她用小得连她自己都听不见的声音喃喃："可是……这样太对不起……对不起……"

"你是担心破坏郝小姐的姻缘吗？"Frank 直截了当地说。

Judy 怯怯地点点头。

"其实你完全不必觉得愧疚。"Frank 颇有些得意之色，"你不是很想知道，费肯公司的那个被 Max 炒掉的 Monica，为什么会拿到五十万的和解金吗？"

Frank 顿了顿，像是故意吊 Judy 的胃口，嘴角露出一丝鄙夷："那位 Monica，雇了香港的私人侦探，从写字楼扫厕所的阿公那里买到了一些消息……"

Frank 把声音压得更低，嘴唇几乎碰上 Judy 的耳朵。滚滚的热浪吹到她耳垂上，反倒让她冷得发抖。

车终于停了。Frank 拿出一件黑色晚礼服，一串水晶项链，和一双红色高跟鞋，起身下车去了。Judy 乖乖地换上。项链寒意袭人，使她更不能抬头，眼睛仍停留在脚尖上，一对血红的利刃。Frank 为她打开车门。她顺从地下车，鲜红的鞋尖踩进雪白的地面，让她触目惊心。她连忙抬起头，看到一栋巨大的白色房子，横空地立在一围青山之中，就着正午头顶直射下来的阳光，霸气凛凛的。

她惊惶地再低头，不敢再看自己的脚尖，只能盯着前面那一双棕色的皮鞋。那是 Frank 的皮鞋，大步上了台阶，霍地停下来。她听见 Frank 跟什么人用英语说："我接到邀请，来参加 Max 的订婚庆典。这位是我的随行，朱小姐。"

Judy 从彷徨中惊醒——Max 要结婚了？是费肯公司的那个 Max？新娘子当然不会是郝依依，Frank 刚刚在车上告诉过她的。

Judy 跟随 Frank 走进大厅，看见穿着礼服的宾客，握着酒杯、谈笑风生。还有步履轻盈的男女侍者，托着托盘，舞蹈般地在人群中穿插。大厅的装饰豪华喜庆，水晶吊灯上飘舞着气球和彩带，落地的窗棱披着红纱，虽说仅仅是一场订婚典礼，派头已经远超常人的结婚典礼。尤为醒目的是大厅中央一座用香槟酒杯垒成的小山，如一座水晶宝塔，献出璀璨炫目的祝福。被祝福的准新娘呢？大概在另一间舒适而私密的房间里，对着镜子把自己打扮成全世界最美的人。订婚典礼大概是不该穿婚纱的，但 Judy 脑海里却顽固地停留着郝依依穿婚纱的样子，年轻貌美，眼中洋溢着幸福。

Judy 脚下的地面又换作大理石，比刚才的更高级，明亮如镜，她几乎看清了自己：一身黑色礼服，肩膀和脖颈裸露着，紧张僵硬地向上耸立，像是被一只无形的手从礼服中硬提了出来。任何人都能看得出，她并不是贵宾中的一员。不管她穿什么，也只是北京国贸 38 层的前台，是那些物业、保安和快递眼中的"公主"，不是香港富豪俱乐部里的。然而从今天开始，她连前台都不是了。她是 Frank 的"人"。为他效力，由他摆布。

Judy 赶忙又抬起头，为了不看到地板上的自己，却再次看到满屋雍容典雅的贵宾。她是如此的矛盾，低头抬头都不是，只能把目光投向最远处。于是，在大厅遥远的另一侧，她看见郝依依，不仅没穿婚纱，甚至也没穿礼服，连像样的套装都没穿，只穿了最普通的夹克和牛仔裤，风尘仆仆，就像在北京胡同里的火锅店里一样。她独自站在角落里，没跟任何人交谈。她出神地眺望着落地窗外的大草坪，手里的酒杯已经空了。

郝依依当然不是这场仪式的女主角。

Judy 正不知所措，腰际突然出现了一只手，就是曾经擒住她肩膀的那一只。她同时闻到了熟悉的古龙香水气味，腹中隐隐地恶心。Frank 温柔的声音再度钻进她耳朵里："还记得我刚才说过的？去吧。把这个交给她！"

Frank 把一张折叠的纸条塞给 Judy，放开她的腰，在她肩上轻轻拍了拍："记住，不要做我的敌人。"

Judy 向着郝依依走去，每一步都很郑重，像是走在刑场上，乌黑的枪口正对着她的后背。那是 Frank 的眼睛。Judy 用后背都能看见 Frank 的眼睛，她的眼前却似乎什么都看不清楚，有许多身影在交错，仿佛织成了一张网。她几乎找不到郝依依，只有按照固有的方位走下去，直冲到网中央去，那里有一只凶恶的蜘蛛正等着她。不，不在前面，而是在背后。她已落入他的网，必须服从他的命令，不计后果和代价。其实她早就在他的网里，已经服从了十年了。她终于走到郝依依面前。郝依依也注意到了她，惊讶万分地轻呼："Judy？"

Judy 仿佛也吃了一惊，快速把纸条塞进郝依依手里，像是小学生背课文似的复述："没找到实体文件，但是找到了 PDF 文档。在 SP 北京的网盘里！这上面有网站后门的登录信息，也有打开文件夹的密码！"

Judy 说罢掉头就走，既没看见郝依依的表情，也没听见郝依依说些什么。她看不见任何别的东西。她就只能感觉到自己的脚步，分不清是脚步还是心跳，早就混为一谈了。

不知走了多久，Judy 被一只手猛扯住，是她再熟悉不过的手。她看见 Frank 微微翘起的嘴角："Good job！不过，不要走远了，别让我找不到你！"

Frank 放开她，从容地走向其他客人。这里熟人很多，他不愁找不到聊伴。Judy 却找不到。她谁都不认识。她木讷地站在原地，后背隐隐发冷。她终于鼓足了勇气，回头去找郝依依。

郝依依却已经从大厅里消失了。

3

郝依依走上一段楼梯，在楼道里拐了个弯，面前出现两扇紧闭的巨大木门。严丝合缝，坚固无比，仿佛用坦克都撞不开。郝依依有种感觉，这两扇门就是为了提防她的。Max的母亲王太不会让她走进这扇门。尽管王太始终对她优雅地微笑，但再笨也能看出来，王太像防贼一样防着她。自一大早和Max分开，郝依依就再没见着Max。Max不接电话也不回微信，与世隔绝了。

　　郝依依和Max是在早上六点分开的。在乡村俱乐部的大门口，渐渐丰腴的晨光里。Max和母亲交涉了一阵之后，回到改装过的劳斯莱斯里，锁了门，双手按压着额头，愤懑地说：王家完了。

　　郝依依立刻就明白了八九分，可她还是耐心地沉默着。Max艰难地说下去：父亲王凤儒病危，母亲无力撑起家族大业，Max的北京之行并没找到证据证明寇绍龙和深圳安心的勾结，王冠岌岌可危，只能向寇绍龙屈服。Max的母亲王太已经瞒着Max找寇绍龙谈了条件：王家和寇家联姻，寇绍龙进入王家几家核心公司的董事会，慢慢过渡权力，但留给王太一部分生活费，同时承诺让女婿Max在未来继承一部分寇绍龙的家业。寇、王两家合二为一。其实就是让寇家吞并王家。今天的订婚典礼，母亲准备大办，一是向寇绍龙表忠心，二是为父亲冲喜。Max狠命抓着自己的头发说："不如叫我去死！"

　　郝依依把Max的双手从头发里拉下来。她对他说："没关系，听你母亲的吧！"

　　Max愕然看着她，像是看着陌生人。郝依依沉吟了片刻，平静而温柔地说："现在最好的办法，就是先稳住寇绍龙，让他以为，你是真的屈服了。同时尽快把那些费肯的股票转移到新公司名下。任何限制王冠的合约都对新公司无效。那家公司的股东身份——杨春山——也就是你自己，是完全保密的。"

　　Max的目光柔和下来，无奈道："可是我和你……"

　　郝依依用手指轻轻抵住Max的嘴唇，坚定地点点头："去吧！只要争取到时间，总会有更好的办法！反正……"郝依依低垂了目光，"反正只是订婚，又不是结婚。"

　　Max下了车，跟着王太走进白色公馆里去了。

　　郝依依也下了车，由别人引领着走进大厅，掺进一群布置场地的工人里。她主动给他们打下手，用不够熟练的广东话和他们聊天，得知这场订婚典礼已是今早街头小报的头条：王家公子的高调订婚本已足够吸引眼球，王家又卖了个大关子——准新娘的身份并未提前公布，就只说是"门当户对"。这可吊足了记者们的胃口，离订婚仪式正式开始还有好几个小时，乡村俱乐部大门外已经围聚了狗仔队。他们不只对准新娘感兴趣，也对其他来宾感兴趣——据说今天香港的名流们几乎要聚齐了。王太借此良机，邀请了慈善协会的会长，准备拍卖几件自己的藏品为慈善协会募捐。这些也都写在小报上了。郝依依悄悄发了个短信，给一个香港本地的号码，把小报记者尚不知道但她已经知道的消息发出去。这是她不为人知的任务。无论寇绍龙还是 Max 都不知道的。

临近中午，布置场地的人走了，宾客渐渐出现了。客厅迅速变成了缤纷的交际场，好像一只巨大而华丽的鱼缸，鱼缸里纵横交错着绚丽耀目的热带鱼。郝依依看见几位常在八卦杂志上见到的名媛，又看见两位女电影明星。穿着礼服的男人们都围在她们四周。郝依依识相地躲进角落里。她并不是热带鱼，她就只是沉落水底的一块石头。没人注意她，更没人找她搭讪。她的穿着实在寒酸，简直比那些穿着唐衫的女侍者还寒酸些。她索性把视线转向窗外。越过一片宽阔的绿草坪，她看见碧蓝的海湾。海湾里不知何时多了一条小舢板，像是有人在垂钓。外面是午后的骄阳，屋里就已经是晚礼服的天下了。看来，这派对是要一直狂欢到夜晚的。她要在角落里一直站到天黑吗？

就在此时，有个女人朝着她走过来。是 Judy。

Judy 也穿着露肩的长裙，显得格外局促唐突，全无平时在国贸38层时那般的从容雅致。Judy 的表情也格外慌张，就像老电影里的特务，眼神彻底地暴露了自己。

郝依依接过 Judy 塞给她的纸条，来不及多问，Judy 已经落荒而逃。郝依依打开纸条，看见一串网址、登录名和密码，不禁颇为意外：两天之前，在辉姐陪她去机场的路上，她分明感觉到，辉姐已经对她失去信任了。

可 Judy 竟然突然出现，变戏法似的把 SP 律师事务所内网的登录密码交给她。Judy 是怎么做到的？这东西可靠吗？郝依依的心跳隐隐加速。她并没贸然用手机登录。她先打了个电话，请朋友帮她确认，那内网服务器的 IP 地址的确是注册在 SP 律所名下的，而且不在北京——当然不能在中国内地。一个专门为跨国公司和全球富豪服务的律师事务所，绝不会把最机密的客户文件储藏在内地的服务器里。那 IP 地址在美国亚利桑那州的沙漠里，注册在 SP 律所美国公司的名下。

即便如此，她也不能把自己手机的 ID 和 IP 地址留在那服务器的登录记录里。她必须找到一台和她没有任何联系的终端电脑，再通过一个隐蔽性极高的代理服务器登录。并不难办到。这里是香港最有钱人的俱乐部，什么设备都不缺，就看能不能让她用。

郝依依去了俱乐部的商务中心，请求使用电脑。那些电脑都是给贵客专用的，保不齐曾经留下过某些"贵宾"的网络"行踪"——比如登录私人邮箱，或者浏览过某些过于"娱乐"的网页，因此自然不能让一个陌生的女孩子接近。尤其是着装如此平凡，就像某个用人的内地亲戚，狗仔队也是有可能的。郝依依报了王凤儒的名号，说她是 Max 的密友，要替 Max 处理一些公务，万万耽误不得。当然是用的一口纯正的英式英语。她还提供了 Max 的手机号码，让管理员打电话去问 Max。管理员当然没打，打了也不会有人接听。今天她打过好几次了。

郝依依顺利地用上了商务中心的电脑。电脑的防火墙禁止用户下载和安装软件，这自然难不倒她。不到两分钟的工夫，乡村俱乐部里的某台专为香港名流服务的电脑，已经对她服服帖帖了。她安装了一款代理服务器，通过代理服务器登上 SP 律师事务所在美国的后台。纸条上的用户名和密码果然管用。SP 律所的服务器门户大开，众多文件夹一目了然。只不过，每个文件夹都以代码命名，看不出里面到底有些什么。代码皆为大写英文字母开头，跟随一串数字。每个文件夹都加了密，打不开的。郝依依当然可以尝试破解密码，但那不是一时半会儿能完成的，而且完全没有必要——她看见那个被命名为"Q010007"的文件夹。Q010007，正是千里眼公司在英属维京群岛注册成立文件中采用的代号。注册公司方面看不见股东的身份，看到的只是两个股东的代号；而保有两个股东信息的律师所有的就只是这个 Q010007 代号，看不到公司的名字，更看不到公司其他注册信息。信息就是这样天衣无缝地被分割和保密。但郝依依眼看就要把它们凑齐了。

郝依依使用纸条上的密码，果然顺利地打开了 Q010007 文件夹。那文件夹里只有一份文件。那正是郝依依要找的东西！

那文件上加盖了律所和香港某公证处的钢印。内文有两个代号，对应两个人的姓名、生日，还有护照号码。郝依依对这两个代号早就再熟悉不过。几个月前，她就是用这两个代号在英属维京群岛为千里眼股份有限公司做的股东登记。那两个代号所对应的两个姓名同样并不陌生：寇绍龙、林峰。

寇绍龙直接担任股东，居然都没找人代持，这倒让郝依依略感意外。转念一想：千里眼股份公司的股东层层遮掩，最终隐藏在北京 SP 事务所里，他肯定以为万无一失了。

正如郝依依所料，千里眼股份有限公司果然是寇绍龙和深圳安心外逃的总经理林峰共同拥有的。而且，在两个月前，曾有一笔五百万元港币以公关费用的名义汇入千里眼股份公司在香港的账户，又从这个账户转往海外的匿名账户。那是郝依依亲手办理的。当时她并不知道谁是千里眼股份有限公司的真正股东。可现在，她知道了。

在海外秘密设立一家公司，用来分赃和洗钱，这已然铁证如山——寇绍龙和深圳安心的总经理林峰暗中勾结，窃取远江银行的内部信息，顺便嫁祸王冠集团，并通过千里眼股份公司向林峰支付酬劳。打印机正在嘶鸣。打印件当然不能当成证据——谁都可以伪造一份打印文件。她必须请两位专业的公证员，再找一台安装了专业电脑法政软件的电脑，让公证员亲眼目睹她使用专业设备再登入一次这网站，由公证员记录过程，在公证书和新打印的文件上加盖公证处的钢印，以证明整个过程的真实性；同时让电脑法政软件记录浏览的网页，将下载文件加盖水印并上传到云服务器，这就上了双保险。就算未来 SP 律所彻底销毁自己的数据库，也无法否定这文件曾经存在过。

所以，她必须立刻找到 Max。公证员、专业设备，这些都需要 Max 的协助。

郝依依把打印件叠成一小块，连同 Judy 交给她的小纸片，小心翼翼塞进牛仔裤口袋里，上楼去找 Max。这专供香港贵族厮混的俱乐部一共有三层，几十个房间，找一个人并不容易。不过，郝依依知道 Max 在哪儿，有一场为 VIP 客人准备的私密的小型拍卖会，再过二十分钟就要开始了。地点是二楼的西餐厅。她的手机告诉她，Max 已经在那里面了。就算 Max 不接手机也不回短信，她仍能确定 Max 的位置，至少能确定他手机的位置。郝依依让 Max 安装的那款能够跟踪她的 APP，其实是双向的。只不过 Max 并不知道。

最好赶在寇绍龙到来之前找到 Max，赶在可笑的订婚仪式之前。寇绍龙当然是 VIP 里的 VIP，拍卖会肯定少不了他。但按照他的习性，既然是来"受降"，大概不会早到的。

郝依依站在西餐厅那两扇紧闭的大门外，想象着只要打开门，她就能看见 Max。她得飞奔过去。只要她动作麻利，王太和别人都来不及阻拦。他一定不会拒绝她的。郝依依打定了主意，在大门上敲了三下。

门开了。开门的是个身穿黑色礼服的男人，早晨在停车场见过的。门内餐厅里的餐桌都被挪开了，正中面朝里摆了几排椅子，已经坐了不少人，都用后脑勺对着郝依依。开门的男人认出郝依依，警觉地问："小姐，您有什么事？"

郝依依并不理会他，向屋内叫了一声："Max！"

Max 果然转过头来。他已经换上了礼服，头发也打理过，比以往更精致些。郝依依举手挥舞，守门的男人用身体挡住她，毫不客气地说："你不能进去！"

郝依依又叫了一声"Max"，想要硬钻进餐厅里去，守门人强行关门，丝毫不给她机会。郝依依眼看就要被关在门外了，突然听见一个男人的喊声："Stop！"

餐厅里的众人都吃了一惊。郝依依则心中一喜，从门缝往屋子里窥望。

高喊"Stop"的人却并非 Max，而是寇绍龙的二把手董秘书。郝依依心中一沉：寇绍龙不早到，并不等于寇绍龙的手下也不能早到。总不能当着董秘书的面把那公证书的打印件交给 Max。自己这样不顾一切地闯进餐厅找 Max，说不定已经让董秘书怀疑了。

董秘书满脸诧异地对守门人说："这位小姐是 Max 的朋友吧？怎能这么粗鲁地对待她呢？"

"董生，是这样的，"王太站起身来，笑容可掬地向董秘书解释，"郝小姐的确认识 Max，但她并不在 VIP 客人的名列。慈善拍卖会只容许 VIP 客人参加，因此郝小姐不能参加。"王太斜了郝依依一眼，"不好意思啊，郝小姐！"

"没关系！我没什么急事！"郝依依立刻做出无所谓的样子，转身就走。她可不想同时出现在董秘书和 Max 眼前。稍有差池，就要打草惊蛇。

郝依依却没能继续往前走。她眼前赫然出现一群保镖，簇拥着两个人。一个是寇绍龙，也穿着黑礼服，白衬衫，系着领结，活像是端午礼盒里精包细裹的粽子。另一个是个身材瘦小的年轻女子，身着淡粉色的露肩长裙，裙摆巨大华美，跳棋子似的。女子的头发高高绾起，露出苍白纤细的脖颈。白得并不透亮，像是抹了一层白漆。脸就更白，像是生着重病。郝依依顿时明白过来，心中不禁冷笑：这大概就是寇绍龙的"女儿"？可寇绍龙并没女儿。郝依依替他办过很多"私事"，对他的家族并不陌生。这只是香港快阔公司的一位女秘书。她以前见过的。

寇绍龙冲着西餐厅的门缝里问："不能参加？咁我咪唔系白行一趟（那我岂不是白跑一趟）？"

西餐厅的大门立刻大敞开来。王太满面春风地迎出来："寇生！点可以唔界你参加（哪能不让你参加）？我是说这位小姐……"

"我听明啦，佢系 Max 嘅朋友（我听到了。她是 Max 的朋友）？女朋友？"

寇绍龙顿了顿，眯起眼打量郝依依。王太慌忙解释："唔系！不是啦！只是认识，不是很熟啦！"

寇绍龙却说："不如将呢位小姐当系我请嘅人，嗽仲可以参加喽（不如把这位小姐算作是我的客人，这样总可以参加了吧）？"

"哦！"王太略为意外，尴尬地点头，"那……当然好喽！"

郝依依悄悄摸了摸牛仔裤的口袋，确定那张叠成方块的打印件并没有露出来。

4

Judy 不知自己在大厅里站了多久，直到突然响起爵士乐来，让她猛然一惊，狠狠打了个寒颤。她怯怯地四处瞭望，看不见郝依依，也看不见 Frank。她原以为看不见他们就能松一口气，没想到那口气依然如鲠在喉，胸口火烧火燎的。

正巧有个女侍者捧着托盘走过来。Judy 探手拿过一杯香槟，一口灌下去。她耳边却突然响起一个大惊小怪的声音：

"Judy？"

Judy 浑身一抖，刚刚入口的香槟酒差点喷出来。她循声望去，看见一张再熟悉不过的脸——辉姐！

辉姐却是一身侍者装扮——白色仿古的唐式用人衫，黑色的喇叭裤，头发绾成髻，俨然是民国电影里大户人家的老妈子。辉姐把一双小眼睛瞪得溜圆，惊愕里掺着惊喜："Judy！还真是你！你怎么会在这儿？"

Judy 的泪水夺眶而出。其实她本没有泪意，想不起来要哭。是辉姐的音容，让委屈在瞬间决堤了。

辉姐见 Judy 突然哭起来，倒是手足无措。问什么 Judy 都不答，劝更是没用，好在背景的爵士乐很响，一时没人注意到 Judy。辉姐把 Judy 拉进厕所，锁上门，两手一摊：

"反正也问不出个子丑寅卯，爱哭哭吧！哭够了就痛快了！"

辉姐看着 Judy 抽泣，不禁心烦意乱。戴威并没告诉过她，除了假扮侍者，端着托盘走来走去，她还能做什么。她在这房子里走了十分钟，难耐得就像过了几个小时。她心急如焚，拼命用眼睛四处搜索，期望着能找到跟老李有关的线索。她没找到老李，倒是找到了 Judy。

Judy 渐渐平静下来，抽泣着告诉辉姐，她翻 Frank 的办公室，被 Frank 通过视频监控发现了。辉姐的两只眉毛瞬间拧到了一处。

"你没编个借口？就说把快递送错屋子了，去找找？"

"没用！他知道我是在帮郝依依找东西！"

"唉！都赖我！"辉姐无限懊悔，"那怎么着？他要炒你？"

"没那么简单！"Judy 加剧了抽泣，"他把我扣在香港，不让我回北京去！他说，必须从现在起，做他的人！"

"那什么意思？"

"我也不太明白。大概就是……就是听他的，让做什么就做什么！"

"你以前不就听他的？"

Judy 难堪地摇头："不。以前只给我正常的工作，不会让我做坏事的。"

"他让你做什么坏事了？"辉姐把眼睛瞪圆了。

"他……他让我陷害郝依依……"

Judy 把 Frank 命令她把登录 SP 公司服务器密码交给郝依依的事情告诉辉姐，然后总结道：眼看着自己的心上人跟别人订婚，就够倒霉了，可还有别的陷阱等着她……

辉姐真是倍感意外！不仅是挖坑的部分。这里的宾客讲的都是广东话和英语，她只能听懂只言片语，看得出这是一场订婚庆典，可她之前并不知道，这庆典的男主角是 Max 王，女主角却并不是郝依依。其实也不能算意外。辉姐从不看好郝依依和 Max 王。只不过，在此之前，她还总以为是自己对九〇后有成见，甚至是嫉妒——嫉妒她们有本钱，也有胆量。可现在，她知道自己是对的。

"没帮上忙，反倒害了她！"Judy 忐忑不安，面有愧色。

"嗨！算了。"辉姐叹了口气，心想 Judy 可真是善良，不禁也愧意倍增，"你也是被逼无奈。再说，她又不是个省油的灯！比猴儿还精，本来也是她想利用咱们！不然，你也不会受牵连！"

辉姐想起郝依依和寇绍龙合演的那出"绑架"的戏，心里愤愤不平，本打算多骂两句，没来得及开口呢，Judy 却叹了口气："唉！她其实……也很可怜！那个 Max，其实……"

Judy 支支吾吾的，像是有话难以出口。辉姐有点儿不耐烦："姓王的是个花花公子！我早知道了！他不可能对郝依依真心的！这不是，都跟别人订婚了！郝依依这是聪明反被聪明误！像她这种喜欢耍小聪明的漂亮女人，还不干等着被人家白占便宜？"

"那倒不是。"Judy 摇摇头，两颊微微泛了红，"姓王的，倒是……占不了她多少便宜……"

突然间，藏在辉姐耳朵里的小耳机出声了。姓戴的在耳机里火急火燎地叫："你在哪里？要行动了！"

辉姐一震，拔腿要走，却被 Judy 拉住衣袖："辉姐！我好怕！我……我想我儿子！"

Judy 又抽泣起来。辉姐拉住 Judy 的双手，郑重地说："有我呢！姐一定帮你摆平！放心！"

Judy 勉强点点头，还在抽泣着。辉姐心中一片迷茫。她知道 Judy 不信。怎么能信呢？信一个胡同里长大的公司前台能摆平国际律所的合伙人？即便是在 CBD 所有的前台里，也是最不起眼的，甚至很有些不够格的。凭什么？可辉姐并非信口开河。她是认真的。辉姐认真起来，是从不在乎可行性的。她的对手又多了一个 Frank，再多也没关系，她偏要跟他们斗一斗，哪怕是以卵击石。

辉姐在大厅里找到姓戴的。他双手捧着一束巨大的花束，脸拉得老长，命令道："放下托盘，跟我走！"

辉姐一脸的不情愿，行动却很麻利。她巴不得快点儿行动。老李落在寇绍龙手里，不知被折磨成啥样了。走廊里有一大面镜子，辉姐猛然瞥见镜子里的自己，想起国贸大厦里的保洁员。她们大概就穿成这样，是大厦里的底层阶级。幸亏有了她们，公司前台们才有了可歧视的对象。如今她竟"退化"成了这副样子，看上去其实比外企白领更和谐。

戴威捧着花束，带着辉姐和另外两名侍者走上楼梯，来到两扇大门前。戴威轻轻敲门，里面有人用广东话问是谁，戴威用广东话作答，听上去好像和慈善协会有关，辉姐更是摸不着头脑。大门打开，露出一间巨大的房间，三十几位宾客背对着大门坐成几排。即便是从背影也能看得出，这些客人比大厅里的那些更有身份。

戴威让辉姐和另外两名女侍者站在门边，自己走向大厅中央。有个身材极瘦的老女人起身相迎，从戴威手中接过花束。她身穿紫红色旗袍，浑身珠光宝气，大概是这场聚会的女主人。她把另一对男女介绍给戴威。那两人起身跟戴威握手。辉姐立刻就认出男的是 Max 王。女的不认识，身材也是非常消瘦，就像女主人的年轻版。辉姐想，那大概就是

Max 王的未婚妻了，远不如郝依依漂亮，但看上去门当户对。

女主人又把戴威引见给另一位客人，那人身材特别肥胖，一看就是有派头的大老板，屁股都没离开椅子，稳稳当当地让戴威向他鞠躬。坐在胖子身边的年轻女人倒是站起来恭恭敬敬地还礼，穿得可真普通，大概是这整座房子里最寒酸的。可她怎么那么面熟？

辉姐瞬间愣住了。那是……郝依依？

辉姐没来得及看清郝依依的表情，她就又坐回胖子身边的座位里，坐姿并不舒服，腰挺得笔直，像是在随时待命。辉姐几乎有些震惊了——郝依依和自己情人的未婚妻同坐一排，竟然相安无事？

女主人引领着戴威走向一个小讲台，用广东话讲了一通。辉姐竟然听懂了大意，香港电影到底没白看：这是个小型拍卖会，借着订婚酒会拍卖一些艺术品，拍卖品由王家提供，拍卖款捐赠给慈善协会。原本计划参加拍卖的慈善协会主席先生临时有事，改由副主席戴先生代劳。辉姐暗暗撇嘴，心想冒充慈善协会的副主席，大概对于国际刑警也不是难事。

戴威连着卖了五幅油画，画的都是风景或静物。辉姐看不出好坏，只觉不比小学生画的强多少，成交价却从几万到几十万港币不等。戴威在台上喊一句，台下就举起牌子来，多半是由男士身边的女士举牌，顺便展示戒指和指甲。也许戒指和指甲才是主要的，花点儿钱无所谓，反正是行善积德，说不定还能上报纸。郝依依身边的胖子买了最贵的一幅，花了三十万港币，花花绿绿的一团，看不出画的什么玩意儿。是郝依依替他举的牌子，没有戒指，也没染指甲，连累那块牌子也跟着黯然失色。幸亏郝依依喊出了全场最高的价钱，为牌子挽回了一些面子。

穿紫红旗袍的女主人再度起身，看来拍卖结束了。戴威却并没有下台的意思。他说了一串广东话，台下众人顿时兴奋起来，女主人笑逐颜开，带头鼓掌。辉姐也大概听懂了：戴威为今天的酒会准备了一个惊喜——一件非常特别的拍卖品，也许在座的贵客会非常渴望得到的。

辉姐也感到好奇：姓戴的到底准备了什么？刚才他除了那束花并没拿任何东西，至少手里没有。大概是藏在衣服口袋里的小东西，比如珠宝首饰什么的。

戴威却并没把手伸进衣兜里去，而是高举着指向辉姐。他改用国语说："我带来的惊喜，就是这位女士！"

屋子里一下子安静下来，众人都目瞪口呆地看着辉姐。辉姐只觉浑身汗毛倒竖，很想藏到别人身后去。可另两名女侍者早就躲到一边，把她彻底地暴露出来。她突然看见 Max 王那双惊愕而愤怒的目光，有点儿像那一早在国贸桥上。辉姐赶快低头，生怕再碰上谁的目光。比如，郝依依的。

"戴主席是什么意思？是要拍卖活人吗？"女主人很讶异，却又不失幽默。

戴威点点头："王太，您猜对了！"

"哈哈！"王太笑得有点儿夸张，装腔作势，"戴主席，你好幽默哦！这位女士有什么特别吗？我们为什么要买她？"

戴威并不急着回答，走过去牵起辉姐。辉姐把头垂得更低，勉强跟着戴威往前走，感觉像是在接受批斗。

戴威边走边说："她当然很特别！她姓姚，叫姚军辉。"

"这个玩笑并不可笑！"Max 王脸上阴云密布，改用英语继续对戴威说，"请您不要在我的订婚仪式上开这种玩笑！她只是个女侍者，没人对她感兴趣！"

"王先生，我并没有开玩笑。"戴威坚持使用国语，他收起笑容，在屋子里扫视了一圈，"而且，我相信这屋子里一定有人会对姚女士感兴趣。"

众人开始四处张望。

"这太过分了！香港是文明社会，人不是商品！我不能容许您当着我的面，如此不尊重一位女性！"Max 义正词严，横眉立目。

王太脸上已经没了笑容，变得僵硬而苍白，满怀敌意地问："戴先生，您真的是慈善协会新任的副主席吗？"

戴威并不理会王太，反问 Max："王先生，您很在意这位女士有没有受到尊重？您跟她很熟吗？您很想保护她？"

"不要逼我请你出去！"Max 王低声咆哮。

"一万港币！"

大厅里突然响起一个清脆的女声，是郝依依。她又把牌子举起来了。

Max 转身错愕地瞪着郝依依："你要做什么？"

郝依依避开 Max 的目光，脸上毫无表情。

"出价喽！不是在拍卖吗？我对这位姚女士很感兴趣！"寇绍龙搭话了。他边说边饶有兴味地打量辉姐，微微眯着眼，像是在鉴别一件古董，又像是在开一个无稽的玩笑。

5

参加拍卖会的 VIP 客人们，十有八九了解寇绍龙的习性：他喜欢在宴会或者派对上结识年轻漂亮的女子，请她们做他的临时女伴。大部分只是逢场作戏，有时也会发展出一两夜的风流，之后送一件价值不菲的"小礼物"。在那些自投罗网的女子看来，也是颇为值得的。

所以，寇绍龙把一位美女带进 VIP 拍卖厅，并且邀请她坐在自己身边，其实没什么可大惊小怪的。尽管那位美女的穿着实在不像名流，更不像那些想要"自投罗网"的姑娘们，可她身上自有一股雅气，而且又是王家大少的"朋友"，寇绍龙故意沾惹一下，再合情合理不过了。

寇家和王家交恶多年，在生意场上拼得你死我活，在香港是家喻户晓的事。今日寇绍龙携干女儿盛装出席王家少爷的订婚典礼，两家准备联姻的用意不言而喻，让全香港都大跌眼镜。乡村俱乐部西餐厅临时改成的拍卖厅里虽然只有三十几名贵宾，并无媒体记者，但贵宾厅并未限制宾客携带或者使用手机。香港的各大媒体已经在起草有关寇、王两家联姻的头条新闻了。所谓合久必分，分久必合。大财团也不例外。但寇、王两家毕竟几十年的积怨，怎是一时能化解的？

这恩怨要从 38 年前的凤虎龙公司说起。凤虎龙，顾名思义，是三个人一起建立的公司——王凤儒、王啸虎、寇绍龙。王凤儒和王啸虎是堂兄弟，同寇绍龙也是自小的朋友。三人皆为马来西亚出生的潮汕人，亲如手足，义结金兰，一起到香港做起贸易生意。大哥王凤儒心眼最多，是凤虎龙公司的"大脑"；二哥王啸虎义气仁厚，是公司的"血脉"；三弟寇绍龙武勇暴躁，是公司的"肌肉"，三人团结一致，势不可挡，没几年工夫就从走私水货的小公司发展成跨国贸易集团，并且开始在香港和内地投资房地产和股票，20 世纪 90 年代初期在地产界小有名气。三人之间也开始产生分歧。大哥王凤儒坚信无商不奸，努力结交贪官权贵；三弟寇绍龙则主张用拳头挣钱，和黑道走得很近；二哥王啸虎主张诚信为本，对两位兄弟的做法颇为不满。日积月累，加之有人暗中挑拨寇绍龙，说人家王氏兄弟是血亲，总有一天要把你挤出去。矛盾终于在 1995 年因新界的一块地皮而激化。王凤儒秘密联手政府高官合作投标，而寇绍龙自作主张找了黑道势力合作，矛盾层层激化。在开标的前一天，有杀手在旺角的一家茶楼刺杀王凤儒，王啸虎为堂兄挡了一枪，当场身亡。凶手拒捕被警方击毙，此案也成为悬案。寇绍龙虽不承认暗杀事件与己有关，但寇绍龙和王凤儒终究反目成仇。凤虎龙公司自此一分为二，变为王冠和快阔两家。之后的二十多年，两家公司在地产行业厮杀，近年又共同进入金融市场，越发视彼此为死敌，常因争夺地皮或者公司股份斗得不可开交，积怨越来越深。曾有人居中调和，王凤儒只甩下一句话：还有一条人命呢！

所以，寇王两家突然成了亲家，足以让西餐厅里的贵客们颇感意外。此时又突然上演一出"拍卖大活人"，众人的胃口可算被吊足了，都兴致勃勃地等着，只有王家母子脸上阴云密布。Max 见寇绍龙亲自开了口，强压住火气，用广东话说："寇生，您唔会攞啲恶作剧当真的吧（您不会拿这种恶作剧当真吧）？"

"佢唔系话喇，佢并冇讲笑吗（他不是说过了，他并没有开玩笑吗）？"寇绍龙手指戴威，巨大的翡翠戒指画出一道绿光。

"不过寇生，你要咁个咩都唔识嘅工人有咩用呢（可是寇先生，你要这样一个什么都不懂的用人有什么用呢）？"Max 问罢，扭头狠狠地看了一眼辉姐。辉姐赶快再低头，心中不禁惊愕：那个胖子姓寇？不会是寇绍龙吧？莫非 Max 王的未婚妻是寇绍龙的闺女？两个仇家要攀亲家？

"佢系工人（她是用人）？"寇绍龙顺着 Max 的话头问，却把目光转向身边的郝依依。他好像生怕郝依依听不懂似的，特意又改用国语："她是用人吗？"

众人都跟着看向郝依依。谁也没注意到，西餐厅的门开了一条缝，Frank 悄然走进来，身后跟着 Judy。这种微妙的场合，律师是非常必要的。但他并不是为了费肯或者 Max 而来的。他是为了寇绍龙，他多年的老主顾。董秘书刚刚短信告诉他，VIP 拍卖厅里风云突变，很有可能需要法务支持。Frank 决定带上 Judy。Judy 刚刚消失了几分钟，说是去厕所了，可她的手很干，不像刚刚洗过。这让 Frank 心里不太踏实。尽管他知道，在全香港最高大上的乡村俱乐部里，Judy 不可能认识其他人。可他必须万分谨慎，不能让精心的设计落空。他虽然并不在香港常驻，却是寇绍龙真正的军师。在关键时刻，他总是最有用的。

郝依依在众目睽睽之下，缓缓站起身。她没看 Max，但她知道 Max 正在看她，用目光无声地发号施令。她沉吟了片刻，点头道："是的。她是用人。"

Max 满意地扬了扬眉毛。

郝依依清了清嗓子，表示她并没说完："在北京的 CBD 有数不清的外企。在那些外企里上班打工的人，大概都是用人。不管她是秘书、会计，还是前台，都得看 boss 的脸色行事，一心想着讨好 boss。哪怕 boss 打算占她的便宜，也要逆来顺受，笑脸相迎。因为他们天生就比 boss 低贱。哪怕那位 boss 其实是个白痴、自大狂，也还是能掌控他们的命运，升职、加薪，或者炒鱿鱼。"

西餐厅里鸦雀无声。众人都一脸迷茫地注视着郝依依。辉姐更加不解：郝依依到底是哪头的？这架势，怎么好像要跟 Max 王作对？再一转念，两人正热乎着，一个突然要跟别人订婚，哪能不作对？郝依依可不是忍气吞声的人。只不过，她的报复也是要着花样的。

"当然，boss 也许会告诉你，我们只是雇佣关系。如果你不喜欢这份工作，完全可以辞职，再找一份你喜欢的工作。"郝依依继续说下去，"可如果你再换个工作，又要重新摸索老板的脾气，研究公司的政治，要更努力地巴结老板和同事，要加班加点，没时间接送孩子上下学，没时间给老公做饭，没时间陪爹妈和公婆去医院看病。"

Max 王的脸色越来越难看，郝依依却根本不看他。她把目光直直地投向大门。辉姐顺着那目光看下去，愕然发现了站在 Frank 身边的 Judy。Judy 和郝依依遥遥地对视，眼睛里噙满了泪水。郝依依把话说到 Judy 心坎里去了，也说到许许多多在外企、私企里打工的女子心里了。辉姐的出身有些不同，她以前并不是给外企或者私企打工，而是给国家打工的。工资不高，但总有些外快。只要没野心、没理想，其实可以很舒适。贡献不大一点儿都没关系，有关系的是做谁的人，成为谁的帮手，又成为谁的威胁。

郝依依还在滔滔不绝："当然，有时候 boss 对你很好，好得过了头，把你当成宠物……"

"Enough！"Max 忍无可忍，当众吼了出来，他脸色发白，嘴唇微微颤抖，"郝小姐，请你立刻离开这间房间！"

"Max，这不合适吧？"董秘书站起身，隔在郝依依和 Max 之间。Max 理直气壮道："她是我带来的朋友，我当然可以请她离开。"

"是寇先生请她进这间房间的，她现在是寇先生的客人。"董秘书毫不示弱。

"是吗？"Max 面露鄙夷之色，酸溜溜地说，"恐怕，她早就是寇先生的人了！"

辉姐心中不屑：这人真有意思，自己要跟别人订婚，倒像是他被人甩了。他不是早就知道郝依依是给寇绍龙办事的吗？

"这有什么奇怪呢？郝小姐一直在快阔北京公司上班的，不过……"董秘书颇有意味地反问 Max，"正因如此，您王大公子才想方设法地追求她吧？"

Max 顿时火冒三丈："胡说！她只是一个小前台，我追到她，她能为我做什么？"

"小前台"这三个字让辉姐倍感别扭，可她丝毫不感觉意外。Max 王打心底看不起前台，尤其是中国内地的前台。可他看上了郝依依，穷追猛打的，还要了些花招。郝依依也就顺利地就范了，造成了一个非常复杂的局面：郝依依是快阔北京的前台，却跟大老板的对头谈恋爱；但背地里，郝依依又在给寇绍龙做事。然而，这"背地里"还有另一层"背地里"——郝依依和 Max 王在合伙对付寇绍龙。这简直就是双重间谍！不，好像不止双重。辉姐一时想不清楚这算几重。一个二十多岁的年轻姑娘，得有多少心机，得冒多大的风险？可是闹到最后，Max 王却跟寇绍龙的女儿订了婚。"多重间谍"的两家主顾成了一家，那间谍该怎么办？辉姐有点儿可怜郝依依。

"小前台？呵呵，"董秘书冷笑，"您王大少爷不会不知道，她……"

寇绍龙突然咳嗽了一声，董秘书硬生生改了口："她……到底就是个工具，追到了手，用完了，就要请她离开这里，就像清走一堆垃圾。是不是？"

"你！"Max 对着董秘书怒目而视。

"Max！"王太喝止了 Max，硬生生摆出一副笑脸，转向众人，"拍卖会已经 over 嘞，多谢大家！"

众人纷纷起身，不情不愿的。谁想在最精彩的时刻半途退场呢？

"Wait！"寇绍龙又开口了，"拍卖好似冇尾呀（拍卖好像并没有结束呢）？"

王太转向寇绍龙，和颜悦色道："寇生，今日系我哋两家大喜嘅日子，既然决定咗破镜重圆，点解要互相揾麻烦呢？而且，以后我哋之间嘅事都系自己屋企嘢，无使嘥大家嘅时间呢（今天是我们两家大喜的日子，既然决定了破镜重圆，又为何要互相找麻烦呢？而且，以后我们之间的事都是我们自家的事，无需浪费大家的时间呢）！"

王太顿了顿，情人般地深深看了寇绍龙一眼，用更加柔和愉悦的声音说："我系唔会畀屋企人蚀底嘅，应承过你啦（我是不会让自家人吃亏的，都已经答应过你啦）！"

寇绍龙果然不言语了。辉姐有点儿明白了：王家大概是被寇家逼到绝路上了，所以打算向寇家"投降"。Max 王虽然到了北京，也勾搭上了郝依依，却并没有真的拿到寇绍龙和深圳安心勾结的证据，反倒被人家嫁祸了。如今，最重要的人证老李落到了寇绍龙手里，最重要的物证手机主板不见踪影，王家不投降还能怎样？郝依依几乎是废人一个。难怪 Max 王要跟别人订婚呢。不过，事情突然发生了变化——郝依依从 Judy 手里拿到了"证据"，辉姐这窝藏手机主板的"拍卖品"也突然出现了。局势一下子被搅乱了。可 Judy 的"证据"是个圈套。寇绍龙既然眼看就要吞并王冠了，为啥还要下这个圈套？

王太再次转向大家，笑容可掬地微微颔首。众人没道理继续留在这里，纷纷告辞往大厅外走。王太向 Max 使了个眼色，Max 把几个守门人和侍者也打发了。寇绍龙也让自己的"女儿"和保镖都出去。Frank 给 Judy 递了个眼色，Judy 转身跟着人流走出去。辉姐也想跟着。这里的人都虎视眈眈，像是要把她生吞活剥了。其实用不着生吞活剥，只需对她稍微搜查一下，就会发现，Max 王的手机主板就在她身上。

姓戴的拦住辉姐，耳语道："拍卖还没完呢，拍卖品怎么能走？"

辉姐急赤白脸地回敬："谁知道你到底在搞什么鬼？我没工夫陪你玩！"

"李卫东。"

戴威只说了三个字，仿佛念了孙悟空的定身咒，立刻就把辉姐定在原地。

戴威满意地点点头，又在她耳边嘀咕了一句："一会儿，我问你什么，你就回答什么。照实说。"

6

西餐厅的大门再次关闭。房间里就只剩下八个人：有辉姐、戴威、寇绍龙、董秘书、Max、王太、Frank、郝依依。几人各自落座，自动划分出两个阵营：寇绍龙、董秘书和郝依依坐在一边，Max 和王太坐在另一边，辉姐和戴威坐中间。Frank 迟疑了片刻，到角落里找了个座位，并不靠近任何阵营。

辉姐暗自好笑：这个 Frank 可真会演！他的律所为费肯公司服务，因此他该为费肯公司的新领导 Max 王服务；可实际上，他是寇绍龙的心腹，连辉姐都知道，这屋里还能有谁不知道？

其实，真正需要纠结座位的难道不该是郝依依？辉姐也搞不清楚她到底该算哪一边的。不过，直觉告诉辉姐，郝依依对 Max 王是真心的。就算不是真心爱他，起码也是真心想嫁给他。谁不想嫁给亿万富翁，一辈子衣食无忧？

几人沉默了一阵，还是王太先起身发言："现在大家可以畅所欲言了。不过，我想先得到一个答案。"王太顿了顿，扫视了一圈，把目光停在戴威脸上，"戴先生，你到底是谁？请别再提慈善协会了，没人会相信的。"

戴威耸耸肩："这很重要吗？"

"当然。"王太直视着戴威，"既然做拍卖，总要有点儿信用的。"

"OK！"戴威起身，面向大家微鞠一躬，"Sorry，我的确不是慈善协会的副主席。但是，我说服了慈善协会的主席先生，让我代替他来参加今天的义卖。"

Max 低声骂了一句："骗子！"

"No，no，no！"戴威向着 Max 连连摆手，"我并不是骗子。其实，我也是受邀而来！"

"是谁邀请的你？"王太警惕地问。

戴威并不急着回答，缓缓移动目光，像是在仔细寻找，经过 Max 时顿了顿，随即又转向寇绍龙。王太长出了一口气，疑惑地看着寇绍龙。寇绍龙好奇扬了扬眉毛。戴威又再次移动目光，最终停在辉姐脸上。

戴威炯炯地盯着辉姐。辉姐一脸惶恐，喃喃道："不可能是我吧？"

"就是你……"戴威说。

众人都诧异地看着辉姐。辉姐顿时乱了阵脚，满头的雾水。偏偏在这节骨眼上，辉姐的大腿被人狠戳了一下。辉姐浑身一抖，这才明白过来，是手机。还好手机没继续振动。是个短信或者微信。辉姐可顾不上看，戴威的眼睛像两道激光，照得她心慌意乱。

戴威却幽幽地说："别紧张。我说的是，你的老板。"

辉姐如释重负，扭头去看 Max。众人也跟着齐刷刷看向 Max。Max 顿时愣住了。戴威笑道："抱歉，忘记介绍了。这位姚军辉女士，是大名鼎鼎的费肯会计师事务所北京分公司的前台。所以，她的老板当然就是费肯公司最近空降的中国区总裁，Maximilian Wang。不过呢，我说的老板，并不是姚女士现在的老板，而是以前的。"

戴威把目光再次投向寇绍龙："姚女士之前是在远江银行工作的。

她之前的老板，自然就是远江银行的行长，牛长江先生！"

寇绍龙扬了扬眉毛，咳嗽了两声，说道："真系有意思！嗰间银行嘅行长，同我哋有咩关系（真是有意思！那家银行的行长，和我们有什么关系）？"

"当然有关系。"戴威微微一笑，"牛行长和在座的一位贵宾，正在合作一桩重要的生意。今天这个订婚仪式，让牛行长有点儿担心，会不会影响这桩合作。所以，牛行长让他的助手张小斌先生找到我，请我帮他们一个小忙，到这里来看一看，到底发生了什么。"

戴威始终凝视着寇绍龙。不言而喻，他口中的"一位贵宾"，当然就是寇绍龙。寇绍龙又咳嗽了两声，不快地把脸扭向一边。董秘书立刻开口："你不要妖言惑众！"

"第一，我说的并不是妖言；第二，这里也没有'众'，既然都订婚了，都是自家人，关起门来说自家话，有什么关系？"戴威摊开双手，把目光转向寇绍龙，"莫非，寇老板不希望我当着'家人'继续讲下去？"

"有咩快放！惊你未（有屁快放！难道还怕你）？"寇绍龙骂完了，给董秘书递了个眼色。董秘书悄然起身，掏出手机，走出西餐厅去了。辉姐心中一抖，不知是不是会像电影里那样，有黑社会拿着冲锋枪冲进来。

"既然寇老板也同意，我就讲了。"戴威开讲了，"就在大约两周前，有一位内地银行的高管，李卫东先生，在香港机场砸了一家饰品店，诸位都听过这新闻吧？"

戴威这次盯着王太。王太耸耸肩："没听过。香港发生那么多劫案，哪里听得过来？"

"但李先生可不是为了打劫假珠宝的。机场安保那么严密，也不可能在众目睽睽下打劫饰品店。"戴威故作神秘，"据说，是有人想要追杀李先生，他才灵机一动砸了店铺柜台！"

寇绍龙不屑道："你唔系话，机场安保严密！点谋杀（你不是说，机场安保严密嘛！怎么还能谋杀）？"

"别人当然不能。但有一位大老板就能。"

"你唔系拍戏吖（你不是在拍戏吧）？哈哈！"寇绍龙笑得很夸张，眼睛眯成了缝，眼缝里却闪着骇人的寒光。

"这位大老板是谁？"Max 王满怀警惕地问。

"这个，就需要从头说起。"戴威拿出要长篇大论的架势，"李先生是远江银行安保部门的总监。六个月前，他批准一家深圳公司为银行安装网络安全系统。就在大约三个月前，中马警方联合行动，破获了一个电信诈骗集团。警方发现，诈骗集团盗取了远江银行大量的客户信息。有证据显示，客户信息是通过深圳公司泄露的。就在这时，深圳公司的总经理跑路了。警方发现，深圳公司资质不全，跑路的总经理更是劣迹斑斑。有人就问了，远江银行当初是怎么做的尽职调查？为什么轻易就把至关重要的安保项目交给不合格的服务提供商？负责此项目的银行领导——也就是李卫东先生——会不会和那家深圳公司的负责人或者股东之间，有什么见不得人的勾当？这些当然只是猜测。不过李卫东好像很紧张。不知是不是想要逃跑，李卫东先生急急忙忙地赶到了香港。可一下飞机，立刻就有人想要谋杀他。你们说，谁会想要谋杀他？"戴威突然转向辉姐，"我听说，李先生临走前，曾经交给你一样东西？"

辉姐点点头。

"什么东西？"

"一块手机里的电路主板。"

"谁手机里的？"

"王总手机里的。"辉姐一五一十地叙述起曾经发生的事情来，"李卫东临走的前一天下午，他到国贸来，偷了王总的手机，拆下主板，然后来见我，偷偷塞进我大衣口袋里的。"

"你是怎么知道那是手机主板的？"

"我去中关村找人看了。"

"手机主板里发现什么了？"

"发现了一份王冠集团的董事会决议，决定卖掉深圳安心公司，就是你刚才说的那家给远江银行开发安保系统的公司。"

"啊哈！"戴威打了个响指，好像发现了新大陆似的，"所以，Max——不——王总，王总的手机主板里有证据，证明深圳安心公司其实是王冠集团的子公司，出了事，自然要急着把子公司卖掉。对不对？"戴威把目光对准Max，"可李卫东先生为什么要偷王总的手机呢？会不会是知道自己处境危险，想拿着证据逃走？可偏巧到了香港就有人要谋杀他。是不是除掉了李卫东，就等于把人证、物证都消除了？"

戴威死死盯着Max。Max剑拔弩张，如临大敌："你到底什么意思？"

戴威微微一笑，慢条斯理地说："我一直非常好奇，如果李卫东并没有把那块手机主板留给姚女士，而是把它带到香港；而且，他真的在机场被谋杀了，警察会不会从尸体上找到那块手机主板？"

戴威的目光终于离开Max，又巡视了一圈，自问自答："我猜一定会的。这么重要的证据，李先生一定会藏得很小心。劫杀他的人一时着急，找不到也很有可能。毕竟，即便能在香港呼风唤雨，在机场里杀人也不是那么容易的。"戴威向寇绍龙点头致意。寇绍龙斜斜地瞥了他一眼。董秘书不知何时回来了，正在他耳边窃窃私语。

"然后，一切就很明显了。警察从尸体上找到手机主板，不但能证明王冠就是深圳公司幕后的大股东，还能证明王总跟李先生的关系不一般，也许很想让李先生永远沉默。但是，"戴威话锋一转，把目光再度投向 Max，"这样一来，对谁最有好处呢？肯定不是王冠。顶上行贿、欺诈、谋杀这些罪名，能有什么好处呢？即便法院认定这些指控证据不全，但仅凭新闻报道，就足以让王冠损失不少的商业利益。对了，王冠最近不是买了很多费肯公司的股票，并因此进入费肯全球董事会了？这样一来，恐怕要被赶出董事会吧？"

戴威朝 Max 眨眨眼睛，再次把目光投向其他几人："所以，到底对谁最有好处呢？让我来猜猜啊！会不会是……远江银行的行长牛长江先生？抱歉，忘了说了，李先生是牛行长的女婿！李先生做的一些事情，会不会是牛行长让他做的？"戴威把目光投向辉姐，辉姐立刻点头："那还用说！"

"如果李卫东就这么不明不白地死在香港，也就没办法说出谁是幕后指使者了。更没办法说出他或者他的幕后指使者，到底是和王冠还是和别人在暗中勾结了。"戴威又款款地看了寇绍龙一眼，就像两人之间藏着某种约定似的，"那时候就只剩下那块手机主板。至少能证明，李卫东跟谁有过瓜葛。所以，手机主板真是好重要！可它到底在哪儿呢？就只有这位姚女士知道。你们说，姚女士是不是很值钱？"

"哼哼，"董秘书冷笑道，"你费了这么多事，无非就是为了钱吧！你为何不告诉大家，你到底是干什么的？"

"哈！董先生，您刚才是在 call 张小斌先生吧？"戴威用手做了个打电话的姿势，"手机真是伟大的发明！不但让我们能够随时交谈，还能帮助我们传达不好意思亲自说出口的话。比如，发个短信！"

戴威的话提醒了辉姐：手机刚才振动了一下。她悄悄掏出手机。果然有一条微信，是 Judy 发来的。并不算长，只有三句话。辉姐却一下子愣住了。

"你在故意改变话题！"董秘书不依不饶道，"你是不是不敢告诉大家，你到底是干什么的？"

"董先生，您这是明知故问喽？"戴威微微一笑，"那我就坦白了。

我是私人侦探。人见人厌的那种！不过，牛行长和张小斌似乎没那么讨厌我。因此找到我，让我帮他们两个小忙。第一，设法从姚女士那里打听出手机主板的下落；第二，到这里来查看寇先生和王总到底有什么打算。张小斌先生担心，寇、王两家突然联姻，会不会影响牛行长和……"戴威故意顿了顿，又看了寇绍龙一眼，"和某位大老板之前的约定！不过，张小斌先生并没告诉我更多内情。倒是这位姚女士，比张小斌慷慨大方得多，把她所知的很多事情都告诉了我。只不过，她还是不肯告诉我，那块手机主板在哪儿。是吧，姚女士？"

戴威等待着辉姐附和，可这次辉姐毫无反应，一双眼睛紧盯着自己的手机发呆。手机上的那条短信，让她猛地想起前天深夜，在 Max 王的公寓门前，Max 王睡眼惺忪地来开门的场景。有些细节，她为何当时没在意呢？

"是吧，姚女士？"戴威提高了声音，又重问了一遍。辉姐这才如梦初醒，懵懂地看着戴威。戴威耸了耸肩，放弃了辉姐，索然无味地转向大家："总之，我想说的是，鉴于这件事的内幕如此有趣，张小斌先生付给我的那一点佣金，实在是太少了！"

寇绍龙鄙夷地哼了一声，用雪茄堵住自己的嘴巴。董秘书道："那你应该去找张小斌！到这里来做什么？"

"张小斌的事，也就是牛行长的事。牛行长的事，不就是寇总的事？"戴威嬉皮笑脸地回答。

"胡说！"董秘书怒道，"寇总和你说的那个什么行长，有什么关系？"

"真的没关系？"Max 横空插了一句，斜眼看着寇绍龙。寇绍龙从嘴里拔出雪茄，骂出一大团烟气："屌！"

"Max！不得无礼！"王太斥责儿子，生怕他跟寇绍龙真的吵起来。

"寇总、王总，不要发脾气！今天可是好日子。"戴威像是在打圆场，又像是本来就有话没说完，"反正总归有一位香港的大老板跟牛行长有关系。至少是跟李卫东有关系。不然也不会有人到机场劫杀他。而且，前几天李卫东在迪士尼刚一露面，就被某位大老板请走了。"

戴威再度把目光停留在寇绍龙脸上。寇绍龙哼了一声，扭脸不看他。董秘书连忙开口："你别血口喷人！李卫东在哪儿，我们可不知道！"

"是吗？"戴威突然转向郝依依，"要不，我们问问这位郝小姐，李卫东被谁请去了？"

郝依依沉默不语，低垂着目光，就像这屋子里发生的一切都与她无关。

"郝小姐，你不会不记得了吧？如果没你帮忙，那位大老板大概也不知道李卫东先生在迪士尼？"

辉姐仿佛被人迎头一拳，愕然举目去看郝依依。郝依依也正在看她，但迅速把目光移开了。辉姐全明白了！老李被寇绍龙抓走，原来是拜郝依依所赐！除了戴威，就只有郝依依知道他们在迪士尼！辉姐心头火起，恨不得上前掴她一巴掌！

"看看，郝小姐不好意思说呢！是不想出卖老板吧？"戴威阴阳怪气道，"可是，郝小姐到底是为谁服务呢？"戴威把目光投向 Max，冷嘲热讽道，"郝小姐不是和王总也关系不错吗？怎么坐在寇总身边去了？"

Max 瞬间被激怒了，满腹怨气道："我可没那么幸运！她本来就是他们的人！"

"哎呀，什么你的人我的人的，是你岳父的人，不也就是你的人吗？"王太神色紧张地打圆场。Max 低声骂了一句：Bullshit！

"屌你老母！"寇绍龙恶狠狠回应了一句。

"嘴干净些！"Max 一跃而起。王太紧跟着站起来，惶恐地去拽儿子的衣袖。Max 却反而更火，甩开母亲的手，厉声质问寇绍龙："你敢说，李卫东不是被你'请'到你的某家酒店里去了？"

寇绍龙脸上也变了色，怒不可遏。

"各位，"墙角的 Frank 突然开口了，"我是律师，律师最看重证据。所以，Max，请你在拿到证据之前，不要妄加指责，否则，会被法庭认定为诽谤的。另外，我想补充一下：据我所知，李卫东先生并不是逃犯。他是完全自由的游客。他愿意住进哪家酒店，那是他的自由，和酒店的老板没有关系。"

"他是自由的游客？"Max 怒目圆睁，抬手指着寇绍龙，"你问问你老板，李卫东现在自由吗？在机场躲过一劫算他命大！现在要是还能喘气都算他幸运！"

"Max！"王太声音颤抖，脸色煞白。

"屌！"寇绍龙猛然站起身，"这个婚，不必订了！"

正在这时，西餐厅后部的一扇门突然开了。有个苍老低沉的声音从里面传出来，尽管气若游丝，房间里的几人却都听真切了。

"绍龙，不要急嘛！"一辆轮椅从门内徐徐驶出，上坐一位瘦骨嶙峋的白发老者，形如枯木，打着点滴，鼻子里插着输氧管。自动轮椅巨大无比，装着不少电子设备，背后还挂着氧气瓶，活像刚刚从太空舱里弹射出来的。然而并无医生或护士跟随，证明老人虽"病"，却未至

"膏肓"。

王太看见轮椅上的老者，仿佛吃了一颗定心丸，立刻起身相迎。Max 也赶忙跟上，口中叫着"爹地"。

寇绍龙吊起一根眉毛，颇为意外地说："原来大佬一直匿喺门后呢！点解唔早的出嚟见吓光（原来大哥一直躲在门后呢！为何不早出来见见光）？"

王凤儒并不理会任何人，径直把轮椅驾驶到餐厅最中央的位置，咳嗽了几声，看了妻子一眼。王太立刻俯身下去，把耳朵贴到他嘴边。

片刻之后，王太直起身子，朗声复述丈夫的话："寇家和王家，原本是一家。既然是自家人的事情，那就自家人理论吧！不过，其他几位也请留在门外。我们也许会需要你。"

7

从西餐厅里一共出来五个人：戴威、Frank、董秘书、辉姐和郝依依；留下四个人：寇绍龙、王凤儒、王太、Max 王。寇家和王家一比三。其实董秘书和 Frank 是不必出来的。两人是寇绍龙的左膀右臂，比一家人更亲密。如果两人留下陪着寇绍龙，或者至少留下一个，王家是不会提出异议的。是寇绍龙让两人都出来的，目的其实很明显：看守戴威和辉姐。郝依依的身份很微妙，说不清到底是看守，还是犯人。

西餐厅门外的走廊里还有六名站岗的彪形大汉——三名是王家的人，另外三名是寇绍龙带来的，六人剑拔弩张，严阵以待。走廊里立刻有了几分牢狱的样子。

董秘书把郝依依拉到一边，在她耳边低声嘀咕了几句，问她王家的离岸公司怎么样了。郝依依答已经注册好了，由一个云南山区里的少数民族代持股，完全在郝依依掌控下，都是按照寇总要求做的。董秘书满意地点点头，又问："王家打算何时把费肯的股份转过去？"郝依依摇头说不知道，这个她不方便催。那么大笔的财产，王家总归要慎重些。董秘书皱眉道："看来还得多给他们些压力。"

辉姐提出要上厕所，提得很高调，并不是申请，而是通知。通知董秘书她就要离开他们的视线，说不定就瞅机会跑了。其实厕所很近，而且并没有后门。可董秘书毕竟不放心，朝着郝依依使了个眼色。郝依依知道董秘书让她充当临时看守，迟疑了一下才迈步，有点儿勉为其难。

刚刚在西餐厅里，辉姐满脸怒意，恶狠狠瞪着她，这是谁都看得出来的。她得显得有点儿畏惧才对。

郝依依走进卫生间。正如她所料，辉姐正背靠着洗手池，虎视眈眈地瞪着她。

郝依依犹豫了片刻，什么都没说，径直走向隔间。辉姐小跑了几步，挡在郝依依面前，一把抓住郝依依的胳膊，仿佛强忍着怒气，手和声音都在微微颤抖："老李在哪儿？"

郝依依并不躲闪，就只摇摇头："我不知道。"

"你骗人！你不是跟姓寇的一伙儿的吗？"

"我不是。告诉过你了。"

"骗人！没一句实话！"

"我没骗过你。"

"你说老李是安全的！"

"寇绍龙不会立刻把他怎么样的。"

"老李落到寇绍龙手里，就是你出卖的！"

"那是迟早的事。警方没证据，不能扣着他。只要他一上街，早晚会被寇绍龙的人抓走的。"

"狡辩！你是为了讨好寇绍龙！你脚踩两只船！一边儿给寇绍龙服务，一边儿跟 Max 王谈恋爱！哪头你都不想耽误！你想见机行事！"辉姐怒不可遏。

郝依依突然发力，甩脱了辉姐的手，转身就走。

辉姐喊道："你根本没喜欢过谁，对吧？之前的男朋友一脚踢开，找 Max 王投怀送抱！就为了嫁入豪门当阔太太！当然，豪门可不容易进！总得给自己留条后路，所以，以前的主子也不能得罪！是吧？告诉你这叫什么，这叫贱！真他妈贱！"

郝依依猛转回身，脸色煞白："对！你都说对了！我把以前的男朋友甩了，因为他穷！我想找个有钱人，我想嫁入豪门！那又怎么样？起码，我够胆量！我想要什么，我有胆量去要！不够好的，我也有胆量扔掉！我不会凑合！你呢？给人当小三，没名、没分，也没钱！义务劳动吗？还一当就是二十年！当到人家不想理你了，还要为人家上刀山下火海，你以为这样很崇高？很感人？根本不是！这只能说明你没胆量！是个可怜虫！这才叫贱！"

辉姐上前一步，一巴掌搁在郝依依脸上。郝依依也立刻回敬了辉姐一巴掌，毫不手软。

两人都愣住了，一动不动盯着对方。

按照辉姐的习性，这会儿她应该扑上去揪郝依依的头发，用指甲抓她的脸。可她并没有。她愣住了。她从郝依依那双愤怒的眼睛里，分明看到了些什么。并非两个女人撕逼时常有的傲慢、嫉妒或者诅咒，而是怜悯。发自内心、实实在在、毫无半点儿虚伪的怜悯。辉姐最不能忍受的就是怜悯。怜悯是一把利剑，刺入胸口，将她开膛破肚。

"辉姐，为什么？"郝依依的双眼湿润了，"为什么要为了一个男人，付出那么多？为什么要让爱情变成枷锁？为什么我们不能只为了我们自己而活着，自由自在地活着？"

辉姐依然僵在原地，一动不能动，像是一条被开膛破肚的鱼，被郝依依施了魔法。魔法总有失效的时候。等她再次控制了手脚，她要去揪郝依依的头发，抓她的脸，抽她耳光！她不需要怜悯，更不需要说教！她要让眼前这个无耻的女人得到教训！她也许是因为太愤怒，才全身麻木的。

可她分明感觉到，有什么东西正顺着两腮往下淌，痒痒的。

"姐！不要再管他了！"郝依依摇着头，一串泪珠落下来，"不要再管那些男人！姓戴的、你银行的领导，他们都在利用你！还有李卫东！这么多年，他到底给过你什么？依恋？保护？关心？还是信任？一个完整的家？女人真正需要的，他一样都没给你！可是，他出了事，第一个想到的就是你！把重要的证据藏进你的衣兜里，把你搅和进这摊浑水里！他是在利用你！"

郝依依愤愤地说着，像是在说她自己。辉姐一动不动瞪着她，泪水却断线似的往下流。郝依依语重心长地说："别傻了！别再管他了！回北京去，过你自己的日子吧！"

辉姐好像触电似的，猛推开郝依依，倒退了一步，瞬间恢复了知觉。可她并没扯郝依依的头发，或者抓她的脸。辉姐笑了。笑得很放肆，很狂妄，连她自己都觉得不对劲儿，可就是忍不住：

"哈哈！你说他们在利用我，可你呢？比我强多少？起码，我知道我在被利用，我也乐意被利用！你以为你精得跟猴儿似的，其实呢？你都不知道，人家在背后怎么设计你的！你以为姓寇的不知道你对他有二心？他早知道！不然的话，不会连Frank都对Judy留着一手儿！Judy去Frank办公室里找你要的东西，被抓了个正着！你以为Judy交给你的东西是真的？那是Frank做好的套儿！等着借你的手，套到你相好的脖子上去呢！哈哈！"

辉姐自己都不知道为什么要告诉郝依依这些，按道理她不该说的，她恨郝依依，想报复郝依依，让郝依依倒霉。可辉姐忍不住不说，就像她忍不住不笑。

"还有你相好的，Max 王！你当他真对你多好呢？还什么冒着生命危险救你？那根本就是做戏！他一点儿都没烧伤！绷带是专门缠给你看的！哈哈哈！你个大傻妞儿！"

郝依依被辉姐的狂笑激怒了。她吸了吸鼻子，一把抹掉眼泪："就算他是做戏给我看，不正能证明，他很在意我吗？"

"哈哈哈！说你是大傻妞儿，你还不信！看看！"辉姐掏出手机，递到郝依依眼前，"这是 Judy 刚才发给我的微信！你自己看吧！这可不是谣传！我就能证明！我们公司以前有个孕妇，被 Max 王炒掉了！你猜后来 Max 王赔了她多少钱？五十万！你猜为什么要赔那么多？哈哈！你以为你是谁？年轻貌美，冰雪聪明，你的 Max 王为了你神魂颠倒？其实，你什么都不是！"

郝依依猛转身，拔腿就走。趁她还能走，赶快离开这里。她浑身都在战栗，几乎要震碎了。

郝依依推开卫生间的门，门外却赫然站着 Max。

Max 面色慌张，心急火燎的。看见郝依依开门走出来，立刻迎上去，张开了双臂。郝依依脚下一个急刹，好歹没有撞进 Max 怀里。她往回退了一步，抵在门上，让那黑色领结、高耸的喉结和刮青的下巴都离自己远一点儿。

"依依！我有急事找你！"Max 抓住郝依依的双肩。她徒劳地挣扎了一下，很快就放弃了。也许辉姐是对的，她什么都不是。她的努力都是白费的。她被 Max 拉进走廊拐角，身体软软的，四肢都不像是自己的。她扭头瞥了一眼餐厅门外，董秘书和 Frank 都没了踪影。Max 在她耳边小声嘀咕："他们进去了！老头子病了！"

尽管轮椅上的王凤儒就像木乃伊，看上去命悬一线，郝依依还是有几分惊异："你爸？"

"不！"Max 忙不迭地摇头，"是寇绍龙！寇绍龙犯心脏病了！我出来叫戴秘书和 Frank 进去，顺便找你……"Max 沉吟了片刻，"爹地想见你。"

郝依依倍感意外：发病的竟然是肥壮如猪的寇绍龙，岌岌可危的王凤儒倒是没事，而且要见她？为什么要见她？在王凤儒和王太看来，她只不过是 Max 的一件"工具"，用完了就该扔掉的。可 Max 竟然把她带回香港来了，就像把一只沾满泥污的旧靴子穿进铺着细绒地毯的卧室里那么令人讨厌。

"是因为……" Max 看出郝依依的疑惑，试图解释却又有些难以启齿，"我爹地……他刚才一直躲在门后，通过监控看西餐厅里发生的事。他看到你和寇绍龙坐在一起，而且，看上去是寇绍龙的人。所以，他不知道……不知道能不能信任你。"

郝依依难以置信地瞪圆了眼睛。

"依依，我当然知道，我们是在演戏给寇绍龙看，我们是要稳住他。可是，爹地也未必完全信我。这也不能怪他。你要看看王冠的处境。现在是到了山穷水尽的地步了。我到北京这么久，还有你……也还是没找到证据。而且……你本来就是快阔的企秘师……" Max 顿住不语，试探地看看郝依依。

郝依依把头扭向一侧，不看 Max。Max 在怪她没找到寇绍龙诬陷王冠的证据。其实她有"证据"，能"证明"寇绍龙和深圳安心的总经理林峰共同持有一家在 BVI 注册的公司，暗中勾结。就在不久前，她还不顾一切地想要把这"证据"交给 Max，好让王冠集团转败为胜。可她现在不能交了。因为证据是假的，是个陷阱。辉姐说得很明白，那是寇绍龙的心腹 Frank 命令 Judy 交给郝依依的。当然了。一家跨国律所的后台哪能那么好进？她刚才一定是太激动了。王家在怀疑她心怀二意，暗中为寇绍龙效力。她却无以反驳。她的辛苦眼看就白费了。郝依依暗暗恼火，鼻子竟然一下子酸了。她黯然道："既然他不信任我，为什么要见我？"

"因为我告诉他，你在帮我们在海外设立新公司，这样，我们就可以把王冠的资产——最主要就是费肯的股份——转移过去，神不知鬼不觉。这件事必须尽快完成。越快越好，赶在寇绍龙进入王冠各个公司董事会之前。此事至关重要，绝不能有任何差错。所以，爹地想亲自见见你。"

郝依依颇为意外。原来，Max 之前并没告诉过父母，他在请郝依依协助他注册离岸公司。怪不得王太对郝依依那么敌视，就像对待她儿子从街上捡回来的一只小破鞋。然而，即便她是高级企秘师，是双重间谍，又有什么区别？只不过是一个更高级的工具，永远成不了王家的少奶奶。郝依依吸了吸鼻子，悻悻地说："那就不必见了。反正公司已经注册完了，而且是在你的名下。未来所有的手续都可以由你完成，不需要我的参与了。如果怀疑公司注册的真实性，可以找任何一家企业秘书去验证。"

"已经验证过了！没有问题！"Max说罢，感觉有些不妥，偷看郝依依的脸色。郝依依当然料到Max会去找人验证，只是没想到做得这么快，显然是在大半天的时间里，就把注册信息都验证过了——公司在英属维京群岛注册，只有一个董事、一个股东，都是杨春山。整套文件里，除了杨春山的真实身份，绝无任何虚假。而Max知道，真正的杨春山已经化为灰烬了。所以，他和他父亲完全没什么可担心的。

可Max看上去确实在担心些什么。他踌躇了片刻，支支吾吾地说下去："可是，爹地他……并不知道杨春山这个人。他以为，你在BVI刚刚注册的公司，股东是王凤儒基金会。那是他早年在瑞士秘密设立的家族式基金，用来隐藏王家私有财产的。因为费肯公司是上市公司，股权结构是公共信息，所以王凤儒基金会不能直接持有费肯的股份。基金会的名字会让人一目了然的。爹地要我在BVI设立一家基金会的子公司，来接纳费肯的股份，因为BVI公司的股东是查不到的。这样的话，费肯未来公布的股权信息里就只有BVI公司，而没有基金会的名字。这就安全了。"

"你是想让我替你撒谎？"郝依依表情惊讶，内心却都明白了。Max的父亲让他在离岸注册一家家族基金的子公司，用来秘密接纳费肯的股份，但他让郝依依注册了一家完全由他自己控制的公司。他是想瞒着父亲，把王冠集团最核心的财产置于自己名下！王凤儒真正怀疑的并不是郝依依，而是他自己的儿子。

Max并没有点头，也没有摇头，他愁容满面地沉吟了片刻，再次拉住郝依依的手："依依，对不起，有一件事，我一直没告诉你。"

郝依依心中冷笑：何止一件？可她脸上并没表现出丝毫的异样，安安静静地等着Max说下去。她很想听听，Max将要告诉她的，是哪一件。

"爹地让我到内地去，空降费肯北京，除了要我寻找寇绍龙陷害王冠的证据之外，还让我找一个人，就是二叔王啸虎的遗腹子。二叔的老婆没生过孩子，所以大家都以为二叔并无后代。其实他在内地有过一个情人，据说还怀了孕。只不过，孩子还没出生，二叔就死了。二叔临终前曾将孩子托付给爹地。但爹地并没找到这个孩子。他这次生病，大概是感觉来日无多，这才命我务必找到二叔的孩子。他要在王凤儒基金会的受益者里多加一个人。王家的财产，二叔的孩子也有一份。"

郝依依沉默不语，一动不动，眼中却划过一丝异样的光，炽热而酸楚。Max注意到了这道光，仿佛受到了鼓励，情绪激动起来："可是，我凭什么跟一个陌生人分享王家的财产？这么多年，他为王冠做过什么贡献？为长辈尽过什么孝道？你说，他凭什么？"

郝依依突然锁紧眉头，薄唇紧闭，面色凝重。Max 吓了一跳，正要说点儿什么弥补，郝依依却开口了。

"Max，"郝依依的声音坚决而郑重，仿佛终于做出了一个艰难的决定，"我帮你。我去见你父亲，告诉他我帮你们注册的公司，是登记在王凤儒基金会名下的。"

"真的吗？"Max 兴奋得几乎要拥抱郝依依。郝依依抬起双手挡住 Max，小声说："可我不知道，他会不会信我说的。"

"他会的！"Max 非常确定，"只要你肯那样说，就没问题的！"

"好！走吧！"郝依依坚定地点点头，迅速从 Max 胳膊底下钻出去。她不想让 Max 再有机会拥抱她。

8

王凤儒在西餐厅的后厨里"召见"了郝依依，单独召见的。

这后厨与餐厅一门之隔。餐厅被临时改成拍卖会场，自然不需要任何厨师。偌大的厨房里就只开了一盏射灯，把光投在郝依依头顶。剩余的空间幽深而空旷。王凤儒坐在射灯的阴影里，看上去比刚才自在许多。人虽然还是木乃伊似的瘫坐在轮椅中，眼睛却灵动起来，细细打量郝依依，从头到脚，再从脚到头，像是在欣赏一幅画，不只是欣赏，还有研究，仿佛画里藏着密码似的。

王凤儒终于开口了："你想嫁给 Max？"

郝依依迟疑了片刻，她并没料到王凤儒如此直接。厨房顶部并排挂着几台显示屏，以供后厨的员工随时观察餐厅里的情况。此刻屏幕里正一团忙乱。董秘书和两个保镖把寇绍龙团团包围，Frank 在满脸焦虑地打电话。Max 和王太垂手站在一边，显得有点儿多余。尤其是 Max，昂首挺胸，傲然远眺。他总是用骄傲和愤怒掩饰一切的。

郝依依摇摇头："我不想。"

"哦？为什么？"王凤儒有些意外。

"您应该很清楚答案。"

"因为他和别人订婚了？"

"不。因为他是您的儿子。"郝依依顿了顿，斩钉截铁地说，"我从来没打算嫁给他。"

王凤儒把眼睛微微张大了些，饶有兴趣地看着郝依依："那你为什么要帮他？"

"这些年来，我一直在为快阔和寇总工作。您知道，我们这一行——我指的是企业秘书服务，如果希望得到大客户的长久订单，就一定要帮助客户排忧解难，比如合法避税，或者不是太不合法的……"郝依依停顿了一下，确保王凤儒听明白她说的，"可最近，寇总给我出了几个难题。他让我感觉，为他工作并非长久之计。可我需要像寇总这样的大客户。"

王凤儒眯起眼，沉思了片刻，又问："你觉得 Max 会因为你的帮助，给你长久的生意做吗？"

郝依依既没点头，也没摇头。她反问："您说，他会吗？"

王凤儒微微一笑："不过，你并没有帮到王家很多，仅仅在 BVI 注册了一家公司而已，任何一家企业秘书都能做到的。"

"是的。我没帮上什么忙，对不起。"郝依依点头致歉。她当然知道她做了什么。仅那张"杨春山"的身份证，就绝不是一般的企业秘书能搞到的。可她不能告诉王凤儒那些。她安静地站着，任由王凤儒眯着眼打量自己。许久之后，王凤儒点点头："你很聪明，也很会做人，我不想你为王家白辛苦。不过，如果你真的想要嫁给 Max，我就什么也帮不了你。"

"我说过了，我不想。"郝依依回答。

"很好。既是这样，你可以做我的干女儿。"

郝依依不太相信自己的耳朵。但王凤儒的普通话比 Max 的还标准，不可能听错的。

"做我的干女儿，和亲女儿一样。"王凤儒继续说下去，"你也将是王凤儒基金会的受益人，基金会目前只有两个受益人，我的妻子和儿子。你就是第三位。你们都是平等的。"

郝依依没吭声，也没表现出惊异，就只微微一笑，温婉而礼貌。她已经明白过来，王凤儒是在打什么主意。

"为了确保基金会继承人的利益，我让 Max 帮我做一件事情。你知道吗？"

郝依依知道王凤儒进入了正题，答道："如果，您指的是 Max 让我在 BVI 注册成立公司的事，是的，我知道。那家公司只有一个股东，就是王凤儒基金会。"

王凤儒点了点头，沉吟道："我希望你能明白，你注册的这家公司，将要接纳王家最重要的财产。所以，你确定它是基金会的全资子公司吗？不然的话，那些财产可就与你无关了。"

"当然，我很确定。注册手续都是我亲自办理的。不过……"郝依依也沉吟了片刻，"我并不指望您的财产跟我有任何关系。"

"哈哈！"王凤儒笑了，"我也并不指望你说的是真的。不过，你让我很想在你身上赌一把。"

"谢谢您的抬举。"郝依依点头致意，不卑不亢，并没有感激涕零的意思。这让王凤儒有些意外，默然注视着郝依依。两人就这样对视了一阵子。还是王凤儒先开口："我知道你在想什么。你猜对了。我的确想从你嘴里问出实情。但是，我也的确是认真的，绝无戏言！"王凤儒紧盯着郝依依的双目，"我给你选择的自由。选择做我儿子的人，还是做我的人。"

郝依依点点头，并没开口。她心里很清楚，王凤儒的意思是，这问题只有一个答案——她根本做不了 Max 的人。但那只是王凤儒以为的。她当然还别的答案，她并不是任何人的"人"。

王凤儒满意地点头。他理解郝依依的选择：她并不想做 Max 的人。

Max 偏巧在此时推门走进来。

他的确敲了两下门，却等不及回应。王凤儒脸色阴沉下来。Max 忙不迭地解释："爹地，寇绍龙又没事了。他要见您！他说刚才的事还没谈完。"Max 看看父亲，又看看郝依依，没看出什么异样，这才放下心来，凑近父亲，压低了声音："要不要立刻把费肯的股票转移到新公司？"

王凤儒抬起枯柴似的手，微微摆了摆："再等等。"

Max 失望地看了郝依依一眼：谈了这么久，怎么还没搞定？郝依依视而不见。

西餐厅的门再次被推开了，这次根本没人敲门。王太焦虑的声音伴随着一股浓烈的雪茄臭味飘进后厨："寇生，你身体唔舒服，多休息吓！"

"我冇事啦！"寇绍龙肥胖的身体破门而入。他指夹粗大的雪茄，身后紧跟着王太，还有董秘书和 Frank。

寇绍龙大手一挥，雪茄在空中画了半个圆："大佬，我头先提嘅条件，你到底得唔得（大哥，我刚才提的条件，你到底肯不肯）？"

9

寇绍龙变卦了。他改变了订婚仪式前约定的条件。原因很简单：第一，Max 根本没诚意；第二，"大哥"王凤儒并没到病危的程度。因此，之前的条件风险太大了。

寇绍龙和王太之前谈妥的条件是：王家和寇家联姻，寇绍龙进驻王家核心公司的董事会，慢慢过渡控制权，留给王太一部分生活费，承诺让女婿 Max 在未来继承一部分家业。

就在刚才，在西餐厅里，寇绍龙提出了新条件：他要立刻成为王冠公司的董事长，让王家所有人彻底离开这些公司，包括未来的女婿Max——如果他还愿意娶寇绍龙的"女儿"。Max 怒道：不用谈了！王凤儒骂了一句"畜生"，也不知骂的是儿子还是寇绍龙。寇绍龙冷笑道，骂得好！你老婆的生活费再减一半！ Max 也冷笑：你倒是有自知之明！寇绍龙怒然起身，却并没骂出声音。他一屁股坐回椅子上，捂着胸口，脸色发了青。

不过，寇绍龙显然迅速康复了。面色红润，精神抖擞，依然叼着雪茄，完全看不出几分钟前曾经生命垂危。只是眼睛似乎有点儿不大好使，对郝依依视而不见，丝毫没流露出一点点惊异，就像忘了这女孩刚才还坐在自己身边，因此也不在乎她此刻正和王凤儒躲在后厨，分明是在密谈。

王凤儒沉吟了片刻，说道："条件都由你来开，不太公平吧？"

寇绍龙一脸愕然："大佬有冇搞错？你公司山穷水尽，你老婆嚟揾我帮手，点解条件唔是我话事（你老婆来找我帮忙，条件怎么不能由我开）？"

"我公司山穷水尽，还不是拜你所赐？"王凤儒冷笑道，"你给了那个安保公司总经理多少钱？"

寇绍龙反问："你有证据吗？"

王凤儒沉默了，眉间隐隐地出现一丝苦涩。

"冇证据，就唔好乱讲！小心我告你诽谤！"寇绍龙得意道，"你唔肯都得，你讲一句话，我即刻走。等人查封你公司，你同你个仔身败名裂嘞（你不答应也可以，你讲一个不字，我立刻就走。等人查封你的公司，你和你儿子身败名裂吧）！"

"唉！"王凤儒长叹了一声，并未作答。

寇绍龙心满意足，弹掉雪茄上的烟灰，狠吸了一大口，雪茄头一片殷红，仿佛渗出污血来。

"现在找不到证据，到了阴间就不需要证据！"王凤儒终于从牙缝里挤出几句，"啸虎在天上看呢！绍龙，这么多年，你晚晚都可以睡好觉吗？"

寇绍龙眯起眼睛，"呵呵"地笑了两声。在浓浓的烟雾之中，郝依依突然看到寇绍龙的目光，蜻蜓点水似的在她脸上一点，立刻就离开了。郝依依清晰地辨认出那目光中的赞许，不禁恍然大悟：寇绍龙根本没犯心脏病。他只不过是给郝依依和王家提供独处的机会，等着她把Judy交给她的"证据"——写着SP律所海外服务器登录密码的纸条——交给王家。可她显然没交。不然的话，王凤儒就不会像现在这般的落败。寇绍龙不是傻子。即便拿到王冠的控制权又有何用？人家随时可以把公司的核心财产——比如费肯的股份——转移出去。对于寇绍龙来说，最关键的，是郝依依能不能把Max秘密注册的离岸公司暗度陈仓地转给他。郝依依顺利通过了考验，她是忠于寇绍龙的。

寇绍龙反问王凤儒："大佬，你对二佬咁好，使唔使帮佢搵到个仔先？佢唔系托付你呀？咁多年喽，点解唔见你搵到（你对二哥那么好，要不要先帮他找到儿子？他不是托付你了？好多年喽，怎么不见你找到）？"

"我仲搵紧！最近都叫Max去内地搵（我一直在找！最近还叫Max去内地找）！"王凤儒转问Max，"你是不是有在找？"

Max因这突如其来的问题有点儿慌："我很尽力地找了，一直找不到！"

"哼！"寇绍龙鄙夷地瞥了一眼Max，像是瞥一只苍蝇。他问王凤儒："有讲咁多废话！我个条件，你算系同意，系未（不要再说废话了！我的条件，你算是同意了，对吧）？"

王凤儒牙关紧咬，像是要点头，却又不甘心，在垂死挣扎。

正在这时，西餐厅里一阵喧闹。几人不禁抬头看监视屏幕，三名保镖正在追赶戴威和辉姐，几人快速跑出了视野范围。后厨的门突然被推开了，戴威拉扯着辉姐跌跌撞撞地冲进来，几名保镖紧跟着拥进来，要去抓戴威和辉姐。戴威高声叫道："寇生！生意还没谈完呢！你不是想买我的'货'吗？还买不买了？"

寇绍龙向几名保镖使了个眼色。保镖退了出去。

戴威谄媚地笑。他指指辉姐:"我把'货'带进来啦!"

辉姐瞪了他一眼,昂起首,挺起胸,像是配合戴威在做展示。寇绍龙看了一眼辉姐,厌恶地对戴威说:"畀你五万!留低呢个女人。你扯啦!躝返去同张小斌讲,如果唔放心,就自己嚟(给你五万!把那女人留下。你滚吧!滚回去告诉张小斌,如果担心,就自己来)!"

"嘿!转眼涨了四万,不错!"戴威喜笑颜开。

"等等!"王凤儒皱起眉头,像是突然想起什么,问戴威,"Max 的手机主板里,到底有什么能值这么多钱?"

戴威忙不迭地回答:"有王冠集团决定卖掉深圳安心安保公司的决议,能说明深圳安心是王冠的子公司!"

王凤儒向 Max 招招手。Max 立刻俯下身去,听父亲耳语了几句,立直了身子。说道:"但这也算不上什么秘密。虽然没在内地工商局登记,但王冠董事会的人都知道,深圳公司里也有不少人知道。这房间里每个人都知道!"

戴威抬头看看天花板,耸耸肩:"好像是哦!"

"那么,为什么有人肯出五万块?"Max 斜一眼寇绍龙。

"哦!哈哈!看我这记性!"戴威一拍脑袋,扭脸问辉姐,"姚女士,你说那块手机主板里除了董事会决议,还有什么来着?"

"还有两条儿短信!"辉姐字正腔圆,底气十足。

"什么短信?"Max 皱着眉问辉姐。

"有一封是您发的,内容是'做完了,然后呢',还有一封是回给您的,内容是'按照原计划。别联系了。把我给你的手机扔掉!'"

"什么?"Max 一脸茫然。

戴威背起双手,仰起头,像是在努力思考:"我也很纳闷,您为什么要发这样一条短信?看上去很像是打算要做些不希望别人知道的事情呢!偏巧李卫东又偷了您的手机,这不就好像是他早知道您要做些什么,所以才……"

"我从来没有发过这样的短信!"Max 厉声打断戴威,抬手指着辉姐,"我的手机里不可能有这两条短信!你在撒谎!"

辉姐并不理会 Max,依然昂首挺胸地站着。戴威接过话茬:"是吗?其实我也不太相信,你会蠢到这个地步。别在意啊,王总!"戴威讨好地朝 Max 一笑,又把脸转向辉姐,"你肯定王总的手机主板里存了这两条短信吗?"

辉姐斩钉截铁:"肯定!"

"那你能不能告诉我，那两条短信是什么时候发出和收到的？"

"是同一天下午发出和收到的！就是李卫东在北京国贸里偷王总手机的那天下午！"

戴威没立刻开口，微笑着巡视了一圈。后厨里鸦雀无声。

"所以，有没有这么一种可能：是李卫东先生用王总的手机发的短信？"戴威明知故问，像是课堂上故意卖关子的讲师，"我请朋友帮我查了一下电信公司的记录。朋友告诉我，在那天下午，王总的手机号码并没有发出或者接到任何短信。这可就奇怪了！手机主板里记录了两条短信，电信公司却没有。这怎么可能？"

众人面面相觑。戴威自问自答："我也想了半天，终于明白了！只有一种可能——有人把另一张 SIM 卡插进王总的手机里发的短信！这样，电信公司没有记录，可王总的手机里有！"

众人茅塞顿开，纷纷点头。

"恰巧张小斌先生告诉过我，牛行长一贯很谨慎，每当他派谁去办一件需要保密的事，就会给那人一部临时手机，让他用临时手机通报事情的进展，完事后把临时手机扔掉。有没有觉得耳熟？对啦！就是那条回复的短信：'别联系了。把我给你的手机扔掉！'"

戴威得意洋洋地看着众人，过了几秒才又继续说："所以，那条短信是牛行长回的。当然不是用牛行长常用的手机，而是用一个从电信公司查不出机主的号码。但作为牛行长的亲信，张小斌先生认识那个号码。"

戴威向着董秘书招呼说："董先生，我知道你喜欢给张小斌打电话，你可千万别告诉他，我今天出卖了他这么多！不然，他肯定得杀了我！不过，嘿嘿，我猜你一定不会听我的。管他呢！人为财死，对吗？"

董秘书张了张嘴，却不知如何作答，满脸都是尴尬。好在戴威已经转开了视线，继续说下去："总而言之，我猜大概是这么一回事：牛行长叫李卫东去偷王总的手机，嘱咐他得手后用另一只牛行长给的临时手机发消息给牛行长。可李卫东留了个心眼，把临时手机的 SIM 卡插进王总的手机里，给牛行长发了短信。而且还故意问了个问题，引诱牛行长回复。这样一来，就在王总的手机主板里留下了证据，证明偷手机主板这件事，是牛行长让他干的！啧啧啧！"戴威连着咂了几下嘴，颇为佩服地说，"内地有句话，姜还是老的辣！毕竟在大银行里浮沉了二十九年！这个心眼留得可真有必要！看来，李卫东早知道自己要有杀身之祸了。"

众人听罢，讶然无语。辉姐更是目瞪口呆。她全明白了！明白牛千金为什么死乞白赖地非要那块手机主板，宁可为此送她和老李远走高飞！因为，那手机主板里有她爸爸牛行长的把柄！老李和牛行长成了拴在一根线上的蚂蚱，老李完蛋，牛行长也得跟着完蛋！辉姐早知老李有心眼，可没想到他这么有心眼。难怪二十年没名没分，还被他整得服服帖帖的。今天，辉姐算是服了。

戴威像个旗开得胜的将军："所以，你们说，这手机主板值不值钱？这位唯一知道主板下落的姚军辉女士，值不值钱？五万块钱，哪够？"

"我出十万！"王凤儒把瘦骨嶙峋的胳膊高高抬起，好像一只没挂旗子的旗杆。他意味深长地看一眼寇绍龙，像是在说：还提条件吗？你好像没资格了！

"寇总？"

戴威贪婪地看着寇绍龙，等着他开更高的价。这分明给寇绍龙出了道难题：手机主板里的"秘密"既已挑明，如果再抢那姓姚的女人，就证明他寇绍龙和远江银行的牛行长果然有关系；如果拱手相让，局势可就变了。寇绍龙翻了翻白眼，朝着空中吐出一个大烟圈，不屑道："我当系咩也值钱个嘞呀！一蚊都嫌贵！咩牛行长马行长，关我叉事（我当是什么值钱玩意呢！一块都嫌贵！什么牛行长马行长，关我屁事）！"

"不关你事？"Max得意洋洋地对寇绍龙说，"牛行长要是出了问题，你的快阔怎么做远江银行IPO的underwriter（主承销商）？"

"Max！"王凤儒喝住儿子，"君子从不乘人之危！"

王凤儒说罢，瞥了寇绍龙一眼。

辉姐听明白了。原来，寇绍龙在暗中勾结牛行长，为的是成为远江银行香港上市的主承销商！这可是个大肥差！在银行干了二十年，辉姐对上市略知一二：远江银行计划在香港挂牌上市，辉姐早有耳闻。而上市必不可少的，自然就是IPO主承销商、会计公司、律师行。其中又以IPO主承销商最为关键。主承销商好比上市过程中的总导演，不仅负责招募投资者和发行股票，还要充当推荐者、合规顾问和财务顾问。最近这些年，有不少内地银行在香港上市，发行量动辄几百亿港币，主承销商仅中介费就能赚一大笔。遇上好的年头，银行原始股一上市就翻几十上百倍，作为发行原始股的主控者，主承销商的隐性利益更是深不可测。像远江银行这样的大型金融机构上市，主承销商的位置实在令人眼红，往往会有几十家投资银行或者证券商争抢。寇绍龙的快阔投资虽说是香港本地初具规模的投资银行，但是跟国际品牌的大投行比起来，实力还差得多，若想成为远江银行的 IPO 主承销商，是肯定需要牛行长"帮忙"的。

"成交！"

戴威高喊一声，把辉姐朝着王凤儒那边推了一把。辉姐也并不反抗，顺势走到王凤儒的轮椅旁。寇绍龙趁着众人的目光被辉姐吸引，用脚尖悄悄碰了碰董秘书。董秘书看了老板一眼，立刻就会意了。

但是，这个小动作并未逃过郝依依的眼睛。她知道，寇绍龙绝不会甘拜下风的。她也是刚刚才明白，寇绍龙和王家抢的不仅仅是费肯的股份，还有远江银行的 IPO 主承销权。王冠在投行资质上和快阔差不多——并非 IPO 主承销商的最佳选择，但如果王冠拥有费肯的控制权，那就不同了。费肯是全球最顶尖的会计师事务所，完全有资质成为远江银行在香港上市的财务顾问。如果王冠能够让费肯"高抬贵手"，在会计、税务、关联交易、同业竞争等等各种审计上多"通融"，别像其他国际会计师事务所那样的"铁面无私"，那可给远江银行的上市铺好捷径了。然而，费肯里那些老外可不会按照中国人的习惯"通融"，他们认认真真考下一张张证书，对试卷上的法律法规忠心耿耿；他们要对公司的名誉和各国的证监会和税务局负责，无法对反欺诈和反腐败的法律视而不见。正因如此，王家才不惜血本地大手笔注资费肯，再把 Max 空降费肯北京。Max 不是不久前还向郝依依抱怨过，费肯的那些洋人对客户铁面无私，导致公司连年亏损吗？ Max 不是在郝依依的帮助下顺利地把洋人 Jeffrey 赶跑了？ Max 坐上了费肯中国的第一把交椅，以后费肯中国是不是会对客户——比如远江银行——更有人情味？中国式的人情味。王冠巨资收购费肯的股份，正是为了成为远江银行上市的主承销商，或者不止远江银行，还有更多想在海外上市的中国企业！这样一来，王冠很快就要成为国际金融巨头了！真有远见！雄心勃勃！可偏偏半路杀出个程咬金——寇绍龙勾结了牛行长，打算抢走这一单 IPO 主承销商的生意，顺便把费肯的股票和控制权都抢走，所以用李卫东做了个局陷害王家。然而，李卫东绝非等闲，也给牛行长做了个局，让他露出了马脚，也让王家有了反攻的机会。但寇绍龙绝不是轻易服输的人。果然，郝依依感觉到了手机的振动——是短信。不看就知道，那是董秘书发来的。

寇绍龙脸色阴沉，毫不掩饰他的恼怒："我说大佬，今天这婚，还订吗？"

"至少，要重新谈谈条件！"王凤儒眯眼看着寇绍龙。局势已然变了，牛行长的把柄说不定就要落在王家手里了。寇绍龙在远江银行的"靠山"靠不住了。虽然王冠还是没能甩掉深圳安心这口黑锅，但至少也有办法还击，大不了两败俱伤。王家凭什么还要对寇绍龙百依百顺？

"唔塞啦（不必了）！"寇绍龙胖手一挥，抖落一地烟灰。他气急败坏地转身："我个女呢？走啦！"

寇绍龙向 Frank 丢了个眼色，Frank 立刻推门出去找寇绍龙的干女儿。寇绍龙却并没迈步，转身瞪着郝依依："你满意啦？"

郝依依一动不动，视线低垂，眼皮都没抬一抬。

"哚！鸡（婊子）！"寇绍龙啐了一口。

"请尊重我个女（请尊重我女儿）！"王凤儒悠悠地开口。众人都大吃一惊。

"哦？你个女？"寇绍龙吊起一条眉毛，用眼角瞟王凤儒。

"系！我个女！你可以临时找人来做你的干女儿，我为何不可以？不过，我的干女儿和你的不同。"王凤儒顿了顿，眯起眼睛说，"我会把她当成亲女儿，我还会把她加到遗嘱里。"

"爹地？"Max 惊愕地看着父亲。王太比他更惊，差点儿晕过去。王凤儒却根本不看儿子和老婆，就当他们不存在。

"哈哈，好！"寇绍龙眯眼看着郝依依，意味深长地说，"老年得女，恭喜啦！"

"爹地！你不能让她做干女儿！"Max 终于开口了，"她是寇绍龙的高级企秘师，是为他服务的！是他的 spy！"

郝依依没看 Max，也没任何表情。她猜到他会这样说。这就是Max，她早该知道的。

"哦，系咩？佢系我嘅人（是吗？她是我的人）？"寇绍龙两腮的肥肉颤了颤，看不出是笑还是诅咒。他举着雪茄，缓缓走到郝依依面前，抓起郝依依的手，轻吻了一下手背，用国语问："王家大小姐，你是我的人吗？"

寇绍龙的眼中闪烁着异样的光。郝依依明白他的意思。她已经悄悄地浏览过董秘书的短信。她默默地扭开头，不理会寇绍龙。手背上却突然一阵钻心之痛！

"啊！"

郝依依惨叫了一声，猛抽回手，手背上已然出现一块巨大的黑斑，散发着皮肉烧焦的气味。寇绍龙把燃烧的雪茄硬生生戳到她手背上了。

郝依依猛退了两步，用另一只手护住受伤的手背，泪水瞬间流下来。寇绍龙却没事人似的，叼起雪茄说："既是我的人，还要去给别人做干女儿？好啊！"

"干吗？臭流氓！"辉姐大叫一声，上前挡住郝依依。

满屋子的人，有情人，有干爹，都干瞪眼看着，只有辉姐行动了，条件反射般地，并未经过大脑。等到大脑开始运转，辉姐反倒迷糊了：自己不是正忌恨郝依依吗？怎么反倒替她出头？

"扑街啦！八婆！"寇绍龙目露凶光，恶狠狠对辉姐说，"唔想活着离开香港（不想活着离开香港）？"

郝依依泪眼婆娑地站在辉姐身后，看着那胖墩墩的身体堵在自己眼前，心中一阵异样。她用双手扶住辉姐的肩膀，轻轻地把她从身前移开，往前迈了一大步，迎着寇绍龙慑人的目光："冲我来，不要欺负她！"

"哦？有干爹撑腰，很有气势？呸！"寇绍龙啐了一口唾沫，"不要怪我没有提醒你，你干爹的公司就要完蛋了！你从他那里，继承不到任何东西！鸡！"

寇绍龙的目光仿佛是一剂兴奋剂，直射到郝依依的动脉里。郝依依强忍住泪水，歇斯底里地尖叫："那可不一定！我有证据，证明你和深圳安心的总经理林峰是勾结的！你等着！"

郝依依快步走向 Max。Max 吃了一惊，不知是迎还是躲。郝依依在 Max 耳畔低声嘀咕了几句，从牛仔裤口袋里掏出一张折叠的纸递给他。Max 打开来一看，顿时眼睛一亮。他弯腰对父亲耳语了几句，大步如飞地推门走进餐厅里去了。寇绍龙饶有兴致地看着郝依依，像是在说：我倒是想见识见识！郝依依则紧咬住嘴唇，用目光回击寇绍龙。王凤儒微微扬起下巴，像个兴致勃勃的旁观者。

Max 飞快地回来了，带回一部手提电脑。他把电脑交给郝依依："这台是我的。你可以放心用！"

郝依依捂着受伤的手背说："你来吧！"

众人都不吭声，耐心地看着他俩，后厨里瞬间鸦雀无声。

Max 在郝依依的指导下，当着王凤儒、王太、寇绍龙、董秘书、戴威，还有辉姐，用手提电脑登录 SP 律所位于美国亚利桑那州的服务器。郝依依高举着 Judy 塞给她的纸片，大声读出登录用户名和密码，Max 只试了一次就成功了。郝依依没让 Max 使用代理服务器，没必要。当着寇绍龙的面呢，还需要隐瞒谁？

SP 律师事务所的服务器再次门户大开，向着 Max 和通道里的其他人，展示着许多以代码命名的文件夹。那些文件夹都是加密的，打不开。但被命名为"Q010007"的文件夹被 Max 打开了。因为郝依依再次宣读了文件夹的密码。寇绍龙的脸色变得非常难看，董秘书也如坐针毡。

仍和刚才一样，Q010007 文件夹里就只有一份文件。Max 正要点击那文件，董秘书急喊了一声："等等！你就这样公然地进入别人公司的后台，查阅人家的保密文件，盗取商业机密，合适吗？"

Max 反问："如果，我要取的，是犯罪证据呢？"

董秘书说："这真可笑！SP 律师事务所是声誉很好的跨国律师事务所，怎么会替罪犯保管罪证呢？"

"等我打开这份文件，你就知道了！"Max 又要去点那文件。

"等等！"董秘书又说，"你说是罪证就是罪证？你有什么证据证明那文件是罪证？如果不能证明，我就有义务阻止你公然侵犯一家合法公司的任何文件！"

Max 看了一眼郝依依，郝依依向他点点头。

"好！我现在就告诉你，这份文件里有什么！"Max 取出郝依依给他的纸张，向大家挥舞，"各位，这就是文件的复印件！这是一份公证文件，文件上加盖着 SP 律所和某香港公证处的钢印。这里有两个代号，对应着两个人：林峰、寇绍龙！"

郝依依接过话茬："这两个代号代表着千里眼股份有限公司的两位股东。五个月前，我在 BVI 办理了这家公司的注册手续。在三个月前，曾有一笔五百万元的港币以公关费用的名义汇入千里眼公司在香港的账户，又从这个账户转往海外的匿名账户，这也是我亲手办理的。只不过，那时候我并不知道千里眼股份的真正股东是谁。可现在，这份文件能证明，千里眼股份的两位股东，就是寇绍龙和林峰。那位盗取远江银行客户信息的林峰经理，说不定就是拿着这五百万港币跑路了！"

辉姐努力盯着 Max 手中的纸，还是看不太清楚。但她知道，那就是郝依依希望 Judy 找的东西，也是 Judy 的老板 Frank 将计就计，逼着 Judy 交给郝依依的东西。这分明是个陷阱！郝依依怎么明知故犯？辉姐实在是糊涂了。难道，郝依依真的完全不相信她，把她的话权当耳边风？

董秘书上前一步，从 Max 手中抢下那张纸："我看看！这……这分明是伪造的，是陷害！"

Max 不以为然："这打印件可以伪造，但 SP 律所服务器里储存的电子文档却不能伪造。我们只需轻轻这么一点，立刻一目了然！"

"等等……"董秘书又叫，Max 却不再理会，果断地按下鼠标。

文件在屏幕上打开了。Max 缓缓滚动鼠标，把文件拉上来。果然是一份公证文件，文件上加盖着 SP 律所和某香港公证处的钢印。文件里也果然有两个代号，分别对应着两个名字。

一个是寇绍龙。另一个……却是 Anthony Dong——董秘书！

Max 大吃一惊，连忙扭头去看郝依依。郝依依也目瞪口呆，半天才说："刚才还是林峰！不然我怎么打印出来的？"

"那可真见了鬼了！"董秘书一扫片刻前的惊慌，得意道，"这家千里眼公司，的确是五个月前在 BVI 登记注册成立的，也的确是这位郝小姐——哦，不！是不是该尊称王大小姐——帮忙办理的注册手续。但股东可不是你们说的什么峰！而是我和寇生。寇生和他的许多公司高管都在海外注册过公司，共同持股。寇生非常慷慨，常用这种方式激励高级员工！当然也能省去一些税务麻烦，但这是合法避税。跟那个什么深圳公司有什么关系？"

"这到底是怎么一回事？"Max 冲着郝依依咆哮，眼珠子都快蹦出来了。坐在轮椅上的王凤儒也双眉紧蹙，面色苍白。

郝依依低垂了眼帘，沉默不语。

通往餐厅的大门却"呼"地被推开了。Frank 大步走进来。

"寇生！"Frank 大声地对寇绍龙说，但他并没使用粤语，而是使用了国语，分明是想让每个人都听得清清楚楚，"我公司的同事刚刚通知我，有人非法入侵了 SP 在美国的服务器，打开了一份有关您的秘密文件！"

"你们怎么回事？"董秘书佯怒道，"这么有名的跨国律师行，怎么随随便便就能被人入侵呢？你的客户可要睡不着觉了！"

"呵呵！"戴威却在一旁突然冷笑了两声，"人家要是不想让你入侵，就算给你密码，你也登录不了！这位黑客可真是高明呢！"

Max 被戴威的话提了醒，再次去看郝依依，眼中充满了惊愕。

Frank 又接过话头："我们本来也怀疑是什么高级国际黑客干的。可我们查了一下入侵者的 IP，发现就是在乡村俱乐部里登录的，而且，使用的电脑，是属于王冠集团的！"Frank 顿了顿，煞有介事地看了 Max 一眼，继续说，"我同事要报警，我让他先等一等，保存好证据。"

"证据可是不缺！"董秘书朗声说，"这里都是证人，亲眼目睹 Maximilian Wang 用这台手提电脑入侵了 SP 律师事务所的服务器，打开了一份保密文件！可真巧，是有关寇生和我的文件！我们是不是可以和你一起报警呢？”

寇绍龙始终沉默不语，但片刻前的愤怒表情已经不见了，换作骄傲和轻蔑。王凤儒和王太却已脸色煞白。

“Frank，按照你的经验，公然入侵别家公司的电脑系统，盗取保密商业文件的行为，要赔多少钱？”董秘书得意洋洋地问。

“这个嘛！”Frank手捏下巴，仿佛果真在仔细琢磨，“法官会看入侵者的动机，以及造成的损失。如果入侵者和被入侵者是商业竞争关系，那必定会判得更严厉些！赔款金额是没有上限的。不过，除了赔款，有人也许还要坐牢哦！”

“大佬！”寇绍龙终于开口了，“这条件，还谈不谈？”

王凤儒一语不发，脸色铁青。Max的脸色比父亲更差，双拳紧握，咬牙切齿。王太早已迫不及待，用格外甜美却微微颤抖的声音说：“谈！谈！哦不！不用谈！就按照你的意思就好！”

“那这个婚，还订不订？”

“订！订！来了那么多客人，一定要订！”

“哦！还有一件事。”寇绍龙仿佛突然想起了什么，指指辉姐，问王凤儒，“她，也归我了吧？”

王凤儒不答，只深深叹了口气。王太在一边忙不迭地说：“当然！当然！一个女工，我们要她做什么？归你！归你！嗯，那个……以后大家是自家人了。你……不会让自己的女婿去坐牢吧？”

寇绍龙笑了，仰天大笑。笑够了也并不回答王太，冲着低头不语的郝依依说：“我会给你一张十万块的支票，找个好医生治你的手吧！你干爹一定没钱给你治了！”

寇绍龙的话仿佛惊醒了Max。他抬手指着郝依依，眼睛里像是要喷出火来：“是你！你和他们勾结，陷害我们！”

“嘿！”寇绍龙用夹着雪茄的双指，朝着Max摇晃，“No！No！No！你不可以碰她。因为，她是我的人！”

寇绍龙得意地笑。Max终于还是偃旗息鼓了。他毕竟忌讳着寇绍龙，忌讳他未来的岳父和老板。他从一副抿成了纸片的薄嘴唇里挤出一句：“婊子！”

“没用的东西！成事不足，败事有余！”王凤儒把气撒到儿子身上，“没有正事可做了？还在这里丢人？”

Max立刻就明白了。父亲终于下令了。他得抓紧时间去把费肯的股份从王冠转移到新公司名下，那家由杨春山——也就是他自己——拥有的公司。Max 又愤愤地瞪了郝依依一眼，转身离开了。郝依依并没理会Max，幽幽地把视线转开了。真巧，她的目光和戴威的碰上了。戴威朝她悄悄地竖了竖大拇指。当然，这动作非常隐蔽，除了郝依依，再没有别人发现。

辉姐当然也没发现。她仍然沉浸在迷茫里，弄不清楚到底发生了什么。郝依依最终还是寇绍龙那头的？王家最终死在她手里了？可真是狐狸精！她是一开始就没打算做王家少奶奶，还是后来临时改了主意？从厕所里出来没一会儿工夫，她就置王家于死地了？也真是厉害！可自己呢？真的要被寇绍龙带走吗？老李又在哪儿？姓戴的之前可不是这么说的！辉姐瞅瞅戴威，他正抬头看着天花板，嘴角隐隐挂着一丝笑意。

一个穿燕尾服的侍者突然推门跑进后厨："外面来了很多差人（警察）！他们说，这里涉嫌窝藏非法劳工！"

众人都不解地看着那侍者，像是没听懂似的。那人于是又解释道："阿 Sir 说接到了举报！有客人发现这里有一名侍者，是个内地人，怀疑是持通行证的游客非法打工！"

几双目光齐刷刷投向辉姐。辉姐一脸迷茫，似懂非懂地问："冲我来的？"

10

Frank 以国际知名律所合伙人的名义，出去和带队的警长交涉。本该由今天派对的主角王家出面，但在这二楼西餐厅的后厨里，王家已然彻底落败，寇绍龙是独一无二的老大了。

Frank 不一会儿便回来向寇绍龙汇报：国际知名律所在警长那里并不好使，还是王家和寇家的名头更好使。警长知道今天是王家订婚的派对，乡村俱乐部里名流云集，因此不想为难大家，更不想得罪诸位大佬。但既然接到了举报，又不能无作为，不打算立刻进来大肆搜查非法劳工，就只守在门口，反正有的是时间。等派对结束了，客人都走了，再进来检查一下，走走过场。

寇绍龙跟董秘书耳语了几句，董秘书立刻给警局的熟人拨电话，拨了一通又一通，全都无人应答。Frank 摇头道：用不着拨了，不会有人接的。

Frank 边说边巡视，像是要找出暗中捣鬼的家伙。Max 已经离开了。

王凤儒身心疲惫，鼻孔里插管都不够，让王太给自己扣上氧气罩子，以此与世隔绝。王太托词要照顾客人，局促而卑微地把王凤儒的轮椅推了出去。王家就这样黯然退场，剩下寇绍龙、董秘书、Frank、郝依依、辉姐和戴威。几人回到西餐厅里落座，由三名寇绍龙带来的保镖站岗，俨然就像皇上微服私访。

寇绍龙再点起一根雪茄，瞥了一眼辉姐，丢下一句："就算外面都是警察，我也能让她永远消失在这房子里！"

辉姐顿时打了个寒颤。戴威忙说："那我可就亏大了！"

董秘书哼了一声说："我看就是你把差人叫来的。"

"差人把姚女士带走了，对我有什么好处？"戴威满脸委屈。董秘书撇了撇嘴："差人不来，我们把姚女士带走了，对你更没有好处。"

戴威谄媚地对寇绍龙说："寇生向来最公道！"

寇绍龙厌恶地皱了皱眉："十万港币。要主板，不要人！"

戴威立刻眉开眼笑，催促辉姐道："快告诉寇生东西在哪里！"

辉姐知道戴威在演戏，他不可能让寇绍龙拿走那东西。辉姐摇头："我不说。你们想得美，该挣钱的挣钱，该拿东西的拿东西，然后让警察把我抓走？没门儿。大不了，我自己走出去投案自首，把东西交给警察！"

辉姐话是这么说，却并没起身往外走，也知道有三个保镖在，根本走不出去。戴威问："那你想怎样？"辉姐白了戴威一眼，抱起胳膊，一言不发。她实在不知道该说什么。剧情这么一波三折，戴威和张小斌事先又没跟她排练过。

戴威又软硬兼施地磨了一阵，劝辉姐说出手机主板在哪儿。辉姐知道戴威在演戏，坚决保持沉默。戴威演得差不多了，挤眉弄眼地问："你本来不是答应要把手机主板给我们的吗？"

辉姐看懂了戴威的意思，答道："牛行长的女儿本来还答应让我跟李卫东远走高飞呢！不然我干吗来香港？"

戴威又问："你为什么非要跟他走？"

辉姐答："我怀了他的孩子，不跟他走跟谁走？你帮我养孩子？牛行长女儿说了，让我跟老李去南美，她给出生活费。作为交换，我让她拿到手机主板，我和李卫东把深圳安心的事儿都担下来，就说李卫东为了带我去国外养孩子，收了深圳安心的黑钱，跟他岳父牛行长没关系。这样对牛行长才最有利。牛行长在银行里干了那么多年，上上下下的也有对头，都想抓他的把柄呢。你们跟牛行长不是一头儿的吗？这不是两全其美？"

董秘书话里有话地说："只要你们从此消失，怎么说都可以。寇生做事情不喜欢拖泥带水。"

戴威为难道："话是这么说，没有不透风的墙，我就是想赚点儿外快，并不想把牛行长的事办砸了。拿不到手机主板，牛行长不会答应；李卫东和深圳安心的事没有定论，他以后也不敢在银行里做主。寇生一定明白我的意思。"

寇绍龙哼了一声，斜了辉姐一眼："我怎么信她？"

辉姐说："你们都是大老板，生意做大了，喜欢骗来骗去的，我是平民百姓，不会也不用那些。我一个四十多的老女人，没钱没势的，就只有李卫东这半个男人，还有肚子里的孩子，您说，我还能指望什么？能和他到一个远远儿的地方，过个太平日子……"辉姐自己也动了情，眼圈儿微微地发红，可又怕太动情了反倒让姓戴的再起疑心，不敢继续往下说了。

董秘书又说："这可不好说。你随便瞎编一个藏东西的地方，你们走了，我们还是拿不到东西，那怎么办？"

辉姐看看姓戴的。姓戴的朝她眨眨眼睛。辉姐暗吃了一惊。这是事先讲好的暗号。姓戴的果然让她露底牌？露就露吧！反正除了戴威，她也没法儿信任别人了。辉姐站起身，二话不说就解裤腰带，三个保镖立刻剑拔弩张，生怕她抽出什么凶器来。

辉姐从腰里抽出来的却并不是凶器，而是一块电路板，朝着众人挥了挥，又塞回内衣里。她说："东西就在我身上。你们让我跟李卫东走，我就把它给你们。"

寇绍龙沉思了片刻，问董秘书机场会不会有问题。董秘书答机场能搞定，只要有护照。但弄一本护照，总得几天工夫。

戴威从西服口袋里掏出两本暗红封皮的护照晃了晃："已经准备好了。"

辉姐知道老李的护照在戴威手里，却没想到戴威给自己也办好了护照。国际刑警可真是神通广大。辉姐心里隐隐地又冒出一丝希望，或者该说：奢望。

寇绍龙对董秘书说，你订两张今晚的机票，然后带两个人，送她和李卫东上飞机。董秘书说：外面有警察守着，得给她换身衣服。Frank皱眉道：警察就是冲她来的，非法劳工只是借口。恐怕没那么简单。

戴威说："可以搭汽艇。这房子后面就是浅水湾。"

董秘书说:"后面没码头,又是岩岸,汽艇泊不了。"

戴威又说:"舢板可以泊,附近就有,随叫随到。搭小舢板到深水换汽艇,直接去机场。"

董秘书说:"那就安排一艘快艇,接上李卫东,到深水区等着。我带着她搭小舢板上摩托艇,送他们两个去机场。"

辉姐摇头:"我不坐你们的船!也不能让你们送!回头在船上,你们抢了我的东西,把我们扔进海里怎么办?"

"这样吧,那我就多麻烦一点!"戴威勉为其难地说,"快艇也由我安排。你们把李卫东送到深水区和她碰头,然后一起上我找的快艇。我送他们上飞机。"

"我们凭什么相信你?"董秘书皱眉问。

戴威耸耸肩:"这可就不好办了!"

几人沉默了一会儿,郝依依突然开口了:"我送他们。"

郝依依许久不曾开口,几乎让大家忘了这屋里还有她。郝依依说:"我送他们两个到机场,确保他们上飞机。然后把东西拿回来。如果您不放心,可以让董秘书跟着我们搭舢板到深水区。姚女士和李卫东上了快艇,就把东西交给戴先生带回来。"郝依依又转向辉姐,"你总不会担心,我有力气把你和李先生都推进海里吧?"

寇绍龙盯着郝依依不言语,郝依依坦然和他对视。她用带伤的手捋了一把头发,说道:"我还等着十万块入账呢。"

CHAPTER EIGHT

再见，我的爱人

1

辉姐是在深水湾附近的海面上见到老李的。老李朝她吹胡子瞪眼，好歹没有发作出来。辉姐假装没看见，暗暗地长出一口气：她总归又见着他了。

老李新换了衣裤，头发也还算整齐，可身上有股子异味，应该是很多天没洗澡了。不仅如此，老李的腿脚也很不方便，无法独自从一艘橡皮艇跃上另一艘，需要那边的人托，这边的人拽，两艘艇上七八只手共同出力，这才勉强爬过来，一屁股坐倒，大口喘着粗气。

辉姐并没急着掏手机主板。她忌惮着那船上都是寇绍龙的人，坚持让送老李来的船先走。那船走远了，还剩下两条船，一条是刚才把辉姐、郝依依和董秘书载来的小舢板，另一条是辉姐、老李和郝依依已经爬上的橡皮艇。两条船的船工都是戴威找的，肯定不是寇绍龙的人。辉姐这才掏出手机主板，递给小舢板上的董秘书。董秘书又嘱咐了郝依依一遍，务必确保他们上飞机，这才乘着小舢板返回乡村俱乐部。

辉姐在老李身边坐下，看他还在喘，双腿微微打颤，去撩那长裤，老李立刻呻吟了一声，按住辉姐的手。辉姐心中一紧："他们打你了？"

老李强撑出无所谓的样子，侧目不理辉姐。辉姐心里发堵，可还是忍不住问："干吗打你？"

老李瓮声瓮气地说："还不是让我给你打电话！你倒好，自己送上门了！"

"你傻啊……"辉姐鼻子发酸，说不下去了。橡皮艇正乘风破浪，起起伏伏，船后一轮红日正贴在海面上，点燃了海水，发出耀眼的金光。

橡皮艇加速，和小舢板越来越远。

橡皮艇不算大，辉姐、老李、郝依依再加一个开船的，四个人就坐满了。辉姐知道戴威故意挑的小船，是为了不让寇绍龙的人上来。其实郝依依就是寇绍龙的人，辉姐对此已毫无疑问。虽然郝依依身材瘦小，辉姐还是时刻提防着，生怕她突然对自己和老李下毒手。郝依依能把王冠的老少东家玩弄于股掌之间，上天入地地折腾，她绝不是普通女孩。辉姐暗自慨叹，郝依依和二十年前的自己，是有多大的不同！难道这就是九〇后？

"你刚才，把什么扔给他？"老李终于喘匀了气，沉着脸问辉姐。

"不给，人家怎么能放你走！"辉姐抹了一把鼻涕，没好气地回答。这话倒是提醒了老李：他刚从寇绍龙的魔爪中逃出来。也许并没完全逃出来。老李惊惶地偷偷看了看郝依依和驾驶员，小声问："什么人？"

"当然是寇绍龙的人！押送咱们去机场！"辉姐并不忌讳郝依依，粗声大气地回答。老李好像受了惊吓，使劲儿缩了缩脖子，辉姐心里又气又疼，心想不过两个礼拜，老李已然变成个既胆小又猥琐的老头子。她又缀了一句："寇绍龙答应让你飞南美！没人跟你说吗？"

"说了。说让你跟我一块儿去……"老李做贼似的低下头，悄悄扫了一眼辉姐的小腹，"你真的……"

"什么真的假的！"辉姐抢过话头。当着郝依依，实话不能说，撒谎也不成。她没话找话地扭头去问郝依依："几点的飞机？"

董秘书订的机票是从香港起飞，到阿姆斯特丹转机，然后飞往厄瓜多尔。阿姆斯特丹转机无需荷兰签证；厄瓜多尔对中国护照持有者免签。这计划需要绕着地球飞大半圈，抵达一个完全陌生的国度。辉姐和老李却都两手空空。董秘书给了辉姐一千美元现金，让他们到了厄瓜多尔先找个住处，开个银行户头，以后的费用会定期汇入。辉姐的包还在戴威车里，她就只有那点儿"行李"。可她没敢求戴威去取，怕他因此起了疑心。戴威可不当她是真的要去南美。

"晚上九点。"郝依依公事公办地回答，像个机器人似的。

辉姐明白，自从卫生间里的那两巴掌，郝依依跟她算是彻底掰了。辉姐心里多少有点儿失落，暗暗地安慰自己：公事公办正合适！郝依依的"公事"无非就是把她和老李送上飞往南美的航班。这本来就是辉姐梦想的，尽管她曾向戴威和张小斌保证过，她要把老李骗上飞往北京的航班。他们果然信了她。戴威订好了两张回北京的机票，把航班号偷偷地告诉辉姐，然后让她见机行事，务必成功。辉姐并不清楚怎样"见机行事"，也根本没兴趣弄清楚。快艇上只有四个人，到了机场就只剩三个，没人监督她"见机行事"。她的计划眼看就要成功了。

"那还来得及。"辉姐看看手表，"我们得买点儿东西。到了那边语言也不通。我们连换洗衣服都没有。"

"没有必要。"郝依依冷冷地回答。

"怎么没必要？就这一身衣服，坐二十多小时的飞机，还不都臭了！"辉姐来了脾气，嚷完了又后悔，生怕节外生枝。

郝依依却无动于衷："用不了二十多个小时，三个小时就到了。"

辉姐心中一惊："三个小时？什么意思？"

"到了北京，有人会在机舱口接你们。你把李卫东交给他们，就可以回家了。"

辉姐一阵头晕目眩，使劲儿张大了嘴，却只吐出一个字："你……"

"对。我是为戴威服务的。"郝依依回答得轻描淡写，"我的任务是，确保李卫东先生登上回北京的飞机。"

"你……你也是那什么……国际刑警？"辉姐两眼发黑，一颗心拼命往下沉。

"不，我不是。"郝依依摇头，"但国际刑警找上了我，我必须协助他们。"

"不是？不是就好！"辉姐心中又生起一点点希望，"依依，我能不能……能不能求求你？"辉姐无限懊悔。为什么要在洗手间里打她一巴掌？为什么不好好地巴结她？为什么？可无论如何，她不能放弃这最后的一线希望，"求你放过我和老李！求你让我们按原计划飞南美！求求你！"

郝依依脸上的表情却冷漠得让辉姐绝望。她说："你答应过，要配合戴威演一出戏，迫使寇绍龙交出李卫东先生，然后由你把李先生带上飞往北京的飞机。这才是我们应该执行的计划。"

"不！那不是我的计划！我的计划是，假装答应姓戴的，实际上是要送老李去南美的！我不要让他回北京！我知道回去的人是什么下场！我在银行干了二十年，听说过他们怎么折磨人的！你看看他！"辉姐指着老李。老李正蜷身坐着，双目紧闭，缩成了一团。"你看看他，还能经得起折腾吗？我求求你，让我们去南美吧！要不，就让他去南美！让他去就成，我不去！我跟你去见姓戴的，把一切都担下来，成吗？"

郝依依摇摇头，漠然地把目光投向海面。辉姐恍然大悟："你图的什么？钱吗？姓戴的付你的钱，比寇绍龙还多？他们付你多少？告诉我！我向你保证，我付你更多！老李也有钱！对吧，老李？这二十年，你攒了多少私房钱？总不会都给了你老丈人吧？你攒了多少？说啊！咱分给郝小姐！不，都给郝小姐！全都给她！你倒是说话啊！"

辉姐拽着老李的胳膊使劲儿摇晃。老李紧闭着双眼，一声也不吭，脸色苍白得俨然已是个死人。

　　郝依依仍默然注视着海面，脸上阴云密布。辉姐慌忙道歉："对不起！依依，对不起！我不是说你唯利是图！我没有那个意思！我不是故意的！"辉姐说着说着，竟然呜咽起来，"我知道，知道你看不起我。你们这些给洋人打工的，根本看不起我们这些捧公家饭碗的，当我们都是废人，除了磨洋工就只会整人，不会整人的也喜欢看别人挨整；有本事的拼命给自己捞钱，没本事的也变着法儿地占点儿小便宜。你们都没看错，差不多就是那么回事。我其实还不如他们。我从小就没什么理想，当人家的第三者，一当就是二十年，我妈都不愿意带我走亲访友。可我再窝囊，也是个大活人！我没偷没抢，没占过国家便宜，凭什么是人就能欺负我？单位欺负我，不让我要孩子；我辞职去外企，老板欺负我，当街把我骂个狗血喷头！李卫东出了事儿，更多的人欺负我，威胁我、骗我、利用我！把我当成工具，用完了就扔了！就连你也一样！"辉姐猛转身，又去拉扯老李，眼泪流得更凶，"你也欺负我，欺负了二十年了！我过的什么日子，人不人鬼不鬼的！你们都欺负我！就因为我没钱没势，没有厉害的爹妈，没有漂亮的脸蛋儿！呜……"

　　辉姐认认真真地哭起来，瞬间涕泪横流。

　　郝依依沉吟了片刻，冷冷地说："没人想要欺负你。国际刑警是受中国政府之托，为了中国人民的利益。"

　　"放屁！"辉姐像个麻雷子，被这句话给点着了，"都会说好听的，动不动就以人民的名义！我就是人民，谁为我考虑过？是，牛行长是个大贪官，绝对不是好人！这我比你清楚！我也比你更恨他！可你把他拿下了，让张小斌当行长，能比牛行长强？他给行长的女儿当着情人，瞅准了机会在行长背后猛戳一刀，这样的人，能替人民着想？张小斌为了往上爬，处心积虑这么多年，上去肯定更贪、更坏！我早就看出来了，远江银行里根本就没好人！包括我在内！我就一泼妇！我不懂什么叫是非，我就是不能让别人欺负我！谁欺负我，我就跟他斗！跟行长斗，跟张小斌斗！跟曲行长斗！跟那些跟这行长那行长勾结的香港大老板斗！跟黑社会斗！还有那什么国际刑警！斗到底！"

　　辉姐的表情坚毅无比，好像小人书里的抗日女英雄。老李惊愕地偷看了她一眼，被她发现了，气势汹汹调转了枪口："我可不是为了你！你瞅瞅你现在的尿样儿！你自己作的奸犯的科惹的祸，自己没胆量担当，根本就不像个男人！"

　　老李默默地把身子再缩紧些，双手抱住头。辉姐心中一阵酸楚，可还是硬着头皮骂下去："我是为了我自己！为了我这个'人民的一员'！

为了二十年忍气吞声偷偷摸摸，为了被人指着鼻子在国贸桥上骂；为了半辈子勒紧裤腰带买了个小鸽子笼，还要被这帮腰缠万贯脑满肠肥的孙子们栽赃！我今天偏要送李卫东去南美！不然我们就不下船！"辉姐狠狠地斜了郝依依一眼，"有本事，你把我们俩抬下去！"

辉姐话音未落，震耳的马达声戛然而止。快艇驾驶员站起身，一步登上甲板，抱着双臂站在郝依依身后，凶神恶煞似的看着辉姐。这家伙坐着看不出，站起来竟然壮得像铁塔，一只手就能把她和老李都拎下船。辉姐恍然大悟：开船的也是戴威的人，给国际刑警服务的。辉姐完全估计错了形势，寇绍龙也估计错了。船上一共四个人，除了她和老李，剩下的都是戴威的人。送老李回北京，根本用不着辉姐骗，有人拎着他上飞机，就像拎一件行李。辉姐的功能，到此已经完成了，如果再折腾，也许真的会被扔进海里。

辉姐安稳下来，不再歇斯底里，只照着脚下狠狠啐了一口，小声骂了一句："我操你祖宗！"

郝依依毫无反应，始终看着海面，火红的晚霞，把她额前迎风飞舞的乱发也点燃了。

快艇在大屿山的一处僻静的小码头靠岸，海平线上已冒出一颗星星。

有辆黑色奔驰车已经在等。老李腿脚不大方便，由快艇驾驶员搀着——其实就是拎上了车。郝依依同老李坐后座，让辉姐坐副驾驶。司机也是个大块头，俨然是快艇驾驶员的复制品。辉姐从后视镜里看老李，老李仍闭着眼一动不动，活像夜色里的一具僵尸。郝依依就像神通广大的道长，毫不担心僵尸逃跑，看也不看一眼，百无聊赖地摆弄手机。

奔驰车趁着夜色，长驱直入地驶进机场，直接驶上停机坪，停在一架巨大的客机底下。客机连着卫星厅，传送带正往机身里运行李。飞机尾巴上有个醒目的国航 Logo，这肯定不是飞阿姆斯特丹的。

正如辉姐所料，膀大腰圆的司机和郝依依一起下了车，搀着老李登上地勤人员使用的舷梯。两人把辉姐和老李一直送到机舱门口，目送着他们走进机舱。还没开始正式登机，机舱里全空着，空姐满怀戒备地朝他们微笑，想必对他们的身份心中有数。辉姐的心彻底凉了。听天由命。郝依依把两本中国护照塞给辉姐，辉姐接过来，眼皮也懒得抬一抬，跟着老李悻悻地往机舱里走。

可偏偏就在此时，她听见郝依依在她背后叫："辉姐，辉姐？那就辛苦你了！"

辉姐愣了愣，心想，这女人要演哪一出？一路都跟秋风扫落叶似的，突然就春天般的温暖了？还好跟上来的是开奔驰的，不是开汽艇的，不然还以为她在发神经！辉姐站定了回头去看郝依依，郝依依在机舱口探着头，竟然在朝着她笑："姐！到了北京，记得帮我买苹果！记得快递到我家，地址发你手机上了！"

辉姐一怔。这家伙什么意思？

郝依依于是又缀了一句："方庄大苹果，我最喜欢了！"

郝依依说罢，收了笑容，抬手朝她摆一摆，眼睛似乎有点儿红。

辉姐心中猛地一震：方庄大苹果！那是她在"香港我知道"手机APP上的用户名！郝依依是在说，她喜欢我？她为什么突然说这个？

郝依依的脸从机舱口消失了。

辉姐屁股还没沾座位，急急忙忙掏出手机。果然多了两条微信，都是几分钟前刚收到的。辉姐打开第一条，是一个带条形码的登机牌截屏，"LI, WEI DONG""Amsterdam"的字样映入眼帘。辉姐立刻心跳加速，有些不可思议——郝依依要帮她？辉姐再点下一条微信，因为过度紧张，手指都不太好使了。

"我把戴的人引开，你带李去38号登机口，那是飞阿姆斯特丹的！电子登机牌发给你了。对不起，只有一张。你的护照是假的。你走不了。让李先走，你以后再去找他！那趟航班十分钟后关机门，你得快！"

辉姐好像踩了高压电门，从座椅上一跃而起，伸着脖子拼命往机门那边看，看不见郝依依和司机的影子；再横着越过老李的身体，把脸贴在机窗上，一眼看见那两个人，正站在停机坪上窃窃私语。

辉姐顿时激动万分，拼命把老李往起拉："快！快走！去38号门！去阿姆斯特丹！"

辉姐小时候看过几部前苏联的爱情电影，算得上是她的爱情启蒙。那是在录像厅盛行之前，香港电影还没大举进入内地。苏联电影里的爱情更大胆奔放，女主角也更泼辣率真，比中国电影里的女主角更像辉姐，因此更加刻骨铭心。有一部叫作《两个人的车站》，辉姐不记得具体情节，只记得在结尾处男女主角在雪地里狂奔，为了让服刑中的男主角及时赶回监狱，以免被当成逃犯处置。在茫茫无尽的雪野里，迎着初升的太阳，两人跑得精疲力竭，在距离监狱围墙不过几十米的地方，再也跑不动，在雪地里依偎而坐，大声呼喊。

在香港赤鱲角国际机场的候机区里，辉姐感觉自己就像是《两个人的车站》里的女主角，跑得上气不接下气。但不同之处在于，现实中的男主角老李，根本迈不动步子，几乎把体重都压在辉姐身上。刚才跑出国航登机口的瞬间，老李已经用完了所有体力。空勤地勤都在做着登机前的最后准备，给他俩钻了空子。地勤也并不追赶，只是在两人背后叫了几声。那声音倒好像裁判的哨子，催得辉姐没命地往前跑，奋力拉扯着老李，好像拉扯着一件笨重的家具。光滑的大理石地面，简直比西伯利亚的雪野还难以跋涉，没跑多远就两眼发黑，两腿发软，可她不能像电影里那样坐倒在雪地上。她不能停下来！她一边捯气儿一边重复着："坚……持！坚……持！"像是在鼓励老李，更像鼓励自己。就算死，她也要把老李推进 38 号登机口里去！

他们跑过一家家华美的免税店。

他们跑过一簇簇等待登机的人群。

他们跑过许许多多离别的伤悲，跑过许许多多团聚的期盼。

她成功了。老李是最后一名登机的乘客，登上飞往阿姆斯特丹的航班。

辉姐把手机上的电子登机牌给登机口的地勤扫了，把护照塞给老李。和电影里一样，男女主角要在结尾时分别。只不过，电影里是男主角回归牢狱，而现实中的男主角飞向自由。老李走进登机口，站定了等着她。她也站定了，向着老李缓缓地举起手。

老李愕然地看着她，眼睛里惊恐万状，像个孩子般的无助。仅这一副目光，就让辉姐满足了。

辉姐手里也有一本红皮护照。她把它打开给老李看，只有一副皮囊，内里都是白纸。她说："你先去！我很快就去找你！"

她决绝地转身，快步往回走，死活不再回头，像是要置自己于死地。

满眼的大理石地板，瞬间化成一片汪洋。

2

寇绍龙在西餐厅里坐等了很久，不见董秘书回来。让 Frank 打董秘书手机，不在服务区。打郝依依的手机，也不在服务区。

寇绍龙胖手一挥，三名保镖立刻把戴威团团围住。戴威并不慌张，泰然端坐着，对保镖视而不见。

"戴先生，"Frank 开口道，"我得提醒你，这三位先生并不是快阔的雇员，其实没人能证明，他们跟寇生有任何关系。不过呢，倒是有人能证明，他们精神不太正常。如果突然发了病，把谁打残打死了，也不是不可能的。"

"哦！我好怕啊！"戴威惊恐地缩起脖子，随即又放松下来，笑嘻嘻地对 Frank 说，"刘先生，我也得提醒您，SP 律师事务所的服务器里，藏着好多不能见人的文件呢！"

戴威顿了顿，故意瞥了一眼寇绍龙，继续对 Frank 说："当然，贵公司的防火墙是世界一流的，那些文件一定非常安全。要是在平时，就连美国中情局也不太容易黑进去吧？不过，就在刚才，那个服务器突然门户大开，复杂的安全设置都被临时关闭了。仅仅凭着一个固定密码，就能从世界上任意一个 IP 登录，不比那些家庭主妇的电脑更安全。"

Frank 似乎意识到了什么，如临大敌般地瞪着戴威。戴威却无动于衷，继续轻描淡写地说下去："当然，我知道这并不是疏忽大意，也不是技术故障。是 SP 律所在为一位重量级的香港客户服务呢！不过，如果恰巧有个黑客，借此机会入侵了 SP 律所的服务器……"

"这不可能！"Frank 惊惶地打断戴威，"后台有监控！除了 Max 的电脑，没有别的 IP 进入过系统！"

"贵公司的监控当然不会有错。不过，您有没有监控 Max 使用的那台电脑，当时都有谁登录了？对于一个黑客高手而言，把 Max 的电脑当成中转站，通过它登入贵公司的服务器，神不知鬼不觉地破解几个密码，再不留痕迹地偷一些秘密文档出来，恐怕不算是难事？"

Frank 脸色煞白，惊恐万状。

"当然，"戴威微笑着把目光转向寇绍龙，"黑客也是很讲道理的。既然 SP 律所是为了那位香港客户大开的门户，黑客也就只该对那位香港客户下手，对吧？不过，那位客户的文件可不少呢！他在 BVI、开曼群岛、巴哈马、毛里求斯，还有好多小岛上秘密注册了好多公司，洗了好多笔巨款！这些文件如果落到别人手里，他可要睡不着觉了！"

寇绍龙脸色铁青，狠狠地从牙缝里挤出一句话："请问，这位黑客朋友，他在为谁工作？"

"Interpol，国际刑警组织。我猜您一定听说过。"戴威微笑着指指 Frank，"其实跟他们律所差不多，也就是提供服务。主要是为各国政府服务。比如……中国政府、香港特区政府、廉政公署……当然，香港警署不是很配合。寇生在警队里朋友不少啊！让我们费了不少周折。"

"盗取公司秘密信息是非法的！违反中国法律，也违反香港特区法，更违反国际法！"Frank 声嘶力竭地喊叫。

戴威耸耸肩："谢谢您的提醒。这么说来，黑客先生算是徒劳了。他费事窃取的那些文件是肯定无法当作证据了。不过，您可能不知道，就在半小时之前，国际刑警在深水湾截获了一艘小船，发现了一块手机主板。据说，那东西对远江银行的牛行长非常不利。有意思的是，东西是在快阔集团总裁秘书身上发现的。您说，快阔集团是不是很有嫌疑？如果您觉得这个物证还不够有力，我们还有人证——李卫东先生此刻正坐在中国国际航空公司的航班上，"戴威抬手看看表，"哦，大概已经起飞了，三个小时后抵达北京。有了这些人证、物证，法庭也许并不需要黑客朋友的帮助，就可以直接责令贵律所提供所有快阔集团的相关文件。是这样吧？"

Frank 一屁股坐回椅子上，痛苦地用手按住额头。

寇绍龙沉默着举起雪茄，费了不少力气才插进嘴里。一大截子烟灰，掉落在被肚皮撑圆的礼服衬衫上，仿佛茫茫戈壁中的一座小土坟。

其实国航的航班尚未起飞。"最后一次登机广播"已经广播了好多次，不厌其烦地呼唤着某几个抓紧最后时机血拼的内地游客。

辉姐在靠窗的位子坐着，身边的座位空着，心里也是空的，身子则是一盘散沙，要一辈子瘫在这狭小的座位里似的。也好。好过回北京去给人审，给人批，给人欺负。可除了北京，她去不了别的地方。她没有护照，只有港澳通行证，香港是不能久留的。

片刻之前，张小斌在那座位上坐了几分钟，气急败坏地要她走着瞧，回到北京有她"好看的"，说不定，后半辈子都能在最"舒服"的地方"喝咖啡"。一人喝双份儿，李卫东的那份儿也是她的！张小斌说罢，气急败坏地回头等舱去了。

辉姐并不觉得害怕，就只是觉着空。从里往外，都是空的。她出神地看着机窗外。夜色中的大屿山，仿佛沉睡着的巨兽。有飞机轰鸣着起飞，在怪兽头顶盘一个弯，向着茫茫夜空里去了。去吧！去投奔遥远的自由，再也不要回来！

自由是彼此的。远走的自由了，留下的也自由了。哪怕下半辈子都在某间小黑屋里"喝咖啡"，也还是自由了。

彻底自由了。

挣脱了二十年的枷锁，挣脱了七千个日夜的期待。期待在工作的间隙看他一眼；期待在下班后秘密而仓皇的幽会；期待着给他做一杯咖啡，送一个饭盒，缝一粒扣子；期待着跟他大吵一架，抢他手里的方向盘，幻想着跟他同归于尽……二十年的苦心经营，一场没有希望的长途跋涉，终于到头了。

都结束了。

辉姐的双眼涩涩的，窗外仿佛下起了雨。

突然间，她感觉到一阵风，风里裹挟着一股她熟悉的气味。她心中一惊，侧目去看。老李正吃力地坐进身边的位子里。

辉姐一阵眩晕，失声叫道："你怎么回来了？你疯了？"

"嘘！"老李按住辉姐的嘴。辉姐掰开老李的手，拼命把老李往起推："走！快回去！人家费了多少事啊！你有没有良心啊！你这个混蛋，快滚！快！"

"别推啦！回不去啦！那飞机已经飞走了！"老李低吼了一声，紧抓住辉姐的双手，"你听我说！"

老李紧喘了几口气，缓缓道："我想过了。我不能跑。我跑了，就更说不明白了。你知道寇绍龙为什么要勾结深圳安心那个总经理？他可不是为了倒卖那点儿客户信息的。"

"这我当然知道！"辉姐道，"他是要诬陷王冠，让它做不成远江银行的 IPO 主承销商，顺便把费肯的股票搞到手。他好自己顶那个肥缺！"

"唉！"老李长叹了一口气，"哪有那么简单！他的目标可不止远江银行！只不过，那个银行经理贪小钱，结果捅娄子了！出事之后，我们仔细研究过深圳安心的源代码。他们在银行系统里藏了几个木马程序，想把全国银行系统共享的保密数据搞到手！还有国家下发的内部文件、大型国企和国家单位的信贷记录和财务信息……多了去了！谁要是帮着他，够得上叛国了！你说，我能顶这么大的罪名吗？"

辉姐暗暗震惊，嘴却还硬着："反正跑都跑了，还管什么罪名？"

"那可不成！我不能让我儿子一辈子抬不起头。"老李把手落在辉姐小腹上，怯怯地看了辉姐一眼，然后开始轻轻抚摸。辉姐胸中涌起一股激流，如岩浆般的炙热。她抓住小腹上的那只大手，破口骂道："白痴！我都多大年纪了？都快更年期了！就在你车里那么一下子，就能怀上了？你还能再傻点儿吗？"

"没怀上？"老李有点儿失望，沉吟了片刻，讪讪地说，"那也不能跑，不能让我的女人一辈子抬不起头来。"

辉姐怔了一怔，像是大脑突然短了路，什么都不记得了。几秒钟之后，她一头扎进老李怀里。

剧烈地，却又悄无声息地，哭了。

3

香港乡村俱乐部的那场聚会结束得有点儿仓促。寇绍龙带着"女儿"悄然离场，订婚仪式不了了之。

在那场派对的一周后，也就是费肯的股份转入 BVI 公司名下的五天之后，王家得到消息：寇绍龙主动放弃了对王冠集团的并购。不仅如此，他还捐赠了一部分名下产业给慈善机构，低价售卖了另一部分产业。他发表声明说要退出金融和地产行业。他准备告老还乡，回马来西亚安度晚年。

王家上下都因这突降的幸运欣喜若狂，王凤儒恶化的病情也立刻有所好转。唯独 Max 在高兴之余，总有那么一点儿遗憾——父亲王凤儒命他把那些费肯的股份立刻转回王冠集团，把 BVI 公司注销掉。毕竟，那是找人代持股的公司，不够安全也不够光明正大，留久了迟早要惹麻烦。

王凤儒当然不知道，那家 BVI 公司其实安全得很，因为那位代持股的"杨春山"早已灰飞烟灭，公司其实是完全被 Max 自己所控的。Max 不会告诉父亲这些，那样必定会引起父亲的怀疑。反正杨春山的所有证件都在他手里，公司注销了，以后随时可以再开。

Max 没在位于湾仔的王冠集团总部里给他新选的秘书服务公司打电话。那里到处都是父亲的眼线。他是在大厦大堂和空中走廊的衔接处拨打的电话。这里人流如织，许多人都拿着手机边走边说。只要不太激动，不张牙舞爪，很难被人注意的。

然而，电话没讲几句，他已经完全无法掩饰自己的激动了：公司秘书在电话那头忧心忡忡地告诉他，BVI 公司的股东和董事都被变更了，在香港开的银行账户也被关闭了。新的账户开在哪里，他们并不知道。简而言之，那家公司突然和他无关了，价值几十亿的费肯股份也和他无关了。

Max 冲着手机怒吼：没有我的证件和签名，谁能变更股东和董事？对方回答已经查过了，签字的就是您本人，杨春山先生。护照复印件也有，也是您本人杨春山先生的护照。

　　Max 说这不可能！我没签过任何东西，我的护照也从没离开过我！有人使用了假护照！对方说：公司注册单位检查过护照的真伪，的确是中国外交部颁发的护照，是完全真实的。只不过，那本护照是新近签发的，护照号码也是新的。倒是公司成立时记录留存的那个护照号码，已被挂失注销了。

　　Max 大惑不解：挂失旧护照，申领新护照，这是需要户口本和身份证的。可杨春山的身份证和户口本也都在 Max 手里。除非有人挂失了户口本和身份证，重新申领补办。但补办这些，是需要本人到户籍所在地派出所办理的。杨春山已经死了。别人是不可能补办的。

　　Max 追问企业秘书，新的股东和董事是谁？对方答：对不起，BVI 公司的股东和董事是保密的。不是我们做的变更，我们也查不到。

　　Max 两腿发虚，后背出了冷汗。价值几十亿港币的费肯股票，就这样不知所终？他迟疑了片刻，决定拨打郝依依的手机。自那天的派对，他再没跟郝依依通过话，更没见过面。那场所谓的浪漫邂逅已经彻底结束了。可出了这么要命的问题，他是无论如何要责问郝依依的。

　　郝依依的手机号码已经被注销了！

　　Max 一阵绝望，心惊胆战地打开微信，点开郝依依的头像。她的朋友圈居然还在！她并没有删除他！Max 心中燃起一丝希望，迫不及待地点击微信语音。

　　郝依依立刻就接听了，甜甜地叫了一声"王总"，就像他们只是刚认识，什么都还没发生过。

　　Max 劈头盖脸就问："你不是说杨春山的身份，别人没办法盗用？"

　　郝依依回答："对啊，肯定没法。"

　　"那是谁签署了公司变更文件？"

　　"是杨春山本人啊！"

　　"我就是杨春山！我没签过任何东西！"

　　郝依依咯咯地笑了："王总，您可真幽默！杨春山是个云南丽江的农民，您是香港富豪，您怎么可能是杨春山呢？"

　　Max 气急败坏道："你别装傻了！那个农民已经死了！我看着他被烧掉的！你明明把他的护照、身份证和户口簿都给了我！"

　　郝依依笑得更厉害了："您可真能开玩笑！杨春山活得好好的，现在就在我旁边呢！我前几天请他帮了个忙，所以请他到北京来旅游，正跟他吃饭呢！要不，我给您看看？"

　　微信语音瞬间转成了视频。郝依依和另一个男人头挨着头，冲着镜头微笑举杯。那个男人不明所以，一脸夸张地憨笑。

他正是遗照里的杨春山！

Max眼前一黑，差点儿昏过去。杨春山并没有死，灰飞烟灭的并不是他！即便没有户口簿和身份证，他本人若想补办，大概只需一份大队证明之类的东西。乡里乡亲的，当地派出所怎会不认识他？

"你这个骗子！混蛋！婊子！"Max歇斯底里地狂吼，完全不顾周围投来的惊愕目光。

"王总，您息怒！"郝依依对Max的脏话毫不介意，"真巧啊，我前几天也遇到一位，绝对精英！还是一家大公司的高管！他假惺惺地来追我，还说要娶我。您猜怎么着？"郝依依话锋一转，"他们公司里有个员工被他炒了，炒的时候特别牛，让人立刻滚蛋，可后来不声不响地，赔了人家五十万！您猜为什么？"

Max一下子愣住了。

"因为人家找人到香港调查了他！不知从哪儿弄到的消息：男厕所的隔间里，有四只皮鞋！您说是怎么回事？我说这怎么可能呢，肯定是诬陷他。可他北京公司的前台——也是我闺蜜——跟我说，前些日子有天夜里去他在北京的公寓找他，他穿着睡衣，光着脚来开门。您猜我闺蜜看见什么了？门厅里也有四只皮鞋！两双，不一样大！您说，这位精英高管为什么要追我？就算非得找个女朋友做做样子，也轮不到我这个平平常常的打工族吧？"

郝依依又咯咯笑了两声，继续说："当然，我明白，他是香港名门之后，这种事弄不好要给家族抹黑的。不过我倒是觉得无所谓，这都什么年代了？不过据说他爹地可是很保守。要是知道了这些，说不定会把他赶出家门的！您说，会吗？"

Max狠狠地把手机朝着走廊下的马路摔下去。所以他并没听见手机里那甜美动人的声音。

"亲爱的王总，再见啦！"

Max站在原地发了会儿呆，琢磨着该怎么跟父亲开口。过了半晌才悻悻地离去。他并不知道，就在几周前，在他刚才站立的位置，郝依依也曾站在那里，拿着手机，犹豫着要不要给他打个电话。谁也说不准，在那一刻，郝依依是不是真的有点儿动心：Max也许是个值得托付终身的人？

Max是在两天后跟爹地坦白的。

王凤儒躺在明德医院酒店式病房的病床上，输着液吸着氧，根本没力气打人或者摔东西。可 Max 还是下了两天的决心。他担心的倒不是父亲的身体，而是父亲的遗嘱。父亲一直张罗着让他到内地找二叔王啸虎的遗腹子，可见并不十分地想把一切都留给他。如今他捅了这么大的娄子，说不定真的就被净身出户了。

在过去的两天里，Max 咨询了香港最好的律师，也辗转着找了黑道，并没有特别可靠的方案。股东本人去做变更，法律上毫无漏洞；而黑社会即便"做"得了郝依依，也"做"不了英属维京群岛的工商登记办公室。连公司到底转给谁都弄不清，黑道也不能轻易插手。他们也得评估风险，知道自己在跟谁作对。

Max 甚至想到了让爹地在修改遗嘱之前就……他最终放弃了这个念头。他拥有世界名校的学位，毕竟不是亡命之徒。即便失去了继承权，他的妈咪也绝不会让唯一的儿子露宿街头。

所以，在王凤儒的追问之下，Max 到底还是把实情告诉了父亲：费肯的股份还没转回去。暂时转不回去了。BVI 公司出问题了……出乎 Max 的预料，王凤儒并没被气死，也没暴跳如雷，或者立刻取消他的继承权。父亲只是闭上双眼，安静地躺着，表情并无异样。仿佛只是有点儿乏，打个盹而已。

"你到底有没有找你二叔的儿子？"王凤儒闭着眼问。Max 立刻打了个寒颤，语无伦次道："没有！不……我是说，我找了！不过……没找到！"

"谎话！"王凤儒仍闭着眼，像是在梦呓，"只要找，就一定能找到！"

Max 心惊胆战，几乎要坦白求饶，或者用枕头把老头子闷死。可他突然又听见父亲愤愤地说："那个女人！做梦都想让她儿子从我们这里捞到些什么！"

Max 一愣，心想父亲难道是在说那个遗腹子的母亲？难道他们一直有联系？既然如此，为何还要让 Max 费事去找？

王凤儒却又沉默了。闭目养神，像是果真睡着了。

可正当 Max 打算要悄悄离开，王凤儒又突然开口了："你是不是害怕我会取消你的继承权？"

Max 心里一惊，后背出了冷汗。王凤儒却说："放心。我不会的。虽然你很蠢，可我只有一个儿子。"

Max 暗暗松了一口气。

"还好还没蠢到无药可救！"王凤儒顿了顿，又缀了一句，"你要是真的把那个私生子给找到了，我倒是真要考虑取消了！"

Max 心中不解，却又不敢问，只能耐心等着爹地往下说。

过了许久，王凤儒终于又开口了，像是自言自语："只有能够不择手段保护自己利益的人，才配继承我的家业。"

Max 激动万分，差点给父亲下跪磕头。

"你先不要急着谢我。未来的路还很难走。"王凤儒虽然紧闭着双眼，却仿佛能洞察一切，"牛长江虽然倒台了，但曲行长和张小斌未必就一定能得势。远江银行上市，这么一块大蛋糕，总有别人要眼馋的。我在北边做了三十年的生意，我很熟悉那里。"

Max 连连点头。

"还有费肯，我有一种预感，"王凤儒又说，"是我们的，总归还是……"

王凤儒的话并没有说完，Max 屏息等着。可过了很久，王凤儒一直没再发出任何声音。

好像真的睡着了。

4

郝依依是乘坐过夜的 Z 字头列车赶到杭州的。就像不久之前，衡子从家里偷偷跑出来，乘着过夜的 Z 字头列车到北京来找她。

郝依依实在等不到天亮再坐高铁。她必须在完成公司股份转让的当天就立刻赶往杭州，赶到衡子家去。即便这样顶多早到半天，可她内心的兴奋实在难以抑制——这样一件根本不可能完成的任务，竟然就被她完成了！她为此费尽了心机，受了数不尽的委屈，还有很多的误解，也包括衡子的。所以，当这一切都尘埃落定，她实在难以平静。这一夜总归要失眠的，还不如在飞奔的列车上一边失眠，一边憧憬着令人振奋的未来。

BVI 注册的那间新公司现在的股东是衡宥生，也就是衡子。郝依依将是衡子的妻子，跟他一起承担那家公司的权利和义务，借此成为中国商界举足轻重的人物。

郝依依下了火车，马不停蹄地赶到衡子家。衡子妈在门口热烈地拥抱了她，泪流满面地说："辛苦你了！我真的没想到！真的没想到啊！"

郝依依也流着泪说："伯母，那本来就该属于衡子，还有你！"

衡子妈早就告诉过郝依依衡子的来历。他是个私生子，父亲叫王啸虎，新加坡华人，祖籍潮州。潮州方言把王读作"Heng"。衡子妈给儿子起名衡宥生，取父姓的读音，也同时希望儿子宽恕不负责任的生父。但她自己并没有宽恕那个让她怀孕的情人，更没有宽恕情人的堂哥——她去过香港，在王冠集团的大门口坐了一天一夜，那个叫作王凤儒的人并没出来见一见她。没有任何人出来见她。只有巡警来查身份证，威胁要拘留然后遣返她。

是郝依依帮她了结了多年的夙愿，帮他们母子讨回公道。郝依依是天下最聪明的女人，也是她未来的儿媳妇。她已经满意得要死了。

日上三竿，衡子还没起床。那个被她半哄半骗软禁着的大孩子已经日夜颠倒，形容枯槁，像是在前些日子的癫狂中耗尽了精力，终于平静下来，甚至平静得有些过了头，一天要睡十几个钟头，即便醒着，也不再试图逃跑，就只是安静地坐在自己房间里。屋门始终锁着。以前是她锁，现在是他自己反锁。这让她有些担心，不知儿子在屋里预谋些什么。好在儿子不再绝食，一日三餐都出来吃，吃得不少，只是始终沉默，不吐一个字。她很想带儿子出去走走，看看电影，散散心。可她不敢。她得坚持住了，不能再稍有疏忽，让儿子跑出去干扰郝依依的计划。已经出过一次差错了。为了管住儿子，她狠心得不像是个母亲。好在这一切都过去了。

她决定把衡子叫醒。她一直过于娇惯儿子，因为他从小没有父亲。可现在不同了。儿子刚刚获得了费肯国际会计师事务所价值几十亿港币的股份，他将成为费肯全球董事会的新董事。她昨晚已经隔着房门把这些都告诉儿子了。她原以为他会兴奋得发狂，即便不为了国际大公司的股份，也为了失而复得的女朋友。可什么都没发生，房间里安静得就像他已经睡熟了。这让她多少有点儿不踏实。衡子可真是个没心没肺的孩子！他还有很多东西要学。他其实是很聪明的。当年不是轻易就考上浙大了？现在还有郝依依帮他。事实证明，郝依依的能力是非凡的。他们将会拥有很多钱，有秘书和司机，坐商务舱去纽约开国际会议……他们的未来是不可限量的！

衡子妈抬手准备敲门，门却突然开了。衡子两只眼睛通红，好像整夜未眠似的。他全身早已穿戴整齐。棒球帽、白围脖、牛仔裤、旧外套，手里提着一只巨大的旅行包。

"你这是要去哪儿？"衡子妈大惊失色。

"去旅行！走得远远的！"衡子闷声闷气地回答。

"可我昨晚不是都跟你说了？你没听见吗？"衡子妈惶然无措地问。

"我都听见了！正因如此，我才要走的！"衡子的目光越过母亲，看一眼郝依依，仿佛看一件美丽而遥远的东西，那东西好像并不属于他。衡子继续对母亲说，"您怎么还不明白？我不要当什么股东、董事、高级经理！也许很多人眼中的成功，就是穿着西服打着领带，在高级写字楼里发号施令。可我不想那样！高级写字楼，CBD，对我就像是监狱！你为什么那么想送我去监狱？"

"衡子！不要这样，求求你！"衡子妈双手抓住衡子的衣袖，带着哭腔恳求他。

衡子并不回答，甩开母亲的双手，提着巨大的旅行包往外走。在经过郝依依的时候，他迟疑了片刻，停住脚。

"我本来以为，你是我生命里最重要的。只要你肯回心转意，让我怎样都可以的！可是，当我昨晚听到你所做的一切……"衡子如鲠在喉，狠狠咽了口唾沫，勉强说下去，"我真的高兴不起来！我不喜欢别人把自己的喜好强加在我身上！而且，我不喜欢……不喜欢你骗我！哪怕是出于所谓的善意！我怕以后分不清楚，哪些是真的，哪些是假的……"

郝依依双目圆睁地瞪着衡子，眼睛里充满泪水，但并不是因为悲伤。她并不感觉十分悲伤，更多的是愤怒和失望，恨铁不成钢。她竭力控制着自己的情绪，声音仍在微微颤抖："你知道，我为了你，付出了多少？"

衡子却不禁笑了，笑声里没有喜悦，只有苦涩，"为了我？还是为了你自己？为了你能成为精英，人上人？可你有没有真心地问过我，我想要什么？"

郝依依用力咬住嘴唇，并没有辩解。她明白眼前这个男人是扶不起的阿斗，跟他辩论是毫无意义的。尽管她有绝对充分的理由去反驳他，甚至恨他！她成不了寇家真正的心腹，更成不了王家的少奶奶。可她本来可以成为BVI离岸公司的老板娘，和衡子一起掌控那几十亿港币的费肯股份的。衡子是王啸虎的亲儿子，也就是王凤儒的亲侄子。王凤儒曾经当众讲过那么多希望报答王啸虎的话。那些费肯的股份落入衡子手里，王家大概不会撕破脸公然闹上法庭的。可衡子竟然如此轻而易举地就枉费了她所有的苦心。

"我……"衡子却突然有点儿迟疑，让郝依依心里一动，不禁生出一丝希望。衡子喃喃道，"我本以为了解你，可是……"衡子的话断了。

他抬起头，像是在极力搜索着词藻，好像中文并不是他的母语似的。

"不管你想要的是什么，我还是希望……你能真的快乐！"衡子把脸扭向一侧，沉默了片刻，狠狠吸了一下鼻子，决绝地说，"依依！再见！"

衡子大步走出房间，走出这间他从小长大的公寓。衡子妈追了出去。可郝依依并没追，一动也不动，听着衡子妈的哀求夹杂着匆忙的脚步声下楼去了。她其实很了解衡子，甚至对这个结局也有所预料。这结局其实也未必那么糟。她本来也不喜欢做别人的配角。

莫名其妙地，郝依依竟想到了辉姐。人生最可悲的，就是拿着毕生的心血，去做别人的配角。

郝依依瞥了一眼敞开的大门，楼道里空空如也。

EPILOGUE

尾　声

三个月后。

辉姐九点整到的公司。国贸 38 层的清晨，像任何一个工作日一样，上班的人流蜂拥着拥出电梯，除了匆忙的脚步声，并没有多少别的声音。

没人交谈，没人欢笑，也没人哭泣。

他们是一架巨大机器上的零件。各就各位，等着电源接通，开始运转。他们甚至并不清楚那部巨大的机器在造就什么，他们只知道完成自己的工作，得到报酬，维持着生命，好在下一个工作日，照旧在九点挤出电梯。

有个特别年轻貌美的"零件"走出电梯厅，向着走廊深处走去了。金黄的烫发，至少十厘米的高跟鞋，背影像是洋模特在走 T 台。辉姐对着那背影撇了撇嘴。那是快阔公司新聘的前台。据说快阔换了东家，现在是一家美国投行的子公司，前台小姐也更加国际范儿，年轻得似乎连大学都没毕业。辉姐掐指一算，几乎是〇〇后了。

辉姐朝着 SP 律所窥望了两眼，并没看到 Judy。自香港返回北京，Judy 仿佛变了一个人，天天迟到早退。她把儿子接回自己家，每天要为儿子做早点，送儿子上学，接儿子放学，好像活着就是为了儿子，自己并不重要，就连着装和发式也变得草率，举止也豪放了许多，有一次竟然在食堂和别人吵架。不仅如此，Judy 对老板也不再时刻毕恭毕敬，有时甚至爱答不理。当然老板也不再是 Frank。辉姐再没见过 Frank。据说是身体不佳，提前退休了。SP 律所从上海调来另一位合伙人代替 Frank。这位台湾人对 Judy 非常客气，有时客气得过了头，倒好像他是前台，Judy 才是老板。不只他，SP 律所的每个人似乎都对 Judy 倍加尊重，就像她是全球总裁派来的卧底。辉姐偶尔以此调侃 Judy，指望着能从她嘴里套出点儿啥"内情"。Judy 却总是幽幽地叹一口气说：谁稀罕？给我发工资就成了！儿子全靠我养呢！

辉姐并没死乞白赖地追问，不必刨根问底。她早跟自己下了决心，万事得过且过，再也不和自己较劲了。

辉姐藏进前台拐角，面壁着打手机。这是她现在每早必做的功课——向老妈汇报：牛奶喝过了，维生素吃过了，安全到公司了，没磕着也没碰着。她搬去跟老妈同住，老妈对她照顾得无微不至，也对她加强了监督管理。简直比她小时候管得还多。

楼道里一阵骚动，一串高跟鞋敲击地板的清脆声音，快速穿过前台，走进费肯公司里去了。辉姐赶紧挂断手机，转过身，却并没看到"高跟鞋"的正脸。

可她看见那走进公司深处的背影，乌黑的长发，白色套装，身材小巧而妩媚。那背影可真熟悉。辉姐莫名地想到了一个人——郝依依。辉姐有三个月没见过郝依依了。辉姐本想请她吃顿饭，谢谢她，再向她道个歉。辉姐还想问问她，在机舱口那最后一面，她那句"方庄大苹果，我最喜欢了！"到底是什么意思。

可郝依依换了手机，注销了微信，从辉姐的世界里消失了。

辉姐遥遥地听见 Miss 黄毕恭毕敬的声音，从公司深处传出来："老板好！"

辉姐猛然想起来，今天是费肯北京办公室的新老板——费肯中国区总裁——就任的日子。费肯北京已经有三个月"群龙无首"。以前是一山二虎，自香港之行，一只虎都没了。但就在上周，公司突然宣布，新执行董事就要上任了。辉姐只是个前台，并不知道新老板姓甚名谁，就只听说是个年轻女子，非常有魅力。刚刚走进去的小女人，想必就是费肯北京的新当家人了。

辉姐释然了。既然是费肯中国的新总裁，那就更不可能是郝依依了。

辉姐打了个哈欠，摸了摸自己的小腹。眼看就藏不住了，肯定是个小子。她很有信心。给儿子起个什么名儿呢？就叫望吧！李望。人生再苦，总得有点儿念想。

比如，盼着跟孩儿他爹团聚。

总有一天，老李会出来的。

辉姐笑了。

可她并不知道自己在笑，更不知道笑得有多傻，好像胡同里跳猴皮筋儿的小女孩，不小心跳坏了，讪讪地笑着给别人抻皮筋儿去。

2017 年 7 月 18 日晨，第一稿于洛杉矶

2017 年 8 月 17 日夜，第二稿于北京

图书在版编目（CIP）数据

国贸三十八层 / 永城著. -- 北京：作家出版社，
2018.6
（悬疑世界文库）
ISBN 978-7-5063-9835-0

Ⅰ. ①国… Ⅱ. ①永… Ⅲ. ①长篇小说 – 中国 – 当代
Ⅳ. ①I247.5

中国版本图书馆CIP数据核字（2017）第318125号

国贸三十八层

作　　者：永　城
统筹策划、责任编辑：汉　睿
装帧设计：潘伊蒙
出版发行：作家出版社
社　　址：北京农展馆南里10号　　　　邮　　编：100125
电话传真：86-10-65930756（出版发行部）
　　　　　86-10-65004079（总编室）
　　　　　86-10-65015116（邮购部）
E-mail:zuojia@zuojia.net.cn
http://www.haozuojia.com（作家在线）

永城作品版权由北京嘉印文化传播有限责任公司全权代理
业务合作：info@joy-ink.com
www.joy-ink.com
印　　刷：中煤（北京）印务有限公司
成品尺寸：152×230
字　　数：200千
印　　张：16.75
版　　次：2018年6月第1版
印　　次：2018年6月第1次印刷
ISBN 978-7-5063-9835-0
定　　价：48.00元